Kerstin Grether

AN EINEM TAG FÜR ROTE SCHUHE

ventil

Kerstin Grether hat nicht nur den Pop-Feminismus für Deutschland erfunden, sondern ihn auch gleich noch in ihrem sensationellen Debütroman »Zuckerbabys« sowie in der Musikgeschichten-Sammlung »Zungenkuss« (Suhrkamp 2007) veredelt. Mit Sandra Grether hat sie das Standardwerk »Madonna und wir« (Suhrkamp 2008) herausgegeben und war eine der Organisatorinnen der Berliner SlutWalks. Kerstin Grether ist außerdem Sängerin und Songwriterin bei Doctorella und arbeitet als Popkultur-Journalistin; u. a. für die Spex. Die Frankfurter Allgemeine Zeitung sieht in ihr sowohl »die Susan Sontag der deutschen Pop-Kritik« als auch eine Mischung aus »Nico und Blondies Debbie Harry«.

Hinweis: In diesem Roman gibt es Szenen mit sexualisierter Gewalt gegen Frauen.

Der Songtext auf den Seiten 348/349 stammt von Sandra Grether, aus »Die Ungeheuer mit den sauberen Händen« von Doctorella.

1. Auflage 2014

Lektorat: Sonja Vogel
Cover Bild und Grafik: Felix Reidenbach
Innengestaltung und Satz: O. Schmitt
Druck: fgb, Freiburg
ISBN 978-3-95575-015-2

Ventil Verlag
Boppstraße 25, 55118 Mainz
www.ventil-verlag.de

Teil I: Zwei Engel

Teil II: Schockstarre

Teil III: Troublemaking

Just remember in the winter,
far beneath the bitter snow,
lies the seed, that with the sun's love,
in the spring becomes the rose.

Teil 1
Zwei Engel

I'm up all night to get lucky!
Daft Punk

▼

Freitag, der 13.
(Jasmina und ich)

Ich glaube, es war ein Freitag, der 13. Da habe ich Jasmina zum ersten Mal getroffen. Es stimmt, dass solche Tage Glückstage sind. Die Menschen sind einfach hellsichtiger. Sie versuchen das Unglück zu vermeiden, genau wie ich.

An jenem Freitag, den 13., streifte ich ziemlich ziellos und wie ferngesteuert durch die Straßen von Berlin-Mitte, in Richtung Weinbergspark. Vielleicht in der Absicht, mir etwas Neues zum Anziehen zu kaufen. Gegenüber vom Park gab es diesen schrägen Touristenladen mit so raffinierten Röcken.

Aber gib mir ein Zeichen, lieber Gott, wie ich diese rasende, fetzende Unruhe in meinem Innern wieder loswerden kann! Die Unruhe wurde lauter, mit jedem Schritt, und ich fing bereits an zu hüpfen. Ich hatte die Röcke schon Anfang des Monats mal im Visier gehabt. Sie sind orange und bunt und schön und rot, und manche haben ein Gesicht aus Kleeblättern, mit so Monden drauf. Und weil sie beidseitig bedruckt sind, könnte man sich jeden Tag für eine andere Seite entscheiden. Das sind durch und durch zwei Röcke in einem, dachte ich, wenn es schon sonst keine Zweisamkeit mehr in meinem Leben gab! Der Schmerz verschloss mir den Magen, aber das war nicht das Schlimmste. Das Schlimmste war der Schmerz im Kopf. *Over futile odds, and laughed at by the gods.* Wie diese Götter mich auslachten, sämtliche Götter auf einmal. Nur Amy nicht. Amy verstand mich mal wieder besser als ich mich selber. Ivor kommt zurück, Ivor kommt nicht zurück! Er kommt doch zurück. Rede mit ihm. Wenn es sein muss, durch die Wände. Knall ihm ein paar große Love-Songs vor die Füße, rief die Amy in meinem Kopf, während meine Wenigkeit das Gefühl beschlich, dass es wirklich »aus« ist. Warum hat er mich denn nicht gefragt, wie es mir geht, gestern als wir uns trafen? Er hätte mich doch wenigstens *einmal* fragen müssen, wie es mir geht! Es ist doch erst eine Woche her, dass er mich verlassen hat, dachte ich verletzt. Da muss er mich doch fragen, wie es mir jetzt so geht mit allem. Wer hat schon das Pech, aus heiterem oder nur ganz leicht bewölktem Himmel von seinem Mann verlassen zu werden, dachte ich dann. Noch dazu, wenn es sich dabei um den Produzenten des Albums handelt, an dem man gerade arbeitet und das schon im Frühjahr erscheinen soll. In welchem Frühjahr, fragte ich mich, angesichts des niederträchtigen Winterwetters, das gerade alle heiteren Himmel verdusterte. Würde es jemals wieder ein *Frühjahr* geben?

Sei froh, Amy, dass du dich auf dem Bazar des Rock'n'Roll nur in einen Junkie aus Camden Town verliebt hast, und nicht auch noch in den Produzenten deines Hit-Albums.

Mein Puls stieg. Die frische Luft aus tausend Kohleöfen tat mir gut. Seitdem Ivor mich so Knall auf Fall verlassen hatte, war ich immerzu auf Achse, als ob mich eine höhere Kraft zurück in die Welt gefoltert hätte.

Liebe ist selbstlos, ich lief schneller, während ich auf dem Smartphone die Facebookseite meiner Band Café Prag checkte. 392 Likes und 68 mal geteilt. Und immerhin 54 treue Fans, die das Foto von uns im Studio kommentiert hatten.

Liebe ist selbstlos, die 12er Tram ratterte an mir vorbei.

Liebe ist »Schmück die Wohnung in meinem Kopf« – nur Ivor wollte wirklich ständig etwas Neues für die Wohnung, während mir Wohnungseinrichtung und Dekor am Arsch vorbei gingen. Ich war in Gedanken immer nur beim nächsten Song. Der nächste Song ist immer der schwerste und die Liebe ist ein Spiel, das man nicht gewinnen kann. Etwas übermütiger Trotz mischte meinen Schlendergang auf. *And now the final frame: love is a losing game.*

Ich bin immer ein Stehaufmännchen gewesen, oder sagen wir lieber *Stehaufweibchen;* durch vieles zu erschüttern, aber durch nichts aus der Fassung zu bringen, nicht mal durch die verwinkelten Korridore des Wahnsinns (Hauptsache nicht fremd- oder selbstgefährdend). Aber in diesen Tagen stand mein ganzes Leben in Flammen! Bislang waren Liebe und Musik meine selbstverständlichen Verbündeten gewesen, gespenstische Mächte! Da konnte doch nichts schief gehen, nicht für Clarissa Underwood und erst recht nicht für die herrliche Lilly Vegas, in die ich mich immer mehr hineinverwandelt hatte; von Song zu Song; von Album zu Album; von »La nuit bohème« zu »Here comes Lilly Vegas«. Ich *war* jetzt Lilly Vegas! Die Queen of Swing, geboren in Bristol, aufgewachsen auch in einem Vorort von Aachen. Lebhaft in Berlin, seit über 10 Jahren.

Doch jetzt war mein Beziehungssystem kollabiert und implodiert und explodiert. Ich, abserviert. Ich war von Ivor als Clarissa Underwood geliebt und als Lilly Vegas verlassen worden. Soviel stand mal fest. Liebe und Musik arbeiteten nicht mehr mit-, sondern gegeneinander. Und wenn der eine Spieler mit Pauken und Trompeten eine Beziehung beendet, dann kann der andere nicht einfach wieder auf »Play« drücken, wie bei einer Mischpultaufnahme, so nach dem Motto »Ein Take geht noch, wir wiederholen das ganze Ding noch mal«.

Um das ganze Ding noch mal zu wiederholen, müsste ich jetzt schon heimlich und im stillen Kämmerlein mindestens drei Riesenhits schreiben, die allesamt von unserer sterbenden Liebe künden, wie es Amy Winehouse mit ihrem Meisterwerk »I'm no good« vorgemacht hat, und wie soll ich, Berlin hin, Bristol her, das bewerkstelligen, überlegte ich, wo doch Ivor auch mein Produzent war. Oh ja, er mochte es, wenn ich mit Händen und mit Füßen sprach. Er hatte die exaltierten Seiten meiner Person immer geliebt, egal ob ich Lilly war oder Clarissa. So genau konnte ich die beiden schließlich auch nicht mehr auseinanderhalten. Der Erfolgsproduzent Ivor Radovic wollte nur einfach nicht mehr mit einer Frau zusammen sein, die sein eigenes Musikerdasein in den Schatten stellte. Er hatte nicht mal eine neue Freundin. Auch die Gesetze der Harmonielehre

– Tonleiterkreuze, Ergänzungstonarten, Substitutionsakkorde – hatten uns kein Glück gebracht. Nur dort, wo kein Ende und keine Zerstörung mehr hinreichten, in die Muskeln und die Fasern meiner Stimmbänder, da loderte immer noch die Liebe!

Jeden Tag tönte unser Lied »Kiss the angel goodbye« durchs Studio. Ein flackernder, elektronischer Abschiedssong, den ich schon vor Jahren geschrieben hatte, ohne mir groß etwas dabei zu denken. Aber jetzt war die Zeit reif geworden für dieses Lied. Es war zum nervösen Abschlussgebet unserer Liebe geworden. »Kiss the angel goodbye« hatte womöglich das Zeug, über Leben und Tod unserer Beziehung zu entscheiden. Vielleicht musste ich gar kein neues mehr schreiben. Ich hatte es letzte Woche mit so viel Scheißleidenschaft eingesungen, dass ich in den Stunden, in denen wir daran herum geschraubt hatten, so gut wie sicher gewesen war, dass Ivor und ich schon wieder zusammen waren. Aber so schnell war Blake dann doch nicht dazu zu bewegen gewesen, zu Amy zurückzukehren. Vielleicht musste das Ding erst noch in die Charts, der allerallgemeinsten Allgemeinheit zur Verfügung gestellt werden, überlegte ich. Ja, erst wenn sich auch die Menschenmassen hier auf der Kastanienallee in »Kiss the angel goodbye« wiedergefunden hatten, würden ihm meine Gefühle so schmeicheln, dass er den Weg zurück zu mir fände. Ich wollte Ivor zurück, Ivor zurück. *Zurück zu Ivor.*

Gekickt von dieser selbstgestellten Aufgabe wie von einer seltenen Kampfsportart, sah ich plötzlich dieses Mädchen, das auf dem Gehsteig saß und sich eine Zigarette drehte. Vielleicht wäre ich an einem anderen Tag einfach weitergelaufen. Aber berauscht von einer hitzköpfigen Sehnsucht in meinem Herzen und von den Lichtern der Stadt (Weihnachtsschmuck hing wie Buntstifte von den Bäumen, als sollten die Menschen dazu aufgefordert werden, ein Bild aus Glanz zu malen!), wandte ich ihr den Blick zu, während das Wintersonnenlicht frech dazwischen blitzte wie eine erste oder eine letzte Hoffnung.

Was für eine Verrückte, dachte ich, und musste dabei über mich selbst lachen. Welches Recht hatte *ich* denn, jemanden als »verrückt« zu bezeichnen? »Verrückt«, das war doch die Vokabel, die *ich* immer zu hören bekam, ja, verrückt war der am häufigsten verwendete Suchbegriff im Zusammenhang mit mir. Nur Lady Gaga wurde noch öfter »verrückt« genannt. Aber bei mir war ja ernst mit Gaga, huhu! Aber selbst ich, die ich schon aus drei Psychosen wieder heil herausgekommen war, weshalb ich in Wirklichkeit vermutlich der am wenigsten verrückte Mensch Europas war, selbst ich fand, dass es einfach purer Wahnsinn war, bei eisigen Minusgraden auf einem Steinfußboden herumzulungern, mit nichts als einer dünnen, grünen Strumpfhose an den Beinen. Das Mädchen saß vor dem Reisebüro um die Ecke der Christinenstraße, wo ich früher einmal gewohnt hatte, wie ich mit der leisen Wehmut einer Vertriebenen feststellte. War das vielleicht eine Touristin aus dem »Circus Hostel«, das junge Leute aus der ganzen Welt anlockte?

Ich habe einen Blick für Menschen, die sich nicht zugehörig fühlen. Und ein Mädchen, das so ungeniert auf dem Gehsteig rumhockte, muss sich doch vorkommen wie ein Alien! Ich blieb stehen und starrte ihr direkt ins Gesicht. Grüne Augen schauten in die Ferne, durch mich hindurch.

»Ist alles okay?«, fragte ich, während ich registrierte, dass an dem Wohnhaus, vor dem sie saß, immer noch das Namensschild meiner früheren Hausärztin hing: Frau Doktor Anderson, praktische Ärztin. Nicht, dass ich bei den Temperaturen Bock gehabt hätte, mit irgendwem ins Gespräch zu kommen, zumal die Boutique mit den fliegenden, bunten Röcken schon in Sichtweite war. Aber das Mädchen hatte die verdrehten Augen von jemandem, der gleich ohnmächtig werden würde und Hilfe brauchte. Sie reagierte nicht. Aber weil ich auf diesem Fleckchen Erde mal zu Hause gewesen war, fühlte ich mich immer noch wie eine Hausmeisterin, die nach dem Rechten sehen muss, wenn etwas nicht stimmt. In der Nähe meiner früheren Wohnung durften keine Mädchen ohnmächtig werden oder erfrieren!

»Alles okay?«, wiederholte ich etwas lauter, weil ich befürchtete, dass die vorüberrauschende Straßenbahn meine Frage verschlucken könnte. Dieses Mal bekam ich eine Antwort.

»Nee, alles scheiße«, sagte das Mädchen mit Wut in der Stimme. Katzengrüne Augen funkelten mich misstrauisch an. Aber ich musste mir trotzdem ein Grinsen verkneifen, weil ich es schön fand, wie viel Lebensfreude aus diesem Bündel Elend sprach.

»Was ist scheiße?«, hakte ich nach, auch auf die Gefahr hin, wie meine eigene Mutter zu klingen. Wenn ein punkiges Mädchen in diesem Teil der Stadt »alles scheiße« fand, dann fragte man doch nicht nach! Ist doch klar, was alles »scheiße« ist, dachte ich. Alles halt. Die ganze Welt. Mit ihren elenden Wartezeiten, bis man endlich ins richtige, wahre Leben vorgelassen wird. Oh ich konnte es mir so ungefähr vorstellen.

Aber am allerschlimmsten war ja wohl dieser scheißkalte Winter, der einen wie ein fetter, nasser Hund auf Schritt und Tritt begleitete.

Zu meinem Erstaunen sagte sie: »Ich muss morgen nach Amerika fliegen und ich habe eine Augenentzündung. Die Ärztin hat gesagt, ist nicht so schlimm, ich könne die Reise trotzdem machen. Aber ich hab keinen Bock auf den Scheiß. Ich kann echt nicht mehr.« Na also, sie hatte wirklich ein Thema mit dem Ausland. Entweder sie ist nicht von hier oder sie will weg, dachte ich. Ach Quatsch, verbesserte ich mich, sie will ja gar nicht weg. Da sie keinerlei Anstalten machte aufzustehen, beugte ich mich zu ihr herunter und versuchte es mit einem Lächeln, was mir einigermaßen widerstrebte, denn mir froren schon Gesicht und Ohren ein. Gott, muss ich einsam sein, schoss es mir durch den Kopf, dass ich in der Kälte herumstehe und mit einem fremden Mädchen rede, anstatt Hand in Hand mit meinem Baby, meinem *Man*, um die Häuser zu ziehen. *Ivor, wenn ein Mensch, den du einmal geliebt hast, verletzt am Straßenrand liegt und dich bittet, ihm die Hand zu reichen, ihn auch nur einmal zu fragen »Wie fühlst du dich jetzt?«. Schaust du dann absichtlich weg und eilst dahin, wo du eine schönere Abbildung deiner Seele bekommst?*

»Ist doch toll, Amerika«, ließ ich mich, nach einem Knacksen in der Birne, wieder auf mein Gegenüber ein. Wie einen Sicherheitsgurt legte ich etwas britischen Akzent an, denn das funktionierte immer, wenn ich ein cooles Subjekt von mir überzeugen wollte.

»Das wird bestimmt schön in den USA.«

»Kommst du etwa aus Amerika?«, fragte das Mädchen gereizt zurück. Die Antwort schien sie nicht im Geringsten zu interessieren. Sie schaute mir beim Sprechen nicht einmal in die Augen. Aber ich sah, dass ein leichtes Lächeln um ihren Mund spielte. In diesem Teil von Mitte sprach nie irgendwer irgendwen an. Und wenn es dann doch einmal passierte, bemühten sich beide Seiten, besonders herzlich und ohne Vorurteile zu sein.

»Nee, ich wohne hier, seit ich neun Jahre alt bin, aber ich komme ursprünglich aus England«, sagte ich mein gewohntes Sprüchlein auf.

»Warst du schon mal in Amerika?«, wollte das Mädchen wissen.

»Ja klar, oft.«

»Ist es arg schlimm?«

»Nein, Quatsch, die Leute sind ganz nett.«

»Ich mein' doch nicht die Leute, ich mein' den Flug«, sagte sie schroff, als wäre ich begriffsstutzig. Dann entschuldigte sie sich mit einem Schulterzucken.

»Ach, ich weiß auch nicht, was ich meine. Ich kann einfach nicht mehr. Das ist alles.« Sie hielt mir ihre Zigarette hin, als ob es ein Joint wäre. Ich ignorierte das dünne Filterzigarettchen.

»Warum bleibst du nicht einfach zu Hause?«, schlug ich vor. Was ich über die USA gesagt hatte, war mir peinlich. Es ist ein doofes Klischee, dass die Leute in Amerika *nett* sind.

»Ich muss da hin, sonst schmeißen sie mich von der Schule. Ich hab ein Stipendium bekommen, vom Englisch-Leistungskurs, für drei Wochen Amerika, und ich hab mich mit Händen und Füßen dagegen gewehrt. Aber meine Lehrerin hat gesagt, diese Reise ist meine letzte Chance. Ich flieg' sonst von der Schule. Weil ich doch andauernd schwänze.«

Ich war immer überrascht, wenn Leute noch in die Schule gingen, zumal sie aussah, als ob sie mindestens zwanzig Jahre alt wäre. Sie hatte so Kaffeetassenränder unter den Augen.

»Ja, leider, ich gehe noch zur Schule, aber ich kann nicht mehr«, wiederholte sie. Allmählich glaubte ich ihr.

»Warum denken die denn immer, dass ich noch kann? Ich kann doch nicht mehr«, jammerte sie weiter, als ob sie unter einer Art Schock stünde. Die Aussicht, am nächsten Tag nach Amerika zu fliegen, schien sie komplett zu überfordern.

»Keiner kann von dir verlangen, dass du eine aufwendige Reise unternimmst, wenn du dich nicht gut fühlst«, sagte ich. Lass dir doch von der Augenärztin ein Attest geben, dann können sie nichts mehr sagen.«

»Dann schmeißen sie mich von der Schule! Verstehst du, ich muss. Ich muss, ich muss«, brach es aus ihr heraus, mit einer Verzweiflung, die noch tiefer war als meine eigene. Ausgerechnet jetzt stach mir ihr roter Mantel ins Auge.

»So einen Mantel hatte ich auch mal«, wechselte ich das Thema. Zu meiner Überraschung fing sie an zu lachen. Ein ungläubiges Lachen, wie ein Kind, das seinen Teddybären in einem Vogelkäfig wiedergefunden hat.

»Das ist der beschissenste Mantel, den ich je hatte, aber ich *liebe* ihn«, schrie sie, ein übermütiges Kieksen in der Stimme.

»Ich bin mir damit immer vorgekommen wie der Weihnachtsmann höchstpersönlich. Ist mir unheimlich gewesen. Deshalb hab ich ihn in die hinterste Ecke meines Kleiderschranks verbannt«, sagte ich lachend.

Sie kicherte.

»Was wäre das Problem? Ich stell' es mir toll vor, der Weihnachtsmann höchstpersönlich zu sein. Dann dürfte ich mir was wünschen. Oder noch besser: Ich würde alle bösen Kinder bestrafen. Allen voran die Arschlöcher auf meiner Schule.«

»Wie heißt denn du? Steh auf, du holst dir ja den Tod und eine Blasenentzündung.«

»Also gut.« Sie nahm die Hand, die ich ihr reichte und erhob sich endlich von der Kälte unter ihrem Arsch.

»Hallo, ich heiße Jasmina.« Sie überragte mich um einige Köpfe. Einsachtzig oder so, und wir mussten wieder lachen, weil ich jetzt so klein vor ihr stand, wie sie eben noch vor mir gesessen hatte. Jedenfalls glaubte ich, dass das der Grund war, warum wir lachten.

»Und wie heißt du, Kleine?«, fragte sie, beinahe liebevoll. Mir wurde ganz warm ums Herz. Sie hatte den Mut, einen Menschen, den sie gar nicht kannte, »Kleine« zu nennen. Zu keiner Zeit des Gesprächs hatte sie sich verstellt. Solche Leute mochte ich!

»Zur Hölle mit der Schule und mit Amerika«, lachte ich, »jetzt gehen wir erst mal einen Kaffee trinken.«

»Ich trink zwei Gin Tonic«, lachte Jasmina, »einen auf dich und einen auf den Nikolaus.«

Ich schleppte Jasmina ins nahegelegene Café Rosebud. Sie schaute sich andauernd um und lachte über alle ersten Verlegenheiten hinweg. Ich hatte das Gefühl, dass sie es nicht gewohnt war, in so Künstler-Cafés zu verkehren. Mehr als einmal verkündete Jasmina, dass sie jede Sekunde genieße, die sie in Freiheit verbringen darf. Was Jasminas »Freiheit« entgegenstand – so viel hatte ich schon begriffen –, war die tägliche Anwesenheitspflicht in der Oberschule eines Gymnasiums. Jasmina wollte wissen, ob hier auch »echte Künstler verkehren«. Der einzige Künstler, den sie persönlich kenne, sei »der komische Malerfreund« ihrer Mutter, der mal eine Ausstellung auf der Berlin-Biennale hatte, sowie den ein oder anderen Designerfreund ihrer Schwester.

Jasminas flatternde Aufgeregtheit, ihr kleines, rundes Schneewittchengesicht – rote Bäckchen, blass geschminkt, bisschen Gothic, dachte ich verzückt – stand im krassen Gegensatz zu ihrer forschen, ja, lauten Art. Sie hatte sogar etwas *Twäng* in der Stimme. Und auch wenn sie zwischendurch ein paar Mal mit den Tränen kämpfte, so brachte Jasmina doch in jedem dritten Satz so kämpferische Begriffe wie »Gewaltverhältnisse«, »weltweite Protestbewegung« oder »Aufstand« unter. Dabei brauchte sie Ewigkeiten, um den Blick von der altromantischen Engelchentapete zu den Menschen wandern zu lassen, die in erwachsener Krawattenlässigkeit bei Russischem Borschtsch, Bier vom Fass und Chai-Latte den Nachmittag ausklingen ließen. Ich fing Jasminas Blick auf, aus dem sowas sprach wie: Die Lidstriche der Frauen hier im Café sind kleine dezente Striche und orientieren sich nicht gerade an gefährlichen Hinterhofkatzen. Ob hier überhaupt schon jemand jemals eine Lilasträhnchenpunkfrisur gehabt hat?

Und auch ich sah so aus, als ob ich in diese Gesellschaft passen wollte. Als Sängerin hatte ich natürlich den Dreh raus ... Mich ausgeflippt zu kleiden, war eine Pflicht, die ich gerne erfüllte. Von mir waren Bilder in allen möglichen Styles im Umlauf: vom exaltierten Lederrockoutfit bis hin zur lustigen blonden Hochsteckfrisur, mal im Blumenkleid, mal im Army-Look, alles durchwirkt mit witzigen Accessoires. Was man sich als fantasiebegabter Mensch halt alles so einfallen ließ, wenn der Tag lang war und wenn eine Fotosession nahte. Privat trug ich am liebsten enge, knielange Kleider oder Röcke. Aber so extrovertiert und over the top ich mich auch kleidete, es war doch immer klar, dass sich die Auswahl meiner Kleider innerhalb des erwünschten gesellschaftlichen Ganzen bewegte. Wenn nicht sogar noch mehr ... Wenn ich zum Beispiel tief dekolletierte T-Shirts trug, wusste ich, dass Männer scharf auf mich waren. Sie schnauften dann so komisch, zumindest glaubte ich zu diesem Zeitpunkt noch, dass so etwas am Dekolleté liegen konnte. Das alles gehörte irgendwie dazu, in these sextimes, und ich hinterfragte es nicht dauernd.

Jasmina schien da anders zu sein. Sie sah so aus, als wollte sie exakt niemandem gefallen außer sich selbst und auf keinen Fall in diese fucking Gesellschaft passen. Warum sonst hatte sie ein Zungenpiercing? Was lag ihr auf der Zunge, was nicht raus durfte, aber raus musste, fragte ich mich und kam mir verdammt spießig vor. Wenn es eines gab, was einen als absoluten Idioten auswies, dann war es ja wohl der Versuch, subkulturelle Zeichen psychologisch zu deuten. Nein, nein, nein, das geht gar nicht, schalt ich mich selbst und bemühte mich, beim Sprechen mit Jasmina nicht mehr auf die silbernen Dinger zu achten, die wie Reißverschlüsse auf ihrer Zunge hafteten. Stattdessen überlegte ich mir, ob sie vielleicht ein Emo-Punk war oder eher so eine Art romantisches Gothic-Rebel-Girl.

Oh Gott, ich war 32 Jahre alt, und obwohl man mich noch zur Jugend zählte, war ich eine dieser »normalen« *Mitte*-Frauen geworden – oder immer schon gewesen? –, die in der einen Handtasche eine Zukunft in magenta-roten Schleifchen und in der anderen ihre blau-weiß-karierte Gegenwart spazieren führte. Nachdenklich trank ich ein paar Schlucke Cappuccino, während Jasmina mir erzählte, dass sie seit Sommer zu einer »politischen Gang von Mädchen« gehörte, die Sticker in der Stadt verteilten, mit Sprüchen wie »My dress is not a yes« oder »Mein heißer Körper gehört mir selber«. Sie hatten auch schon Demonstrationen organisiert. »Gegen die Verharmlosung von sexualisierter Gewalt und für sexuelle Selbstbestimmung. Aber auch gegen den Überwachungswahn«, wie Jasmina es nannte. Für den Sommer planten sie wieder »was Großes«. Sie wollten Walk a mile in her shoes nach Deutschland holen, um klar zu machen, dass sexualisierte Gewalt nicht nur ein Frauenthema ist, sondern auch Männer etwas angeht.

Komisch, dachte ich, über den ersten Teil des Satzes stolpernd. Das hatte ich so noch nie gehört. Ich wusste, dass man Musicals nach Deutschland holen konnte oder TV-Formate, Musikrichtungen. Aber »Demonstrationsformen«? Ich versuchte mir meine Verwunderung nicht anmerken zu lassen, denn »Awareness-Rising«, wie Jasmina sich ausdrückte, gehörte nicht gerade zu meinen Kernkompetenzen. Ich war schon froh, wenn ich mich mit mir selbst auf *einen* Gedanken oder auf *eine* Akkordentwicklung auf dem Piano einigen konnte, ohne sogleich in drei Ableitungen und fünf Umkehrungen zu verfallen.

Zwischen uns beiden entstanden die positiven Impulse von Freundschaft, die mit einem enormen Rededrang verbunden sind. Man lernt jemanden Neues kennen und hat Angst, diesen Menschen sofort wieder zu verlieren, wenn man ihm oder ihr nicht in den ersten zehn Minuten sein ganzes Leben erzählt. Im Nachhinein glaube ich, dass unser erstes Treffen viel aufgedrehter war, als es hätte sein müssen. Denn mit meiner großen Liebe hatte ich auch eine große Droge verloren. Jasmina und ich redeten wie Verliebte aufeinander ein, und so kam es, dass ich ihr schon in der ersten halben Stunde unseres Gesprächs meinen gesamten Liebesschmerz vor die Füße warf. Ich erzählte ihr, dass Ivor mir vorgeworfen hatte, so ein positiver und starker Mensch zu sein.

»Er kommt nicht damit zurecht, dass ich so gut drauf bin. Er hat gesagt, ich hätte doch keine Ahnung, wie sich so ein Leben am Abgrund anfühlt. Er hat sich als einen durch und durch zerstörten Menschen bezeichnet. Einer, der immer noch an den Schlägen seines Vaters in der Kindheit und dem Wahnsinn seiner Mutter leidet. Er hat behauptet, dass er sich wie ein im Krieg vergewaltigter Mensch fühlt.« Ich bereute sofort, dass mir das so eins zu eins rausgerutscht war. Aber mit irgendwem musste ich mal darüber reden. Und dieses Mädchen war mir im Moment näher als alle meine Freundinnen und Freunde zusammengenommen. Jasmina musste mein Zögern bemerkt haben, jedenfalls unterbrach sie mich.

»Moment, Moment, war er denn im Krieg? Woher will er wissen, wie es sich anfühlt, im Krieg vergewaltigt worden zu sein?«

»Nein, aber seine Kindheit war echt die Hölle.«

»Aha.« Jasmina bemühte sich, ein ernstes Gesicht zu machen, aber in ihren Augen konnte ich ablesen, wie suspekt ihr Ivors Bemerkung war.

»Er kommt aus einer ganz schlimmen Familie«, verteidigte ich meinen *Man*, »aber im Nachhinein empfinde ich es schon als unverschämt, dass er mir, in genau dem Moment, wo er mir den Boden unter den Füßen wegzieht und Schluss macht, auch noch vorwirft, nie aus dem Gleichgewicht zu kommen. Er hätte mir das alles ja auch mal sagen können, als wir noch zusammen waren.« Das mal loszuwerden war wie einen doppelten Tequila trinken. In eine saure Zitrone beißen und los geht's, runter in einem Ruck. Und so erzählte ich dem fremden Mädchen auch gleich noch den Rest meines Lebens: »So eine tolle Kindheit hatte ich nun auch wieder nicht. Ivor wusste doch von meiner Angststörung, die ich einfach nicht loswerde. Meine Mutter war von meinem achten bis zum dreizehnten Lebensjahr immer mal wieder in der Psychiatrie und währenddessen zog unsere kleine Familie auch noch von England nach Deutschland. Mutter hat meine Sprache zensiert. Sie hatte ’ne krasse Angstneurose. Ich durfte niemals Wörter sagen, die irgendwie mit ›Tod‹ oder ›Krankheit‹ in Verbindung standen. Ich musste immer höllisch aufpassen, was ich sage und was nicht. Wenn ich etwas Falsches gesagt habe, dann war die Hölle los. Dann hat sie mich kleine Zettel schreiben lassen, auf denen ich alles wieder richtigstellen musste. Ich musste mir dann auf Anhieb Worte ausdenken, die einen ähnlichen Klang hatten, wie die, die ich in Wirklichkeit gesagt hatte. Hauptsache nichts mit Krankheit oder Tod. Vielleicht hab’ ich deshalb so ’ne Schwäche für diese besonderen Phrasierungen beim Singen, fürs Vertauschen und Improvisieren. Trotzdem haben sich die Angstgefühle meiner Mutter auch ein bisschen auf mich übertragen, und es ist ein Wunder, dass ich noch ein fröhlicher Mensch geworden bin. Das lass’ ich mir von niemandem wegnehmen oder kleinreden.« Ich spürte, wie mir die Tränen in die Augen stiegen und konnte gar nicht mehr weiterreden.

Jasmina legte ihre Hand auf meine Hand, in ihren Augen las ich aufkeimende Sympathie für meine Geschichte und auch eine gewisse Wut auf Ivor.

»Ich find’s toll, dass du so fröhlich bist«, sagte sie schließlich, »da kannst du mir gerne was davon abgeben. Dein Typ soll doch froh sein, dass er dich hat.« Für sie war ich scheinbar einfach eine Sängerin, die es geschafft hatte, sich in dem Labyrinth aus Spiel und Gewalt da draußen zurechtzufinden. Eine Coole.

»Davon abgesehen«, sagte ich, »bin ich jetzt auch nicht gerade eine Gute-Laune-Maschine. Nur weil ich mit meinem Leben im Reinen bin. Aber es stimmt schon, als ich mit Ivor zusammen war, war ich immerzu fröhlich. Aber ist doch klar, ich war halt happy. Ivor ist ein toller Typ. Er war wie eine Droge für mich.«

Sie verstand sofort, sie ergänzte lachend: »Natürlich warst du fröhlich, wenn du mit ihm zusammen warst. Du warst ja schließlich verliebt.«

»Ja genau, er weiß gar nicht, wie ich bin, wenn ich nicht verliebt bin, er kennt mich ja nur so.« Wir lachten. Das Eis zwischen mir und Jasmina, falls es überhaupt je so etwas wie ein Eis zwischen uns gegeben hatte, war nun endgültig gebrochen.

Ich fand heraus, dass Jasmina eine Zwillingsschwester hatte, die ihr im gleichen Maße ähnlich wie unähnlich war. Jasmina und Candice wohnten ohne Mutter und Vater in einer Drei-Zimmer-Dachgeschosswohnung, die Jasmina aber zu eng war. Während sie mir aus ihrem Leben erzählte, hatte ich das Gefühl, dass sie so einiges aussparte. Sie stockte oft und redete dann an einem anderen Punkt weiter, als könnte sie mir nicht alles zumuten. Sie sagte oft »egal«, und wer beschreibt mein Erstaunen, als sie mir erzählte, dass ihre Zwillingsschwester bereits eine Honorarstelle als Schneiderin bei einem jungen Kleindesigner-Label hatte, obwohl auch Candice immer noch in die Schule ging.

Mit gesenkter Stimme erzählte Jasmina, dass sie Candice nachts oft heimlich in die Schneiderstube begleiten muss, damit ihre Schwester dort nicht alleine war.

»Das darf aber niemand wissen«, flüsterte sie. »Es weiß dort auch keiner, dass wir beide noch Schülerinnen sind. Du darfst es absolut nicht weitersagen!«, schärfte sie mir mit einer Scham in der Stimme ein, die so gar nicht zu ihrem furchtlosen Wesen zu passen schien. Als ob es ein Verbrechen wäre, noch in die Schule zu gehen!

»Und stell dir vor, die arme Candice bleibt vielleicht sitzen, und muss dann noch 'n Jahr länger in die Schule. Die ist ganz tief in der Scheiße.«

Jasmina selbst war Bloggerin. Unter dem Pseudonym »Grüner Jasmintee« betrieb sie einen Blog mit dem schönen Titel »Shameless Birds«.

»Etwas mit Tee, das klingt ein bisschen harmlos, ich weiß.« Sie sagte das beinahe entschuldigend.

»Na ja, ich als Engländerin finde das super«, fiel ich ihr ins Wort, aber Jasmina war nicht zu stoppen:

»So ein Pseudonym braucht halt einen harmlosen Titel. Umso mehr kickt es dann, radikales Zeugs da reinzuschreiben.«

»Verstehe.«

»Irgendwer muss die Welt ja retten, das hätte man sich schon wieder denken können, dass das an mir hängen bleibt«, sagte sie trocken und reichte mir ihren Gin Tonic rüber.

»Willst du wirklich nicht?«

»Nee, danke, lass mal, ich bin Koffein-Junkie.« Wer wie ich sein Leben nüchtern verbrachte, wusste sich zu helfen, wenn es darum ging, die eigenen Exzesse auszuschmücken ...

Es stellte sich heraus, dass Jasmina ebenfalls Koffein-Junkie war. Aber damit nicht genug, sie war auch noch schlaftablettensüchtig, »um von den Aufputschgetränken wieder runterzukommen«. Gegen alle Menschenrechte werde von ihr verlangt, jeden Morgen um acht Uhr in der Schule anzutanzen.

»Es gibt hier zwar eine Versammlungsfreiheit, aber ich darf nicht selbst entscheiden, wann ich aufstehe und wann ich ins Bett gehe. Das sehe ich nicht ein«, sagte sie. Ihre Euphorie kippte in Verzweiflung um, schon wieder, weil es um die blöde Schule ging. Das Thema Schule schien augenblicklich einen anderen Menschen aus ihr zu machen. Für einen Moment rührten mich ihre niedergeschlagenen Augen, seitdem Ivor mit mir Schluss gemacht hatte, war ich nicht mehr in das Unglück eines anderen Menschen eingetaucht.

Und so redete ich ihr spontan die ganze Amerikareise aus, während draußen ein fieser Winterregen an die Fensterscheibe prasselte. Oh mein Gott, was für Belastungsproben das Leben für uns alle bereitstellt, dachte ich, aber als dann »Heart of glass«, die Discopophymne schlechthin, aus den Lautsprecherboxen schallte, fiel mir zum Glück noch in derselben Minute ein: Quatsch, das Leben ist wundervoll!

»Schau, du machst das so«, sagte ich streng. »Du gehst zu dieser Ärztin, sie heißt Frau Fenchel, lustigerweise. Fenchel wie *Fenchel-*

Tee. Sie ist noch ’ne schlimmere Hypochonderin als ich. Du sagst ihr, dir sei eine Tasse, oder besser noch, ein Bierkrug auf den Kopf gefallen. Du sagst, du hättest seitdem fürchterliche Kopfschmerzen. Du versprichst ihr, dass du dich eine Woche ins Bett legst. Und falls es dann nicht besser ist, behauptest du, würdest du zum Röntgen gehen. Sie wird dir dann eine schwere Gehirnerschütterung attestieren und sagen, dass du wiederkommen sollst, wenn es in einer Woche nicht besser ist. Und dann bist du frei. Frei. Frei. Frei. Frei wie ein *shameless bird*. Du kannst dich natürlich, wenn dir danach ist, wirklich mal eine Woche ins Bett legen«, ergänzte ich, halb im Scherz, halb im Ernst.

»Hurra, das ist genial.« Jasmina sprang in die Luft und hätte beinahe tatsächlich eine Tasse umgeworfen.

»Jetzt glaube ich langsam, dass du der Weihnachtsmann bist«, rief sie. Durch die Aussicht, einfach zu Hause bleiben zu dürfen, schienen alle Lebensgeister auf einmal zu ihr zurückgekehrt zu sein. Ich lud sie ein, heute Abend ins Clärchens Ballhaus zu kommen. Ich hatte dort einen Gastauftritt mit Gesang, im DJ-Set meines Mitmusikers Benno. Aber Jasmina entschuldigte sich, sie müsse jetzt nach Hause, Gehirnerschütterung planen, zwinker zwinker. Ich schrieb ihr die Adresse von Frau Fenchel auf einen Zettel.

»Ich erkläre dich heute in meinem Blog zur Heldin des Tages«, jubelte Jasmina noch. »Ohne Angabe von Gründen, natürlich.« Wir beschlossen, uns bald wieder zu treffen. Sie fiel mir um den Hals, bedankte sich tausendmal für die »geniale Idee mit der Gehirnerschütterung« und sagte schließlich, mehr zu sich selbst als zu mir: »Dann kann ich jetzt weiter meine Schwester beschützen. Die ist nämlich vor kurzem nach einem Geschäftsessen des Modelabels, bei dem sie arbeitet, vom Artdirektor sexuell belästigt worden.« Sie verschwand um die Ecke.

Ich blickte ihr noch lange hinterher.

Trinkteufel

Wenn eine verlassen wird, dann ist es ja nicht so, dass sie es ununterbrochen fühlt oder alle paar Minuten daran denkt. Ich hatte schon seit mehreren Stunden nicht mehr an die Ivorgeschichte gedacht oder den Ivorschmerz gefühlt.

Der Kopf war leer, während sich die Hände durch Schuhkartons voller Vinyl-Singles wühlten. Die Songs, die wir auflegten, kamen aus Zeiten, in denen ich noch nicht gelebt hatte, oder sie klangen nach Zeiten, in denen keiner von uns mehr leben würde. Selbst Benno spielte nur Electro-Swing-Tracks, die etwas Futuristisches und Nostalgisches zugleich hatten. Zwischendurch ’n bisschen Electropopgegenwart, Little Boots: »Say a little prayer«. Vielleicht weil uns die Gegenwart abhanden gekommen war, im drehenden Schwarz der runden Schallplatten. Oh ich liebte es, hinter dem DJ-Pult zu verschwinden. Schon tanzten auch die ersten schönen Frauen. Tanzende Frauen sind immer schön, dachte ich, und erst recht die in Clärchens Ballhaus. Die Tanzflächenräusche waren doch die besten. Keine fremden Substanzen, nur körpereigene Drogen, die im Schnelldurchlauf aufgefahren wurden. Nur dass einem, kaum, dass man mal drei Lieder am Stück getanzt hatte, alle möglichen vorbewussten Entscheidungen wieder einfielen, zu deren Umsetzung einem bislang der Mut gefehlt hatte. Sehr gefährlich. Ich hatte alle radikalen Entscheidungen meines Lebens auf einer Tanzfläche getroffen. Ballonröcke sind immer noch in Mode, schon im dritten Jahr hintereinander, schweifte ich in Gedanken ab. Ob die Mode sich dafür am Swing, oder der Swing sich an der Mode orientiert? Nicht nur mit den Beinen, mit dem ganzen Körper tanzen wir, yes! Das mit der Ballonrockmode war bestimmt nur Zufall. Ruhig das

Köpfchen wieder fallen lassen, die Schultern ausschütteln, Mister Sister! Es waren vor allem Frauen, die so tanzten. Wehe, wenn sie losgelassen werden, dachte ich mit einem Schmunzeln. *When the working day is done.* Lass die Welt zu Hause. Lass doch ruhig die andern blöd sein, Hauptsache du bist es nicht.

Oh, mein kleiner DJ-Einsatz fing an, mir Spaß zu machen. Wenn man erst mal klar hatte, was man als Nächstes, Übernächstes und als Überübernächstes spielen würde, dann war auch wieder Zeit da für Blicke. Und Blinzeln. Ich lächelte meinem Komplizen Benno zu. Er war die andere Hälfte von Café Prag. Wir hätten Geschwister sein können. Er war nicht geheimnisvoll, sondern hell und verrückt, wie ich. Mit seinen haribobärgelben Locken. Ich konnte mir nicht helfen, manchmal sah Benno wie ein junger Thomas Gottschalk auf Speed aus. Ein großer, bunter, barocker, brokatgeschmückter, gut gelaunter Hahn im Korb all der kleinen Swing-Girls. Oh mein Benno! Leider war er nicht mein Typ. Ich stehe doch nicht auf blonde Männer, dachte ich. Mit Benno zusammen Platten auflegen war so, als würde man im Traum eines anderen mitwirken. Man war eine Stimme, die aus einer anderen Stimme kam. Die heißesten Allerweltsweisheiten: Psalmen der Freiheit. Auf der Tanzfläche explodierte der ganze herbeigesehnte Sex.

Benno mischte etwas hysterisches Housepiano in die Swingtracks, ich stöpselte das Mikro ein. Zeit für eine kleine Gesangseinlage. Sie bestand im Wesentlichen aus dem Satz »I need love«. Ich versuchte, nicht daran zu denken, was ich da eigentlich sang, während das Publikum ausflippte. Sie feuerten mich mit Rufen an. Oh yes, lange hielt eine frisch verlassene Frau das nicht mehr aus, »I need love« zu singen, verdammt noch mal, jaaaa! Zum fünften, sechsten, zehnten Mal: *I need love*. Ich täuschte eine Art Ekstase vor, oder war sie echt? Dann tat ich so, als würde ich über meine eigenen Worte lachen. Bis »I need love« nur noch das Aufstampfen einer Gummistiefeldiva war. Dabei genoss ich es, wie meine Sopranstimme die Höhen mit der Leichtigkeit eines spielenden Kindes nahm. Wenn eine von Berufs wegen »I need love« in ein

Mikro singen muss, dann kann sie nur schwer verdrängen, dass sie wirklich Liebe braucht, dachten Reste von Bewusstsein in mir. Dabei war ich doch erst seit einer Woche allein. Aber nicht mehr daran gewöhnt, ist Alleinsein schlimmer. Der Auftritt war so schnell vorbei wie er begonnen hatte, mein Glas war leer. Na ja, war ja auch nur ein Schluck Rotwein gewesen, 0,1 l. Die Tanzenden pfiffen und schrien nach einer Zugabe, als ob man sie aus einem schönen Traum gerissen hätte. Ich schüttelte den Kopf. Benno musste ohne mich weitermachen.

In dem Moment, als endlich Feierabend war, erspähte ich Bennos besten Freund, den wir alle nur »Pfau« nannten. Der Pfau saß wenige Schritte vom DJ-Pult entfernt an der Bar. Ich habe ihn noch nie leiden können. Er saß da schon wieder so arrogant, als hielte er sich für etwas Besseres, und genau das tat er ja auch, mit seinen Markenzeichen: gelbe Krawatte, Hipsterbärtchen, Anzug. Sich für etwas Besseres halten! Und schleuderte mir den Satz »Warum macht denn Clarissa nicht weiter?« über die Tanzenden hinweg, direkt ins Gesicht. Beim Pfau musste man vorsichtig sein. Er hatte immer eine unverschämte Unterstellung auf den Lippen, allein, dass er mich »Clarissa« nannte, wo ich doch für alle anderen hier die lustige, coole Lilly Vegas war! Was soll das denn?, überlegte ich, und ein dumpfer Schmerz fuhr mir in den Magen. Warum mischte sich Mister Steifer Hals schon wieder in meine Angelegenheiten ein? Ein, zwei Sekunden, in denen ich nur Pfauenauge sah. Es sprang hervor, spiegelte sich im Schwarz des Vinyls, hellgraues Pfauenauge, du lauerst überall, als ob der Lauerbauer ein Recht darauf hätte, meine Handlungen zu kontrollieren. Mir wurde ganz schwindelig, aber dieses Mal nicht von der Musik, sondern aus Angst davor, dass er morgen in seiner Radiosendung wieder abfällige Bemerkungen über mich unterbringen würde. Der Pfau nutzte schließlich jede Gelegenheit, mich öffentlich auf meine Rolle als Frau zu reduzieren. Mal war ich sein »Engel mit den wollüstigen Lippen«, mal »die Frau, die nichts kann, außer schön singen«. (Seit ich 15 war, mehr als mein halbes Leben also, hatte ich damit verbracht, Akkorde, Melodien und Lyrics zu klasse Songs zu formen. Ich hatte sogar angefangen, Lieder auf Deutsch zu texten, und das war eine kleine Kunst, wenn man das vokalreiche Englisch gewohnt war.) Aber der Pfau war in Berlin ein äußerst populärer Radio-DJ, der sogar Startindenmorgenprogramm machen durfte, und wer wollte ihm da, so früh am Morgen, schon widersprechen? (Das war, zugegebenermaßen, ein Problem von uns Nachtschwärmern: Während wir schutzlos in den Seilen unseres Schönheitsschlafs hingen, war der Mob schon wieder auf den Beinen, um uns Gute-Laune-Tänzer in Grund und Boden zu treten.) Oh, was nuschelte und tuschelte da so? Ich machte, dass ich weg kam, schnell runter von der DJ-Kanzel, es passte nicht zu meiner lebensfreundlichen Einstellung, mich im Pfauenauge zu spiegeln.

Am Anfang seiner Karriere hatte ich ihm sogar geholfen. Als der Pfau neu in Berlin war, habe ich der Programmleitung von Radio Glanz ständig von ihm vorgeschwärmt. Ich kannte ein paar Typen von dem Sender noch aus meiner Schulzeit in Aachen. Und da sie unseren Hit »Chelsea Bells« zu dieser Zeit rauf und runter spielten, hatte ich bei Radio Glanz einen Stein im Brett gehabt. Der Pfau hatte unbedingt eine Festanstellung beim Radio gewollt, und was sprach schon dagegen, dem besten Freund meines besten Freundes zu helfen? Noch dazu, wo er mir so begehrliche Blicke zuwarf, die mir durchaus schmeichelten.

Pfau küsst Schmetterling küsst Pfau.

Ich weiß nicht, was letztendlich den Ausschlag gegeben hat, den Pfau bei Radio Glanz einzustellen. Ich weiß nur, dass er den Aachenern am Anfang nicht ganz geheuer war. Vielleicht, weil seine Witze auch damals schon die Tendenz hatten, übers Ziel hinauszuschießen. Mittlerweile regte sich keiner mehr darüber auf, wenn er eine junge Mutter in seiner Sendung fragte, ob sie es schon bereut habe, das Kind bekommen zu haben? (Denn so eine Geburt – die ruiniere ja nicht nur den Körper einer Frau, ähem: »Also, Spaß beiseite, siehst du jetzt zehn Jahre älter aus?«)

»Ich gehe«, schrie ich Benno ins Ohr, der nickte.

»Bis morgen.«

»Morgen komme ich erst nach acht Uhr abends ins Studio. Muss vorher noch zu einer Besprechung beim British Council«, sagte ich. Aber so genau wollte es Benno, wollten es die Leute um einen herum nun auch wieder nicht wissen. Die letzten kleinen Details in den Leben anderer Menschen sind allen völlig egal. Bis auf den Pfau, der wollte immer alles ganz genau wissen. Aber ich durfte nie wieder schwach werden. Nie wieder. Ich verbeugte mich noch einmal vor Benno und hörte seine Stimme an meinem Ohr:

»Well, done, Mister Sister Midnight!«

Benno war mein Anker bei den Schiffbrüchen des Lebens. Was für ein Jammer, dass ich ihn mit dem Pfau teilen musste. Ach, wenn ich doch auch eine Zwillingsschwester hätte. So eine feine Zwillingsschwester müsste man haben, dachte ich. Das wäre besser als ein bester Freund. Die würde sich nicht mit den eigenen Feinden einlassen, dachte ich sehnsuchtsvoll, während ich an der gelben Krawatte vorbeilief, ohne ihren Träger zu beachten.

Oben, an der Garderobe – war ich die einzige hier? – verlangte ich nach meinem Mantel, stürzte fast über die hochhackigen Schuhe, die ich trug, dabei war mir nichts zu hoch heute. Ich hielt mich an der Theke fest. Einer war da, half mir, mich wieder aufzurichten.

»Danke, geht schon.« Er hängte mir den Mantel um die Schultern. Anziehen musste ich ihn schon noch selbst. Ich war plötzlich so müde. Ich hätte gerade noch einen brauchen können, der mir die Arme in die Mantelärmel steckte. Man müsste mehr im Futter des Lebens bleiben, nicht so sehr in den Außenaugenblicken verhaftet, fühlte ich mehr, als ich dachte, während ich den Pfau in dem rötlich schimmernden Flur auf mich zukommen sah. Er war mir gefolgt, no doubt. Wir standen uns im Halbrot gegenüber. Ich schaute zur Seite, sah Samt und Seide auf Tischen mit blauen Deckchen. Schwere Kerzenleuchter, antik, barock. Berlin der zwanziger Jahre. Der Pfau sagte, ohne mit der Wimper zu zucken, während er mir offen ins Gesicht lachte: »Die Leute sind ganz schön abgegangen bei deinem Set. Darauf brauchst du dir aber nichts einzubilden. Du spielst ja nur Kommerzkacke, du Hure.« Er sagte es sehr leise, nicht besonders aggressiv. Wie eine nüchterne Tatsachenfeststellung, eine objektive Beobachtung. Und er hatte auch die Stimme nicht gehoben, beim letzten Teil des Satzes. Dann, als ob das hier ein Fachgespräch über Dance-Musik wäre, fügte er noch hinzu: »Little Boots, Hot Chip, Santigold. Das kann ja jeder, dazu die ganzen verblödeten Swing-Remixe. Ich fand's ja gar nicht schlecht, aber etwas Besonderes ist es auch nicht, was du spielst. Das weißt du?«

»Es muss auch nichts Besonderes sein. Hauptsache die Leute haben getanzt«, wollte ich sagen. Lag mir auf den Lippen. Aber ich sagte nichts. Exakt kein Wort. Eine Rechtfertigung würde ihm nur recht geben. Ich war so traurig. Ich habe sogar sehr besonders aufgelegt, dachte ich. Auch rare Tracks von Little Boots habe ich gespielt und auch völlig unbekannte Swing-Sachen. Weil ich ein gutes Gespür für Musik habe. Mein Gespür für Musik ist dem Pfau schon immer ein Dorn im Auge gewesen. Er wägte stets sehr genau ab, wer in seinem Freundeskreis *was* können durfte und was nicht. Da ich für die Öffentlichkeit schon die tolle Sängerin war und auch noch gut dabei aussah, durfte ich seiner Meinung nach durch kein weiteres Talent auffällig werden. Der Pfau gestand mir wahrscheinlich nicht einmal zu, ein Weihnachtsgeschenk für meine Mutter schön verzieren zu können oder was weiß ich, dass ich den Namen des englischen Premierministers kannte. Erst beim Treppenhinabsteigen machte es mich wütend, dass er mich »Hure« genannt hatte. Was fiel diesem Kanarienvogel ein! Er wusste doch, dass Benno mir für diesen Kurzauftritt nicht einmal Geld bezahlt hatte. Es war ein purer Freundschaftsdienst gewesen.

Ich beschloss, einen Umweg zu machen. Den Pfau abhängen, auf die Mitarbeitertoilette gehen, durch das weiträumige Foyer, heimlich. Haare kämmen, Wimpern tuschen, Lidstrich nachziehen.

Der Pfau ist ein Arschloch, dachte ich, warum sollte ich beleidigt sein, wenn mich so einer als »Hure« bezeichnet? Huren sind alle sehr unterschiedlich und können bestimmt tolle Freundinnen sein, dachte ich und beschloss, im unbeobachteten Moment abzuhauen. Im Schutz des Schummerlichts aus dem Club eilen, mit der Rotweingelassenheit im Blut. Noch woanders hingehen. Den Abend an einem Ort ausklingen lassen, der Geborgenheit verspricht. Den Euphorie-Pegel mit einem doppelten Espresso halten. Aber da hatte ich nicht mit meinen Fans und Verehrern gerechnet.

»Wir kommen mit«, hieß es, als ich am Bassisten der Gruppe Struwwelpeter vorbei in Richtung Ausgang eilte.

»Here comes Lilly Vegas«, rief er lachend und stellte sich mir in den Weg, »wherever you go, lass uns noch was zusammen trinken, wunderbare Lilly!«

»Also gut«, sagte ich und fügte großartig hinzu: »Durchaus möglich, dass der Mond viel zu voll am Himmel steht, um alleine in ein menschenleeres Café zu gehen.«

In einer Traube aus acht bis zehn Mann sah ich mich in eine Kneipe namens Trinkteufel marschieren. Die meisten Jungs aus meiner neuen »Peer Group« kannte ich schon. Einige von ihnen spielten bei der beliebten, deutschsprachigen Britpop-Band Struwwelpeter. Ich hatte sogar die Ehre, mal im selben Call-Center gejobbt zu haben wie zwei der Struwwelpeters, bevor dann zeitgleich unsere Musikkarrieren losgingen. Oh, die Struwwelpeters wussten Bescheid. Sie kannten es, das »Lexikon in L«, »The Lexicon of Love«, wie wir Britpopper es scherzhaft nannten, nach dem Albumklassiker der Gruppe ABC.

»Wollen Sie ein 37-bändiges, völlig neuartiges Lexikon im schicken braunen Ledereinband haben? Wir würden ihnen dann auch schon mal eins vorab zuschicken. Damit sie sich das mal anschauen können. Sie bekommen von uns den Buchstaben ›L‹ geschenkt, natürlich ohne jeden Kaufzwang und umsonst. *Das ist übrigens auch ein tolles Weihnachtsgeschenk. Für den Fall, dass sie es weiterverschenken wollen.«* Es hatte fünf Euro die Stunde gegeben, und das Call-Center befand sich im Hinterhof einer Chemiefabrik, in einem Berliner Außenbezirk. Der verführerische Stundenlohn minimierte sich allerdings schnell, wenn man sich zwischendurch mal ausloggte, um auf die Toilette zu gehen oder etwas zu trinken.

Die Struwwelpeters waren auf den ersten Blick nette Jungs, aber hoffnungslose Machos. Struwwelpeter stellten die Frauen in der Szene vor ein echtes Dilemma. Außerdem gaben sie sich gerne das Image der totalen Outlaws, während man aber immer nur weiße, deutsche Abiturienten in ihren Reihen sah. Zum Glück war ihr Großmaul, der Sänger Amor, heute nicht dabei. Wir hätten uns gegenseitig in den Wahnsinn getrieben! Mit den Komplimenten, die der Sänger von Struwwelpeter mir schon gemacht hatte, hätte man ein ganzes Lexikon füllen können. *The Lexicon of Love*.

Winternächte haben diesen besonderen Duft, sie ziehen einen geradewegs in eine Zukunft hinein. Als würden alle kommenden Nächte auf dieser einen basieren. Sah so aus, als ob sämtliche Sterne vom Himmel gefallen wären. Sie funkelten im Schnee. Ich registrierte, dass meine Hände in den Manteltaschen zu Fäusten geballt waren. Und als wir nach einer turbulenten Taxifahrt im Trinkteufel angekommen waren, durfte mir ein Struwwelpeter ein Glas Rotwein ausgeben. Hallo, du Absturzkneipe mit dem fantastischen Untertitel: »Das Tor zur Hölle!«

Nein, heute keine Anstrengung mehr. Bitte nicht über etwas von Bedeutung reden. Nach einem Auftritt will ich keine echten Gespräche mehr führen, lieber lustige Pseudogespräche. Einer von Struwwelpeter erzählte, dass er dabei war, wie sie den Rocksänger Pete Doherty im großen Bogen aus dem Trinkteufel geschmissen hatten. Der Babyshambles-Sänger hatte daraufhin Autos demoliert und war für eine Nacht in einem deutschen Knast gelandet. Auf diese Weise hatte sich der Trinkteufel über die Grenzen Berlins hinweg einen legendären Ruf erworben. Ich konnte mir beim besten Willen nicht vorstellen, was einer tun musste, um aus *dieser* Kaschemme geschmissen zu werden. Noch dazu, wenn er ein Rockstar war. Die lustigen Gesellen saßen wie festgeklebt an den Tigermustertischen, gerade so, als ob sie seit Jahren in diesem Blaulicht leben würden. Ich nahm noch einen von den leuchtend grünen Schnäpsen. Ein herrliches Grün war das, wie Waldmeistereis. Eine kurze Sehnsucht nach Kindheit streifte mich. Auch ich warf jetzt meine Pete-Doherty-Geschichte in die Runde.

»Ich habe ihn am Abend vor seinem Trinkhöllenabsturz im White Trash kennengelernt, wo ich gerade mit Gordon Raphael, dem Strokes-Produzenten, am Tisch saß, als ein Typ den Raum betrat, der aussah wie Doherty. Er kam schnurstracks auf uns zu, legte den Arm um mich, und drückte mir seinen riesigen Bierkrug in die Hand. Schnappte sich dann zum Ausgleich mein Rotweinglas, und ihr wisst ja, dass ich da immer Wasser reinschütte. Doherty trinkt also von meinem Weinwasser, spuckt sofort aus und ruft voller Ekel: ›Hilfe, was ist das denn? Ist das gefährlich?‹«

Die Struwwelpeters grölten, und einer sagte: »Meine Rede! Schütte nicht so viel Wasser in den Rotwein, Clarissa Underwood! Trink das Wasser doch parallel dazu.«

Dass Pete und ich geknuscht hatten, verschwieg ich lieber. Die Jungs sollten mich nicht für ein Groupie halten.

Hin und wieder erwog ich noch nach Hause zu gehen, oh du schönes Winsviertel am Tag. Wenn ich nur schon wieder beim Frühstück wäre! Den grünen Schnaps trank ich wie einen doppelten Espresso. Der Pfau, dieses Arschloch! Gleich noch einen Schnaps auf den Pfau! Jede Stunde wollte ich Schluss machen und mir endlich ein Taxi nach Hause nehmen, aber in jeder Stunde dieser Nacht war etwas anderes Tolles los. Meine Halbbekanntschaften ließen am laufenden Band die Witze raus. Das jahrelange Auf-Tour-Fahren hatte auch Prägungen positiver Art im Humor hinterlassen. Ich hatte noch keinen blöden Anmachspruch abgekriegt. Sie schäkerten herum über Gott und die Welt, als ob ich *one of the boys* wäre! Mir sollte es recht sein, ich wollte nur keine blöden Sprüche mehr hören.

Um drei Uhr stand ich, umringt von lärmenden Hipstern, die keine Hipster mehr sein wollten, weil sie schon viel zu lange welche waren, am Kicker. Schade, außer Mollie, dem Mod mit der Mackie-Messer-Frisur, gefiel mir keiner richtig gut, und Mollie wird ja bald Vater, dachte ich. Sie schossen Tore und Eigentore, dass es nur so krachte. Mollie reichte mir einen Absinth, ich griff zu. Clarissa Underwood hat ihren Lebtag lang noch keinen Absinth getrunken, lachte ich über mich selbst. Aber irgendwann ist immer das erste Mal! Wenn Jasmina mich so sehen könnte!

Gegen vier Uhr nachts tauchte der schöne Hüne im rosa Seidenhemd auf. Er stand auf einmal neben mir, ich hätte ihn geradewegs knutschen können, er war genau mein Typ. Da fing er an, Mollie zu beschimpfen, der bestimmt zwei Köpfe kleiner war als er. Machte den irgendwie auch zwei Köpfe kleiner, indem er ihn wegen seines Aussehens beleidigte. Der sei doch nur ein kleiner Wichser oder so etwas in der Art. Ich bekam es nur in Auszügen mit. Der Hüne im Seidenhemd kam mir bekannt vor, aber ich wusste nicht, woher. Die beiden stritten sich, während die anderen Jungs johlten und kreischten wegen irgendwelcher Tore, die irgendwer geschossen oder verschossen hatte.

Ich sah jetzt alle paar Minuten ein Bild vor mir: das Café Hilde am frühen Mittag. Mit Sonnenstrahlen, die durchs Fenster blitzten, ein Golden Toast mit, nun ja, Honig. Ich sah die bunten Bücher vor mir, die im Café Hilde zur Einrichtung dazu gehörten. Ach, wenn ich doch bloß schon wieder beim Frühstück wäre, dachte ich, am besten in Gesellschaft eines Zwillingsmädchens. Jasmina würde höllisch auf mich aufpassen, sie wäre mein Fels in der Brandung. Aber noch stand ich wie festgeschweißt am Kickertisch im Trinkteufel. Es war mir durchaus nicht unangenehm inmitten von testosteron-tobenden und Toasts-auf-Andere-singenden Männern herumzustehen. Männer, die mich ja gar nicht blöd anmachten, während sie andererseits versuchten, mich zu beeindrucken. Oder vielleicht wollten die auch gar niemanden mehr beeindrucken, außer ihrer Leber.

Der Hüne im Seidenhemd lehnte an einem Barhocker und

schaute mich herausfordernd an, als ob er gar keinen Zweifel daran hegte, dass er genau mein Typ war. Hin und wieder beleidigte er auch noch den Mollie.

Das geht aber nicht, dachte ich, dass hier meine Leute beleidigt werden, nur um mich zu beeindrucken.

»Hey, das geht aber nicht«, sagte ich zu dem Seidenhemd, »dass du hier meine Jungs beleidigst. So was macht man doch nicht!«

»Ah ja, echt«, sagte das Seidenhemd unbeeindruckt, »dann tut's mir leid.« Er grinste und hob sein Glas. Ich wusste auch, dass ich hier nicht als der Mensch stand, den meine Mutter in mir sah, oder der Mensch, den ich selber in mir sah.

»Thorben Hellfried! Thorben Hellfried! Thorben Hellfried«, sangen die Britpop-Jungs um mich herum. Ich hatte keine Ahnung, ob das der Name eines Fußballspielers war oder der Name von einem von ihnen. Aber ich liebte die Loblieder auf andere! Um fünf Uhr sangen wir immer noch Lieder. Auf meine Anregung hin wurde so ziemlich alles von den Smiths, Oasis oder Pulp gesungen. Die ganzen britischen Volkslieder der neunziger Jahre.

Zwischendurch sah ich wieder das Café Hilde vor meinem inneren Auge. Den Golden Toast, die letzten kecken Sonnenstrahlen. Wie sie sich davonstehlen, wenn man nachmittags erst zum Frühstück kommt, im Wintertief, dachte ich verträumt. Es macht schüchterne Jungs untröstlich, wenn sie ein Mädchen treffen, das alle Morrissey-Texte auswendig kann, fiel mir übergangslos ein. Mir soll es recht sein, *because my baby left me*. Ich bin die arme Amy, die vom bösen Blake verlassen wurde. *I need Love,* schoss es mir wie eine Kugel durch den Kopf. Denn ich habe heute schon mehr getrunken als im ganzen Jahr zusammengenommen. Ich bestellte noch ein Glas Rotwein, der Riese im Seidenhemd hielt ein Nickerchen am Tresen. Im Schlaf sah er auf einmal putzig aus, ja, vornübergebeugt am Tresen hatte er etwas von einem kleinen drolligen Waschbären. Ich stieß ihn an.

»Hey, aufwachen!«, sagte ich streng. Er schreckte hoch und sagte den absolut unwiderstehlichen Satz: »Wer sind Sie?«

Na so was. Er hatte »Sie« zu mir gesagt, wie zu einer ganz feinen Dame! Wann sagte denn schon mal einer in Berlin »Sie« zu einem? Da war eine Lilly Vegas aber entzückt. Ich war wohl so eine Art Autorität für ihn! Das Seidenhemd beugte sich zu mir rüber und wir küssten uns. Seidenküsse. Zwischen den Küssen erzählte er mir, er sei Sänger und Songwriter. Aua.

Oh nein, dachte ich, geht das schon wieder los! Mit Sänger und Songwriter und so. Mit Menschen, die diesen schönen Beruf gewählt haben, hatte ich doch nie wieder etwas anfangen wollen. Oder handelte es sich um einen Wink des Schicksals? Da fiel es mir wie Schuppen von den Augen. Das war ja der Sänger von Lurchies Rache. Sie hatten gerade ihr Debütalbum auf dem von mir so gehassten Label Schnittlaut Records veröffentlicht. Deshalb war er mir gleich so bekannt vorgekommen. Aber na ja. Egal.

»Lurchies Rache find' ich super«, log ich. »Ich mag dieses New-Wave-Noir-Zeugs total!« Während seine Hand auf meinem Busen herumspielte, tauchte aus den Weiten des Raums plötzlich der Pfau auf.

»Hab ich mir doch gedacht, dass du hier bist«, sagte er grinsend, als hätte ihn ein Kompass heimlich zu mir geführt. Das ist schon etwas seltsam, dachte ich, ich bin doch zum ersten Mal hier. Wo nimmt dieser Typ nur sein unverschämtes Grinsen her? Ich saß in einer nicht gerade unauffälligen Position auf dem Schoß von Lurchie. Selbst der Pfau musste diesen Wink mit dem Zaunpfahl verstehen. Aber er ließ sich nicht abschütteln, ganz im Gegenteil. Er tippte mir von hinten auf den Rücken und sagte, förmlich, nahezu leise: »Kann ich mal einen Moment mit dir allein sprechen? Ich muss mit dir reden!« Dabei nickte er dem Sänger von Lurchies Rache freundlich zu.

»Hallo Kumpel.«

»Na, geht's gut?«

Sie kannten sich! Ich drehte mich um, drehte gleich durch. Es war eine schöne Scheiße, dass sie sich schon wieder alle kannten. Die lustigen Gesellen an den Tigertischen schienen mich zu verhöhnen, der Trinkteufel zeigte sich plötzlich von seiner hässlichsten Seite, als ob jemand die Deckenstrahler angeknipst hätte. Tausend Zigarrettenstummel in überquellenden Aschenbechern. Als ob mir jemand faule Tomaten ins Gesicht geworfen hätte, krochen Unruhe und Selbsthass in mein Gemüt. Ein Gefühl, das jedes Mal in mir aufstieg, wenn der Pfau ins Spiel kam. Ich rutschte von Lurchies Schoß herunter. Ich wollte mir den Pfau mal vorknöpfen!

»Was ist?«, fragte ich so unfreundlich wie möglich. Ich baute mich vor ihm auf und fühlte mich wie eine impressionistische Zeichnung von Monet, deren Farben allmählich verblassten.

»Warum musst du um diese Uhrzeit, in dieser Kneipe mit mir reden?« Die Antwort interessierte mich wirklich. Ich schwor mir, demnächst mal ein paar chinesische Kampfsportarten zu lernen.

»Eigentlich wollte ich dich auf einen Drink einladen«, säuselte er auf seine einschmeichelnde Art, »aber jetzt muss ich mal ganz ernsthaft mit dir reden.«

»Das ist nett! Aber ich habe schon genug getrunken.« Wie er das schaffte, der Pfau, dass man sich quasi für sich selbst entschuldigte. Wie damals, auf der Reise nach Wien, als Benno, Ivor und ich unbedingt den Umweg über Prag nehmen wollten; einfach nur um dort, in einem Café, auf unsere Band anzustoßen. Hallo Café Prag! Mein verrückter Ivor hatte sogar behauptet, er würde ein Café-Antiquariat in Prag kennen, in dem es in einer Kuchenvitrine handschriftliche Originale von Kafkas Briefen zu bestaunen gäbe. Aber der Pfau, der als Tourmanager dabei war, hatte diesen Trip zu verhindern gewusst. Wir durften uns auf gar keinen Fall zu gut amüsieren oder ein bisschen kindisch an unserer Bandsache oder unserer Liebe freuen.

Der Lurchie drückte mir verstört einen Kuss auf die Wange, er sagte: »Meine Dame, ich muss Sie mal ein paar Minuten allein lassen«, was mein Herz noch weiter für ihn einnahm.

Da sprach der Pfau: »Ich muss dich warnen. Was fällt dir ein, mit dem Erzfeind von Ivor herumzuknutschen?«

»Wieso das?« Ich war wie vor den Kopf gestoßen, wie immer, wenn der Pfau auch noch moralisch wurde. Er machte sich gerne für die gute Sache stark. In seinen Dauermonologen gab sich der Pfau als sehr gerechten Menschen aus.

»Ich wusste nicht mal, dass Ivor und Lurchie sich kennen!«, verteidigte ich mich.

»Das wusstest du wohl«, behauptete der Pfau, während er mir auf eine irritierende, irrlichternde Art und Weise auch noch zuzwinkerte.

»Du willst mir doch nicht sagen, du hättest nichts von dem Streit zwischen Ivor und Lurchie mitbekommen?«, höhnte er.

»Nee, hab ich nicht«, gab ich verärgert zurück. Ich durchschaute den Pfau. Der bluffte doch nur.

»Pass mal auf, was du hier sagst«, zischte ich mit gedämpfter Stimme, weil ich schon wusste, der Pfau würde mich erst recht als Lügnerin darstellen, würde ich laut werden oder gar schreien. Aber der Pfau blieb standhaft. Er blies mir wie zufällig den Rauch seiner Zigarette ins Gesicht und sagte gönnerhaft: »Ich erkläre es dir in aller Freundschaft: Du knutscht hier mit dem Erzrivalen von deinem Freund herum. Der Lurchie hat in der ganzen Stadt negativ Promo für deinen Ivor gemacht. Lurchies Rache haben nämlich mal eine Album-Produktion bei Ivor abgebrochen und sich dann geweigert, ihm das fällige Honorar zu zahlen. Seitdem herrscht Krieg zwischen den beiden. Das weiß die ganze Stadt, du kannst mir nicht erzählen, du wüsstest das nicht.«

»Nein, das ist mir neu«, beharrte ich auf meinem Standpunkt, »das höre ich jetzt zum ersten Mal. Und davon abgesehen, geht es dich nichts an, mit wem ich knutsche. Haben wir uns da verstanden?« Meine direkte Ansage schien den Pfau nur noch mehr in Fahrt zu bringen.

»Da haben wir uns absolut nicht verstanden, wenn du deinen Freund vor den Augen aller demütigst! Der Ivor ist auch mein Freund, und ich sehe es als meine Pflicht, als Ivors Freund, dir das zu sagen. Dich zu bitten, dass so etwas nicht mehr vorkommt.«

Auf wackeligen Beinen, wie ein Knetmännchen, stand ich vor dem Pfau und war, ein ganz kleines bisschen nur, aus dem Takt geraten, aber nicht so sehr, als dass ich mich nicht im nächsten Moment wieder fangen und weiter argumentieren konnte. Nur nicht anmerken lassen, dass mir langsam aber sicher die Knie schlottern, dachte ich.

»Ich wusste nichts von dem Streit zwischen den beiden«, sagte ich selbstbewusst. »Und davon abgesehen, sollte es dir nicht entgangen sein, dass Ivor sich von mir getrennt hat. Er ist nicht mehr mein Freund, auch wenn es dich nichts angeht.«

Der Pfau lächelte. Ein J.R. Ewing, der in Dallas kurz vor dem Standbild noch ein Ass aus der Tasche zieht. Langsam und genüsslich ließ er die Bombe platzen.

»Ich weiß, dass du glaubst, ihr wärt nicht mehr zusammen. Aber das stimmt nicht. Ich habe vorhin noch mit Ivor gesprochen. Er hat gesagt, ihr würdet nur eine Beziehungspause machen, bis die Arbeit an dem Album beendet ist. Aber er liebt dich immer noch und er will sein Leben mit dir verbringen! Das hat er mir so gesagt, wortwörtlich, friss oder stirb. Ich bin mir allerdings nicht sicher, ob er dich zurücknimmt, wenn ich ihm erzähle, was für eine Schlampe du bist. Dass du mit seinem Erzfeind knutschst, während er sich den Arsch aufreißt, um euer neues Café-Prag-Album fertigzustellen.«

Er sagte das und ließ mich dann grußlos am Tresen zurück. Ich sah, wie er den Lurchie abfing, der am Zigarettenautomat stand. Ich wusste, über wen sie redeten. Aber das musste jetzt auch noch egal sein.

Tatü, tata. Alle aus dem Weg. Raus hier, schnell, bevor es zu spät ist. Am liebsten hätte ich mir auch noch blinkendes Blaulicht gestohlen und auf den Kopf geschnallt, damit es noch schneller ginge. Ich muss sofort herausfinden, was an den Gerüchten dran ist, dass Ivor mich zurückwill. Ich muss der Reportage des Pfaus, die mich als Schlampe spiegelt, zuvorkommen. Ich schnappte meinen Mantel, diesmal war ich froh, dass mir keiner in den Ärmel half. Die Struwwelpeters eilten herbei, sie versuchten, mir den Weg zu verstellen.

»Was ist los?«

»Ist der Teufel hinter dir her, Lilly Vegas?«

»Ja genau, der ist es! Danke, du Tor zur Hölle!«

Im Taxi saß ich und heulte, eine Samtschnulze von Roxy Music dröhnte aus dem Radio, und alles, meine große Liebe und ich, wurde in Stücke gerissen, während ich durch Blaulicht und Schatten nach Hause kutschiert wurde. Berlin, deine Prachtalleen! So musste sich Pete Doherty gefühlt haben als er von der Polizei abgeholt worden war. Nur dass ihn vermutlich keinerlei Schuldgefühle geplagt hatten. *Some expression in your eyes, overtook me by surprise, where was I, how was I to know*? Bryan Ferry wollte mich vermutlich trösten, andererseits klang das in meinen Ohren aber auch so, als würde mich der Roxy-Music-Frontmann auffordern, meine Angelegenheiten mal ganz schnell in Ordnung zu bringen. Ich schrieb jetzt SMS am laufenden Band.

»Ich lieb dich immer noch, ruf mich gern jederzeit an – dein Hundemädchen.«

Die zweite SMS lautete: »P.S. Und glaube nicht, was der Pfau dir über mich erzählt hat, es war alles ganz anders.«

Die dritte Kurznachricht zeugte von einem besonders poetischen Geist. Sie war ein direktes Zitat aus dem Roxy-Music-Song! Ivor, der mich immer noch liebte, wie der Pfau mir gerade bestätigt hatte, bekam davon hoffentlich ebenso weiche Knie wie ich: »It's some time since we said goodbye. And now we lead our seperate lives. But where am I, where can I go?«

Wir fuhren um die Ecke, Feinkostläden pflasterten den Weg nach Hause. Um diese Uhrzeit waren die Straßen noch menschenleer. Das einzige Fenster, aus dem etwas Licht am Ende des Tunnels drang, war mein eigenes Wohnzimmerfenster. Kann mich nie dazu durchringen, ein Licht auszumachen, wenn ich einen Raum verlasse. Ich drückte dem Taxifahrer einen 50-Euro-Schein in die Hand und wartete nicht auf das Wechselgeld. *Here comes Lilly Vegas, Mister Sister Midnight!* Auf der schmalen Rasenfläche vor dem Haus angekommen, fiel mir auf, dass ich den Rucksack mit den wertvollen Vinyl-Singles im Trinkteufel vergessen hatte. Und noch keine Antwort von Ivor. Keine Antwort auf drei romantische SMS! Berge aus Schnee lauerten wie dunkle Sandburgen neben der Haustüre. Die kleinen Sternchen, die vor Stunden noch im Schnee geblitzt hatten, waren erloschen.

Gut möglich, dass ein Freitag, der 13. doch kein Glückstag war.

Sternennacht

Ich erwachte mit einem Brand im Bauch, und ein ziehendes Zittern war in meinen Gliedern. Das ist nicht einfach nur Hunger, dachte ich ganz schläfrig, da brennt ein Alkoholfeuerchen, auf niedrigem Level zwar, aber es brennt. Na wenn schon, wenn man nur einmal im Jahr einen Rausch vom Alkohol hat, dann kann es einem doch scheißegal sein, wie weh der tut und was der mit dem Körper anstellt. Oder habe ich Fieber?, überlegte ich, nun etwas alarmiert, weil mir auf ganz unangenehme Art und Weise heiß war. Aber ich verwarf den Verdacht gleich wieder. Alles nur Wunschdenken. Der Wunsch, dass irgendwo noch eine Wärme wäre. Ein paar Sonnenstrahlen fielen derweil auf mein Kopfkissen, sie drängelten durch die unteren Ränder der Jalousien. Ich stand auf und ruckelte an der herunterhängenden Schnur die Vorhänge nach oben. Kein Licht mehr gewohnt, freute ich mich schon wie ein Kellerkind über so eine blasse, bald mondähnliche Wintersonne. Ich nahm mir ganz fest vor, heute schön vor Mitternacht ins Bett zu gehen. Wie schachmatt muss man sein, wenn man es nicht mal fertigbringt, sich in der Stunde von 15 bis 16 Uhr noch etwas Tageslicht abzuholen ... Nachdenklich betrachtete ich das natürliche Himmelslicht und diese letzten leuchtenden Streifen, als ob sie eine Message für mich vorbereiteten. Durfte ich vielleicht einen Wunsch eintragen, in diese Bahnen aus nebulösem Sonnenschein? Sahen ja aus wie vorgestanzte Kontoformulare. Ich hätte da einen: Ivor, komm zurück zu mir! Draußen wanderten die Wolken weiter in Richtung Norden, die Sonne stach noch einmal so grell hervor, dass ich automatisch die Augen schließen musste. Liebeskummer macht lichtempfindlich, das berlinerische Hinterhofmausgrau kam mir schon vor wie karibisches Hochsommerlicht. Das Licht zielte auf mein offenes Fenster, als ob es mein wahres Ich zum Vorschein bringen wollte! Nun gut, dachte ich grimmig, mein wahres Ich kann sich sehen lassen! Ich öffnete das Fenster. Der Sauerstoff-Flash war gigantisch. Ich finde mich super, dachte ich, auch wenn der Pfau da anderer Meinung ist.

Die halbe Nacht habe ich von seinem herablassenden Lachen geträumt. Es ist in Gestalt wilder Tiere durch meine Träume getobt. Irgendwann hat der Pfau all seine Tiger gleichzeitig auf mich losgelassen. Riesig, prachtvoll und in hohen Bögen springend sind sie mir entgegengestürmt, aber kurz bevor sie mich schnappen konnten (nur ein schmales Bächlein im »Volkspark Friedrichshain« trennte mich noch von den rasenden Raubtieren), bin ich aufgewacht, mit hammerhart klopfendem Herzen, und habe, halb im Albtraum noch, die Nachrichten auf meinem Handy gecheckt. Verdammt, Ivor hatte auf keine meiner drei SMS geantwortet. Dabei hat doch die Hälfte der Tigerherden mir gehört.

Von draußen strömte jetzt kalte Luft ins Schlafzimmer. Aus dem Fieberzittern wurde ein Kältezittern, aber ich blieb am offenen Fenster stehen. Eine Diva unter fremden Wintern, statuengleich. Wenn die Liebe ein Spiel war, das man nicht gewinnen konnte, dann war ich eine Spielfigur, die sich weigerte, das Spielfeld zu verlassen. Dabei hatte ich doch längst keinen König mehr! Ich konnte von Glück sprechen, wenn mich überhaupt noch einer von den Buben und Bauern da draußen als Dame anerkannte ...

So spielte ich, regungslos am offenen Fenster stehend, die Trinkhöllennacht nebst Clärchens-Ballhaus-Abend in Gedanken noch einmal durch, auch wenn ich nicht die geringste Ahnung von den Spielregeln hatte, die der Pfau sich für mich ausgedacht hatte. Ich verstand seine lateinischen Regeln einfach nicht. Verdammt, ich wollte mein gutes altes ehrliches Kartenspiel zurück! Eines, in dem ich immerzu ein Ass in der Tasche gehabt hatte ... Meine Beziehung mit Ivor hatte mich nämlich nicht nur zum glücklichsten Menschen unter der Sonne gemacht, sie hatte mir auch dazu verholfen, die unaussprechbaren Machtspielchen zu gewinnen, in diesem Pop-Geschäft, das immer noch eine Männerbastion war. Schneller als der Abendhimmel verdusterte sich meine Stimmung. Nein, das war kein schöner Gedanke. Das Musikbusiness ist immer noch ziemlich auf die Dominanz männlich definierter Normen ausgerichtet, dachte ich. Das ist ein krasser Widerspruch, wenn man bedenkt, dass alle Popmusik auf die Feier von Freiheit und die Überschreitung von Grenzen hinaus wollte. Fragte sich nur, wessen Freiheit ...

Wenn eine Sängerin eine Liaison mit dem Produzenten ihres Albums eingeht, ja, wenn die beiden füreinander geschaffen sind!, dachte ich, dann kann die Struktur aus Plattenfirmen, Bandkollegen, Managern und Bookern nicht mehr viel ausrichten. Die künstlerischen und finanziellen Entscheidungen waren bei Café Prag zuallererst in diesem Beziehungsinneren gefällt worden. Im Schutz meiner Beziehung hatte ich meine künstlerischen Visionen perfekt umsetzen können! Ich stockte kurz, als ob ich in Gedanken über einen rollenden Stein gestolpert wäre: Ist es überhaupt Zufall, fragte ich mich, dass Ivor mit dem Argument Schluss gemacht hat, er wolle Business und Beziehung voneinander trennen? In der frischen Luft stehend, reifte in mir so etwas wie eine Verschwörungstheorie: Der Pfau hetzt Ivor gegen mich auf, um mich zu isolieren! Und wenn das wirklich wahr ist, das schwor ich mir in dieser Minute, dann würde ich alles tun, alles, um den Pfau aus unserer Clique wieder rauszuschmeißen. Das ist kein Spiel mehr, was der Pfau da mit mir macht, das ist kein Spaß mehr, ereiferte ich mich, das ist die pure Niedertracht. Es ist nicht mehr das übliche Gerangel um Aufmerksamkeit, es ist ein hinterlistiger Tritt ins Nirgendwo der Ohnmacht. Ich werde dem Pfau das Handwerk legen, dachte ich, aber zuallererst muss ich Ivor zurückgewinnen. Ein Komplott des Pfaus gegen mich würde zumindest erklären, warum Ivor so Knall auf Fall Schluss gemacht hatte und mir seitdem nicht mehr richtig in die Augen schauen konnte. Ich schloss das Fenster. Das Fieber kam jetzt von außen, ich fieberte dem Montag entgegen, weil wir da alle zusammen im Studio verabredet waren. Oh, Ivor wartete sicher nur darauf, dass ich kam und ihm half, über seinen Schatten zu springen.

Mit genug Sauerstoff im Hirn ging ich in die Küche. Rührte zu viel schäumende Milch in zu starken Kaffee. Aber es wurde trotz aller einleuchtenden Verschwörungstheorien noch eines von diesen Wochenenden, das man nur alle traurigen Jubeljahre mal erlebte. So ein richtiges »I-will-survive«-Wochenende, wie es im Greatest-Songs-Of-All-Time-Buche steht. Nur offensichtlich befand ich mich noch in der ersten Strophe des berühmten Disco-Hits von Gloria Gaynor; exakt zwischen *I kept thinking I could never live without you by my side* und *but then I spent so many nights just thinking how you done me wrong*. Da war so eine unausgesprochene Leerzeile dazwischen, irgendein Sprung, den die Hörerin und der Hörer von selbst nehmen, mit eigener Erfahrung aufstocken mussten, damit der Song seine volle, heilende Wirkung entfalten konnte. Bei der Wahl zwischen Selbstzerstörung oder Selbstverteidigung wollte ich mich, meinem fröhlichen Gemüt entsprechend, jedenfalls fürs Krallenzeigen entscheiden! *I will survive.* Auch wenn der wichtigste Mensch in meinem Leben es nicht für nötig befand, auch nur *eine* meiner Kurznachrichten zu beantworten, auf dass die Rette-mich-Sätze ständig aufs Neue in meinem Kopf explodierten.

Mein leergeräumtes, wenn auch auf Krawall gebürstetes Inneres befand sich in einem ziemlichen Widerspruch zu meiner vollgestellten Wohnung. Das einzige, was ich in der Küche mochte, war das charmante Cocktailtischchen aus den fünfziger Jahren, das von einer Zeit kündete, als Mann und Frau noch zusammenhalten mussten. Es lag eine tiefe, abgründige Gewissheit über dieser Nacht. Die Gewissheit, auf eine ganz fiese Art betrogen worden zu sein. Auf eine Art, die nie mehr wieder gutzumachen wäre, auch wenn ich mir nichts sehnlicher herbeiwünschte als den sprichwörtlichen Mantel des Schweigens. Und Gedanken, die wie eine Tigerherde davongaloppierten, im Takt der Zeiten. Der Pfau könnte doch auch Leute kaufen, dachte ich. Es war für ihn noch neu, dass er Geld hatte. Und er machte sich gar nicht so viel daraus. Seine Machtspielchen und sein Ansehen in der Szene waren ihm vielleicht wichtiger als ein paar Hunderter oder Tausender mehr oder weniger auf seinem Konto. Und mein armer Ivor, mit seinen vielen Schulden ... So ging das Stund' um Stund', die böse Unterstellung kam als plötzlich stechender Schmerz. Wie Seitenstechen, wenn man völlig aus der Puste war und versuchte, den abfahrenden Bus doch noch zu kriegen. Neu war mir dabei, dass auch Liebeskummer sich anfühlen konnte wie eine Sportverletzung. Umso mehr, da er dieses Mal in Verbund mit sozialem Spott daher kam. Wann immer ich versuchte aufzustehen und mich ein wenig in der mit den alten Möbeln meines Vorvormieters vollgestellten Wohnung zu bewegen, tat mir alles weh und ich musste mich wieder setzen. Exakt wie vor ein paar Jahren, dachte ich, als ich mir im Fitnessstudio den Rücken verletzt hatte. Nur dass jetzt keine freundliche Ärztin zu Hilfe eilte, die mir ein paar Spritzen gab und mich geduldig davon überzeugte, dass übertriebenes Muskeltraining nichts für zarte Mädchen wie mich sei.

Dieses Mal saß ich alleine auf einem blauen Stuhl in einer grün angemalten Küche und trank schwarzen Espresso mit honiggoldenem Agavensirup. Zucker hatte ich mir schon lange abgewöhnt. Mein heutiger Schmerz ist nur ein Phantomschmerz, beruhigte ich mich, und begann mich zu fühlen, wie ein viel zu bombastischer amerikanischer Mainstream-Rocksong.

Hey, ich trank den Espresso mit aufgeschäumter Milch, als müsste ich mich für einen Showdown wachhalten; einen Schaukampf, der längst vorüber war! Und ein gehetztes Herz hielt Totenwache für Ivors sterbende Liebe.

Den Sonntag verbrachte ich schlafend im Bett, wenn ich nicht gerade halluzinierte und Sätze und Phrasen übte, die ich Ivor am Montag sagen wollte. Manchmal schreckte ich aus dem Schlaf hoch, schrieb wirre Worte auf ein Stück Tortenpapier, das zufällig vor meinem Bett lag, *the truth about love!*, bevor ich in leere Träume zurückfand. Unsere Lieder verfolgten mich auf Schritt und Tritt:

Sie fühlen sich beide wie abgehaun, sie fühlen sich beide wie Milchschaum. Sie ist ein Dorfmädchen, er ist ein Großstadthase, heute Nacht spielen sie auf derselben Straße. Ivor und ich waren mehr als andere Paare süchtig gewesen nach Händchenhalten. Wir hatten darüber gelacht und uns gleichzeitig geschworen, nie mehr damit aufzuhören. Wir waren Kinder, die sich mit voller Kraft beschützen mussten. Es war nicht nur das Leben als Musiker in Zeiten des digitalen Downloads gewesen, das uns zusammengeschweißt hatte. Nein. Es war pure Magie ... Wir hatten eine ähnliche Mutter und einen ähnlichen Vater, wenngleich sein Vater aufbrausender war als meiner. Aber manchmal, wenn wir so über unsere Kindheit redeten, schien es mir, als kämen wir aus derselben Familie. Mit Ivors Augen war immer so viel los gewesen, dachte ich, während in Realzeit die Dämmerung meine Hand hielt. Ich hatte ihm nie richtig böse sein können, weil er dann sofort angefangen hatte, wie wild mit diesen Augen zu orgeln. Dann waren Lichtblitze aus seinen Augen gekommen. Er hatte versucht, mein Inneres zu übermalen, meine Sicht auf die Welt, und durcheinanderzubringen. Und mir wurde etwas flau im Magen, wenn ich jetzt so im Liegen darüber nachdachte, wie Ivor mir die Welt in Stücke gerissen hatte. Aber ich konnte nicht mehr stürzen und den Halt verlieren, denn ich war bereits gefallen.

»Wenn du einem anderen etwas gibst, dann macht dich das froh. Aber er nimmt es sich von dir und gibt es sich selbst«, das fiel mir aus einem Telefongespräch mit Mutter ein, die mich immer vor Ivor gewarnt hatte. »Aber nicht schlimm, er macht das auch nur, um glücklich zu sein. Du musst das nur mal begreifen, weil du meine große Tochter bist, dass du und er, dass er ein anderer Typ ist. Ihr seid andere Typen, beide, was das Geben und was das Nehmen betrifft. Ist ja nicht schlimm! Aber lass dir auch mal etwas sagen. Alles, was du von ihm erzählst, dass du jedes Problem für ihn lösen musst und er auch noch deine Kohle nimmt. Das kommt mir komisch vor. Wenn er dein Freund ist, warum macht er dir keinen Freundschaftstarif? Wie viel will er denn noch an Café Prag verdienen? Musst du nicht lachen? Auch noch einen Mehrwert erwirtschaften, aus der Band seiner Lebensgefährtin? Sein Studio ist doch sowieso ständig ausgebucht.«

»Ja, Mama, red' mir nur meine Boyfriends aus, das war schon immer deine große Stärke. Ivor und ich, wir sind keine unterschiedlichen Typen, weder im Geben noch im Nehmen, denn unsere Seelen sind eins!«

»Du sagst Sachen, Kind, das ist ja genau das Problem. Du musst wissen, was du tust, du bist ja keine 14 mehr, aber dann schau auch mal richtig hin!« Hatte ich etwa nicht richtig hingeschaut?, fuhr mir ein satter Schmerz durch den Körper, während ich ins Geheimnis der Nacht hineinmeditierte. Meine Stimme war Soul und Swing geworden, aber ich selbst war immer noch das bonbonfarben gekleidete, kleine Mädchen im Fünfziger-Jahre-Cocktailkleidchen, das die Liebe als die große Auslöschung des eigenen Ichs erfuhr. Hatte Mama doch recht gehabt? Wieso hatte sie mich dann nicht noch eindringlicher gewarnt? Schlug meine Liebe für Ivor plötzlich in Hass um? Ich wollte meine Mutter anrufen, aber ich blieb stumm liegen, denn ich telefonierte nur mit meiner Mutter, wenn ich wieder oben war. Das Gefühl der Verlorenheit gab mir einen zusätzlichen Stich. Es kam direkt aus meiner Kinderzeit, als die Tage blind an mir vorbeirauschten, weil Mama sich mal wieder in ein psychiatrisches Landeskrankenhaus hatte einweisen lassen. Besser, die Zeit steht still.

Die Zeit schoss wie ein Pfeil durch die Nacht und versuchte, ein paar Sterne vom Himmel zu stoßen.

Ja, es war nicht immer leicht gewesen mit Ivor. War ich vielleicht sogar *verrückt* geworden in der Beziehung mit ihm?, versuchte ich meine Gedanken, die losgingen, ohne mich um Erlaubnis zu fragen, auf sicheres Terrain zu bringen. Aber es ist doch ziemlich absurd, wenn unsere Liebe daran scheitert, dass ein böser Teufel wie der Pfau sie zerstört. Oder nicht? Es gibt solche Leute, dachte ich angriffslustig. Es geht ihnen nur gut, wenn sie zerstören, was andere, Begabtere, aufgebaut haben. Das ist für Leute wie uns schwer vorstellbar, dachte ich, die Innenwelt der meisten Menschen war doch so beschaffen, dass sie über ein Gewissen verfügten. Aber deshalb konnte man ja jetzt nicht so tun, als ob es nie einen gewissenlosen Menschen gegeben hätte.

Stories, die jeder kannte, auch wenn sich kaum mal jemand was dabei dachte. Hatte ich je zuvor einen solchen Menschen wie den Pfau gekannt? Ich dachte an die Geschichte von dem Mann, der erst glücklich gewesen war, als sieben Bürokollegen ihren Job verloren hatten. Ohne einen ersichtlichen Grund hatte er ihnen Freundschaft vorgespielt, während er gegen jeden einzelnen intrigierte und ein in sich verworrenes Spinnennetz geknüpft hatte. Schlimmer noch, er hatte wohl wirklich gedacht, er sei diesen Kollegen trotz alledem ein guter Freund gewesen.

Und ich dachte an die Geschichte von der Kunstkuratorin, die jedes Mal, wenn sich in ihrem Freundeskreis ein neues Paar gebildet hatte, alles daran setzte, es wieder auseinanderzubringen und das erstaunlich erfolgreich ...

Oh der Sonntag war noch lange nicht vorbei, auch wenn alles in mir nach Action drängte. Die Sorgen der Liebe kommen mit einer verrauchten Stimme daher, auch wenn man gar nicht mehr raucht. *Over futile odds and laughed at by the gods.*

Hin und wieder dachte ich auch an das Zwillingsmädchen. Jasminas Wut. Die einfache Einteilung der Welt in »gut« und »böse«. Genau das brauchte ich jetzt. Jemanden wie Jasmina. Die mir sagte, dass es »gut« und »böse« wirklich gab. Dass eben doch nicht alles auf der Welt grau durchwachsen war.

»50 Shades of Grey«: so ein Schwachsinn. Wer kaufte denn ein Buch mit so einem beschissenen Titel? Das schreit doch schon aus 50 Metern Entfernung nach der Verharmlosung eines Verbrechens, dachte ich unruhig.

Wenn ich nicht sofort daran glauben durfte, dass es gute und böse Menschen gab, dann musste ich mir selbst eine Mitschuld an den Ereignissen von gestern geben. Dabei hatte ich doch nur mit dem Sänger von Lurchies Rache geknutscht, denn ich war frei, frei, frei. Geboren, um frei zu sein, und davor hatte ich im Ballhaus ein paar hittige Tracks aufgelegt. Machte mich das vielleicht zu einer »Schlampe«, die selber Schuld ist, wenn der liebste Mensch auf Erden sie verlassen hatte? Wie der Pfau mir kalt ins Ohr geflüstert hatte. Ob es Jasmina wohl gelungen war, die Reise nach New York zu schwänzen, lenkte ich meine Gedanken auf etwas Schönes. Ich musste lächeln. Wenn ich wieder auf den Beinen war, dann würde ich das Zwillingsmädchen anrufen und dann würden wir wieder ins Rosebud gehen. Und dieses Mal würde ich einen Gin Tonic mittrinken. Ich halluzinierte ihre Stimme herbei, bis mein koffeingetränktes Herz vor lauter Übersteuerung müde wurde. Bis ein gefallener Engel in tiefen Schlaf fiel. *Throwing shadows on our eyes. Leave us helpless, helpless, helpless, helpless. Baby, heal me now.*

Aber irgendetwas musste im Schlaf passiert sein. Als ich am Montagnachmittag, noch rechtzeitig zur Dämmerung, rechtzeitig zur Geisterstunde erwachte, ging mir die Melodie von »The Winner takes it all« durch den Kopf. Wie ein Mantra. Summte die Worte des ABBA-Songs vor mich hin, bis ich dann mit der Kopfstimme richtig loslegte. *The winner takes it all, the loser's standing small, besides the victory, that's my destiny.*

Das kommt zwar aus einem Jahrzehnt vor meiner Zeit, aber offenbar will es mir Mut machen, dachte ich. Die Menschen haben damals schon dieselben Probleme gehabt wie wir heute. Der ABBA-Gitarrist und Songwriter Benny hatte das Lied geschrieben, nachdem seine Partnerin, die ABBA-Sängerin Agnetha, die Scheidung eingereicht und das Sorgerecht für die Kinder bekommen hatte. Ich konnte nicht mehr aufhören. Ich sang es höher als es unbedingt sein musste. In den höchsten Tönen, only.

The winner takes it all, the loser's standing small, besides the victory, that's my destiny.

Er hatte ihn geschrieben und sie hatte ihn gesungen. Dieses

Gefühl, dass der eine alles kriegte und der andere gar nichts, musste auf Agnetha *und* auf Benny zugetroffen haben. Na, das waren ja herrliche Aussichten!

Aber genau so fühlte ich mich, wie eine Gewinnerin und wie eine Verliererin in ein und derselben Person, als ich mich in mein schönstes Kleid stürzte (Vorsicht, ihr Indie-Isländer, Jazzsängerinnen-Kleid: dunkelblaue Monde auf kirschrotem Samt, ja klar, kitschig) und die 030443322 wählte.

»Sie sind bei uns als Stammkunde registriert. Ihr Taxi kommt in wenigen Minuten«, verkündete eine elektronische Männerstimme am anderen Ende der Leitung.

Schicksal, wir kommen, dachte ich und stürmte die Treppe hinunter.

Ivors Tonstudio war in diesen Tagen so etwas wie mein zweites Zuhause, ich besaß sogar einen eigenen Schlüssel. Ich fühlte mich heimisch, während ich durch verwinkelte Korridore und lange Gänge streifte. Seine Lederjacke hing am Garderobenständer. Auf dem Tisch im Aufenthaltsraum lag ein halbes Brot, dazu Schälchen mit Butter, Kräuterquark und Aprikosenmarmelade. Frühstück? Abendbrot? Ich schlich auf leisen Sohlen ins Badezimmer, obwohl es keinen Grund dafür gab, leise zu sein, denn im Aufnahmeraum nebenan wurde überlaut Musik abgespielt. Ich erkannte den Refrain von »Kiss the angel goodbye«. Unser »The winner takes it all«, dachte ich in einem Anflug von Euhporie. *Kiss the angel goodbye. On the long long way to high.* Ich schaute in den Spiegel und kämmte die ohnehin schon elektrisierten Haare noch einmal durch. Wenn ich das Gespräch über unsere Beziehung wieder aufnehmen will, dann muss ich aussehen wie am Tag vor unserem ersten Tag, dachte ich. Wieder neu werden! Kein Problem. Eine Lady ist nie blonder als in der Phase, in der ein neues Album von ihr erscheint. Früher hatten meine Haare auch mal einen Stich ins Orange gehabt oder einen dunklen Ansatz. Sie waren auch mal farblos oder stumpf gewesen. Jetzt waren sie übertrieben hellblond und ich sah beinahe aus wie eine wilde Schwester von Scarlett Johansson. Ich legte feuerroten Lippenstift nach und fuhr mir, wie zur Beruhigung, noch ein paar Mal durch die Haare, als wären die Echthaar-Extensions das einzige, was meine Person noch wertvoll machte. Das 50 cm lange, künstliche Echthaar, das mir diesen unvergleichlichen Popstarlook verlieh, war bislang das einzig Unnatürliche an mir gewesen. Nun war die Unnatur auch in meine Beziehung gekrochen. Es ist schlimm, wenn man nicht mehr reden kann, stellte ich mit einem Mal bestürzt fest. Schlimm, wenn man jedes Wort planen muss wie einen Songtext. Oder wie einen improvisierten Zettel aus Mutters Psychiatriephasenkiste. Das ist das Schlimmste überhaupt, dass ich in seiner Gegenwart nicht mehr ich selbst sein kann!

Ich lief in federndem Gang, der im Gegensatz zu meiner Unsicherheit stand, zurück in den Aufenthaltsraum. Ha, ich musste diesen Kampf um Liebe nicht alleine kämpfen, es war fast so, als hätte ich eine Armee platinblonder Schwestern dabei, die mitkämpften!

Wie ein Model, das nicht begreift, dass die Modenschau vorbei ist, und dass der Catwalk nur eine Treppe im Park ist, die im Nirgendwo endet, riss ich die Tür zum Mischpult-Raum auf und schleuderte meinem Ivor ein kräftiges »Hallo, wie geht's?« entgegen. Ivor drehte seinen Kopf zu mir, nickte, lächelte, grüßte und vertiefte sich wieder in die Regler des Mischpults. *Uh, oh. Uh, oh.* Sah nicht so aus, als ob das der Tag wäre, an dem wir beide von der Bühne unserer gemeinsamen Liebe aus »The winner takes it all« ins Publikum schmettern würden.

Ivor starrte starr geradeaus. Er machte auch keine Anstalten den Kopfhörer wieder abzunehmen. Wollte er verhindern, dass ich ein bahnbrechendes Gespräch führte? Ich war enttäuscht, schärfte mir aber ein, nicht so enttäuscht zu sein. Andere Menschen waren nun einmal nicht so überemotional wie ich. Plötzlich kamen mir die Tränen, weil ich auf Ivors Computerbildschirm das Bild von der halben Treppe erblickte. Ivor hatte sie Anfang des Monats, am letzten Dienstag unserer Liebe, im Volkspark Friedrichshain entdeckt und ein Foto gemacht. Die kleine Treppe mit dem schwungvollen Bogen war in die künstliche Waldlandschaft hineingebaut worden. Ihre Stufen brachen einfach irgendwo ab.

»Das könnte ein Bild fürs Albumcover werden«, hatte ich begeistert ausgerufen.

Und Ivor, der voller Liebe war für alles, was es in der Natur zu sehen gab, weil er in einer viel zu großen Stadt aufgewachsen war, hatte lachend ergänzt: »Da stellen wir noch das Eichhörnchen drauf.«

Jetzt kam mir die Treppe wie ein Abbild unserer Seelen vor. Das Röntgenbild einer kaputten Beziehung. Ich räusperte mich.

»Ivor, ich muss mal mit dir reden«, sagte ich, mehr zu mir, als zu ihm, und weil er nicht reagierte, ließ ich mich einfach auf den Regiestuhl neben ihm plumpsen.

Er macht nicht den Eindruck eines Menschen, den man mit Geld erpressen kann, dachte ich erleichtert. Ich musste ihn einfach nur anschauen und wusste, dass das alles Quatsch war. Nach allen pfauenhaften Verschwörungstheorien fand ich jetzt wieder Gefallen an dem Gedanken, dass Ivor mich freiwillig verlassen hatte. Ivor blickte sehr stark entschlossen geradeaus und etwas an dieser Entschlossenheit imponierte mir. Ich musterte ihn von der Seite. Ich rang mich zu einer rein musikalischen Frage durch, während ich auf die vielen Zahlen und Grafiken, die sich rot und grün auf dem Computerbildschirm türmten, starrte, ohne auch nur im Geringsten daraus schlau zu werden.

»Wo soll der Refrain von ›Angel‹ enden?«, fragte ich. Ivor schaltete seinen Kopfhörer aus.

»Noch mal, bitte.« Schüchtern wiederholte ich meine Frage.

»Wie meinst du ... enden? Ich verstehe das nicht«, fragte Ivor, nicht minder eichhörnchenscheu, zurück. Allerdings mit einer gewissen Gereiztheit in der Stimme. Wir redeten miteinander wie schlechte Schauspieler, die mit den Regieanweisungen nicht mehr zurechtkommen, weil sie keine Ahnung haben, wie sie es zu Ende bringen sollen: ihr eigenes, privates, ihr ganz persönliches Stück.

Ivor wiederholte seine Frage in einem weichen, an Zärtlichkeit grenzenden Tonfall.

»Ich verstehe nicht, was du meinst, wir haben doch bereits drei Refrains eingefügt. Gibt es noch einen vierten?«

»Aber die Frage ist doch«, versuchte ich mich auf die Sachthemen zu konzentrieren, indem ich die Augen schloss, »lassen wir den letzten Refrain wieder weg wie beim Radio Edit? Oder soll er doch aufs Album?«

»Ach so, der Radio Edit. Jetzt verstehe ich, was du meinst«, wiederholte Ivor leise und fügte, lauter jetzt, hinzu: »Für die Albumversion fände ich den letzten Refrain passend. Das ist doch dieser spezielle, der noch mal aus dem Grundschema ausbricht. Das haut doch gut rein am Ende«, sagte er, fast entschuldigend.

»Ok, dann lassen wir das, ich meine, er bleibt«, stotterte ich.

Im Zustand großer Bedrängnis höre ich die Worte viel zu falschdeutlich. Dabei handelt diese Mischpultkonversation doch gar nicht von unserer Beziehung. Ich weiß doch, dass es nicht möglich ist, durch die Sätze meines geliebten Ivors hindurch, ein – sein! –, unser Geheimnis zu lüften. Aber ich will es nicht wissen, oder will ich es wissen? Ich gab mir einen Ruck, ich musste das Thema direkt ansprechen. Mein Herz raste wie nach dem Tigertraum.

»Ivor«, sagte ich mit einem gewissen flehenden Unterton, »ich muss kurz mit dir über ein Ereignis vom Freitag sprechen. Geht das jetzt? Oder sollen wir nachher darüber reden?«

Seine Schultern verspannten sich, als er sagte: »Na klar, schieß los!«

»Hast du meine SMS vom Samstagmorgen bekommen?«, fragte ich beklommen und starrte wie in Trance auf das Bild von der Treppe, deren Stufen im Nichts endeten.

»Ja«, sagte er leichthin, »ich habe nicht geantwortet, weil ich mir schon dachte, dass es nur ein kleiner hysterischer, paranoider …«, er räusperte sich, »sorry, ich meine, ein kleiner verständlicher Anfall war. Was man halt so durchmacht, wenn eine Beziehung zu Ende ist. Das kennen wir ja alle. Das kenne ich ja auch von mir.«

Wenn er doch nur ein Ungeheuer wäre! Ein bestechliches Ungeheuer mit großen toten Augen. Aber seine Stimme war so voller Verständnis und die schwarzen Brombeeraugen so freundlich. Ich fühlte mich ganz klein. Wie sollte ich mir jemals die Liebe zu diesem Mann abgewöhnen?

Ich schluckte.

»Der Pfau hat behauptet, er hätte am Freitag mit dir geredet, über uns. Du hättest angeblich gesagt, dass du mich immer noch liebst und wieder mit mir zusammenkommen willst, wenn die Platte fertig ist. Aber weil ich jetzt mit deinem Erzfeind geknutscht habe, mit dem Sänger von Lurchies Rache, nimmst du mich nie mehr zurück.« Das alles klang auf einmal so lächerlich. Und tatsächlich: Ivor lachte kurz auf. Bei der Erwähnung des Sängers von Lurchies Rache meinte ich allerdings, eine Sekunde lang Bestürzung in seinen Augen gesehen zu haben.

»Du kannst doch knutschen mit wem du willst«, sagte er schließlich, nach einer kleinen Bedenkpause. »Das ist völlig okay, wir sind ja getrennt.«

»Aber willst du mich denn nicht zurück, wenn die Platte fertig ist?« Ich war mir nicht zu schade, ihn das zu fragen. Und ich war immerhin eine stolze Frau. Noch vor einer Woche hätte ich lieber all meine Amy-Winehouse-Platten aufgegessen (nun gut, so viele waren das nicht), als ihm so eine bescheuerte Frage zu stellen. Aber jetzt musste es sein.

»Du weißt doch, dass wir getrennt sind«, sagte er bestürzt. Ein Gefühl, Mitleid vielleicht, flackerte in seinen Augen.

»Aber wie kommt der Pfau darauf, so etwas zu behaupten?«, ließ ich nicht locker. Der Pfau hatte aus mir einen Menschen gemacht, der sich ungeschützt ins Gesicht schlagen lässt.

»Ich habe keine Ahnung, warum der Pfau so etwas sagt«, behauptete Ivor und trommelte ungeduldig mit seinen langen, schlanken Fingern auf die Tischplatte. »Wahrscheinlich wollte er sich nur wichtig machen. Vergiss doch mal den Pfau, bitte.« Er machte ein Gesicht, als ob er das Gespräch am liebsten beendet hätte. Aber ich konnte nicht aufhören, zu viele Stunden war ich schon um die Ereignisse der Freitagnacht gekreist.

»Heißt das, ihr habt am Freitag gar nicht über unsere Beziehung gesprochen?«

»Doch, das schon«, räumte Ivor ein, »der Pfau und ich haben am Telefon ein bisschen über Beziehungen geredet. Der Pfau wollte wissen, was los ist. Ob wir noch ein Paar sind. Da hab ich ihm halt gesteckt, dass wir uns getrennt haben. Und er wollte eigentlich nur wissen, ob das absolut definitiv für immer und ewig ist.« Ivor schüttelte den Kopf, wie um eine unliebsame Erinnerung loszuwerden. »Was soll man darauf sagen? Gut möglich, dass ich irgend so etwas gesagt habe wie: keine Ahnung, was später mal wird. Jetzt muss ich erst einmal das Album zu Ende mischen.«

»Aber denken tust du das nicht?«, riss ich mich weiter ins Elend hinein, als ob ich die Befragung, komme, was wolle, auf Leben und Tod, fortsetzen müsste. Als würde es dafür keinen späteren Zeitpunkt mehr geben.

Jetzt riss Ivor der Geduldsfaden. »Verdammt noch mal, nein!«, schrie er. »Wir sind jetzt getrennt, fertig aus. Ich habe nichts anderes im Sinn als diese Trennung. Für immer. Für ewig. Und definitiv. Und ich habe nicht vor, unser Beziehungsgespräch fortzusetzen.«

Ich war nicht einfach nur geschockt, ich war so weit gebrochen, dass ich schon wieder fortfahren konnte, weiterzuleben.

»Ich kann auch nichts dafür«, schrie ich zurück, »dass euer widerlicher Freund, der Pfau, mir nachstellt, mich als Schlampe beschimpft, sich in unsere Beziehung einmischt und mir Flausen in den Kopf setzt.«

»Du bist sehr wohl selber Schuld, wenn du Leute in unsere Beziehung lässt, die dir Flausen in den Kopf setzen. Wenn du lieber Gerüchten glaubst, als den Dingen, die wir beide gemeinsam beredet und beschlossen und ja, auch beendet haben. Wenn du dich an jeden Strohhalm klammerst, anstatt einfach mal die starke Frau zu sein, als die ich dich geliebt habe.«

»Na, das war deutlich!«, schrie ich lauter als je zuvor. Im Geiste bedankte ich mich schon mal bei bei meinem Punk-Mädchen Jasmina.

»Dass ich nicht *einmal* schwach werden darf, nicht *einmal* einen dummen Traum träumen darf, *nicht einmal*, ohne dass du sofort den Respekt verlierst.« Und wenn es einen Moment in meinem Leben gab, in dem ich beschloss, Punk zu werden, dann war es dieser. Ich musste mir dafür nicht mal die Haare grün färben. Es genügte schon, ab und zu mal zu schreien, wenn Ivor sowieso keinen Respekt mehr vor mir hatte.

»Ich mach mal 'ne Kaffeepause«, fügte ich, leiser wieder, hinzu. Nicht, dass er noch die Arbeit an dem Album niederlegte, wenn ich weiter so herumbrüllte. Aber Ivor schien unser kleiner Streit nachgerade Spaß zu machen.

»Ich finde sowieso, dass du viel zu paranoid bist, was den Pfau betrifft«, sagte er. »Der Pfau ist auch nicht an allem schuld, was in deinem Leben schiefläuft. Ich weiß ja, das ist alles total schwer für dich. Aber such mal keinen Sündenbock. Außerdem stimmt es ja auch, dass ich dich noch liebe. Daran hat sich nichts geändert. Aber ich will diese Beziehung halt nicht mehr, verstehst du? Ich kann das nicht mehr ertragen: Business mit Beziehung zu verbinden.«

»Das kann doch nicht dein Ernst sein«, wollte ich sagen, es lag mir auf den Lippen, aber ich sagte es nicht. Stattdessen schrie ich: »Was für ein Jammer, dass du keinen Sinn für *Bohème* hast!« Ich legte sogar noch mal nach. »Ich habe noch nie einen Musiker gekannt, der nicht davon geträumt hat, gemeinsam mit seiner großen Liebe Musik zu machen. Da bist du der einzige! Kapierst du das nicht? Mit der Freundin ein Kunstwerk zu produzieren, das ist cool! Das ist Rock'n'Roll, das ist Underground, New Wave Noir, Punk, Swing, Dubstep. Das ist doch nicht *Business*!«, schrie ich.

»Für mich ist das nicht akzeptabel«, antwortete Ivor, der auf einmal die Ruhe weg hatte. Wir waren am Punkt unseres Stammkonflikts angelangt.

»Mit dieser Bohème-Scheiße fang ich mit Mitte 30 auch nicht mehr an. Ich bin doch nicht Van Gogh oder Picasso. So ein großes

Licht bin ich nun auch wieder nicht. Ich bin ein Produzent, der sein Handwerk beherrscht und der zufällig von seinem Großvater ein bisschen Geld für Studio-Equipment geerbt hat. Der zehn Stunden am Tag arbeiten muss, damit sich das Ganze auf Dauer überhaupt lohnt.«

»Ich glaub es ja wohl nicht, du denkst Bohème hätte etwas mit Picasso und Van Gogh zu tun! Nur weil du deiner eigenen Musik nicht über den Weg traust. Weil du die Flammen deiner Kreativität für Geld an andere verkaufst und dein Talent verschwendest! Dabei bist du selber doch auch ein Genie. Traurig. Aber ich mach jetzt mal eine Kaffeepause.«

»Ja, kein Ding. Mach«, sagte er nett. In der letzten Sekunde drehte ich mich noch einmal um.

»Weißt du Ivor, Van Gogh war nach Fertigstellung seines berühmten Bildes ›Sternennacht‹, für das er übrigens nur eine Nacht gebraucht hat, auch nicht glücklich über das Ergebnis. Er dachte, er wäre zu weit über das Ziel hinausgeschossen. Die Sterne, die er wohl mehr aus der Erinnerung heraus gemalt hat, denn er saß zu diesem Zeitpunkt in einer Nervenheilanstalt – stell dir das erst vor! –, schienen ihm doch viel zu groß geraten zu sein. Du hättest ihm recht gegeben. Du hättest gesagt: ›Ja Vincent, ist echt kitschig. Schmeiß es weg.‹ Aber weißt du Ivor, es ist ein Bild mit Gewicht! Es trägt seinen Übermut mit Fassung!« Und dann sagte ich noch, und keine Ahnung, wie ich wiederum auf diesen Kitsch kam: »Die Welt hört auch in der Nacht nicht auf, uns zu beunruhigen. Ein Künstler drückt nicht einfach auf die Stopp-Taste und macht Feierabend. Aber über die Blautöne auf seinem Bild hat Van Gogh sich nie beklagt. Über die war er einfach nur glücklich.«

Ich packte meine Handtasche und verließ den Ort des Grauens, wo ich und meine große Liebe uns freiwillig bei lebendigem Leib begraben hatten.

Ich musste schleunigst in den Spiegel schauen, ob ich noch eine schöne Frau war oder schon ein Monster mit roten, toten Augen. Ich streute Espressopulver wie Erde in die Cappuccino-Maschine.

Aus dem Aufnahmeraum tönte wieder *Kiss the angel goodbye, on the long long way to high*. Was war schon »The winner takes it all« dagegen?

Noch ehe die aufputschende Wirkung des überdosierten Kaffees einsetzte, packte mich so etwas wie gute Laune. Mit Hilfe der bösen, zerstörerischen Kräfte des Pfaus (und im Geiste der guten, zerstörerischen Kräfte von Jasmina) hatte ich die letzten zarten Blüten unserer Beziehung zertrampelt. Nun war sie mausetot. Da funkelten keine Sterne mehr, weder die großen noch die kleinen. Aus dem Spiegel blickte mir ein entschlossenes Gesicht entgegen.

Obwohl wir uns beide noch liebten. Das war zu blöd, um wahr zu sein, dass es so etwas überhaupt geben konnte. Ich werde das nie verstehen. Ich funkte Jasmina an. »Große, wollen wir Gin Tonic trinken? Trotz Gehirnerschütterung?« Aber auch auf diese Kurznachricht bekam ich keine Antwort.

Wo geht's hier raus aus der Hölle?

Was konnte es Schlimmeres geben, als sich nach wohligen Tagen des Schuleschwänzens wieder an den Originalschauplätzen des Grauens einzufinden? Als die Schule vor ihr auftauchte, fühlte Jasmina sich schon selbst wie das giftige Efeu, das sich am Toreingang emporschlängelte. Efeu, immmergrün, das den Winter dennoch nicht überstehen würde. Und dieses riesige, hölzerne Schultor, wie das Tor zu einer anderen Welt, ein Traumsymbol des Schreckens. Diese Schule will mich verschlingen, zermampfen, aufessen, dachte Jasmina. Alles, was das Leben zu einem angenehmen Zeitvertreib machte, einen Rausch haben, sich in einen Rausch hineinreden oder Musik hören, zu jeder Zeit und in jeder Lautstärke, musste draußen bleiben. Alles was sich wie schrankenlose Freiheit anfühlte, bei sich selbst sein, war verboten. Erlaubt war hingegen alles, was das Leben zu einer unangenehmen Sache machte: Stress, Unterdrückung der Individualität, Bevormundung, getarnt als Diskussionsangebot. Und in einer solchen Atmosphäre sollte man dann *fürs Leben lernen* – na, wenn das kein Witz war. (Als ob das Leben nicht schon längst begonnen hätte! Als ob das Später immer wichtiger wäre als das Jetzt.) Das alles war so schlimm, da musste man wenigstens wach sein. Wach, wie ein unangemeldetes Tänzchen über den Dächern Moskaus. Wach, wie eine Demonstration an einem Samstagnachmittag in Berlin.

Aber Jasmina war um acht Uhr morgens nicht wach, niemals. Übermütiges Nächte-Durchschreiben – immer noch besser als Nächte durchgrübeln, dachte Jasmina – rächte sich mit einer Müdigkeit, die schlimmer war als jeder Jetlag. Nur dass man dafür nicht einmal ein Flugzeug besteigen musste, nicht einmal einen Bus, nein, man musste einfach nur am anderen Ende der Straße in die Schule gehen ... An das Mobbing konnte Jasmina sich nicht gewöhnen, auch wenn sie es wegsteckte wie ein besonders lästiges Lehrbuch für höhere Mathematik. Dieses Getuschel hinter ihrem Rücken. Es war wie in einer Geisterbahn. Dieser Moment, wenn das große Monster hinter einem her ist. Jasmina hatte zwar keine Angst mehr davor, dass sie ihr den Kopf abrissen, sie körperlich fertig machten, aber sie hätte auch nicht darauf schwören können, dass es bei den verbalen Attacken blieb. Denn Jasmina konnte sagen, was sie wollte, sie konnte sich wehren, wie sie wollte, sie konnte tragen, was sie wollte: Ein blöder Kommentar kam immer. Eine fiese Bemerkung in ihre Richtung musste wohl oder übel sein, damit die anderen den Tag überlebten.

Das Mädchen blieb wie angewurzelt stehen, dabei hatte sie doch erst drei Schritte ins Schulgebäude gemacht. Mal kurz orientieren. Lage checken. Herausfinden, ob schon Angriffe kommen. Die eigene Angriffslust stärken. Schülerinnen und Schüler standen in kleinen Gruppen zusammen. Mädchen in kurzen Röcken, blickdichten Strumpfhosen oder engen Jeans, damit man gleich auf den ersten Blick sehen konnte, wie dünn und zerbrechlich sie waren. Diese Schönsten im ganzen Land. Die Jungs hingegen, oh du fröhliches Gegenteil, in schweren dunklen Jacken und mit kurzen Haaren, ausnahmslos. Damit bloß keiner sie für schwul hielt oder für Mamasöhnchen. Als Mama jung war, haben die Jungs ihre Haare auch mal länger getragen, dachte Jasmina. Das war sogar Mode in den siebziger, achtziger Jahren des letzten Jahrhunderts. Die heutigen Zeiten, dachte sie, sind beinahe vormodern. Wenn sie arrogant wäre, dann würde sie jetzt die Nase rümpfen oder die besten Sätze aus ihrem Blog von gestern Nacht laut vor sich hersagen. Aber Jasmina fand arrogante Attitüde so furchtbar anstrengend, obwohl sie durchaus große Stücke auf sich selbst hielt.

Die Schülerinnen und Schüler steckten die Köpfe zusammen, sie kamen und sie gingen, sie pfiffen und sie plauderten, sie flitterten und twitterten. Die Schule schien für sie so eine Art großes Wohnzimmer zu sein, während Jasmina am liebsten auf dem Absatz umgekehrt und davongerannt wäre. Und dabei ist doch noch gar nichts passiert!

Eigentlich müsste ich entspannter sein, dachte Jasmina, immerhin hat das mit dem Attest geklappt und ich hab vier Tage lang die Schule geschwänzt, ganz zu schweigen davon, dass mir die schreckliche Amerikareise erspart geblieben ist.

Oh heilige Lilly Vegas!, dachte Jasmina. Der Tipp mit der Gehirnerschütterung war wirklich gut.

Noch beachtete sie keiner und sie hoffte sehr, es würde so bleiben. Jasmina bemühte sich, superaufrecht zu gehen, mit hoch erhobenem Kopf und ganz geraden Schultern. Aber auch nicht zu angestrengt aufrecht gehen, dachte sie und versuchte sich ein wenig zu entspannen. Ach, all sowas, was man in den Selbstoptimierungskursen bei den niedergelassenen Supervisor-Müttern des Prenzlauer Bergs halt so lernte. Ihre Mama war auch so eine. Wenn ein böser Satz kommt, muss man ihn ignorieren, abschütteln, wie eine lästige Fliege. Das hatte Jasmina sich selbst zusammengereimt. Sie war eigentlich zu nervös für die Entspannungsscheiße. Am besten, sie wäre schon im Klassenzimmer angelangt und damit raus aus der absoluten Dangerzone. Jasmina rannte die Treppen nach oben, immer mindestens zwei Stufen auf einmal nehmend. Sie hatte ihrer Mutter nie von dem Schulhofmobbing erzählt. Sie wollte sich ja nicht lächerlich machen. Da war ein Schwindel, in den Beinen. Ein Schwindel aus Schlaftabletten und Adrenalin, ein Zittern aus grünen, koffeinhaltigen Guarana-Teeblättern. Ein Stressausbruch.

Als sie den oberen Treppenabsatz erreichte, brach der Sturm los. Die großen Monster hatten Jasmina jetzt erst bemerkt: Da stand ja die Teufelin, in einem bodenlangen, froschgrünen Kleid, mit schwarz hingetuschten Augen, die Wimperntusche leider zerlaufen. Regungslos stand sie da, wie eine hochgewachsene Statue auf einer Showbühne. Ein paar Mädchen zückten ihre Handykameras und machten Fotos. Ein furchterregendes Gejaule und Gebell ging los, ein Bellen aus Menschenkehlen und ein Schreien, als ob ein Rudel wilder Hunde über Jasminas Kopf hinwegspringen würde. Sie zuckte zusammen. Das Zittern kroch von den Beinen in den Körper, während etwas in ihr (Stolz vielleicht?) versuchte, sich nichts anmerken zu lassen. Hocherhobenen Hauptes erreichte sie das Klassenzimmer und setzte sich, ohne sich umzusehen, an ihren angestammten Platz im hinteren Bereich des Klassenzimmers.

»Warum kommst du jetzt erst?«, zischte Candice. »Seit zehn Minuten muss ich das Gekläffe ganz allein ertragen. Dabei kann ich doch gar nichts dafür! Es ist ja dein Aufsatz über Marcus und den Hund, an dem sie sich festgebissen haben. Die haben mitgekriegt, dass du den Text über Schulhofmobbing auf deinem Blog veröffentlicht hast. Und ich krieg es jetzt auch mit ab.«

Jasmina nahm die Nachricht bestürzt auf, sie war ja sowieso die ganze Zeit am Stürzen und Sichwiederaufrichten, und Candice, die ein Gespür für Jasminas Stimmungen hatte, entschuldigte sich sofort.

»Egal, ich nehme das auf mich. Du kannst ja nichts dafür. Es lebe die Zwillingssolidarität! Außerdem musst du dir mal das Gesicht nachschminken«, sagte sie teilnahmslos, während sie mit einem roten Füller auf dem Schreibblock herumkritzelte und in rascher Abfolge »Schnauzentiere« malte. Candices Schnauzentiere waren kleine, gestrichelte, unheimlich detailreiche Figürchen mit großer Schnauze, die immer gerade einen Blumenstrauß in der Hand hielten, als ob sie um Verzeihung bitten müssten. Jasmina musste zum ersten Mal heute lachen. Sie betrachtete ihre Schwester mit stiller Verzückung. Solange Candy Schnauzentiere malte, war die Welt noch in Ordnung.

»Die sollen doch ironisch bellen, wie sie wollen. Mir doch egal«, sagte Jasmina, als sie sich von ihrem ersten Schreck erholt hatte. Die Pulsfrequenz normalisierte sich wie von selbst, wenn Candice in ihrer Nähe war. »Ist doch geil, dass sie sich über meinen Text aufregen!«, ergänzte sie noch. »Wahrscheinlich haben sie ihre eigenen

Mobbingattacken in der Geschichte über Marcus wiedergefunden, aber sie können es nicht zugeben, weil ich das Szenario verfremdet habe.« Jasmina kicherte und fuhr fort. »Überleg doch mal: Meine Geschichte spielt in einer Dorfschule in Süddeutschland.«

Candice kapierte sofort, was Jasmina ihr da sagte.

»Ach so, das hab ich mir noch gar nicht überlegt. Dorfschule in Süddeutschland. Voll das Feindbild für die Berliner Schüler. Wollen sich doch nicht in einer Beschreibung von Schülern aus Baden-Württemberg wiederfinden. Die wissen doch gar nicht, dass Saarbrücken im Saarland ist. Hey, du hast ihnen durch die Blume gesagt, dass sie auch nicht besser sind als die Schwaben. Dieses Feindbild, dieses lächerliche. Es lebe die Fiktion!«

Jasmina lachte und kramte in ihrer Tasche herum, dabei bemerkte sie, dass sie ihr Deutschbuch vergessen hatte.

»Gib mir mal dein Lesebuch«, sagte sie zu Candice, »wir müssen zusammen reingucken.« Es war noch keine zehn Minuten her, seit Jasmina das Schulgebäude betreten hatte und es fühlte sich schon so an, als wären mehrere Stunden vergangen.

Die Zeit vergeht sehr langsam, wenn man einsam ist, dachte Jasmina lakonisch. Stunden oder Jahre in der Gefangenschaft der Spießer ...

Schreiben war ihre Art, sich zu wehren. Jasmina baute auf die homöopathische Wirkung ihres Aufsatzes. Fand es deshalb auch nicht weiter verwunderlich, dass die Klassenkameradinnen und Klassenkameraden heute so heftig reagierten; dass sie bellten und knurrten und jaulten, wie der Schlittenhund »Pfote«, über dessen Wesen man in Jasminas Aufsatz eine Menge liebevoller Betrachtungen lesen konnte.

Jasmina hatte ihren Deutschaufsatz »Traumlandschaft in weiß« im November vor versammelter Klasse vorgelesen. Es trieb die Schülerinnen und Schüler scheinbar zur Weißglut, dass sie ihn bei »Shameless Birds« hochgeladen hatte.

Für die Öffentlichkeit einsehbar! Und es gab schon 14 wohlwollende Kommentare von ihren Leserinnen und Lesern.

Gewiss, zuerst tritt eine Erstverschlimmerung ein, dachte Jasmina. Alle Folgen des Mobbings treten noch einmal besonders krass hervor, aber auf Dauer wird man mich in Ruhe lassen.

Der nächste Angriff kommt bestimmt. Johanna, eine unauffällige Schülerin, die es niemals wagen würde, sich ihre langen, braunen Haare einfach mal abzuschneiden, lehnte an Jasminas Tisch und lachte ihr schallend ins Gesicht: »Mein lieber Pfoti, mein lieber Pfoti, wo ist denn mein Pfoti?!« Johannas Augen funkelten wie böse Monde. Aber wenn man genau hinsah, und Jasmina schaute verdammt genau hin, dann konnte man ein nervöses Flackern in diesen Augen erkennen.

Ist es so schlimm um mich bestellt, dass sich schon die schüchternen Arschlöcher trauen, frech zu werden?, überlegte Jasmina, richtete sich innerlich aber sofort wieder auf. Na, die konnte was erleben! Ohne groß nachzudenken sagte Jasmina: »Du bist doch nur neidisch, dass mein Aufsatz im Lehrerkollegium so gut ankam, weil du selber immer nur Dreier oder Vierer schreibst.«

Ein scharfer Blick in die Augen des großen kleinen Monsters und dann sofort den Kopf abwenden, als würde einen das alles nichts mehr angehen, als wäre einem das gewissermaßen scheißegal. Das war die Art, wie Jasmina meistens auf heftige Attacken reagierte. Sie glaubte an diese Methode, wendete sie automatisch an. Ein Vorgang, der auch bei ihr eher unbewusst ablief: den Aggressoren direkt in die Augen schauen, etwas Superscharfes sagen, dann sofort wegschauen oder weglaufen. Als sei es das Gegenüber nicht wert, sich länger als ein paar Momente mit ihr oder ihm zu beschäftigen. Das funktionierte in den allermeisten Fällen, im Kleinen. Nur fürs große Ganze hatte Jasmina noch keine gescheite Strategie gefunden. Ob so ein Aufsatz genügte? Sie konnte sich kaum vorstellen, dass die Schülerinnen und Schüler, die sie seit Jahren beleidigten, jemals ganz damit aufhören würden. Nun gut, die kleine, doofe Johanna mit den langen braunen Haaren hatte sie fürs erste in die Flucht geschlagen.

Zum Glück betrat jetzt der Lehrer das Klassenzimmer und die Schülerinnen und Schüler strömten auf ihre Plätze zurück. Jasmina nahm alles wie in Zeitlupe, wie in Trance wahr. Das längste Fußballspiel ihres Lebens. Die harten Holzbänke, die matschgelben Wände des Klassenzimmers, die grellen, lärmenden Schülerinnen und Schüler – eine fiebrige Halluzination, eine Traumsequenz. Ihr wahres Selbst hatte Jasmina längst in Sicherheit gebracht. Es lag zu Hause auf dem Bett, mit Kopfhörern auf den Ohren und hörte Musik: das erste Album von Café Prag, »La Nuit Bohème«, was für ein toller Titel! Sie hatte es sich im Netz runtergeladen, nachdem sie letzte Woche das Vergnügen gehabt hatte, die Sängerin Lilly Vegas persönlich kennenzulernen. Das Musikduo war ihr vorher kein Begriff gewesen, aber jetzt liebte sie diese swingenden, rockigen Stücke.

Die Jasmina, die in diesem Klassenzimmer saß, war nicht derselbe vollständige Mensch, wie der, der zu Hause auf dem Bett lag und Musik hörte. Die Jasmina aus dem Klassenzimmer war ein großer, reflektierender Glassplitter, der sich aus der kollektiven Psychose anderer zusammensetzte. Sie war ein Durcheinander, das diese anderen in Unordnung gebracht hatten.

Jasmina war froh, dass Deutsch auf dem Stundenplan stand. Schrift und Sprache, Text. Das beruhigte. Es brachte ganz andere Formen von Ordnung hervor. Jasmina wollte gerne in neuen Kategorien, in anderen Denksystemen denken. Jasmina wollte erlöst werden von der Unordnung ihres Systems. Sie beschloss, sich voll einzubringen, um auch den Deutschlehrer, Herrn Jäger, auf ihrer Seite zu halten.

Herr Jäger, den die Schülerinnen und Schülern im besten Falle »den Jägermeister« nannten und im schlimmsten »Räuber Hosenplatz«, war ein stattlicher Mann, der bewusst oder unbewusst (als ob er seinem Namen Rechnung tragen wollte, wie die meisten vermuteten), immer leicht schäbige Klamotten trug. Bevorzugt grün oder braun. Auch heute trug er wieder eine scheißebraune Cordhose, die so aussah, als ob er sie aus der Altkleidersammlung gefischt hätte. Jasmina hatte ein bisschen Mitleid mit dem großen, unbeholfenen Mann. Sie hatte sich schon öfters auf seine Seite geschlagen, wenn die Schülerinnen und Schüler ihn mal wieder als »Räuber Hosenplatz« verspotteten. Und immerhin hatte er ihr vergangenen Herbst den Raum gegeben, ihren Aufsatz vor der Klasse vorzulesen. Aber Jasmina verteidigte den Jäger nicht nur, weil sie ihn irgendwie mochte. Sie schämte sich auch einfach, wenn Menschen, die so alt waren wie sie selbst, immerhin stolze 17 Jahre, sich aufführten wie Grundschülerinnen und Grundschüler.

Jäger griff den Unterrichtsstoff von gestern wieder auf. Sie redeten über Till Eulenspiegel.

»Ich kann mir gar nicht vorstellen, dass das im Lehrplan steht«, flüsterte Jasmina ihrer Schwester zu. »Das ist doch Mittelstufenscheiße.«

Candice flüsterte zurück: »Sei still.«

Jasmina zuckte zusammen. Sie schloss die Augen und versuchte den Tagtraum wieder aufzunehmen, den sie in den fünf Minuten zwischen Weckerklingeln und Aufstehen geträumt hatte. Sie hatte sich diesen Traum zugetraut, obwohl er doch recht realistisch anmutete. Es war eigentlich gar kein Traum, sondern eine Verheißung, etwas, das ihr in naher Zukunft tatsächlich passieren könnte! Es war nämlich etwas ganz Tolles vorgefallen, gestern Nacht um halb drei, als Jasmina noch mal ihren Twitter-Account gecheckt hatte. Etwas so Tolles, dass sie darauf brannte, es gleich in der Pause Candy zu erzählen. Jasmina wurde vielleicht fürs Theater entdeckt! Ja, es könnte sein, dass sie demnächst als »besondere Statistin« bei einem Stück mitwirken würde. Na, das wäre doch mal ein Kontrast zu dem absurden Theater um mich herum, dachte Jasmina. Haben die anderen denn nichts, wofür es sich zu leben lohnt?, schweiften ihre Gedanken wieder ab. Müssen die Mitschülerinnen mich schikanieren und verspotten, nur um einen Sinn im Leben zu haben? Das alles war so weit unter Jasminas Niveau und deshalb war es ihr auch so egal. Sie seufzte. Jedenfalls hatte sie gestern um halb drei noch mal ihren Twitter-Account gecheckt und da war eine Meldung von so einer Zwillingsseite, dass sie Zwillinge suchen, die bei einem Theaterstück mitmachen. Und der Typ, der die Meldung verbreitete, war einer, der ihr neuerdings bei Twitter folgte, und in der Kurznotiz hatte er sogar auf ihren Blog verwiesen: »Mehr übers Zwillingssein könnt ihr auf @ShamlessBirds nachlesen.« Na, wenn das nichts war, dann war nichts mehr was!

Wenn schon der Typ, der die Meldung postet, auf meinen Blog verweist, dann können die Theaterleute ja wohl nichts dagegen haben, wenn ich dort am Wochenende höchstpersönlich mit meiner Schwester antanze, dachte Jasmina. Sie sah sich schon auf der Bühne einen Part aus einem eigenen Text lesen. Vielleicht aus dem Marcus-Text. In dem Tweet stand, dass die Proben schon nächste Woche losgingen! Vielleicht freuen die sich da ja über eine Bloggerin, dachte Jasmina versonnen. Eigentlich muss ich doch nur noch Candy überreden.

Jäger dozierte unterdessen weiter über Till Eulenspiegel, der »ein Schalk« war, »ein ganz gerissener. Till Eulenspiegel hat eine ganze Stadt an der Nase herumgeführt, weil er die Sprichworte wörtlich genommen hat«, sagte Jäger nicht ohne Bewunderung für den ollen Eulenspiegel. Und Jasmina wurde das Gefühl nicht los, aber vielleicht bildete sie sich das auch nur ein, dass er sie dabei aufmunternd und besonders anschaute, als ob er ihr irgendwie Mut zusprechen wollte. Jasmina hielt das für möglich. Sie hatte manchmal so nonverbale Kommunikation mit dem Jäger. So Blicke, wo sich dann auch etwas übertrug. Blicke, die Brücken bauten oder so. Fast schon kitschig. Als ob auch sie ein wenig ein Till Eulenspiegel wäre, der den anderen den Spiegel vorhielt. Eine Gesellschaftskritikerin und ein Schalk. Aber sicher war sie sich nicht, ob Jäger sie wirklich mit einem besonderen Blick bedacht hatte. Sie versuchte dieses aufwühlende Gefühl – *da ist jemand auf meiner Seite!* – sofort wieder beiseite zu schieben. Wäre ja zu schön, um wahr zu sein. Soweit kam es noch, dass man Inhalte aus dem Deutschunterricht auf sich bezog, nur weil man gerade mal unten mit den Nerven war.

Verdammt, das muss aufhören, dachte Jasmina, dass sie überhaupt noch auf irgendetwas hörte oder achtete, was irgendwer in der Schule sagte. Sie checkte die Uhrzeit auf ihrem Handy. Sie war müde. Erst eine Viertelstunde, seitdem der Unterricht begonnen hatte, verdammt. Jasmina brannte darauf, zu schlafen. Sie brannte darauf, mit Candice über die Sache mit dem Zwillingstheaterstück zu reden.

In der Pause stellte sich heraus, dass Candice alles andere als begeistert war von der Idee, mit Jasmina zusammen auf einer Bühne zu stehen. Im Gegenteil. Candice mauerte, sie schimpfte und sie schüttelte den Kopf. In ihren Augen leuchtete ein Unglück und es tat ihr leid, aber sie konnte sich beim besten Willen nicht vorstellen, *noch mehr* mit ihrer Schwester zusammen zu machen. Was immerhin den Vorteil hatte, dass Jasmina für den Rest des Vormittags damit beschäftigt war, sich mit Candice herumzustreiten. Die Mitschülerinnen und Mitschüler mussten nicht mehr aufwendig ignoriert werden, das Herz klopfte ihr nicht mehr so stark. Die anderen waren ihr tatsächlich egal geworden. Sollten die doch jaulen und bellen und, in der Absicht sie zu beschämen, immerzu »Pfoti, mein lieber Pfoti!« rufen – Jasmina hörte gar nicht mehr hin. So erbittert stritt sie sich mit der kleinen Candice (die eigentlich nur 15 Minuten jünger war als sie). Bis die Schwester schließlich, in der Pause vor der letzten Schulstunde, kapitulierte. Und einwilligte. Was hätte sie auch sonst tun sollen? Sie konnte Jasmina ja nicht einen Zukunftstraum verbauen.

Das alles ändere aber nichts daran, sagte Candice, dass sie in Zukunft mehr für sich allein machen wolle. Die gemeinsamen Aktivitäten müssten auf ein »Minimum« reduziert werden. Sie fühle sich »so außer sich«, sagte Candice. Es fielen noch mehr schlimme Sätze. Jasmina hätte sich am liebsten die Ohren zugehalten. Sie konnte es nur schwer ertragen, schwerer als alles andere, die Schwester so reden zu hören. Als ob es irgendwie schlimm wäre, wenn sie was zusammen machten. Auf dem Alleinmachtrip war Candice aber schon eine ganze Zeit lang. Und bei einem *Zwillingstheaterstück* mitzuspielen, das war Hohn in Candices Ohren. Ein größerer Hohn als alle bellenden, kläffenden und mobbenden Klassenkameraden zusammengenommen.

»Es ist schon schlimm genug, dass wir in derselben Klasse sind und dass du mit mir in die Schneiderei gehen musst«, machte Candice reinen Tisch. »Aber ich hab keinen Bock, ständig mit meiner Zwillingschwester zusammenzuhocken. Du brockst uns immer wieder neu das Mobbing ein, weil du so extrem bist. Extrem, extrem, extrem!« Sie schrie fast. »Ich hab ja nichts dagegen, ein bisschen aufzufallen. Aber ich bin halt kein Riot Girl, so wie du.«

In der Tat, Candice kleidete sich nicht ganz so punkig wie Jasmina. Und sie war auch an sonnigen Tagen kein Gothic-Schneewittchen. Sie fand sogar Gefallen an Mannschaftssportarten, und trug dunkelblond, die langweilige Naturhaarfarbe, denn das war das Praktischste, wenn man in einem Badmintonverein nicht auffallen wollte.

»Das hat damit nichts zu tun«, sagte Jasmina, »die haben uns schon in der Mittelstufe gemobbt, da wusste ich überhaupt noch nicht, was ein Riot Girl ist. Kapierst du denn nicht, dass das der einzige Grund ist, warum sie noch Respekt haben?«

»Wenn du das unter Respekt verstehst!«, sagte Candice spöttisch, mit Blick auf ihre Mitschülerinnen und Mitschüler. »Ich hab keinen Bock mehr, ständig als ›Zwilling‹ wahrgenommen zu werden.«

»Jetzt hör doch mal zu«, leistete Jasmina weiter Überzeugungsarbeit bei der Schwester, was wahrscheinlich schwerer war, als einen Politiker davon zu überzeugen, für das Grundeinkommen oder die Revolution einzutreten: »Andere würden etwas dafür geben, wenn sie einen Zwilling hätten.«

»Ah ja, echt, wo sind denn diese anderen? Ich kann sie nirgendwo sehen«, höhnte Candice und ihre unglücklichen Augen luden für einen Moment zur Spiegelung ein.

»Und wenn, dann geben sie sich aber verdammt viel Mühe, ihre Bewunderung für uns zu verbergen.«

Jasmina lachte, als müsste sie das mulmige Gefühl darüber, ihre Schwester zu etwas überredet zu haben, was die gar nicht wollte, weglachen.

»Mobbing ist eben die Art, wie Arschlöcher ihre Bewunderung ausdrücken«, sagte sie schließlich. Sie überlegte sich, wie viele Schülerinnen und Schüler es wohl in diesem Land gab, die einen Aufsatz auf einen Blog gestellt hatten, über den sich die ganze Schule aufregte.

»Also gut, okay«, maulte Candice und reichte Jasmina ein Blatt rüber. Darauf war ein lächelndes Schnauzentier, mit zur Abwechslung mal zwei Blumensträußen in der Hand. »Das könnte ich mir schon vorstellen, dass es Spaß macht, bei so einem Theaterstück mitzumachen. Auch wenn das bedeutet, dass wir beide wieder als Zwillinge gehen müssen.«

»Schon gut, dann machen wir es eben nicht«, sagte Jasmina, als der Zeiger der großen, runden, weißen Uhr schon auf die Eins zuging, »ich will dich nicht zu etwas überreden, was du nicht willst!«

»Doch, doch, schon okay«, murmelte Candice.

Und Jasmina fügte hinzu, als ob das ein Kompromiss wäre: »Ich hab dir doch von der Sängerin Lilly Vegas erzählt? Die will mit mir einen Gin Tonic trinken gehen im Rosebud, einem coolen Künstlercafé. Die hat bestimmt nichts gegen meine Gesellschaft einzuwenden.«

Candice lachte erleichtert: »Oh ja, such dir einen neuen Zwilling, damit würdest du mir einen großen Gefallen tun.«

Jasmina drückte auf ihrem Smartphone herum und twitterte, mit neuem Übermut in der Birne: »Mrs Jasmintee muss auf dem schnellstem Weg raus aus der Hölle & etwas aus ihrem Leben machen, um es sich nicht zu nehmen.«

Dann wählte sie Lillys Nummer.

An einem Tag für rote Schuhe

Jasminas Anruf kam zur Mittagszeit. Ich schlief noch und hangelte mich in milder Verzweiflung von Tiefschlafphase zu Tiefschlafphase. Es dauerte eine Weile, bis ich soweit war, aus dem Urwald des Unbewussten wieder auszusteigen und auf das Klingeln des Handys zu reagieren. Denn in Zeiten seelischer und körperlicher Erschöpfung ist der Schlaf schon immer mein liebster Urlaubsort, mein bevorzugtes Naherholungsziel gewesen.

»Hey Jasmina!« Nachdem sie vor ein paar Tagen auf meine SMS nicht geantwortet hatte, freute ich mich umso mehr über den Anruf.

»Hallo, spricht hier Clarissa, äh Lilly?« Ihre Stimme klang viel heller und höher als ich sie in Erinnerung hatte.

»Das ist ja eine Überraschung!«

»Und für mich erst«, sagte sie, obwohl klar war, dass es für sie keine Überraschung sein konnte, denn schließlich hatte sie ja angerufen. Aber ich verstand gut, was sie meinte. Sie entnahm meiner Stimme, dass ich gerade erst wach geworden war, denn sie beteuerte, dass sie mich um mehr als alles andere darum beneidete, um diese Uhrzeit noch im Bett liegen zu dürfen.

»Noch ein halbes Jahr Schule, dann bist du auch soweit!«, sagte ich, beinahe hellwach, lachend, als ob wir uns seit Ewigkeiten kennen würden.

»Ich bin jetzt schon so weit«, scherzte sie und bedankte sich überschwänglich »für den Tipp mit der Ärztin und der Gehirnerschütterung. Ohne deine Hilfe würde ich just in dieser Minute in einer Highschool in New York sitzen und Scheiße essen! Vielen tausend

Dank für die Befreiung. Auch wenn hier an der Schule schon wieder die Hölle los ist. Aber da weiß ich wenigstens, was ich habe. Die Hölle hier kenne ich in- und auswendig«, tönte es atemlos vom anderen Ende der Leitung.

»Das kann ich kaum verantworten, dass ich dich von der amerikanischen Kultur befreit habe. Wenn wir das nächste Mal ein paar Gigs in den Staaten spielen, nehmen wir dich mit«, sagte ich nicht minder begeistert.

»Oh ja, bitte, das wird toll!« Jasmina wirkte trotz der schwärmerischen Worte etwas kleinlaut. Aber so, als ob ihr alles, was sie bedrückte, andererseits auch schon wieder komplett scheißegal wäre. Wir verabredeten uns für den nächsten Tag im Weinbergspark. Danach würden wir wieder ins Rosebud gehen. Als das Gespräch beendet war, stellte ich mir den Handy-Wecker auf 17:30 Uhr, um es noch rechtzeitig zum Schuster zu schaffen. Denn ich sah mich beim Treffen mit Jasmina in rot glänzenden Lederstiefeln!

Am nächsten Nachmittag spazierte ich, von der Eberswalder Straße kommend, die Kastanienallee hinunter. Glücklich über die frisch reparierten Stiefel und die Menschenmasse, die sich mit bunten Schals um den Hals durch die Straßen bewegte.

An einem Tag für rote Schuhe darf man sich nicht verstecken!

Die Schuhe erinnerten mich an mein Leben vor Ivor. Die hohen Absätze, auf denen man trotzdem laufen konnte, und diese Farbe: ein gieriges, leuchtendes Hellrot, als würde ein Feuer um meine Beine toben. Ich ließ mir gerne von Kleidungsstücken den Weg in die Zukunft weisen ... Lieber wollte ich tausend fremde Blicke ertragen, als mich noch einmal von einer Halluzination in die Ecke drängen zu lassen.

An einem Tag für rote Schuhe waren alle Vokale auf einmal im Einsatz. Wie in der schönsten NuNoNaNeNi-Aufwärmübung.

Ich muss wieder mutiger werden, unerschrockener, dachte ich, während sich der Abend ausbreitete und die Stadt ihre Lichter und Laternen anknipste. Einfach weiterschreiten, über sämtliche Abgründe hinweg, als gäbe es die Grimassen des Bösen nicht!

In den letzten Tagen hatte ich mehr als einmal einen fremden Mann vor oder hinter mir auftauchen sehen. Einmal hatte er plötzlich im Hausflur gestanden, einmal meinte ich, zu Tode erschrocken, seine hochgewachsene Gestalt in der Küche zu entdecken. Nach zwei, drei Sekunden war er wieder verschwunden, und da ich nicht an Geister glaubte, musste ich mir die Erscheinung wohl oder übel eingebildet haben.

Das kommt davon, wenn man wieder alleine lebt, hatte ich mir laut Mut zugesprochen, war aber vorsichtshalber noch eine Weile mit offenen Augen durch die Wohnung gelaufen, hatte hier einen Teebeutel und dort einen Glassplitter aus der Arche Noah weggeräumt, unters Bett geschaut und hinter den Duschvorhang. Die Wohnungstür doppelt verschlossen, und dreifach.

Zum Teufel mit allen Spukgestalten!

Ich war nah am Wasser gebaut, aber nicht so nahe, dass ich noch mal auf den Wellen des Wahnsinns schaukeln wollte.

Im verschwenderischen Rosengarten der Psychiatrie bin ich einmal mit einem Mädchen ins Gespräch gekommen, das sich im Wahn für Nietzsche hielt und das mir zuflüsterte, sie befürchte, nie mehr aus der Anstalt entlassen zu werden. Bei mir war es vergleichsweise harmlos gewesen. Selbstgespräche führen, während ich in leichten, flatternden Kleidern um die Häuser zog. Bei exakt den Leuten Schutz suchen, die einen am meisten verletzen. Wie ein Schlafwandler in die Arme von unbekannten Taxifahrern laufen, Stimmen hören, die einem befehlen, mit dem Taxifahrer zu schlafen. Ich war auch einfach zu verliebt damals, in J., dachte ich. Und wer zu bodenständig ist, um derlei Spuk zu begreifen, oder zu abgehoben, der wird von uns Sängern darauf gestoßen, dass es etwas Höheres gibt, höhere Mächte, höhere Wesen, andere Zeiten …

Der kleine Park sah drollig aus, als er so im Halbdunkel zu meinen Füßen auftauchte. Ich beschloss, mal keine Angst vor Menschen zu haben. Ich dachte an den Witz, den ich neulich in der Wochenzeitung Freitag gelesen hatte: »Kommt ein Wolf in den Wald und sieht einen anderen Wolf, ruft er laut: ›Oh toll, noch ein

Wolf!‹ Kommt ein Mensch in den Wald und sieht einen anderen Menschen, dann rennt er davon und schreit: ›Oh Hilfe, ein Mörder!‹«

Ich lief einmal um den See herum, *you're frozen, when your heart's not open,* noch keine Spur von Jasmina, sie kam natürlich, wie es sich für ein wildes Mädchen gehörte, zu spät. Ich war richtig aufgeregt, während ich meine Umgebung betrachtete. Autos kreisten in einem unaufhörlichen Rauschen um den Park herum. Die Äste der Bäume waren so winterkahl, dass man beinahe Mitleid bekam. Schnee lag nur auf der Innenseite der Äste, wie äußerst hilfsbereite Arme ragten sie in die Weite der Landschaft hinein. Wie die weißen Serviererinnen-Armstulpen meiner Mutter, dachte ich sehnsuchtsvoll, denn ich hatte sie schon lange nicht mehr auf dem Landponyhof besucht, wo sie mit ihrem Mann lebte. Der Schnee musste unter ästhetischer Anleitung vom Himmel gerieselt sein! Dort oben schmiegten sich nachtschwarze und blaugraue Wolken so dicht aneinander, als wollten sie mich unbedingt an meine beiden Seidenbettdecken erinnern. Als müssten auch Wolken mal miteinander kuscheln. Aber so düster der Himmel den Park auf der einen Seite auch umrahmte, in so intensivem Orange leuchteten ein paar Sonnenstrahlen auf der anderen Seite.

Dieser Park sieht aus wie ein Fingerabdruck meiner Seele!, dachte ich und musste lachen. *Ich kann in allem ein Zeichen für mich seh'n!* Kein Wunder, dass ich es so oft mit der Angst zu tun bekam. Aber meine Vorstellungskräfte machten mich auch zu einem begeisterungsfähigen Menschen. Ich hätte um nichts in der Welt auf diese Gabe verzichten wollen, und so freute ich mich noch eine Weile an dem zufällig einfallenden Licht, das für mich die erwachende Freundschaft mit Jasmina symbolisierte: etwas strahlende, neue Welt inmitten einer komplett verdusterten Atmosphäre. Der Winter war schon so weit fortgeschritten, dass sich der Schnee nicht mehr als frischer Neuschnee auf dem Asphalt türmte, nicht wie die Art von Kinderschnee, an der auch Erwachsene Freude haben. Der Schnee lag da als dreckiges Abbild der Kälte. Endlich schlenderte eine große, breitschultrige Gestalt auf mich zu und als sie mich sah, hielt sie kurz inne, rannte dann los.

Oh toll, ein Wolf!, dachte ich, und wir umarmten uns, weniger wie ein Liebespaar, mehr wie eine unschlagbare Einheit, die die letzte Woche damit verbracht hatte, sich zu einer Truppe zu formieren. Nun gut, so stellte ich mir das jedenfalls vor, wenn zwei Gangsta-Rapper, ein Fußballverein oder die Leute von Femen sich begrüßten. Jasminas Stärke ging voll auf mich über!

»Na, Kleine«, sagte Jasmina.

»Hey, du Große!«, sagte ich. Ich nahm ihre Hand in meine.

»Hey, du hast ja pinkfarbene Handschuhe, ganz schön tough.« Ich lachte schüchtern. Jasmina nahm das sofort zum Anlass, über Politik zu sprechen. Ihrer Auffassung nach würde sich die Farbe Pink zwar nicht mit Emanzipation widersprechen, aber gut, dass man jetzt der »Pinkifizierung der Mädchenwelt« den Kampf angesagt hatte, sagte sie und war schon wieder bei Barbie und Teufel und Revolution angelangt. Sie sagte, sie wolle nicht in einem Land leben, wo der Feminismus von allen Seiten diskriminiert würde. Es sei so stumpf, so geistlos, »dass die Leute gar nicht kapieren, dass überall dort, wo Freiheit eingeschränkt wird, so 'ne vermiefte Fünfziger-Jahre-Stimmung entsteht. Das ist doch dann überhaupt erst Unterdrückung von Sexualität.«

Und »überhaupt«, schimpfte Jasmina, »habe ich noch nie eine Ausgabe vom Spiegel gelesen, wo nicht der Kampf für Frauenrechte lächerlich gemacht wurde oder für ›out‹ befunden.« Sie schaute mir tief in die Augen und lachte. Als würde sich das Reden über Politik in keinster Weise damit widersprechen, dass sie sich voll freute mich wiederzusehen. Ich beeilte mich, etwas darauf zu sagen, wie »Ja, ja, ja, ja, ja«. In meinen Gedanken war ich ganz woanders.

Ich war ganz im Ernst überrascht davon, dass eine 17- oder 18-Jährige (wie alt war Jasmina eigentlich?) solche Themen hatte. Andererseits auch wieder nicht. Sie holte eine Flasche Club Mate aus der Tasche, als wäre es eine Bierflasche, und wechselte das Thema: »Ich hab eure erste Platte im Netz runtergeladen und die ganze

Woche gehört. Ich bin jetzt sowas wie ein Fan. Ich find's Wahnsinn, dass ihr auch gothicmäßige Songs habt. ›Gretchen's Garden‹ und ›Mister Sister Midnight‹ sind meine Lieblingslieder.« Sie sprach schnell weiter, als ob es ihr peinlich wäre: »Ist dein Duopartner Benno dein Exfreund? Ich meine, ist das der Typ, der dich verlassen hat?« Sie öffnete die Flasche mit einem Feuerzeug und reichte sie mir rüber, zum ersten Schluck. Ich trank ein bisschen daraus, als ob ich nie etwas anderes getan hätte, als mich bei Temperaturen um den Gefrierpunkt mit rosa gekleideten Frauenrechtlerinnen im Park zu treffen und koffeinhaltige Limonade mit unendlich hohem Zuckergehalt zu trinken.

»Nee, Benno ist nur ein guter Freund, der Typ, der mich verlassen hat, heißt Ivor«, sagte ich und schwieg. Ich überlegte, ob ich ihr die ganze Geschichte von Benno und mir erzählen sollte. Wir wollten ja schließlich Freundinnen werden und Freundinnen skippten sich mal so eben im Schnelldurchlauf durch ihr Leben! Jasmina schaute mich aufmunternd an, ihre Augen leuchteten im Licht einer Laterne, während es um uns herum allmählich stockfinster wurde. Da ich lange keine richtige Freundin mehr gehabt hatte, genoss ich jeden Satz und jede Geste, die wir miteinander teilten.

»Es ist lustig, dass du mir diese Frage hier im Park stellst«, sagte ich schließlich, »denn ganz am Anfang, als wir Café Prag gegründet haben, fühlten wir uns wirklich wie die ersten Menschen auf der Welt. Wir wollten gemeinsam etwas Großes erschaffen. Damals, vor sieben Jahren, hatten wir sogar mal eine Affäre miteinander. Das war im Sommer. Ein paar heiße, rauschhafte Sommermonate lang, als ich hier um die Ecke in der Christinenstraße gewohnt habe.«

Ich machte eine Kunstpause, um herauszufinden, ob Jasmina an meiner Erzählung überhaupt interessiert war. Vielleicht wollte sie ja etwas sagen. Aber sie lauschte, wie es schien, wunschlos glücklich meinen Worten und ich kam richtig in Fahrt: »Das war so eine tolle Zeit, wir waren ständig hier im Park. Wenn ich daran denke, dann schmecke ich das Vanilleeis und den Wodka und ich sehe die roten Pumps, die ich in diesem Sommer getragen habe. Wir haben den ganzen Sommer in den rotweißen Strandliegestühlen des Schweizer Cafés vertrödelt und uns Melodien vorgesungen. Und da oben, am Eingang zur Straße, hat immer so ein unheimlicher, blauer Mercedes geparkt. Benno ist manchmal hin und hat sich alle möglichen Drogen gekauft. Kokain, Speed, LSD, was weiß ich. Ich hab nie welche genommen. Ich war völlig glücklich mit Vanilleeis und Wodka und ersten Songs.«

»Oh wie schön!« Jasmina nickte andächtig. »Warum habt ihr euch überhaupt getrennt, war das nicht auch ein ziemlicher Schock?«

»Es war keine richtige Beziehung«, sagte ich nachdenklich, »es war immer mehr ein Ende als ein Anfang. Wir haben nichts ausgesprochen oder der Ewigkeit versprochen. Benno ist einfach der perfekte Bandkumpel. Er ist nicht wirklich mein Typ. Keine Ahnung warum.« Weil ich wusste, dass die Leute sich immer freuten, wenn man Band-Interna ausplauderte, setzte ich noch einen drauf: »Ich bin fest davon überzeugt, dass auf Café Prag ein Fluch lastet! *Ein* Musiker begehrt immer einen anderen ein bisschen mehr. Ich weiß, dass ich Benno zu viel bedeute, so wie Ivor, unser Produzent, mir jetzt auf einmal auch zu viel bedeutet. Vielleicht muss das so sein. Musik handelt schließlich vom Begehren.«

»Das ist ja krass, also du bedeutest Benno immer noch etwas. Und dir bedeutet Ivor immer noch etwas. Kann man unter solchen Umständen überhaupt zusammen arbeiten?«

»Du stellst ja tolle Fragen«, lenkte ich vom Thema ab. Denn ich wollte meiner neuen Freundin keinesfalls mit meinen Liebesgeschichten auf die Nerven gehen. Da sie jünger war als ich, konnte sie selbst gar nicht so viel Erfahrung haben und ich wollte sie nur beeindrucken, nicht beschämen.

»Man merkt sofort, dass du einen wunderbaren Blog schreibst«, lobte ich sie auch gleich noch über den grünen Klee (einmal pro Gespräch muss man jemanden überloben, wenn man sicher gehen will, dass sich etwas entwickelt, dachte die Engländerin in mir).

»Na ja«, spielte Jasmina das Lob herunter, »viel Begabung gehört nicht dazu, da mal nachzufragen, wenn jemand so eine Geschichte erzählt. Das hätte auch ein RTL-Reporter geschafft.«

»Um Gottes Willen«, lachte ich, »auf so einem Niveau befinden wir uns.«

»Nein«, beruhigte sie mich, »du hast mir doch nur etwas aus deinem Leben erzählt, das ist doch normal unter Freundinnen.«

Mein Herz schlug schneller, weil sie das »Freundinnen« so leichtfüßig in einem Nebensatz untergebracht hatte. Das spricht wirklich für eine Begabung im Bereich der Worte, dachte ich, während ich meine Hände tiefer in den Manteltaschen vergrub.

»Wollen wir nicht langsam ins Café gehen und dort auf unsere neue Freundschaft trinken?«, traute ich mich nun zu fragen.

»Gerne, in fünf Minuten. Ich will das hier noch austrinken.«

»Klar.« Ich nickte.

»Eins ist mir nicht klar«, nahm Jasmina, die scheinbar gar nicht fror, obwohl sie wieder nur eine einfache Nylonstrumpfhose und einen kurzen Rock trug, was ihr außerordentlich gut stand, denn sie war nicht klapperdürr, den Faden meiner Geschichte wieder auf.

»Warum bist du eigentlich hier weggezogen? Immer, wenn man dich reden hört, schwärmst du davon, wie toll es hier war! Das ist mir schon neulich, bei unserem ersten Gespräch aufgefallen. Als ob das hier ein magischer Ort für dich wäre.«

Das war ein Schlag in die Magengrube. Die Frage war mir nicht recht.

»Ach so, das«, sagte ich schroff wie eine Eva, die man gezwungen hatte, mitten im Paradies in einen sauren Apfel zu beißen. »Das ist eine ganz andere Geschichte.«

»Jetzt sag doch mal!«, hakte sie nach.

Sie war hartnäckig, verdammt! Ahnte sie, dass mehr dahintersteckte? War sie irgendwie hellsichtig oder so was? Aber vielleicht wollte sie auch einfach nur nett sein und Interesse zeigen.

»Unser ganzes Gespräch handelt nur von mir«, lenkte ich ab,

»wollen wir nicht auch mal über dich reden? Ich komm mir schon narzisstisch vor.«

»Ha ha, jetzt wo es spannend wird«, lachte Jasmina, »wir haben noch genug Zeit, um über mich zu reden, keine Angst, meine Kleine, wir gehen gleich ins Café. Oder willst du mir nicht sagen, warum du aus Mitte weggezogen bist? Hat es etwa einen schlimmen Grund?«, fügte sie alarmiert hinzu. »Wenn du nicht willst, musst du es natürlich nicht sagen.« Jetzt musste ich es ja wohl erst recht sagen, was wäre das sonst für eine Freundschaft gewesen.

»Also gut, wenn du es unbedingt wissen willst. Aber nicht erschrecken«, sagte ich.

»Ist es so schlimm?«, fragte Jasmina verblüfft zurück. »Du musst es mir nicht sagen, wenn du nicht willst«, wiederholte sie ihr Angebot.

»Doch, um ehrlich zu sein, ich erzähle es gern. Aber wie gesagt, nicht erschrecken. Vielleicht ist es auch gar nicht so schlimm. Ich bin hier mal überfallen worden, es war auf der Brunnenstraße, so gegen halb sieben Uhr abends im Winter, zwei, drei Häuserblöcke von hier, vom Polizeipräsidium dort drüben entfernt. Wir sind am Polizeipräsidium vorbeigelaufen, stell dir das mal vor. Eigentlich hätte ich die anzeigen können! Zwei riesige Männer. Was wusste ich, ob die bewaffnet sind oder was. Aber nur der eine hat was gemacht, der andere ist dabei gestanden und hat gelacht, als der mich plötzlich von hinten festgehalten und mir unter den Rock gefasst hat.« Ich schaute auf den Boden. So, jetzt war es raus. Wenn sie eine Frauenrechtlerin war, dann würde sie mich jetzt bestimmt nicht auslachen oder peinlich betroffen schweigen.

»Ich hatte immer schon Pech mit Gewalt«, murmelte ich, weil ich dieses Bild von den zwei Typen wieder loswerden wollte. »Schon in Aachen, wo ich vorher gewohnt hab.«

Jasmina legte ihre Hand auf meine Schulter. Mit ihr fühlte ich mich sicher im nächtlichen Park.

»Das ist ja schrecklich«, sagte sie, »das tut mir leid.«

»Das muss dir nicht leid tun«, sagte ich, »du kannst ja nichts dafür. Ich hab mich manchmal schuldig gefühlt, weil ich die nicht angezeigt habe. Aber ich hab ihnen immerhin, als sie endlich abgehauen sind, noch ein paar böse Sätze hinterher gebrüllt. Ich dachte, vielleicht schreckt es sie ab, so etwas noch mal zu tun. Aber ich glaube, das hat sie erst recht aufgegeilt.«

»Was für ein Horror«, sagte Jasmina.

»Na ja, manchmal glaub ich, ich zieh die Gewalt magisch an.«

»So was darfst du doch nicht denken«, sagte sie erschrocken.

»Warum nicht?« fragte ich ebenso erschrocken zurück. »Pech mit Gewalt gibt es nicht«, sagte sie.

»Also du meinst, es ist kein Zufall ...«

»Nein, so mein ich es nicht, aber man hat nun mal nicht Pech mit Gewalt. Klar ist Gewalt Pech, aber das darfst du nicht als dein Schicksal festschreiben. So etwas kann jeder Frau, jedem Mann auch passieren.«

»Sag ich doch. Pech mit Gewalt!«, antwortete ich lachend. »Aber nicht so schlimm«, sagte ich sofort. Weiter wollte ich den Fall nicht ausführen. Ich wollte nicht sagen, was wirklich passiert war, ich wollte in diesem Moment gar nicht daran denken. Aber irgendwie erinnerte ich mich neuerdings andauernd daran!

»Ich hasse diese Typen, die so was tun«, sagte Jasmina und hielt ein bisschen meine Hand. Das war angenehm. Oben am Himmel duckten sich die Wolken. Der Park sah plötzlich aus wie die Bleistiftzeichnung eines Kindes, das etwas Bedrohliches in den Bäumen gesehen hat. Ein Wind, ein Sturm, ein Orkan und alle Blätter tot.

»Ich war vergnügt die Brunnenstraße entlang gelaufen und trug einen kurzen Rock. Da meinte der Typ, der mich überwältigt hatte, als er mir etwas, was sich hart anfühlte, zwischen die Beine rammte: ›Wir geben dir jetzt mal das, was du wirklich willst.‹ Und der andere sagte: ›Wer im Winter so was trägt will das.‹«

»Das ist ja Wahnsinn«, rief Jasmina geschockt, »aber das ist ja völlig verrückt. Das heißt also, sie haben dir auch noch das Argument aufgedrückt, das sie zu ihrer eigenen Entlastung brauchten. Das ist die pure Opfer-Täter-Verkehrung.«

»Und sie haben es mit dem Handy gefilmt«, sagte ich leise, »wie kleine Jungs, die sich einen Spaß daraus machen, mal schnell eine Frau zu überfallen, weil sie irgendwo gelesen oder gehört haben, dass man das so macht. Als wäre es 'ne Mode oder so was. So 'ne Art ›Fun Rape‹.«

»Gruselig«, sagte sie und ein pinkfarbener Handschuh streichelte meine nackte Hand, während wir einfach so in der Kälte herumstanden.

»Aber das ist ja das Problem. Wir leben in einer Rape Culture, wo sexualisierte Aggressionen auf der Ebene von Mutproben gehandelt werden. Die Täter projizieren ihre eigenen Grenzüberschreitungen auf die Betroffenen. So nach dem Motto: du willst es doch auch.«

»Genau«, sagte ich, »ich werde auch den Eindruck nicht los, dass die ›das‹ auf der Ebene einer Mutprobe hatten. Sie waren so topmodisch gekleidet, sahen nicht mal übel aus. Und ich habe gedacht, dass ich ein bisschen auch selbst Schuld bin, wenn ich einen kurzen Rock trage und nach Einbruch der Dunkelheit allein durch die Straßen laufe.«

»Das darfst du aber nicht denken«, sagte sie. »Schuld sind immer die Täter.«

»Ja, ja«, sagte ich. Mir war ganz schlecht. Ich dachte an den Pfau, es kam mir manchmal so vor, als ob hinter ihm noch eine Gestalt stünde. Als ob er nur aus dem Schatten eines anderen heraus agieren würde. Manchmal hatte ich regelrecht Angst vor ihm, aber das war bestimmt albern und die Angst kam von etwas anderem. Sie kam daher, dass ich so 'n Pech mit Gewalt hatte!

»Na ja, um deine Frage zu beantworten: Deshalb bin ich aus meiner Wohnung in der Christinenstraße ausgezogen. Weil die Typen mir dann weiter gefolgt sind, als ob sie mich kontrollieren müssten, überprüfen, ob ich zur Polizei gehe. Und dann dieser 15-minütige Fußmarsch, die Brunnenstraße runter. Ich auf der einen und die auf der anderen Straßenseite. Und am Weinbergsweg sind sie dann Richtung Rosenthaler Straße aus meinem Blickfeld verschwunden, und ich bin geradewegs zu meiner Wohnung gelaufen, immer mit dem Gefühl, sie würden mir vielleicht doch noch folgen. Ich hab' mich da keinen Tag mehr sicher gefühlt.«

»Was für eine Hölle«, sagte Jasmina mitfühlend, »meine eigenen Sorgen kommen mir dagegen wie ein Witz vor.«

»Ach, na ja.« Ich lachte die Erinnerung weg. »Das ist ja schon zwei Jahre her. Längst verjährt und vergessen. Aber jetzt, wo ich es dir erzähle, fällt mir auf, dass ich noch nie mit jemandem darüber geredet habe, der meine Angst ernstgenommen hat. Ich hab' es seinerzeit Benno erzählt und der meinte nur, ich soll auf so einen harmlosen Jungsstreich nichts geben. Ich soll mich da nicht reinsteigern.«

»Waaaas? Jetzt verstehe ich, warum du mit diesem Benno Schluss gemacht hast«, sagte Jasmina.

»Interessant, vielleicht besteht tatsächlich ein Zusammenhang«, grübelte ich laut. So hatte ich mir Freundschaft immer vorgestellt: dass man gemeinsam laut denkt.

»Komm, lass uns ins Rosebud gehen«, schlug ich vor. »Ich habe dich gewarnt: Wenn ich anfange über mich zu reden, dann kommen deine Probleme auf jeden Fall zu kurz.«

»Das macht nichts.« Jasmina wirkte geschockt und zur selben Zeit gelassen. Jedenfalls machte sie schon eine ganze Weile lang ein ziemlich ernstes Gesicht: »Ich bin froh, dass du mir das alles erzählt hast. Danke für dein Vertrauen. Eins möchte ich dir noch mal sagen: Die Betroffene von Gewalt ist niemals Schuld, sondern der Täter«, sagte sie mit fester Stimme, als ob es sich dabei um einen Merksatz aus einem Buch handelte.

Ich hatte plötzlich die Eingebung, dass ich ihr von nun an, bei jedem unserer Treffen, von *einem* Gewaltvorfall in meinem Leben erzählen könnte. Ja, irgendwann würde ich ihr das alles erzählen! Und sie würde es weder weitertratschen noch herunterspielen. Das waren völlig neue Aussichten. Auch meine künstlerische Ader pochte auf ihr Recht: Vielleicht könnte ich sogar Songs darüber schreiben! »Songs about violence« oder so ähnlich. (Denn was Nick

Cave konnte, das konnte ich auch!) Wenn es tatsächlich eine Rape Culture gab, dann konnte man dazu auch eine Gegenkultur schaffen, überlegte ich – und bekam es augenblicklich mit der Angst zu tun!

Nein, dachte ich, als müsste ich mich hart gegen meinen eigenen Mut stemmen. NEIN!, als hätte mir jemand ins Gesicht geschlagen. So etwas kann man nicht machen, so etwas kann *ich* nicht machen. Das würde Rache heraufbeschwören und ich wollte in Frieden leben!

Hand in Hand schlenderten Jasmina und ich die böse, böse Straße entlang (wir liefen auf der Seite der Brunnenstraße, wo die widerlichen Typen wie feindliche Soldaten patrouilliert waren) und bogen ums Eck zum Rosebud ab. Und während wir uns dort bei Gin Tonic und Latte Machiatto aufwärmten (oh, du böse Gentrifizierung, die du uns die Gewalt des Milchkaffeetrinkens angetan hast) und unter dem Tisch ein bisschen Händchen hielten, besetzte ich Jasmina mit der Idee, dass sie ein Engel war, der mich retten würde, ein Engel, der mich bereits gerettet hatte! Ich machte so was manchmal. Schon als Kind hatte ich manche Frauen, die ich nur flüchtig kannte, als wahre Engel empfunden. Manchmal fragte ich mich, ob ich diese Frauen begehrte, oder ob sie nur der Muttterersatz für ein Mädchen waren, das sechs Jahre seiner Kindheit ohne die Mutter hatte auskommen müssen. Es war jedenfalls mehr als nur Freundschaft, was ich empfand, aber auch nicht direkt Begehren. Es war etwas anderes: Ich suchte einen Engel.

Vielleicht war es ihr gegenüber nicht fair, denn auch sie war in Gefahr ihre äußere Schutzhülle zu verlieren. Offenbar befand sie sich in einer zerbrechlichen Situation. Ich erfuhr, dass sie in der Schule fies gemobbt wurde. Sie sagte allerdings, ihr sei egal, was die Klassenkameradinnen und Klassenkameraden über sie dächten.

Und da sie eine politische Journalistin werden wollte, betrachtete sie den Schulhof als ihr »Trainingscamp«. Und während wir einander zuprosteten und ich mich über jedes gerahmte Bildchen an der Wand des Cafés, über jede kleine Blume auf den Tischen und jedes Samtstoffkissen auf der Sitzcouch – und mehr noch, über jedes Lächeln von Jasmina! – freute wie ein Kind, hing ich noch eine kleine Weile meinen eigenen Gedanken nach. Ich wurde das Gefühl nicht los, dass der Überfall auf der Brunnenstraße nur ein kleiner, spitzer Splitter, ein Puzzle-Stückchen im dichten Fell meiner Angst war.

Ich sagte mir, dass ich leben durfte ohne Scham.

Ja, ich durfte sogar einen kurzen Rock tragen, ohne einen Preis (ohne mehr als den Ladenpreis!) dafür zu zahlen.

Mister, Sister, Midnight

Gestern war ich eine Königin in gefährlichen Lederstiefeln, ein Schwan, der auf einem vereisten See mit einem Engel tanzte. Gestern glühten meine Wangen rot vor Stolz. Ich war pure Leidenschaft und reine Euphorie. Der schönste Engel auf Erden hatte meine Hand gehalten und mir einen Weg durch das Dickicht der Stadt gewiesen. Gestern war ich eine Kämpferin für die Rechte aller Geschlagenen und Gedissten dieser Welt. Gestern lag mir das deutsche Wort für »rape« auf den Lippen ...

Und heute war ich wieder nur eine Gefangene meiner Band!

Benno hatte am Telefon so komische Andeutungen gemacht. Ich solle bis spätestens um neun Uhr abends zu einer Lagebesprechung ins Café Hilde kommen, irgendetwas sei schief gelaufen mit irgendwelchen Verhandlungen, die unser Manager mit irgendwelchen Plattenfirmen geführt hatte, und deshalb, so Benno, solle dem Pfau eine bedeutendere Rolle in unserem Bandteam zukommen.

»Vor dem Pfau haben die Plattenfirmen mehr Respekt als vor unserem schwulen Manager Leonid, der sowieso nur noch beschissene schwule Künstler vertritt.«

»Seit wann haben wir was gegen Schwule?«, fragte ich in einem so scharfen Ton zurück, dass Benno den Hörer auflegte.

Ha, so kennt er mich nicht, da war ich mir sicher. Nicht in diesem Ton, hörte ich ihn am anderen toten Ende der Leitung in den Hörer brüllen. Aber er konnte heute noch etwas ganz anderes erleben. Er konnte Bekanntschaft mit meinen Schuhen machen. Ich würde ihm meine roten Pumps um die Ohren hauen, wenn er seine Drohung wahrmachte, unseren lieben Manager Leonid durch den Pfau zu ersetzen.

An diesem eisigen Winterabend war das Café Hilde beinahe leer. Nur ein süßer Typ an der Kuchentheke und ein Enghosen-hipster, der Schach gegen sich selbst spielte. Wer jetzt alleine ist, wird es bleiben, dachte ich, oh, wir Nachtschattengewächse mit dem Näschen fürs Besondere. Und noch keine Spur von Benno. Ich nahm an einem der schmalen Cocktailtischchen Platz. Das sah hier immer aus wie zu Hause. Ich war frisch geschminkt und aufwendig frisiert, und mein weißblondes, künstliches Echthaar leuchtete um die Wette mit dem irren Licht von billigen Kronleuchtern. Ich wollte den Eindruck eines Boxers erwecken oder wenigstens eines MTV-Superstars, der Awards gewonnen hatte, in den von mir gerade erfundenenen Disziplinen: »Unschlagbarkeit«, »Unantastbarkeit« oder »Unsterblichkeit«, irgend so etwas in der Art. »Celebrity Deathmatch« mit einem Freund. Nach dem Telefonat mit Benno hatte ich eins meiner Lieblingskleider, oder besser gesagt Liebkindskleider, angezogen. Farbtupfer in Wolle. Auf blauem Hintergrund, an der Grenze zu Lila schon. Wenn die wilde See in die türkis schimmernden Weiten des Meers übergeht. Vorne an der Brust prangte verschwenderisch eine rote Stoffrose. Die Vollendung zu goldgeschminkten Lippen und schwarz getuschten Wimpern. Ich sah gerade so aus, als ob eine wilde Malerin mich in einem Champagnermoment erschaffen hätte.

Die rothaarige Kellnerin, die immerzu auf Draht war, hatte mir bereits zugezwinkert und der Kuchentyp mit Ja,-Panik-Stoffbeutel bot mir Kekse an, die ich mit aller mir zur Verfügung stehenden Höflichkeit ablehnte. Mein Blick wanderte zu den vielen bunten Büchern in den Schrankwänden, die dem Café eine bohemistische Würze verliehen, etwas Nachdenkliches, Schweres zu leichten Sitzecken aus den *Fifties, Sixties* hinzufügten. Nur selten saß hier mal einer rum und blätterte in den dicken Wälzern. Diese komplizierten Kometen des Geistes machten mir heute sogar ein wenig Angst. Ich will keine Argumente mehr hören, nicht mehr diskutieren. Ich will austeilen und nein sagen und dann muss gut sein, dachte ich. Benno muss doch kapieren, dass es keinen Grund gibt, Leonid zu feuern. Außerdem würde ich ihm die Hölle heiß machen, wenn er mir noch einmal von »harmlosen Jungsstreichen« erzählen würde. Die Spielchen des Pfaus waren aggressive Grenzüberschreitungen, das hatte Jasmina mir ausführlich erklärt. Er hatte nicht das Recht mir nachzuspionieren und mich »Schlampe« und »Hure« zu nennen, nur weil ich, wie alle DJs in Berlin, hin und wieder kommerzielle Tanzmusik auflegte. Er konnte was erleben, wenn er noch einmal den Sexismus, der fest in den Strukturen unserer Gesellschaft verankert war, gegen mich richtete, nur um sein Mütchen zu kühlen.

Ich war der Star der Band, und jetzt würde ich mich auch wie einer verhalten! Wenn ich so narzisstisch wäre, wie die meisten Sängerinnen, dann hätte ich mir ein Verhalten wie das vom Pfau schon lange verboten. Nur weil der Pfau Bennos bester Freund war, hatte er nicht das Recht mich andauernd in Frage zu stellen. Für minderwertig zu erklären. Das war nicht mehr subjektive Meinung, das war sexistisches Mobbing. Denn es kam ohne die Idee von mir als Individuum aus. Ich war austauschbar für den Pfau. Einfach nur »die Frau in der Band«, die irgendwie nichts konnte und irgendwie weg musste.

Ich starrte auf das Glas mit dem dunkelroten, heißen Holundersaft. Als könnten wilde Früchte das bevorstehende Bandgespräch anheizen. Der Holundersaft schmeckte so unverdünnt, wie ich ihn bestellt hatte, nach böser Medizin; vielleicht musste man, um das verlorene Paradies zurückzugewinnen, auch etwas von dessen bitteren Früchten kosten! Ich bestellte noch einen Cappuccino und ein Glas Rotwein dazu. Während mir plötzlich ein paar Tränen in die Augen schossen, weil aus den Lautsprechern der Anlage die vertrauten Klänge von »Summertime« kamen.

»Summertime« ist einer der am meisten gecoverten Songs in der Musikgeschichte. Ich erkannte sofort die Version von Sarah Vaughn, weil die Gute so schläfrig, so laid aus gut trainierter Kehle sang, dass man meinte, ihr in den Rachen schauen zu können. *Summertime, and the living is easy* sang Sarah mit einem Lächeln der Gelassenheit. Die Stimme einer Mutter, die ihr Kind tröstend, *Hush little baby, don't you cry,* auf dem Arm hin und her wiegt, damit es nichts vom Ärger in der Welt mitkriegt. Nur Sommer aus Schönheit und reicher Ernte. Ich hatte das Lied schon als Kind geliebt und imitiert! Es war eine willkommene Abwechslung zum weißen Pop-Radio. Meine Nachbarin Frau Jansen, in deren Haus ich lange Nachmittage verbracht hatte, war ein Fan der großen Jazzsängerinnen gewesen: Sarah Vaughn, Ella Fitzgerald, Billie Holiday, Shirley Horn, Lil Greenwood. Und in der Phase, in der Mama wegen ihrer Depressionen in der Psychiatrie behandelt wurde, waren die Stimmen der Jazzsängerinnen meine große Leidenschaft geworden. Kein Wunder, dass ich mir selber einen guten Ruf als Jazzsängerin, wenn auch im Pop-Sektor, gemacht hatte. Jazz selbst ließ sich heute ja kaum verkaufen. Aber ich hatte nunmal meine Prägung weg, meinen »Jazz-Hau«, wie die Kritikerinnen und Kritiker es liebevoll nannten. Auch wenn unsere Musik unter dem Etikett »Electro-Pop« oder »Electro-Swing« lief. Jazzgesang, mit etwas Girlpop-Shangri-La. Mit Clubmusik. Dubstep, Drumstep, was immer Ivor sich gerade gefallen ließ. Im Moment legte er harte Beats und ruppiges Piano unter exaltierten Gesang.

Oh noch heute liebte ich die Vorstellung, eine Nachtclub-Sängerin zu sein, die im kirschroten Kleid den betrunkenen Bargängern von welcher Freiheit auch immer erzählte und dabei selbst in Ekstase geriet. Wer das Mosaik und das zerbrochene Porzellan der Musikgeschichte neu zusammensetzen wollte, der begab sich auf die Baustellen der elektronischen Tanzmusik und flirtete mit dem Jazz. Soweit waren Benno, Ivor und ich uns einig, auf der musikalischen Ebene waren unsere Streitereien bislang immer produktiv gewesen! Ich seufzte, weil sich in meinem Erinnerungskarussell gerade meine Kinderjahre in den achtziger Jahren mit den musikalischen Kindertagen des Jazz in den Zwanzigern des letzten Jahrhunderts mischten. In Interviews wies ich immer darauf hin, wegen der Jazzsängerinnen selbst Sängerin geworden zu sein.

Billie, Sarah und Ella hatten eine lässige Note ins verwirrende

Violett meiner Kindheit gebracht, eine Feier des Abgrunds! Aber auch eine Fröhlichkeit, die aus einem anderen Universum zu kommen schien als die der Sängerinnen aus Mamas Pop-Radio. Musik aus einer Zeit, die keiner von uns erlebt hatte. Als ob man auch einfach aus der Gegenwart flüchten könnte, in ein Stimmengemisch aus Vernunft und Leidenschaft, das zurück in die Kindheit wollte oder in eine Zukunft flüchtete, die wie ein unbeschriebenes Blatt Papier vor mir lag.

Wie gemein aber auch, dass sie hier »Summertime« spielen, im tiefsten Winter meines Lebens, dachte ich so pathetisch, dass ich über mich lachen musste. Da hat man sich gerade etwas gefangen und dann haut einem die Musik, wie immer, die Fassung weg. Als Benno mit einer halbstündigen Verspätung das Café Hilde betrat, kam es mir so vor, als hätte ich bereits mein halbes Leben auf ihn gewartet, zumal mir die Musik endgültig das Zeitgefühl geraubt hatte.

Benno machte mir wie üblich ein Kompliment – »so 'n atemberaubendes Kleid« – und diktierte seine Bestellung direkt in den Notizblock der Kellnerin. »Ein Glas Rotwein, Cabernet, und eine Gemüsecremesuppe«, prustete er so ungeniert laut heraus, als ob wir uns nicht in einem öffentlichen Café, sondern auf einem Familienabend befänden.

»Für mich bitte auch eine Suppe«, rief ich der mageren Kellnerin zu, die an unserem Tisch stand und sich eifrig Notizen machte, als habe sie aufgrund ihres Untergewichts nicht mehr genug Konzentration übrig, um auch nur eine Bestellung im Gedächtnis zu behalten. (Oh, Lilly Vegas konnte auch garstige Dinge denken!)

»Was soll ich nur machen?«, herrschte ich Benno an, als er es sich auf dem Sessel gemütlich gemacht hatte. Es konnte nicht schaden, wenn er mal ein paar Meilen in meinen Schuhen lief!

»Die Situation im Studio ist hart genug, ich kann mir nicht vorstellen, wie ich die nächsten drei Wochen überleben soll. Ich hab' immer noch Angst, dass ich eines Abends ausraste, auf die falsche Fahrbahn gerate, wenn du weißt, was ich meine. Glaub' bloß nicht, dass es ein Zuckerschlecken ist, mit einem Ex-Partner ein Album aufzunehmen. Aber gut, Ivor und ich, wir werden das schon hinkriegen. Aber statt mich aufzufangen, machst du mir krassen Ärger. Du kommst mir da mit so einer homophoben Scheiße, und willst den Pfau, diesen Terrormaker, zu unserem Manager befördern. Nicht mit mir, vergiss es.« So hatte Jasmina es mir am Telefon eingebläut: gleich mal die Grenzen klarmachen, alles in einem Rutsch. Na, wenn das keine Leistung war!

Ein Blick in Bennos gutmütiges Lausbubengesicht (er würde immer aussehen wie ein kräftiger Junge, auch wenn er mittlerweile 35 Jahre alt war) sagte mir, dass es gut war, die Karten offen auf den Tisch zu legen. Es wäre doch gelacht, wenn es mir nicht gelingen würde, meinen Kompagnon auf meine Seite zu ziehen.

»Es tut mir leid, Benno, aber so ist es nun mal, finde dich damit ab.«

»Das muss dir nicht leidtun«, sagte er, etwas geknickt. Meine Hau-Ruck-Rhetorik zeigte schon Wirkung!

»Ich verstehe dich doch; wenn ich mir vorstelle, ich müsste mit meiner Ex-Freundin, die ich immer noch liebe ...« Er brach ab und wurde ein bisschen rot und nahm einen kräftigen Schluck von seinem Wein. Ich konnte nicht verhindern, dass auch mir ein wenig schummerig wurde.

Ob wir wohl dasselbe dachten? (*»Mit meiner Ex-Freundin, die ich immer noch liebe ...«)*

»Weißt du, Benno, es tut mir leid, dass ich dich mit meinem Privatscheiß belästigen muss.«

»Das macht doch nichts. Wir sind ja nicht nur musikalische Partner, wir sind doch auch Freunde!«

Er tätschelte tröstend meine Hand, aber es fühlte sich lange nicht so gut an, wie wenn Jasmina meine Hand berührte. Für den Bruchteil einer Sekunde überlegte ich, ob ich das Schicksal noch mal in eine andere Richtung lenken könnte, wenn ich Benno zum Boyfriend nehmen würde. Dann verwarf ich den Gedanken. Das war der Rotwein. Das leere Winterlokal, die Jazz-Songs, der friedvolle Schnee hinter den beschlagenen Fenstern. Benno und ich würden für immer nur Kumpels bleiben, so wie ich und Ivor von nun an Kumpels waren. Ich seufzte. Bennos rote Kinderbacken. Die Croûton-Krümelchen, die an seinem Mund klebten. Seine kindische Unbekümmertheit. Ich fühlte mich wie in einem Cosmopolitan-Strip zum Thema »Negativ-Begehren«.

»Ich glaube nicht, dass du mich verstehst«, sagte ich, eine Spur zu heftig. »Du weißt doch, dass ich so alleine war, als meine Mutter in der Psychiatrie war«, versuchte ich sein Herz zu erreichen. Benno erschrak etwas, vor lauter Hilflosigkeit legte er den Löffel neben die Suppe und starrte mich an, als könne er nicht mehr weiter essen, wenn seine Augen mit etwas anderem beschäftigt waren.

»Und jetzt fühle ich mich wieder wie das Kind, das man alleine in der Wohnung zurückgelassen hat. Wie damals als nur noch die Jazzsängerinnen der Nachbarsfamilie für mich da waren.«

Aber ich konnte an seinem Gesicht ablesen, wie sehr er es satt hatte, den Briefkastenonkel für mich zu spielen. Da blitzte etwas Feindseliges in seinen Augen auf.

»Ah ja, die alte Geschichte. Clarissa allein zuhaus, mit ihren Jazzsängerinnen.«

»Ich will nur, dass du weißt, dass ich in einer emotional schlimmen Verfassung bin«, sagte ich scharf.

»Das hab' ich schon bemerkt.« Aus seiner Stimme klang leiser Spott. »Das musst du mir nicht erzählen, ich weiß, dass es dir schlecht geht.«

»Ja, aber ich hab' Angst, dass die Situation jetzt von früher getriggert wird«, redete ich ein bisschen am Thema vorbei. Fand es dann aber plötzlich unpassend mit ihm über meine akute Angst vor Gewalt zu sprechen, denn es überwog bei ihm doch sowieso die Überzeugung, ich sei hysterisch veranlagt. Kein Wunder, bei der Geschichte mit meiner Mutter. Ich würde meine Position nur weiter schwächen, wenn ich Benno erzählte, dass ich neuerdings Halluzinationen hatte, *Männergesichter* sah!

Aber Benno griff das unliebsame Thema selbst auf: »Du willst nicht mit dem Pfau zusammenarbeiten, das ist mir klar.« Er fügte läppisch lächelnd hinzu: »Man kann sich im Leben aber nicht immer aussuchen, mit wem man zusammenarbeitet. Ich weiß ja, dass ihr euch nicht besonders gut versteht, aber da musst du halt mal durch. Das ist Pech. Künstlerpech, Divenpech.«

»Aber verstehst du denn nicht: Er *hasst* mich!«

»Er hasst dich nicht! Er liebt dich nur auch nicht abgöttisch. Diesen Unterschied musst du mal lernen, Clarissa Underwood. Aber im Grunde will er nur dein Bestes!«

»Es kann ja jetzt nicht sein …«, sagte ich und machte eine bedeutungsvolle, kleine Pause, weil der nächste Satz nichts Gutes verheißen würde. »Ich meine ja nur, dass alle Männer in unserer Band-Struktur auf einmal gegen mich sind.«

Ich lehnte mich zurück, jetzt war es endlich raus, die Angst, ein Spielball fremder Interessen zu werden, wenn Ivor nicht mehr auf meiner Seite war.

»Ich kann dir nicht versprechen, immer auf deiner Seite zu sein«, sagte Benno erbost, als ob ich ihm einen Maulkorb verpasst hätte. Oh ich hasste es, dass von seiner Seite aus immer noch Begehren mit im Spiel war.

»Ich mein' ja nicht, dass du immer mit all meinen musikalischen Entscheidungen d'accord gehen musst, oder ihr beide, du und Ivor, nicht auch mal etwas gegen meinen Willen beschließen könnt«, lenkte ich sofort ein, weil ich mich doch nicht in Kleinscheiß verstricken wollte.

»Ja, dann verstehe ich deine Bemerkung nicht.«

»Ich mein' ja nur«, ich kam erneut ins Stottern, »ich will mich auf dich verlassen können.«

»Aber das ist doch …«, seufzte Benno erleichtert. »Das kannst du doch sowieso, das kannst du immer!«

Dann wurde er doch noch wütend: »Sei nicht immer so paranoid, Clarissa Underwood. Keiner ist gegen dich, wie kommst du darauf, dass irgendwer gegen dich ist? Ivor liebt dich immer noch. Ivor handelt doch nicht gegen deinen Willen.«

Ich zuckte mit den Schultern. Ich wusste ja, dass ich verrückt wirkte, aber ich spürte, dass ich im Recht war, auch wenn mir allmählich die Argumente ausgingen. Was hätte ich auch sagen sollen? Der Pfau ist ein widerlicher Sexist und ich fühl' mich von ihm verfolgt?

»Ich steh' doch eigentlich auf verlorenem Posten«, sagte ich schließlich, auch im Hinblick auf den Pfau-Terror, der mir bevorstand. Ich wollte Benno gerade ausführlich dazu befragen, warum es für ihn ausgemachte Sache war, dieses Arschloch als Manager einzustellen, da ging die Tür auf und mit der Winterkälte schneite der böse Vogel höchstpersönlich ins Café herein. Ich traute meinen Augen kaum. Der Mann, der mir nichts zutraute, außer ein Lied *schön* zu singen. Der nicht die Künstlerin in mir sah, sondern nur *die Frau*. Die Frau, die ganz Gefühl ist. Die nur aus Emotion und einer *gefälligen* Singstimme besteht.

Aber alles, woran ich je gearbeitet hatte in den letzten zehn Jahren meiner Musikerkarriere – Musik schreiben, Texte schreiben, Klavierspielen, Bühnenperformance, meine Art Interviews zu geben – wurde von ihm in den Dreck gezogen. Ich musste mir das, diese seine Geringschätzung, immer wieder neu vergegenwärtigen. Er behandelte mich wie eine facettenlose Studiosängerin, die keinen Anteil am *Charakter* ihrer Lieder hatte. Die keinen *Charakter* hatte. Die nur aus Oberfläche bestand, keinerlei Tiefe besaß.

Wie ich ihn da so stehen sah, diesen saftigen Großschwätzer – nein, er war kein netter Alkoholiker, den einfach keiner durchschaute –, konnte ich mein Pech – *mein Pech mit der Gewalt!* – gar nicht fassen.

Mir war als wollte er mir zurufen: Konzentrier' dich auf deine Vocals und lass' deine Titten für dich arbeiten. Und die Männer die Musik machen. Reicht das nicht? Hast du nicht schon genug vom Leben bekommen, du kleiner Nimmersatt, du Nimmersattnymphe.

»Das kann nicht wahr sein, dass du ihn hierher bestellt hast! Schick ihn wieder weg«, sagte ich tonlos. Eine Spinnenphobikerin, die ein besonders gruseliges Exemplar entdeckt hat. Ich sagte es so leise, dass der Pfau, dieses ekelhafte Insekt, es nicht hören konnte, denn sonst wäre Benno wütend geworden.

»Bist du verrückt, den brauchen wir jetzt umso mehr«, zischte Benno.

»Wofür?«, zischte ich zurück. »Sag mir endlich, *wofür* wir ihn brauchen!«

»Für die Öffentlichkeitsarbeit. Für die Verträge, für Radio Airplay, für alles«, flüsterte Benno und winkte dem Pfau: »Komm her, unser Meister!«

Aber der Pfau ließ sich genüsslich Zeit, um am Tresen noch ein bisschen mit der Kellnerin zu flirten.

Dabei steht er nicht auf Frauen mit kupferroten Haaren, dachte ich, sie sind dem Feinschmecker viel zu ordinär. Trotzdem war die nette, magere Kellnerin genau sein Typ, denn er mochte es, wenn Frauen sich anständig runterhungerten. Der Pfau hatte riesige Angst vor weiblichem Fleisch. Selbst schlanke Frauen wie mich, Frauen mit leichtem Untergewicht, steckte er gerne mal in die Kategorie »dick«. Er hatte mich sogar mal gefragt, warum ich nicht einfach mein Geld »im Puff« verdienen würde. Nichts gegen Huren oder dicke Frauen, dachte ich, aber ich arbeitete nunmal weder als Hure, noch war ich gemäß dem Body-Mass-Index übergewichtig. Ich war auch kein Engel. Ich war einfach Lilly Vegas, die Sängerin von Café Prag.

Benno brachte mich derweil auf den neuesten Stand.

»Er hat angeboten Management-Tätigkeiten zu übernehmen, weil unser netter, korrekter Leonid einfach zu nett und korrekt ist, um mit Sony, Universal und Warner zu verhandeln. Hey, die von Sony haben sogar unseren Bandübernahme-Vertrag in Frage gestellt! Leonid sind mitten in der Verhandlung die Argumente ausgegangen. Er hat selbst zugegeben, dass er den Hit nicht hört. Und wenn schon Sony keinen Übernahme-Vertrag mehr machen will, dann sind wir geliefert. Dann müssen wir unseren Scheiß selber herausbringen oder zu einem bankrotten Indie gehen, und dann können wir die Band gleich auflösen. Du weißt doch, wie hoch unsere Produktionskosten sind und dass wir von den Liveauftritten leben müssen. Wie sollen wir die Kosten sonst decken?«

»Aber Leonid ist doch ein fairer Typ«, warf ich ein, mir war ganz schlecht vor Stress, »es hat auch etwas Gutes, dass er so ehrlich ist. Er ist glaubwürdig! Leo hat uns dahin gebracht, wo wir heute sind. Wir sind immer gut mit ihm gefahren. Er ist doch nun wirklich nicht unser Problem. Wenn die von der Plattenfirma sagen, sie hören keinen Hit, wie wär's denn, wir würden einen schreiben, einen wirklich Hit?«, schlug ich vor. Ich bekam einen Serotoninflash wie von Schokolade, wenn ich an all die ungeschriebenen Lieder dachte, die mir durch den Kopf schwirrten.

»Ich glaub' ich bin jetzt reif für ›Back to Black‹ oder ›Love is a losing game‹«, lachte ich. »Meine Kreativität ist auf Hochtouren, seit Ivor mich verlassen hat. Ich könnte einen Song wie Amy Winehouse schreiben.«

»Weil die Boulevard-Ikone Amy Winehouse nämlich wegen ihrer *Songs* Erfolg hatte«, sagte Benno verärgert. »Wir haben bereits Hits auf dem Album, das weißt du genau! Und der Pfau mit seinen fantastischen Kontakten, der regelt das mit den Plattenfirmen. Der geht mit denen saufen und kegeln und ins Bordell. Der erzählt ihnen, dass er unsere Songs in seiner Morgensendung rauf und runter spielt, und schon geben die uns den Bandübernahme-Vertrag. Dafür will der Pfau unser offizieller Manager sein und 25 Prozent der Einnahmen. Dagegen kommst du nicht an, egal wie sehr du ihn hasst.«

Benno hob die Hände wie zum Gebet, als wollte er den Himmel von seiner epochalen Wichtigkeit überzeugen. »Außerdem ist der Pfau mein bester Freund. Damit musst du dich abfinden. Auch wenn wir beide jetzt privat wieder mehr miteinander zu tun haben, ich werde niemals den Pfau für dich verraten! Aber ich werde auch nicht dich für ihn verraten. Ich habe mich damit abgefunden, dass ich immer zwischen euch beiden stehen werde.«

Na klar! Ich starrte auf diesen unerträglichen Mann, der äußerlich burschikos, aber innerlich dekadent bei uns am Tisch Platz genommen hatte. Seine Speisen und Getränke ausbreitete, als gehörte ihm die Welt oder zumindest ein Platz an meiner Tafel. Ich hatte ihn doch schon im großem Bogen – mit Pfeil und Bogen! – aus meinem Leben geworfen, aber er ließ sich einfach nicht vertreiben. Er war wieder da! Er war das eine Arschloch, das immer noch da ist und das es im Leben jedes erfolgreichen Menschen gibt, wie Jasmina mir auf ihre weise Art erklärt hatte. Er nahm Raum ein, als wäre er ein Familienmitglied. Seine gespreizte Art, seine demütigenden Witzeleien gegen alles und jeden, und die narzisstische Kälte, die er ausstrahlte, gingen mir so sehr an die Nieren, dass mir richtig flau im Magen wurde. Ich war durchaus nicht sein einziges Angriffsziel, aber wenn alle anderen ihm Glauben schenkten – wie konnte ich mein Selbstbild nach außen hin wahren? Sollte ich auswandern? Zurück nach England ziehen? Café Prag auflösen? Mir neue Freunde suchen? Alles aufgeben, was ich mir in Berlin aufgebaut hatte? So wie ich ja schon meine geliebte Wohnung in der Christinenstraße aufgegeben hatte, weil es zufällig zu viele Arschlöcher auf dieser Welt gab, die mir zufällig über den Weg gelaufen waren?

Und was habe ich davon, dachte ich, dass ich solche Typen, anders als die anderen, schon seit meiner Jugend durchschaue?

Der Pfau, wie er sich eine Zigarette aus Tabak drehte, obwohl er wahrlich genug Geld für Filterzigaretten hatte, auch wenn man in der Hilde gar nicht rauchen durfte. Der Pfau, der schnell einen doppelten Wodka hinunter kippte, weil er ohne Alkohol nicht existieren konnte, und mich dabei herausfordernd angrinste. Der Pfau, der mich fragte, ob er mir auch eine drehen solle, obwohl er doch wusste, dass ich nicht rauche. (So viel zum Thema Amy Winehouse.)

Ich starre ihn an, wie durch ein Vergrößerungsglas hindurch, und sehe eitrige Pickel an seinem Hals, über der gelben Krawatte, ich seh' das Böse überall. Und kein Ivor mehr da, der meine Hand hält, der meine *beiden* Hände hält. Ohne die schützende Wolldecke, die einem die Liebe auch in den unpassendsten Momenten um die Schultern wirft, ist man den Männerbünden im Musikgeschäft gleich doppelt und dreifach ausgeliefert.

Wenn ich nicht mit einem Engel des Feminismus im Verbund gewesen wäre …

Wenn nicht schon wieder »Summertime« gespielt worden wäre.

Wenn mir Benno nicht wortlos ein saftiges Stück Rhabarberkuchen auf den Tisch gestellt hätte …

Wenn mir nicht die übernatürlichen Vitamin-C-Kräfte des Holundersafts alle freien Radikale vom Leib halten würden …

Ja, und wenn in dem Projekt Café Prag nicht zufällig die Arbeit meines ganzen Lebens stecken würde …

Dann wäre ich jetzt einfach aufgestanden, hätte ein paar Mal in die Luft geschossen und dem Pfau eine runtergehauen.

Dann hätte ich jetzt mein Pferd gesattelt und wäre auf ihm, mit seinen schweren, roten Hufen, aus dem Salon gallopiert.

Aber ich tat nichts dergleichen. Schweigend aß ich mein Stück vom Kuchen.

Man soll bleiben, wenn's am schlimmsten ist.

Black Angel's Death Song

Die nächsten Tage übertrafen meine schlimmsten Erwartungen. Ich schlich durch die winterlangen Straßen, als ob ich kein Dach mehr über dem Kopf hätte. Vorankommen, weiterschreiten, warum, wozu?

Die Chance, dass einem Kind mehr geglaubt wird als der Mutter, ist auch hier gering. Stand denn die Zeit nicht still? Oder war sie davongeflogen, auf stürmischen Winden, in Richtung Süden. Die Zeit hatte alle schrägen Vögel mitgenommen, während wir im sibirischen Berlin feststeckten. In diesen Tagen hätte ich mich am liebsten in einem fremden Hauseingang schlafen gelegt und wäre mit einer neuen Identität wieder aufgewacht. Was haben wir denn im Angebot? Ich malte mir die tollsten Leben aus.

Eine portugiesische Psychoanalytikerin auf Spurensuche in Berlin, die bei einer Ausstellungseröffnung in der Galerie Christian Nagel den Mann fürs Leben kennenlernt.

Ein schwuler, russischer Austauschstudent, der tagsüber eine Ausbildung zum Barista macht und sich nachts, ganz ohne Espresso, die Nächte im Berghain um die Ohren schlägt. Dem Sex auf der Tanzfläche und elektronische Musik noch Spaß machten, verdammt!

Oh ein Meeresbiologe wollte ich sein. Gediegenes Einkommen, aus Südtirol, mittleres Alter, ansehnliche Haarpracht noch, Stargast auf jeder wissenschaftlichen Tagung. »Wir sprechen heute über die großen Themen und Herausforderungen unserer Welt: Klimawandel, die Ozeanversauerung, die Überfischung und Verschmutzung der Meere.« Ach, wäre das herrlich!

An meine eigene »Identität« hingegen durfte ich nicht mehr denken. Was gab es Verachtenswerteres als eine Sängerin im Blümchenkleid, die ihre Stimme verloren hatte und die zu blond war, um sich in ihren Videos und bei ihren Liveperformances mal ordentlich durchpeitschen zu lassen, weshalb die Presse nun diesen Part übernommen hatte ...

Auch beim Sprechen machte ich häufiger Verschnaufpausen. Ich war verwirrt, obwohl die Argumente hart und klar in meinem Kopf lagen. Aber manchmal verhedderten sich die Worte und ich brauchte eine Weile, bis ich imstande war, Zusammenhänge auszudrücken. Schließlich meinte sogar Jasmina am Telefon, ich sei »mundfaul« und »kleinlaut« geworden. Ich wollte ihr nicht widersprechen, sie hatte recht – wie immer.

Eines Tages, am späten Nachmittag, ich lag noch im Bett, die Jalousien im Nachtmodus wie immer, dämmerte mir, mit Blick auf die sinnlos gelben Wände meines Schlafzimmers, dass es mir die Sprache verschlagen hatte. Es musste mehrere hundert Jahre her sein, dass ich in Siebenmeilenstiefeln durch die Straßen gelaufen war. Der Auslöser für den neuen Kummer, in dem ich versank wie in schmutzigem Wasser, war das beschämende Gefühl »selber Schuld« zu sein an meinem Scheitern als Sängerin, das nun eingeläutet worden war.

Am Mittwochmorgen, direkt nach dem Treffen mit Benno, war im Berliner Tagblatt eine Schmierenrezension zu unserem DJ-Abend erschienen, die Rezensentin Harriet Firewall erweckte den Eindruck, als habe es sich bei meinem halbstündigen DJ-Set mit fünfminütiger Gesangseinlage um ein reguläres Zwei-Stunden-Konzert mit Band gehandelt. Die Kritik, die fast eine ganze Seite im Feuilleton einnahm, enthielt nicht nur sachliche Fehler (z. B. war ich plötzlich keine gebürtige Engländerin mehr sondern eine Französin), sie war mit einer solch zynischen Zerstörungslust, mit so viel raffiniertem Ressentiment und Frauenhass geschrieben worden, dass ich nicht wusste, worüber ich mich zuerst ärgern sollte: darüber, dass es Menschen gab, die es nötig hatten, so etwas zu schreiben, oder darüber, dass die Vernichtung mir galt.

Wenn Jasmina nicht gewesen wäre, diese schnodderige Stimme der Vernunft, Jasmina und mein brennender Ehrgeiz, einen Song wie »Love is a losing game« zu schreiben, dann würde es mir jetzt so gehen wie so vielen Bohème-Babys far away from home: In diesem Winter wäre ich nicht nur mondsüchtig, sondern auch alkoholabhängig, magersüchtig oder ein Drogenaddict geworden (oder alles zugleich). Denn so etwas wie diesen Verriss und den darauffolgenden Verrat meiner Bandkollegen steckte man nicht einfach weg! Aber ich hielt durch. Ohne Schnaps und ohne Schampus, aber auch ohne den Appetit zu verlieren. Ich entwickelte vielmehr, an kleinen Mandelkeksen mit Apfelstücken knabbernd, ein stoisches Interesse daran, einen regelrechten Ehrgeiz, mir die Niedertracht des menschlichen Geistes, an dem schon so viele große Geister zerbrochen waren, ganz und gar nüchtern und satt zu geben.

Ich war einfach sauer. Und so las ich die Kritik viele Male durch, bis ich sie auswendig konnte, auf dass sie sich wie eine blutige Entzündung in meinem Magen ausbreiten konnte, was allerdings nicht besonders gesund war. Vielleicht zeugte es von einem gewissen Masochismus, diesem Dokument der Verachtung so viel Beachtung zu schenken?

Jasmina ließ mir von ihrer Schwester Candice ausrichten, ich hätte den falschen Umgang mit Kritik. Man müsse den Verriss einfach in Stücke reißen, im Klo runterspülen und sich etwas darauf einbilden, wichtig genug für eine Feuilletonseite in einer großen Zeitung zu sein. Aber das war leichter gesagt als getan, auch wenn ich keine Sekunde daran zweifelte, dass Jasmina und Candice es an meiner Stelle so gehandhabt hätten. Sie befanden sich durch das Schulhofmobbing in einer ähnlich scheußlichen Lage und sie pflegten einen zehntausendfach cooleren Umgang damit. Sie ignorierten den Scheiß einfach! *Lass die Leute reden*, wie in dem Song von den Ärzten. Aber hey: Sie waren auch zu zweit.

Wie lange sollte *ich* noch alle diese Formen alltäglicher Gewalt hinnehmen, ohne sie zumindest bis ins letzte Detail zu analysieren? Ich war doch nicht der Fußabtreter für die bösartigen Launen meiner Mitmenschen!

Ich las auf psychologischen Seiten im Netz über Menschen mit narzisstischen Persönlichkeitsstörungen. Ich erfuhr, dass es eine Mobbingmethode namens »Gaslighting« gab. Eine Form von psychologischem Missbrauch, stumme emotionale Gewalt. Der Missbraucher, die Missbraucherin versorgte ihre »Opfer« mit falschen Informationen, bis die ihre eigene Wahrnehmung in Frage stellten. *Sie streitet ab, dass etwas je passiert ist oder dass sie etwas je gesagt hat.* Es reizte mich plötzlich, herauszufinden, was genau passiert war. Von Tag zu Tag wurde ich trauriger. Warum fügte mir eine Frau wie Harriet Firewall, selbst eine hervorragende Pianistin und darüber hinaus Inhaberin eines erfolgreichen, kleinen, gut vernetzten Indie-Labels, eine solche Verletzung zu? Und warum druckte die Zeitung ihren Drecksverriss? Letzteres war nicht weiter verwunderlich. Sie liebten und sie pflegten ihre Schicksalsstorys über gefallene Engel. Es war schon immer Mode gewesen, blonde Sängerinnen, Sängerinnen überhaupt, durch den Dreck zu ziehen. Es war Mode, über Frauen, die eine Stimme hatten, skeptisch zu berichten. Ihnen das Talent abzuerkennen, es kleinzureden. Sexismus in der Musikszene war an sich schon »Gaslighting«. Der Musikerin wird suggeriert, auch von der Presse, nein, so wie du es siehst, ist es gar nicht! Es geht nicht um dein Talent, es geht um deine Titten. Und ist es nicht so, dass deine männlichen Mitstreiter die eigentlichen Köpfe hinter den Songs sind und du nur das Aushängeschild?

Aber es verstörte mich, dass ausgerechnet Harriet versuchte mich dranzukriegen, denn schließlich hätte sie es besser wissen müssen. Sie kämpfte (O-Ton-Jasmina) »ja selber um ihre Stimme in dem neoliberalen Arschlochsystem«.

Ich für meinen Teil hatte der Kollegin immer nur geholfen! Hatte seinerzeit sogar bei der A&R-Abteilung unseres Major-Labels ein gutes Wort für sie eingelegt und sie in Interviews lobend erwähnt.

Sie verleugnet je Geschenke oder einen Gefallen von dir erhalten zu haben. Ich kannte sie seit Jahren. Obwohl ich letztendlich kein Riesenfan ihrer weltabgewandten Pianoklangteppichschwebereienmusik war, schlummerte irgendwo in mir die Idee einer Künstlerinnensolidarität. Auch wenn ich kein großes Aufhebens darum machte.

Ich war mir auch sicher, dass der Pfau hinter der völlig unverhältnismäßigen Rezension stand. Ich traute sie Harriet nur bedingt zu, sie war sicher aufgehetzt worden. Oder hatte Harriet umgekehrt den Pfau aufgehetzt? Harriet und ich hatten mal ein Wochenende im selben Hotelzimmer in Madrid übernachtet. Uns im Großen und Ganzen gut verstanden, wenn man akzeptierte, dass sie mir schon beim Frühstück das Gefühl gab, schlecht auf diesen Tag vorbereitet zu sein. Und sei es nur, weil ich selbst genau wusste, dass Kamillentee die angegriffenen Stimmbänder eben nicht befeuchtete, sondern die Erkältung nur noch anheizte. Nein, ich hatte Harriet nicht als Krankenschwester gebraucht. Wir waren tatsächlich über solche gesundheitlichen Details aneinandergeraten. Und ich hatte natürlich am Ende klein beigegeben, allein schon, weil es so langweilig war mit ihr zu reden. (Und weil ich meine Stimmbänder schonen musste.)

Vielleicht habe ich diese Szenenarren nicht ernst genug genommen, dachte ich, während ich mir Notizen zu Persönlichkeitsstörungen aller Art machte. Hatte ich ihnen immer zu viel nachgesehen, weil sie Künstlerinnen oder Künstler waren? *Kinder und Narren sagen immer die Wahrheit.* Vielleicht traf das auch in umgekehrter Weise auf meinen Umgang mit ihnen zu: Viel zu selten hatte ich Künstlern, Narren und Kindern mal die Wahrheit zugemutet. Ich war immer viel zu nett zu ihnen gewesen. Und nun bekam ich die Quittung. Vielleicht wollten Harriet und der Pfau ja nur, dass ich sie mal als *Menschen* sah, ihnen eins auf ihre schmutzigen Fingerchen gab?

Nun gut, dachte ich grimmig, das können sie haben, oder besser nicht. Ich werde nie mehr ein Wort mit ihnen reden! Jetzt lass' ich mich auch nicht mehr dazu herab, ihnen die Meinung zu sagen. Das hätten sie wohl gerne. Damit sie wieder alles gegen mich drehen und wenden und richten können. Nein, ich rede kein Wort mehr mit diesen Kleingeistern! Das war zwar nicht besonders originell, aber es schien mir die vernünftigste Lösung zu sein, während ich so dalag und dachte und grübelte und dalag und an die zitronengelben Wände starrte und mir dabei überlegte, ob es gut oder scheiße war, dass mein Vorvormieter diese Farbe gewählt hatte.

Und beschädigte mich immer weiter selbst, als ich beschloss, den Stachel des Bösen aus der Welt zu entfernen ...

In der Nacht vor der Rezension (nach dem Gespräch mit Benno in der Hilde) wäre ich noch bereit gewesen, meine ablehnende Haltung gegenüber dem Pfau zu überprüfen. Was konnte der Pfau mir schon anhaben? Nur weil ich ihn nicht leiden konnte, musste ich ihn nicht dämonisieren. Vielleicht hatte Benno sogar recht und ich war ein erfolgsverwöhntes Mädchen, das es nicht gewohnt war, mal nicht abgöttisch geliebt zu werden?

War ich schon so geblendet vom Erfolg, dass ich keine Gegenstimmen mehr aus dem Parlament meiner Freundinnen und Freunde ertragen konnte? Das Leben war doch viel zu schön um sich in Feindschaften zu verstricken. Noch dazu kurz vor Weihnachten ...

In dem Bild, das ich mir von mir selbst gemacht hatte, war ich eine Gummistiefel-Diva. Keine echte Diva. Singen hatte als Spaß begonnen und es machte mir noch immer den allergrößten Spaß! Auch allein, auch zu Hause, in meinen eigenen vier bunten Wänden. Bewundertwerdenwollen war nicht die Antriebsfeder meines Schaffens. Ich war aus mir heraus glücklich und ich wollte dieses Glück immer wieder spüren und verdoppeln und allen anderen schenken. Der Grund für das alles war Spaß! Die überlebensgroße Freude in meinem Herzen an andere weiterzugeben. Pain, Fun, Love & Poetry. Davon leben zu können, war ein Geschenk. Dass ich Geld mit der Musik, vor allem mit den Konzerten verdienen konnte, war auch ein Resultat der Engel und Verbündeten, die ich mir auf Erden gesucht hatte. Ich durfte doch jetzt nicht verbittern! Eine Stimme, die aus einer anderen Welt zu mir herüberschneite, sagte mir, dass dieser bodenständige Mensch, der ich war, schon mal einen Feind verkraften können musste, ohne dass gleich die Welt unterginge.

Aber jetzt war es eindeutig. Die Möglichkeit mir die Feindinnen und Feinde aus der Szene einfach wegzulachen, so nach dem Motto »was sich liebt, das neckt sich«, hatte sich durch den Verriss zerschlagen.

Der Zeitungstext zeichnete sich durch die Argumente des Pfaus aus. Es handelte sich lange nicht mehr um ein persönliches Ding zwischen mir und Bennos bestem Freund. Seine Aggressionen waren in eine neue Phase eingetreten. In eine Phase der öffentlichen Demontage: Wenn ich das riesige Foto betrachtete, das neben dem Verriss platziert war, ging für eine kleine Weile doch die Welt unter.

Auf dem Bild hatte ich ein dreifaches Doppelkinn und mein Bauch war so dick, als hätte ich einen Ballon verschluckt. Meine Augen sahen verquollen aus. Die Mundpartie wirkte, als ob ich die Hälfte meiner Lippen verschluckt hätte. Ich konnte mir die Hässlichkeit dieses Bilds nur durch Photoshop erklären. Ich hatte an diesem Abend zu keinem Zeitpunkt so ausgesehen. Es war nicht schwer, mich in der Bildunterschrift als »gefallene Jazz-Pop-Sängerin« zu bezeichnen, die »offenbar Gefallen daran findet, sich vor allen Augen lächerlich zu machen«. Nichts dergleichen hatte an dem Abend auch nur als Gerücht im Raum gestanden.

Ich sehnte mich nach den privaten Intrigen des Pfaus zurück, die ja nur dazu geführt hatten, dass ich mich gegenüber meinem Ex-Freund wie eine Idiotin verhalten hatte. Auch der Vorfall im Trinkteufel, als er sich die Macht herausgenommen hatte, mich beim Knutschen zu stören – alles halb so wild!

Aber dieses Mal hatte der Pfau seine Pressekontakte, oder besser gesagt, seine Freundschaft zum Szene-Leguan Harriet Firewall genutzt, um mir eine satte, öffentliche Ohrfeige zu verpassen. Wo sollte das noch enden? Was würde er als Nächstes tun?

Der Pfau war schließlich Radio-Moderator und diese Musikjournalisten kannten sich alle! Jasmina, die einen Onkel hatte, der Musikjournalist war, sagte, die würden sich »die Musik oft gar nicht mehr anhören, sondern Meinungsjournalismus faken. Dominodancing.« Einer tat sich mit einer besonders krassen Meinung hervor und alle anderen schrieben sie ab. Nur die wenigsten hätten noch die Kraft, eigene Schwerpunkte zu setzen.

Und das Schlimmste: Zahlreiche Internet-Portale übernahmen diese Scheiße aus dem Artikel ungeprüft. Hey, wenn ich nicht aufpasste, würde das zu meinem neuen Image werden!

»Die Sängerin, die ihre Stimme verlor«, lautete auch die Überschrift. Ich war zu baff, um mich zu wehren. Ich erzählte mir den Vorgang immer wieder aufs Neue, wie ein Kind, das nicht aufhören konnte, in einem besonders gruseligen Märchen zu lesen.

»Wir wollten vorab ins neue Material des lang erwarteten, dritten Albums von Café Prag reinschnuppern und haben unsere Reporterin, die Szene-Kennerin Harriet Firewall, zu ihrem Auftritt ins Clärchens Ballhaus geschickt! Was sie dort sah und hörte schockte sie«, lautete der scheinheilige Vortext.

»Aber das war doch KEIN Auftritt, das war ein DJ-Set!«, so klärte ich die Sache auf der Facebookseite der Band auf. Gut möglich, dass unsere Fans der ganzen Sache keine Bedeutung beimaßen.

Trotzdem irrte ich, wie von Winterstürmen ausgepeitscht, durch die Straßen und ließ die Details des Abends Revue passieren. Ich hatte Harriet gesehen, als sie neben dem Pfau am Tresen stand. Sie schrieb ja auch, was der Pfau mir an dem Abend vorgehalten hatte: dass unsere neuen Lieder unerträglich kommerziell seien! Aber halt, wir hatten doch gar keine Lieder von uns gespielt.

Aber am schlimmsten war, dass sie geschrieben hatte, dass so Leute wie ich besser mal Pornos drehen sollten, das wäre doch naheliegend. Und als glänzender Abschluss dieses Stückchens Schmierenjournalismus aus der unsichtbaren Kategorie: »Kollegen verreißen Kollegen, um sich selber einen Marktvorteil zu verschaffen« stand dort, dass es unzeitgemäß sei, eine »liebliche

Atmosphäre im Blumenkleid« zu erzeugen! (Ich hatte nicht mal ein *Blumenkleid* getragen, sondern das rote Samtkleid mit Kirschen, die zu einem blauen Mond geformt waren.)

Aber Kirschen oder Monde oder Blumen: das war für Harriet Firewall alles dasselbe. Kirschen und Monde und Blumen standen aus meiner Sicht für die schönen Dinge im Leben, aber Harriet wühlte lieber im Schlamm.

»Die US-amerikanische Popmusik«, behauptete Harriet, »ist da schon weiter!« (Oh ich hasste diese Verallgemeinerungen!)

Heutzutage müsse man sich als Popkünstlerin doch einer SM-Ästhetik à la Lady Gaga verpflichtet fühlen ... Und Sado-Maso sei ja sowieso das neueste Ding, mit dem man »Geschlechterrollen« adäquat »subvertieren« könne ...

Hahaha, das toppte alles! Harriet vermisste bei mir eine sadomasochistische Ästhetik! Was nichts anderes hieß als: Sie vermisste die uralte Ausdrucksweise in den Kategorien von Unterwerfung und Überlegenheit. Die ganze Machtscheiße halt. Was hatte die Machtscheiße mit meiner Musik zu tun? Ich arbeitete mich doch an der romantischen Idee eines »Keine Macht für niemand« ab. Gerade im Angesicht meines eigenen, dunklen Begehrens ...

Am liebsten hätte ich Harriet eine reingehauen! (Jasmina fand, das wäre eine gute Idee ...) Jasmina und Candice hassten jede Form von Dominanzgebahren. Waren ja auch selber furchtlos genug.

Jasmina sagte: Das Tolle am Zwillingsein sei gerade, dass man mit einem anderen Menschen ein Leben auf gleicher Augenhöhe proben könne. Eins mit ganz vielen Freiheiten. Und genau dadurch könne man sich auch in Beziehungen von den Macht- oder Gewaltverhältnissen lösen.

Aber ich regte mich auf! Ich kaufte mir eine große, schwarze Lederpeitsche mit Fransen dran, ich lernte, dass man sie ganz locker von den Handballen aus steuern musste, und kündigte auf Facebook einen SM-Gig im Januar an, wo ich drohte, bestimmte Kritiker und Kritikerinnen auszupeitschen.

»Denn natürlich ist der SM-Kult in der Popmusik der älteste Hut der Welt und ich kann stolz darauf sein, dass ich ein Mensch bin, der lieber ein Samtkleid mit Monden aus Kirschen trägt«, postete ich auf Facebook und Twitter. Dafür bekam ich viele Retweets und über 450 Likes (sogar von Ivor, und der kannte sich nun wirklich aus mit diesem ältesten Hut der Welt) und zustimmende Kommentare auch von meinen Fans; ich hätte es jetzt gut sein lassen können, wenn da nicht das dumpfe Gefühl gewesen wäre, dass der Pfau nie mehr aufhören würde, mich zu terrorisieren.

Aber ich wollte nicht mit der Peitsche durchs Leben laufen, nur weil es Menschen gab, die anderen ihren unbehandelten Schmerz zwischen die Beine warfen.

Ich las, dass es viele Eltern gibt, die von ihren Kindern ein Opfer verlangen. Die Kinder müssen sich, oder etwas von sich, für die Eltern opfern. Dieses Opfer erwarten sie später auch von anderen. Daher der Hass auf die Eltern, der aber nie gefühlt werden darf. Dieses Misstrauen, dass irgendwo noch die kalte, abweisende Mutter lauert.

Daher der Drang, ergänzte ich im Stillen bei meinen Spaziergängen durchs weihnachtlich geschmückte Viertel, andere in Schubladen zu packen und sie niemals in ihrer glühenden Ganzheit zu akzeptieren.

Aber ich bin niemandes Mutter und ich verlange keine Opfer und ich bin nicht bereit, zum Opfer zu werden! Für mich heißt Freiheit auch Uneindeutigkeit! Es gibt so viel mehr zu entdecken …

Aber ehe ich dazu kam, einen Masterplan zu entwerfen und schön schulmäßig gemeinsam mit Benno und Ivor zu erörtern, was wir in Zukunft solchen Angriffen entgegensetzen könnten, wurde ich vom Dienst suspendiert. Bei unabhängigen Sängerinnen lautete das natürlich nicht »vom Dienst suspendiert«, sondern: »Mach dich mal locker, Baby, mach mal Pause.«

Zwei Tage nach dem Erscheinen der Rezension gab Benno mir zu verstehen, dass sie im Studio technische Probleme hätten. Ich könne genauso gut zu Hause bleiben, bis sie die wieder im Griff hätten. Ich glaubte ihm kein Wort! Zumal Benno, auf die Kritik angesprochen, Harriet in einem Punkt recht gab: »Du hast an diesem Abend wirklich nicht alles gegeben«, sagte er schuldbewusst wie ein kleiner Junge, der sich trotz allem seine Meinung nicht verbieten lässt. »Die Rezension tut dir vielleicht ein bisschen weh, enthält aber auch viel Wahres.«

»Mein Gott«, wiegelte Benno jeden empörten Widerspruch ab, »ist doch alles nicht so schlimm. Reg dich nicht auf wegen so 'ner Kritik.«

Unter diesen Umständen (er glaubte der Rezension mehr als der Wahrheit des Auftritts!) wollte ich ihn lieber nicht darauf hinweisen, was es bedeuten konnte, wenn die Plattenfirmen von Harriets Kritik Wind bekamen. (Was vermutlich der Sinn ihrer Schreibübung gewesen war: uns als das bessere Konkurrenzprodukt aus dem Feld zu schlagen.) Aber einen Kommentar konnte ich mir doch nicht verkneifen:

»Hast du so etwas wie diesen Verriss gemeint, als du behauptet hast, der Pfau wolle nur mein Bestes?«

Aber für Benno hatte nicht der Pfau diesen Dreck geschrieben, sondern »die verrückte Harriet« und damit war der Fall für ihn erledigt. Vor Harriet Firewall gingen sie zwar alle in die Knie, weil sie so einflussreich war, aber sie hatten keinen wirklichen Respekt vor ihr. Die Jungs in der Indiepopszene fanden es einfach nicht so toll, dass eine Frau zu Hause zwar eine Sammlung von lebendigen Leguanen hatte, aber ansonsten eine Papierverwalterin war. Augenscheinlich dirigierte sie ihr Label vom Büro aus und hing nie in den Bars ab. Und wenn, dann mit Dutt, Brille und in einem cremebraunen Kostümchen. »Sieht doch niedlich aus!« Ich hatte Harriet verteidigt: Darf eine Frau nicht auch mal unscheinbar auftreten? Innerhalb des allgemeinen Sexyness-Gebots ...

Aber wie dem auch sei. Es war letztendlich keine konstruktive Diskussion mehr möglich, gerade weil ich so getroffen war, dass ich nicht einmal noch nach Luft schnappen konnte, als meine eigenen Leute mir die Tür vor der Nase zuschlugen. Technische Störung im

Studio, tss, tss. Wer störte hier wen? Bin ich deshalb so unruhig gewesen all die Wochen? Habe ich gefühlt, dass sich ein Sturmtief zusammenballt, das auf den Namen »Pfau« hört?

Oder war ich bereits verrückt? Vielleicht hatte Benno ja die Wahrheit erzählt und es gab wirklich Probleme mit dem Mischpult? Ich war auch viel zu verletzt, um noch einmal nachzufragen, warum sie mich nicht im Studio haben wollten. Ich muss einen kühlen Kopf bewahren und zwei Wochen abwarten, dachte ich, während ich auf die Kaffeeflecken in der grünen Küche starrte. Die Wände, ich muss doch unbedingt mal die Wände streichen! Vielleicht hat sich die Lage bis dahin beruhigt? Bedeutete Musikmachen im Kern nicht ohnehin, warten zu müssen?

Und so wartete ich und steigerte mich noch weitere Tage und Nächte in das Komplott von Harriet und dem Pfau hinein.

Ich fragte mich, was es war, was Harriet so bösartig machte, und ich kam darauf, dass sie sich selbst für ein kleines Licht hielt, und das schien sie gewaltig zu stören. In ihren Zeitungsartikeln ließ sie dann die Sau raus!

Ich hatte schon häufiger beobachtet, dass Harriet Freude daran fand, die Bands, die sie auf ihrem eigenen Label Schnittlaut herausbrachte, genüsslich sadistisch auf ihre Schwächen hin abzuklopfen. Pünktlich zur Veröffentlichung. In geschickt formulierten Infotextchen, die sie ins Netz stellte und an die Medienvertreterinnen und Medienvertreter verschickte. Die Frau mit den Leguanen, »die Leguanerin«, wie manche sie spitz nannten, verwies immer auf die Schwächen der Musik und die Schwächen der Künstler und Künstlerinnen. Alle Musiker und Musikerinnen auf ihrem Label mussten einmal durch den von Mrs. Harriet aufbereiteten Monsun – andernfalls hätten sie als humorlos gegolten oder wären nicht veröffentlicht worden ...

Dabei bestand der Reiz, ja der Sinn eines Kunstwerks doch darin, dass es den Künstler über seine Schwächen und blinden Flecken erhob ... Aber diese Freude an der Kunstproduktion war den Artists auf Schnittlaut nicht vergönnt. Dabei sprach Harriet nur aus, was nicht wenige von ihnen in ihrem Zynismus selber dachten: Jeder ist mal dran ...

Ihr konnte es egal sein: Sie machte Risikofinanzierung. Wenn sich das Ganze nicht verkaufte, musste die Band draufzahlen, nicht sie selbst. Aber diese feine Frau Firewall hatte sich über die Jahre hinweg eben doch zu einer moralischen Instanz entwickeln können, auch wenn kaum einer der Männer sie als Frau ernst nahm, was ich gemein fand. Aber gerade deshalb war sie zu so etwas wie dem moralischen Gewissen der Berliner Musik-Avantgarde geworden. Denn wir lebten nun mal in unmoralischen Zeiten! Und das nicht nur, weil sie still um sich schlug, wenn sie nicht bekam, was sie wollte. Sondern auch, weil keiner mit ihr hätte tauschen wollen.

Und Menschen, auf die keiner neidisch ist, sagte ich mir, die sich aber so ein bisschen SM-mäßig Respekt verschafft hatten, die darf man nicht unterschätzen! Schon gar nicht, wenn sie machtbewusst sind.

Jeder ist mal dran! Daran glaubte die halbe Welt und halb Berlin. Ich schrieb meine Lieder für die andere Hälfte! Hey, unsere Musik sollte eine Feier des Lebendigen und des Aufbruchs sein, wenn schon »jeder mal dran« war, dann höchstens im positiven Warhol'schen Sinn ...

Nur, jetzt war ich also dran! Harriet und der Pfau, diese beiden falschen Schlangen, hatten mich drangekriegt. Mein Schlaf hatte sich, trotz hochtrabender Erkenntnisse auf dem Gebiet des Arschlochtums, auf wenige Stunden reduziert. Manchmal saß ich stundenlang im Café Hilde und tunkte trockene, weiße Schrippen in Tassen mit doppeltem, honigsüßem Espresso. Es schmeckte mir sogar. Es war der Geschmack des bittersüßen Nichtstuns. Ich las wieder Stephen King.

Hin und wieder hatte ich auch noch Halluzinationen. Ich war mir sicher, die würden vergehen, ich musste nur wütend genug sein, dann verblassten die Grimassen im Hausflur.

Ich wollte das Böse kennenlernen, aber ich wollte ihm auf keinen Fall über den Weg laufen oder unter die Augen treten!

Und das nicht etwa, weil ich mich von einem ganzseitigen Verriss meiner Künstlerpersona tief beleidigt gefühlt hatte (dafür nahm ich die Verfasserin nicht ernst genug), sondern weil ich nicht *glauben* konnte, dass es das Böse wirklich gab und dass alle Leute, so schien es mir, gerade so darüber hinweg lächelten.

Meine kindersüßen Gewissheiten aus einem alten Song von The Jam (*And what you give is what you get)*, und sei es nur ein kleines Kompliment in einem Friseursalon an einem Dienstagnachmittag, ein gottverdammtes, scheißbeschissenes Lächeln, das gute Wort, das man einlegte für das Wohl eines anderen, hatten sich im Schwarzweißgewitter eines Zeitungsartikels, direkt vor meinen Augen, in Luft aufgelöst.

Nein, du bekommst nicht zurück, was du gibst!

Träum' weiter, kleine Spinnerin!

Was hast du gedacht? Wir leben doch in schlechten Zeiten!

Wenn du an die falschen Leute gerätst, und das ist sehr wahrscheinlich, dann bekommst du garantiert nicht das, was du gibst, sondern haargenau das, was du nicht willst. Ich hatte 32 Jahre alt werden müssen, um das zu begreifen, und ich war immer noch schwer von Begriff ...

Pah! Ich stampfte mit den Füßen auf, wo ich nur konnte. Ich warf die Hälfte meiner CDs in den Müll, allen voran die vom Schnittlaut-Label, auch wenn der schöne Hühne im rosafarbenen Seidenhemd mit seiner Band Lurchies Rache dort unter Vertrag stand. Und ich zerdepperte in Nächten, die nur aus Selbstgesprächen und Telefonaten mit Jasmina bestanden, fast mein gesamtes Geschirr. Ich wollte aufbrechen, ich musste weg! Ich lackierte mir die Fingernägel rot, gelb und grün (in den Farben meiner Wände, wie ich später entsetzt feststellte) und ich sang all die circa hundert Gesangsübungen durch, die ich kannte, Klassik und Belting, Einpersonenfahrstuhl und Zehnpersonenlift, mit Kraft nach oben, in die Maske singen. Die obligatorische NuNoNaNeNi-Übung begleitete mich in den Schlaf und ich achtete auch darauf, dass das »i« etwas vom »a« lernte und dass das »a« nie ganz zum »o« wurde, sondern haltlos bleiben durfte. Ich nahm das »ei« zum Spielen, um den Ball der Konsonanten anzustoßen, und ich verwandelte all diese teuflischen Vokale in ein euliges Gähnen, bis das Serotonin in meinem Blut die Angst vertrieben hatte, was beim Singen angeblich schon nach zwei Minuten der Fall war. Meine Wohnung räumte sich wie von selbst auf, denn ich hatte große Lust, Dinge wegzuwerfen. Ich hatte nur Angst (und da konnte mir auch die gefühlte Gesangsstärke eines Zehnpersonenlifts nicht helfen), dass ich mich eines Tages selbst wegwerfen würde ... Das durfte nicht passieren, ich musste an mich halten, gut zu mir sein.

Am Ende saß ich da, mit einer einzigen Tasse (die große Micky-Maus-Tasse mit der ausgestanzten Schnauze war mir heilig) in einer komplett aufgeräumten, wenn auch nicht renovierten Wohnung (mein Wohnzimmer, das ich nicht mehr betrat, mal nicht mitgezählt) und plante eine Reise nach Heidelberg. Ich wollte der Einladung einer Facebook-Freundin folgen, die am dritten Adventssonntag in der »Stadt mit Herz« einen philosophischen Vortrag mit Elisabeth von Samsonow veranstaltete, die eine »Philosophie des Mädchens« geschrieben hatte. Mal was Schönes, dachte ich. Wenn mich die Philosophie nicht auf andere Gedanken brachte, was dann ...

Das Gefühl, dass Benno und Ivor mir verbieten wollten nach Kreuzberg ins Studio zu kommen, rückte in den Hintergrund. Dass ich zwei Drittel der Songs, an denen sie dort herumbastelten, selber komponiert hatte: *Never mind. I'll find someone like you.*

Dann schreib ich eben neue Songs, dachte ich trotzig.

Eines Nachts fand ich die richtigen Worte und Noten, um meine Beziehung mit Ivor festzuhalten. Die Idee mit den Hunden hatte ich von Jasmina geklaut. Ihr »Pfote« war mir so ans Herz gewachsen, dass ich ihn weiter schreiben musste. Ich wurde das Gefühl nicht los, dass sich meine Freundschaft zu Jasmina bereits irgendwo in dem Song befand.

Das alles trieb mir die Tränen in die Augen und das las ich, ganz professionell, als gutes Zeichen.

HEISSLUFTBALLON

Schnupper, schnupper, schnupper, ich fand dich gleich so super.

Du und ich, wir war'n zwei geschundene Hunde am Ende der Welt.
Wir wussten nicht mehr, wie man liebt oder wie man bellt.
Ich hab meine Wunden in deinen wiedergefunden.
Du hast mich auf blutenden Pfoten aus dem Abgrund gezogen.

EINMAL IM LEBEN
MUSST DU JEMANDEM BEGEGNEN,
DER DICH SOFORT ERKENNT,
WEIL DEINE SCHLIMMSTE STUNDE
AUCH IN IHM SELBER BRENNT.
EINMAL IM LEBEN,
ÜBER ALLEN ÄNGSTEN SCHWEBEN,
IM HEISSLUFTBALLON,
DEM HORIZONT ENTGEGEN.

Wir haben jedes Geheimnis geteilt, so haben wir uns geheilt.
Wir dachten, unsere Liebe hätte Substanz,
auch auf schattigem Boden noch Sonnenglanz.
Wir sind abgedriftet, abgehoben, über die Arena des Spotts
geflogen, denn:

EINMAL IM LEBEN
MUSST DU JEMANDEM BEGEGNEN,
DEN DU SCHON IMMER KENNST,
WEIL DEINE SCHLIMMSTE STUNDE
AUCH IN IHM SELBER BRENNT.
EINMAL IM LEBEN,
ÜBER ALLEN ÄNGSTEN SCHWEBEN,
IM HEISSLUFTBALLON,
DEM HORIZONT ENTGEGEN.

Die Luft im Ballon ist langsam verpufft,
das war uns erst gar nicht bewusst.
Aber nur weil wir uns heilen konnten,
heißt das nicht, dass wir für immer alles teilen wollen.

Du kommst aus einer Stadt namens »Nehmen«,
ich komm aus der Grafschaft »Geben«.
Nur so konnten wir zwei am Ende der Welt überleben!
Überleben.

MANCHMAL NACHTS
TRÄUM ICH NOCH DAVON,
WIE WIR BEIDE IM HEISSLUFTBALLON
ÜBER ALLEN WOLKEN SCHWEBEN,
DAMALS, ALS WIR GERADE LERNTEN ZU LEBEN,
ALS WIR LERNTEN ZU LEBEN.
ALS WIR LERNTEN ZU LEBEN.
ALS WIR LERNTEN ZU LEBEN.

Zwillinge der Nacht (La Nuit Bohème)

Was gibt es Schöneres, als sich nach einer Nacht voll klarer Sterne und klarer Worte ins Bett fallen zu lassen, als gäbe es kein Morgen mehr? Vor allem, wenn der Morgen bereits tintenblau und silbrig am Horizont aufleuchtet! Jasminas Glieder fühlten sich schwer an, so müde. Und der Kopf war ganz leer, weil die Gedanken sich auf und davon gemacht hatten, um in Jasminas Blog »Shamless Birds« umherzutanzen. Jasmina liebte diese eine Seite auf der Welt, auf der sich all ihre poetischen und politischen Wahrheitseinheiten zu einer einzigen vorlauten Idee versammelt hatten. Die Worte und die Bilder schienen sich gegenseitig zu küssen wie Schneegeflimmer in der Sonne.

Sie kuschelte sich tief unter die Bettdecke, *rolling in the deep,* sie hatte heute Nacht alle Wege nach Rom gleichzeitig genommen. Und vielleicht würde die schützende Wärme des Bettzeugs sie vor dem Verlust an Privatheit schützen, der sich immer sofort einstellte, wenn sie ihre hochfliegenden Gedanken öffentlich machte.

Jasmina schrieb jeden Tag mindestens einen kleinen Blogeintrag. In der letzten Woche war es um den Mauerpark-Flohmarkt und um den Protest gegen den Papst gegangen. (Jasmina hatte sogar an der Demonstration teilgenommen, um darüber berichten zu können.) Ferner gab es Reviews: das neue Tegan-&-Sara-Album stand auf dem Prüfstand. Außerdem ein Theaterstück, das den Titel »Wir trafen uns in einem Garten« trug. Ferner diskutierte Jasmina die Frage, ob es mit 17 Jahren überhaupt noch Sinn machte, einen Nähkurs zu besuchen. (Candice war von klein auf eine Strickliesl gewesen, handwerklich begabter als sie, aber Jasmina erwog trotzdem, mal etwas ohne die Hilfe der Schwester zu nähen.) Eine Woche der harmlosen Themen. Aber heute Nacht hatte sie einen Knaller lanciert ... Jasmina hatte endlich den Mut aufgebracht, darüber zu schreiben, wie Zwillinge von ihrem Umfeld diskriminiert werden. Etwas Glück war in ihren Körper zurückgeströmt. Dieses Hochgefühl, als sie begonnen hatte, das »Zwillings-Manifest« in den Blog zu hämmern!

Schon hundertmal in Gedanken vorformuliert, hatte sie die Argumente zuletzt wie Leuchtbuchstaben aus dem Kopf ziehen können. Da war der Himmel in ihrem Kopf ganz blau!

Warum Zwillinge von der Gesellschaft zu Außenseitern gemacht werden! Die wohlwollenden Giftblicke, die immergleichen Fragen. *Die Umwelt sieht in Zwillingen etwas Besonderes, deshalb behandelt die Gesellschaft sie wie Außenseiter und bekämpft dann die Symptome dieses besonderen Zustands.* Die Einlinge sind regelrecht besessen davon, das innere Erleben von Zwillingspaaren zu problematisieren, sie kommen gar nicht darauf, dass *ihre* sensationsheischende Sicht das eigentliche Problem darstellt.

Die Augen waren noch auf, während der Rest des Körpers schon schlief. Mit letzter Kraft warf die Bloggerin einen Blick auf das Ziffernblatt ihres Micky-Maus-Weckers. Um Himmels Willen, schon halb sechs. Schlagartig fuhr Jasmina wieder hoch. Wurde vor lauter Schreck wieder wach, als ob der böse Wecker bereits klingeln würde. Sie stellte ihn auf halb acht und ließ sich zurück in die Kissen fallen. Das Wohlgefühl verschwand. Verdammt, die Arbeit an dem Blog hatte sie schon wieder aus jeder Zeitzone herausgekickt. Jetzt müsste man in den USA sein. Aber eines Tages wird man vom Planeten verstoßen! Die Aliens werden kommen und einen abholen, weil man ständig gegen die angebliche »Natur« des Menschen rebellierte. Ein Nichts im All, ein Stern, der verglüht. Oh dieser scheißkapitalistische Tagesablauf! Schon spürte die Schülerin alle jene Verhältnisse, gegen die zu rebellieren ihr soeben noch eine große Freude gewesen war, als eine große, unpersönliche Kraft auf sich selbst zurückfallen.

Ja, eine unverbesserliche Nachteule hasste nichts so sehr wie die Morgenstund mit ihrem vergifteten Gold im Mund. Selbst im tiefsten Winter kündigte sich der Tag schon zu nachtschlafender Zeit an.

Dabei war es doch so eine schöne, romantische Schreibnacht gewesen. Jasmina hatte sich so gut konzentrieren können. Und der Jasmintee, über den sie schon so manch schwärmerischen Blogeintrag geschrieben hatte, hielt wach, oh so wach. Jasmina hatte eine Tasse nach der anderen getrunken und ihr Herz klopfte immer noch wie wild. Aber das Herzklopfen gehörte noch der Nacht, gehörte den Shamless Birds.

Oh die Nacht hatte so heitere Triumphe gefeiert!

Jasmina könnte heulen, dass der Tag schon wieder böse in die Hände klatschte, vor den hauchdünnen Vorhängen. Sie zog die Bettdecke über den Kopf, der noch immer schwirrte vor lauter Sätzen, die sie in der Eile, ganz zum Schluss und mithilfe der Energie gleich mehrerer gerechter Tobsuchtsanfälle doch noch zu Ende gebracht hatte. Irgendwer musste den Leuten mal die Wahrheit über Zwillinge erzählen, und das hätte man sich ja schon denken können, dachte Jasmina, dass das wieder an einem selber hängen bleibt. Sie zog die Bettdecke noch weiter über den Kopf, damit auch das Licht des Modems nicht mehr bis zu ihr durchdrang. Mal wurde sie von dem Schuldgefühl gepackt, etwas noch nicht perfekt formuliert zu haben, mal freute sie sich wie ein Kind an dieser oder jener drastischen Formulierung. Und wie viel Spaß wird es erst machen, den Text morgen ihrer Schwester vorzulesen! Candy hatte nämlich schon um drei Uhr schlappgemacht, weil sie für den Test in Englisch ausgeschlafen sein wollte, während Jasmina selber keine Ahnung hatte, ob es den Wellen der Müdigkeit, die durch ihren Körper strömten, gelingen würde, die Kopffestplatte herunterzufahren, bevor der Wecker klingelte. Denn jetzt kam es auf jede Minute an, auf jede Minute Nachtschlaf. Dabei konnte Jasmina von Glück sagen, dass sie direkt neben der Schule wohnte. Nach einer durchwachten Nacht blieben ihr noch eineinhalb bis zwei Stunden Schlaf. Wenn sie dann um halb acht Uhr aufstünde, könnte sie in drei Minuten duschen und sich in drei Minuten anziehen, dann noch zehn Minuten frühstücken und dann wären noch mal zehn Minuten Zeit, um die Treppe runter und quer über die Straße zur Schule hochzulaufen. Während die Klassenkameradinnen und Klassenkameraden, die weiter weg von der Schule wohnten, schon in etwa einer Stunde aufstehen mussten.

Jasmina wusste es mal wieder zu schätzen, dass sie und Candice die schöne Dachwohnung direkt neben der Oberschule gekriegt hatten. Mama und Papa hatten es nach der Scheidung wirklich gut mit ihren beiden Nachteulen gemeint …

Jetzt kam Jasmina in die Phase »todmüde und hellwach zugleich«. Es war die Phase, in der sich entschied, ob man endlich wegdämmern konnte oder für immer am Leben bleiben musste. Sie hatte so einen Horror davor, als halbtoter Zombie durch den Vormittag zu geistern, dass schon der Grusel davor ihre Gedanken wieder auf Trab brachte.

»Weil sie mit ihrem paarweisen Auftreten die Ordnung der auf Einzelindividuen ausgerichteten Gesellschaft stören«, schob sich ein auswendig gelerntes Zitat aus einem Buch über Zwillinge in ihr Bewusstsein, als wollte es mit seiner schlichten Objektivität für Ruhe sorgen. Das abendländische Weltverständnis beruhte auf der Gewissheit von der Einzigartigkeit des Individuums. Es widerstrebte den Menschen einfach mit einem anderen Menschen im Aussehen identisch zu sein! Dabei machte es ihnen aber nichts aus, sich äußerlich der verblödeten Masse anzuschließen, dachte Jasmina bitter. Man merkte es schon an den Fragen, die die Leute einem als Zwilling stellten. Total verblödet und immer dieselben Vorurteile. Vorurteile, die von einer Prägung als Einzelindividuum zeugten.

Dann könnt ihr ja immer die Leute verarschen. Die eine verabredet sich und die andere kommt zum Treffen!

Ich hab aber keinen Bock, Leute zu verarschen. Ich bin lieber ehrlich!

Aber ihr könntet es, wenn ihr wolltet. Weil ihr gleich ausseht!

Du könntest auch Leute verarschen, wenn du wolltest. Egal, ob du jemanden hast, der so aussieht wie du. Leute verarschen kann jeder Blödmann und jede Blödfrau.

Wer von euch beiden hat sich denn die Haare gefärbt?

Beide.

Ihr beiden seid Teil eines Ganzen, stimmt's?

Nee, stimmt nicht. Ich bin auch allein ein komplett vollständiger Mensch.

Aber ihr seid doch eineiige Zwillinge. Da verbindet euch doch eine höhere Magie miteinander. Wie ist das denn? Ich hab' gehört, die eine spürt, wenn die andere Kopfweh hat!

Nee. Wir verstehen uns einfach nur gut. Das ist alles. Du kannst dir auch einen Menschen suchen, mit dem du dich gut verstehst. Wenn du bereit bist, mit einem anderen durch die Prüfungen des Lebens zu gehen, dann hast du auch einen Zwilling. Das hat wenig bis nichts mit Erbinformationen zu tun. Außerdem hat Candice ständig Bauchschmerzen und ich nie.

Aber das kann doch gar nicht sein! Seid ihr überhaupt eineiige Zwillinge? Ich habe aber gelesen, dass der eine Zwilling immer genau weiß, was der andere denkt und fühlt.

Ja, wir sind eineiige Zwillinge. Aber wir sind keine überirdisch veranlagten Wesen von einem anderen Stern. Zwillingsein ist kein Märchen. Wenn ich weiß, was Candy denkt, dann nur, weil wir vorher ausführlich Meinungen ausgetauscht haben, weil ich sie gut kenne. Zwillingsein ist in unserem Fall eine tägliche Übung in Zusammenhalt und Solidarität mit einem anderen Menschen. Erbinformationen, Gene können sich übrigens je nach Lebensweise ändern. Aber das wollen die Leute nicht hören.

Wie isses denn, wenn man grenzenlose Solidarität erfährt und geben kann?

Das wär's mal gewesen. So eine Frage stellte aber nie einer! Und nie kommt: *Wird man dadurch, dass man sich in einer konkurrenzfreien Einheit befindet, ein Mensch, der die Machtspielchen unter den*

Menschen und ihre ewigen neidbestimmten Handlungen nicht für naturgegeben hält?

Ich denke schon. Es begünstigt ein gerade aufs Außen gerichtetes Bewusstsein. Nur schade, dass das Außen die Zwillinge immer wieder auf sich selbst, auf das angeblich so magische Zwillingsinnere zurückwerfen will!

Denkt euch mal etwas Neues aus, ihr konkurrenzbesessenen, kapitalismusverblödeten Einlinge mit dem Imperativ der Kategorie! Jede andere Geschwisterbeziehung, überhaupt jede andere Beziehung ist komplizierter.

Aber das wollt ihr nicht wissen, weil ihr mit euren Geschwistern ja regelmäßig aneinander geraten wollt, weil ihr nicht teilen könnt, ihr A... armen Leute.

So überzeugt von ihrer nachhallenden Polemik konnte Jasmina jetzt erst recht nicht schlafen. Jetzt war es bestimmt schon Viertel nach sechs. Sie versuchte, tief zu atmen. Das richtige Atmen, um einschlafen zu können, hatte ihr mal eine Ärztin beigebracht, als Jasmina sie um Schlaftabletten angefleht hatte. Aber Entspannungsübungen bewirkten nur, dass die Gedanken noch intensiver wurden und Jasmina noch genauer darüber nachdachte, warum sie so war, wie sie war.

Die Gedanken switchten vom Zwillingsein zurück zum Nachtmenschensein. Schon von klein auf habe ich doch gewusst, dass ich eine Nachteule bin, dachte Jasmina, und keine fröhlich in der Früh zwitschernde Lerche. Seit Menschengedenken haben die Lerchen den Kampf um die Uhrzeiten gewonnen. Ein Grund mehr, die Natur für unzurechnungsfähig zu erklären ... Ich will mir ja auch nicht vorschreiben lassen, ob ich Männer oder Frauen lieben darf! Warum nur gehöre ich immer zu denen, die mit der Norm nichts anfangen können, die sich beugen sollen, dachte Jasmina, während sie sich akut eigentlich nur dem Schlaf beugen sollte.

Sie hatte 350 Plakate in der Stadt aufgehängt, allein nur gegen die Überwachungssache, die Vorratsdatenspeicherung, sie hatte sich Sprüche und Manifeste ausgedacht, die selbst im britischen

Guardian zitiert worden waren; aber wann sie ins Bett gehen musste, das durfte sie im Prinzip nicht selbst entscheiden! Trotz aller Selbstbestimmungsrechte erwartete der Staat von ihr, jeden Morgen um acht Uhr in der Schule anzutanzen. Sonst würde sie sich die Zukunft verbauen und dann musste sie sich eine Lehrstelle suchen und erst recht frühmorgens aufstehen.

Nun gut, wenn das so ist, Jasmina wälzte sich in den Kissen, dann muss ich eben so lange weiterschreiben, bis die Schulen in Deutschland wenigstens um neun Uhr, und nicht mehr um acht Uhr ihre Pforten öffnen. Der nächste Blogeintrag handelt von den beschissenen Frühöffnungszeiten der deutschen Schulen.

Langsam breitete sich Entspannung aus. *So richtig nett ist's nur im Bett*. Jetzt müsste man einfach acht Stunden schlafen dürfen. In den Bauch atmen war nur natürlich. Das war doch noch keine Entspannungsübung. Entspannungsübungen waren etwas für richtige Erwachsene. Jasmina fühlte sich einfach nur wie ein müder Hund, der endlich mal die Haxen ausstrecken wollte. Oh diese Nächte voll scharfer Details! *Hab ich schon geschlafen oder bin ich noch wach?*

Über diesem Gedankenkomplex schlief Jasmina, die sich im Netz »Grüner Jasmintee« nannte, endlich ein.

Der Schlaf, in den sie fiel, war so tief wie der Brunnen im Märchen. Und auf der anderen Seite begrüßte einen Frau Holle. Ein Tiefschlaf, in dem sie träumte, dass sie auf einer Demo festgenommen und in ein Gefängnis geschleppt worden wäre.

Als sie wieder aufwachte, zeigte die Micky Maus auf dem Wecker Viertel nach zwei Uhr an. Hoher Nachmittag! Scheiße, wieso hat Candy mich nicht aufgeweckt? Viel zu rücksichtsvoll, die bescheuerte Strickliesl! Verdammt, zum Nachmittagsunterricht gehen macht jetzt auch keinen Sinn mehr. Wenn das so weitergeht, kann ich mir das Abitur im nächsten Frühjahr abschminken.

Die Sonne knallte durch die rotweißen Ikea-Vorhänge ins Zimmer. Das kommt davon, wenn man die Vorhänge für 30 Euro nimmt, nur weil sie so schön rot sind, dachte Jasmina schläfrig. Jeden Tag verdammte sie diese Vorhänge, nur nachts sahen sie irgendwie schön aus. Gleichzeitig hörte sie, bei geschlossenen Augen, den Regen, oder war es ein Schneeregen? Für einen kurzen Moment war Jasmina die pure Schuld. War nur schlechtes Gewissen und Schuld, Schuld, Schuld und schlechtes Gewissen. Eine Verbrecherin, von der eine Gefahr für die öffentliche Ordnung ausging.

Ich halte es nicht mehr aus, im Zentrum der Aufmerksamkeit zu stehen, ich bin nicht der Typ für so etwas. Hört bitte auf, mich und Candice so anzustarren, dachte Jasmina, dann gehe ich auch wieder hin, in eure blöde Oberstufenschule mit den doofen, überbehüteten Kids. Und sie dachte an diesen völlig unverhältnismäßigen Stress wegen ihrem sogenannten Marcus-Aufsatz. Er hatte die Klasse mittlerweile in zwei Teile gespalten. Ein Teil der Schüler und Schülerinnen hätte sich am liebsten ein Autogramm von ihr geben lassen (d. h. sie sagten gar nichts mehr), der weit größere Teil aber beschimpfte sie auch weiterhin für die Geschichte über den zarten Jungen, der mit seinem Schlittenhund im Schnee verschwindet. Sie machten Anstalten, ihr den Kopf in die Kloschüssel zu hängen, genauso wie sie es in dem Aufsatz beschrieben hatte. Obwohl Jasmina nicht speziell die eigene Schule gemeint hatte, behaupteten einige Klassenkammeradinnen und Klassenkameraden, sie hätte die ganze Schule beleidigt mit diesem obszönen Kitsch. Der »Marcus-Aufsatz« stand seit Wochen ganz oben auf Jasminas Blog, der war schon ein echter *Shameless Bird*!

Die einen liebten einen, die anderen hassten einen, und dann hasste auch noch ein Teil derer, die einen liebten, einen Teil von einem, und ein Teil derer, die einen hassten, liebte einen anderen Teil, während man selber einfach nur am Ende war. Tot und hysterisch zur selben Zeit. Je nachdem, zwei Seiten einer Medaille. Die Schule hat ein großes, manisch-depressives Monster aus mir gemacht, dachte Jasmina. Nur wenn ich mich ordentlich über die ganze öffentliche Ordnung aufrege, fällt ein Teil der Schuld von mir ab. Oh Jasmina hatte die Gabe das alles ganz klar zu erkennen. Wie wenn Candy die Augen zukniff, wenn sie die Röcke ein wenig enger nähte. Sie waren ja keine Kinder mehr. Auch wenn sie übers Ziel hinausschossen. Wohin auch sonst?

Jasmina zog die Vorhänge nach oben. Der Schnee klopfte ans Fenster, wie um ihr zu sagen, dass dieser Zustand tanzbar ist.

■

Teil 2
Schockstarre

Just because you're paranoid,
don't mean they're not after you.
Nirvana

Without a dream in my heart.
Ella Fitzgerald

▼

Traumlandschaft in weiß (Aufsatz von Jasmina)

Auch an jenem Morgen war er wie immer aus einem bösen Traum hoch geschreckt. Es war halb sieben. Die Farbe der Dämmerung ließ auf heiteres Wetter schließen. Marcus sprang auf und zog sich an, als könnte er damit im Nu jedes Gespenst und jeden falschen Gedanken verscheuchen. (»Jetzt sind sie nicht mehr da, aber sie waren da. Der Winter hat die Ameisen getötet.«) Sein Blick streifte den plüschigen, weißen Hund, der mit ihm aus dem Schlaf hochgefahren war. Ab jetzt war Pfote sein einziger Gefährte. Sie schauten einander prüfend in die Augen, als müssten sie sich ihrer Kameradschaft und ihrer Selbst neu versichern. Pfote lächelte sehr. Aus seinen freundlichen, mandelförmigen Hundeaugen sprachen Abenteuerlust und Treue. Er stand auf gewölbten Vorderpfoten und wedelte mit seinem ganzen kompakten Körper. Marcus blieb ernst. Er fürchtete sich vor Heute, als würde er in eine blasse Zeit hineingeworfen, die tief Atem holte. Ein 14-jähriger Junge von zarter Gestalt und ein mittelgroßer, kräftiger Schlittenhund, in einem Jugendzimmer, an einem kalten Wintermorgen.

Der Junge schlüpfte in zwei Baumwollunterhemden und zog zwei Baumwollunterhosen übereinander, es folgten Jeans, T-Shirt und jener pastellfarbene Wollpulli mit dem mädchenhaften V-Ausschnitt, für den er in letzter Zeit so heftig verspottet worden war. Vermutlich würde ihm gleich außerordentlich warm werden. Trotzdem zog er auch noch die knielange Thermojacke über. Es konnte sicher nicht schaden, ordentlich eingepackt zu sein, wenn man mitten im Winter einfach abhaute. Sein Plan war, sich ohne großes Tamtam und mit allem Drum und Dran aus der Wohnung zu schleichen. Bis Candice aufge-

wacht war, würde er bereits über alle Berge sein und im Zug nach Paris sitzen. In den ersten beiden Stunden hatte sie Mathematik. Er könnte schwören, dass sie schwänzen würde. Schon am Abend zuvor hatte er übervorsichtig all seine Kleider zusammengesucht. Jetzt registrierte er plötzlich mit der für ihn typischen Sachlichkeit, dass er gerade im Begriff war, sich auch äußerlich an den Samojeden anzupassen. Aber warum auch nicht? Pfote hatte ein dickes, üppiges Fell und Marcus war oft genug geraten worden, sich ein ebensolches zuzulegen …

Mit düsteren Gedanken bewaffnet (Der Winter hat die Ameisen getötet. Pfote hat sich nur schmutzig gemacht, haha), stopfte Marcus den Profi-Hundekamm, Vollmilchschokolade und eine Tüte mit frischem Obst in seine unauffällige Reisetasche, in der sich noch weitere Winterpullis, ein Wasserfarbenkasten und Badezimmerkram befanden.

»Komm Pfote.« Er legte seinen weißen Wolf an die Leine und knipste das Licht aus. »Wenn Gras über die Sache gewachsen ist, dann kommen wir zurück!« Mit aller Konzentration auf den Hund zu seinen Füßen schloss Marcus die Tür hinter sich zu und würdigte die in seinem Zimmer zurückgelassenen Gegenstände und Spielsachen keines Blickes mehr.

Auch in den vergangenen Monaten hatte er sich mächtig bei Pfote ins Zeug gelegt. War mit ihm zum Sport gegangen und auf den Hundeplatz, auch wenn die Angst vor so manch fremdem Vierbeiner ihm mächtig zusetzte – aber auch von seinen Sorgen ablenkte. Normale Angst tat Marcus gut. Angst vor etwas, wovor auch andere Leute Angst hatten. Auf dem Hundeplatz fühlte er sich als Teil der Menschheit. Vor den finster dreinblickenden Boxern und Schäferhunden waren alle Menschen gleich, während für seine Klassenkameraden immer nur er und seine Schwester Candice als Zielscheibe herhalten mussten. Marcus hatte hundgerechte Weihnachtskekse und Käsecracker für Pfote gebacken, war als einziger in der kleinen Familie immer für ihn dagewesen. Wenn Pfote überhaupt einen Rudelführer, einen Herren duldete, dann war das zweifelsohne Marcus.

Auch an jenem Morgen ließ Pfote sich brav und ohne Widerwillen aus der Tür hinausführen. Erst als frisch aufgetürmter Schnee ihm unerwartete Sprungschanzen bot, um ein paar Freudentänzchen in der Luft zu vollführen, ruckelte und zuckelte Pfote ein wenig an der Leine. Reiner, weißer Pulverschnee so weit das Auge reichte. Die Bewegungen des Hundes hatten etwas Beruhigendes und trieben ihn zugleich zur Eile. Auch die Menschen, vereinzelt, von nah und fern, versanken im Schnee. Marcus kam in Stimmung. Der glitzernde Neuschnee aus dieser Nacht würde ihn führen und leiten! Am Horizont ging die Sonne auf, ein hellrotes, leuchtendes Band zu beiden Seiten des Horizonts umschloss die Landschaft. Mütter, die Kinder zur Schule brachten, stachen als winzige, bunte Punkte hervor.

Fast wie in »Traumlandschaft in weiß«, dachte er und musste lachen, während er mit Pfote die Gasse entlang stapfte, die hoch zu den verschneiten Weinbergen führte. »Traumlandschaft in weiß«, so hieß das Bild, auf das ihm der Zeichenlehrer damals die »Eins« gegeben hatte. In seinen Ohren klang das nach langen Winternachmittagen mit anschließendem Glühwein auf dem Weihnachtsmarkt, wo er stets ein halbes Glas abbekam. Es klang nach Zimtsternen, nach heiler Welt und nach Idylle, wenn er ehrlich war. Nun gut, die heile Welt hatte er verloren ... Da war ein Riss in seiner Welt! Umso erstaunlicher, dass ihm vor nicht allzu langer Zeit noch höchstpersönlich ein Titel wie »Traumlandschaft in weiß« eingefallen war.

Pfote spürte wohl, dass etwas Großes in Marcus vor sich ging. Das dichte Haarkleid verklebt von etwas verschüttetem Orangensaft, spazierte der Hund mit munterer Miene drauflos. Oft genug war ihm in der kleinen Stadtwohnung langweilig gewesen. Pfote lächelte glücklich, das würde ein längerer Spaziergang werden, so viel war sicher. Man sagt zwar, der Samojede lächelt immer, weil sein Gesicht so hübsch geschnitten und sein Wesen so freundlich ist, aber Marcus spürte deutlich den Unterschied zwischen dem arttypischen Lächeln eines Samojeden und dem echten, inneren Lächeln Pfotes. Er spürte, wie wieder eine Fessel von ihnen beiden abfiel. Marcus und Pfote hatten den Kopf aus ihrer kleinen, widersinnigen Welt gestreckt und waren nun bereit, die weite Welt da draußen zu erobern!

Sie sahen einen Stein, der weihnachtlich beleuchtet auf einem Sternenkranz aus Ahornnadeln lag. Pfote reckte seinen stolzen Hals und lief ein paar Meter voraus. Sein reinweißes Fell schimmerte in der aufgehenden Morgensonne. Die weit ausgreifenden Schritte hinterließen kaum Spuren in dem federleichten Pulverschnee. Marcus stockte kurz der Atem, mulmige, düstere Gefühle erhoben sich in ihm und verbeugten sich vor der Winterpracht. Eine tiefe, aus einer anderen Welt herüberreichende Wehmut …

Sie kamen an dem Stromhäuschen vorbei, vor dem er immer Angst gehabt hatte, als er noch klein war. Einmal hatte das bedrohliche Häuschen tatsächlich gebrannt! Man konnte noch heute die schwarzen Rußschlieren auf der Vorderfront sehen. Aber Angst hatte Marcus vorher schon gehabt: so viel Strom, der Strom einer ganzen Stadt, unter einer geteerten Fläche, direkt neben dem Familien-Grundstück. Das konnte doch nicht geheuer sein! Wenn Marcus so mit Abstand darüber nachdachte, dann kam ihm der ständige Horror vor dem Stromhäuschen kindisch vor. Wenn etwas explodierte, dann war es immer nur der Streit zwischen Mama und ihm. Soll froh sein, dass ich abhaue, dachte Marcus. Dann konnte sie endlich »mal in Ruhe ausspannen«, wie sie immer sagte, das wollte sie doch immer nur, »mal ausspannen«.

Marcus hatte Lust auf eine Tasse Tee. Entschied sich aber dagegen. Der Tee in der Thermoskanne musste womöglich reichen, bis er in Paris war.

Er erreichte den Fuß der Weinberge. Noch nichts gefroren, überfroren. Pulverschnee im Plusbereich. Herrlich. Als sollte Marcus warm empfangen werden in einer kalten Welt. Kaum Fußspuren auf dem Weg zum Weinberg und weiter zur Burg hoch. Er erkannte dennoch ein paar grellbunte Anoraks weiter oben am Berg und nicht weit hinter ihm waren ebenfalls Leute. Aber dieser perfekte Schnee, verdammt, der tilgte alle Fußspuren. Es war beinahe unheimlich. Marcus hatte sich den perfekten Tag zum Abhauen ausgesucht! Eintauchen, ohne Spuren zu hinterlassen.

Sie würden ihn natürlich suchen, aber erst heute Nacht. Vorher würde ihn keiner vermissen. Und bis dahin wäre er schon in Paris. Sie würden ihn natürlich zur Fahndung ausschreiben. Schon allein um ihr Gewissen zu beruhigen. Ein kleiner Junge mit Schneehund, das war doch auffällig. Spurlos verschwunden. Aber das musste er in Kauf nehmen. Er konnte nun mal nicht ohne Pfote sein. Er brauchte Pfote. Und die Fahndungen galten nur fürs Inland. Kein Mensch traute ihm so eine weite Reise zu. Kein Mensch würde auf die Idee kommen, Marcus Dittmer ausgerechnet in Paris zu suchen! (Dabei waren es bis dahin auch nur 550 km.)

Weil er aussah wie ein Mädchen, trauten sie ihm doch sowieso nichts zu. Ein Mädchen, noch nicht einmal 15 Jahre alt, würde nie und nimmer abhauen. Die ist so eine Mimose, die hat doch keine Eier! Die kann ja nicht mal vom Klassenzimmer aus dem Fenster pissen. Die kann nicht im Stehen pinkeln, die macht sich immer in die Hose, die Kleine, hahaha. Die braucht mal einen auf die Schnauze oder einen Klaps auf den Hintern, damit sie pariert. Die kommt nicht mal von hier bis zur Kirche im Dorf, weil sie schon wieder zu eitel ist, im Winter vernünftige Turnschuhe zu tragen.

Ha, ha, ha, das war jetzt seine Tarnung. Dass sie ihn für eine dumme verzärtelte Nuss hielten, nur weil er zarte Gesichtszüge hatte und sich hin und wieder mal mit dem Kajalstift seiner Schwester die Augen umrandete. In Paris könnte er in einer Bäckerei arbeiten. Er hatte irgendwo gelesen, dass sie immer billige Arbeitskräfte aus dem Ausland suchten. Er würde sagen, dass er Student sei und würde dort bleiben, bis er 16 war und nicht mehr schulpflichtig. Und dann zurückkommen. »Bitte macht euch keine Sorgen, verdammt, ich bin doch erwachsen«, hatte Marcus in seiner coolsten Erwachsenenhandschrift auf einen Collegeblockzettel geschrieben. Candice würde ihm glauben, da war er sich sicher. Die hasste die Scheiß-Schule doch auch. Die wusste, dass er hart im Nehmen war. Sie würden ein wenig sauer sein, dass er sich einfach den durchtrainierten Familienhund geschnappt hatte und losgezogen war. Aber es würde sie auch trösten, dass er nicht allein war. Rupert, der 25-jährige Freund seiner Mutter, wäre zusätzlich froh, den kleinen verweichlichten Bengel endlich los zu sein. Der hatte ihn doch auch immer nur getriezt. Der war einer der Gründe, warum das hier unumgänglich geworden war.

Marcus hatte zufällig mitgekriegt, wie Rupert mit dem Obermobber Schrankie über ihn spottete. Sie hatten ihn »BoylieToylieaufdietoilette« geschimpft. Die Menschen sind so gemein. Das gibt's gar nicht mehr, wie gemein die sind! Marcus war froh, dass er den Pfote hatte, sonst wäre er auch schon so abgestumpft wie die alle. Die haben so primitive Gedanken. Die kennen so eklige Abgründe. Die benutzen die scheußlichsten Schimpfworte. Die haben alle zuviel RTL2 geguckt. Die sind so primitiv. Wie die's immer mit dem Arsch und den ganzen Kotwörtern haben. Was die daran nur so froh macht? Immer Worte mit Arsch und Klo, und einmal haben die Klassenkameraden ihn gepackt und seinen Kopf ins Toilettenbecken gehalten. Igitt. Das ist der schlimmste Nachmittag seines Lebens gewesen. Und es wird nie mehr ein schlimmerer kommen. Das hat er sich geschworen. Das war vor einem Jahr.

Aber das sind doch keine Schläger! Ich wohne doch nicht in einer Kleinstadt, die nur aus Schlägern besteht, hatte Marcus da gedacht. Weil ihm ja auch keiner half. Seit zwei Jahren half ihm keiner mehr. Seit er das erste Mal einen Kajalstift benutzt hatte. Er hatte es danach nicht oft wiederholt. Nur ab und zu mal. Aber dann ist es schon zu spät gewesen. Zuerst haben sie ihn »hello kitty« und »hello pussy« genannt, dann »hello pissy«. Und die Lehrer lachten mit. Die Lehrer lachten mit. Die Lehrer lachten mit. Das ganze Dorf lachte mit. Wenn sie nur wüssten, die dummen, groben Bösmenschen, die ihn fertigmachen, Tag für Tag, wie viel Hass das kleine Mädchen fühlte. Mit wie viel Hass die verzärtelte »Tunte« durch die Arena des Spotts galoppierte. Oh der Hass reichte für drei Mal lebenslänglich!

Marcus fühlte eine Aufgabe in sich. Eine große Aufgabe.

Er wollte im ganz großen Stil hier abhauen!

Traumlandschaft in weiß: Ein großer Junge wird von seinem Schneehund in den Himmel gezogen! Marcus wollte ihnen mal zei-

gen, dass es noch etwas jenseits ihrer primitiven Angepasstheitsterrorseelen gab!

Davonfliegen, auf einem Schneehund, nach Paris, in eine Bäckerei. Dahin, wo es nach frischen Backwaren duftete und die schönsten Torten gebacken wurden. In einer überaus edlen Konditorei würde er arbeiten. Er hatte Adressen von schönen, kleinen Cafés aus dem Netz herausgesucht und ihnen, unter seinem Namen, positive Verbrauchertipps geschrieben. Wenn er vor Ort vorstellig wurde, würden sie ihn vielleicht schon kennen. Er lachte gerne. Er sprach fließendes Französisch. Er malte tolle Bilder und in Paris würden sie noch toller werden. Er war mal ein unbeschwerter Junge gewesen und ein unbeschwerter Junge würde er auch wieder werden! Und Pfote war ein lachender Hund! Pfote gehörte zur einzigen Hunderasse auf der ganzen Welt, die lachte. Und von allen Samojedes war Pfote der schönste, liebste und fröhlichste. Das hieß immerhin, dass er den tollsten Hund auf der ganzen Welt besaß. Mit dem tollsten Hund auf der ganzen Welt konnte einem großen Jungen wie ihm doch nichts mehr passieren.

Pfote würde immer, immer, immer auf ihn aufpassen! Ich gehe dahin, wo es Frieden gibt, sinnierte Marcus trotzig. Frieden für Pfote und für mich und für die Menschheit. Ihr wolltet meinen Hund vergiften, ihr Dreckschweine, mit Rattengift und Schokolade, weil ich euch gesagt habe, dass Schokolade Gift ist für einen Hundemagen! Nie mehr zurück in dieses Dorf! Er würde auch nicht zur Polizei gehen und sie anzeigen, weil die Polizei mit ihnen unter einer Decke steckte. Und auch nicht zum Vertrauenslehrer, weil das Vertrauen mit ihnen unter einer Decke steckte. Marcus atmete ein paar Mal tief durch. Er war auf der Burg angelangt.

Endlich auf einer Höhe mit der Kirche im Dorf!

Es war ein bescheidener Kirchturm, der hier in die Luft ragte. Ein Vater redete behutsam auf ein Kind ein. In einem kleinen grünen Bistrohäuschen, das aussah wie ein Wartehäuschen am Bahnhof, kaufte er eine Laugenbrezel und einen Milchkaffee. Eltern und Kinder saßen eng beieinander und Marcus spürte einen Anflug von Melancholie.

»Einmal Kinderkakao und Chai-Latte«, winkte eine Mutter eine Kellnerin herbei. Diese modernen Eltern, die sich um ihre Kinder kümmerten! Marcus wurde etwas beklommen ums Herz. Er konnte sich hier im Dorf ohnehin nicht mehr blicken lassen. In sein kleines, böses Dorf in der Nähe von Saarbrücken würde er nie mehr zurückkehren. Das war ein Trost. Ein trauriger Trost. Die Natur war doch so schön!

Die Burg würde er sehr vermissen. Seine halbe Kindheit hatte er hier oben verbracht. Ebenso den Wald. Die Weinberge. Die Backsteingassen. Die Bastelstunden in der Grundschule fielen ihm ein. Fast schon peinlich, das. Damals war man einverstanden gewesen, mit allem. Gemeinsam fröhlich. Es hatte nach frischem Holz und frisch gemähtem Rasen gerochen. Als der Erinnerungsschub vorbei war, siegte die kalte, klare Gelassenheit. Es wird alles nicht so heiß gekocht, wie es gegessen wird. Bisher hatte sich keiner für seine wirklichen Belange interessiert. Jetzt konnten sie ihn auch am Arsch lecken!

Marcus nahm Milchkaffee und Brezel entgegen, zahlte 3,50 Euro, die Kellnerin brachte einen lustigen Spruch. Offenbar kannte sie ihn noch nicht. Sie wusste noch gar nicht, dass er der Junge mit der Pest war! Ein kleines Kind kam auf die beiden zu und wollte Pfote streicheln. Marcus zog seinen Hund unauffällig zur Seite und verließ schnell das Caféhäuschen. Vor einem halben Jahr hätte er das Kind noch zum Streicheln ermuntert. Aber das war Zeitverschwendung. Was für eine Zeitverschwendung das war, nett zu den Menschen zu sein!

Der dunkelrote Streif zu beiden Seiten des Horizonts wurde blasser, löste sich auf. Die Farben der Dämmerung waren nicht mehr kräftig genug, um Marcus' innerer Aufbruchstimmung eine Farbe zu verleihen. Aber das war egal. Weiß triumphierte jetzt, endgültig Frau-Holle-schüttelte-ihre-Wäsche-aus-Wetter. Eine hellglitzernde Sonne küsste Sternchen in den Schnee, und für einen Moment gab Marcus sich der Illusion hin, er wäre schon angekommen, dort in Paris, wo alles friedlich glänzte für ihn.

Eine beleuchtete Bauminsel, die ein paar Tannenbäume bündelte, wirkte allzu billig im künstlichen Licht. So ein künstliches Strahlen aber auch. Warum musste man sich die Natur künstlich zurechtbiegen? Konnte man nicht alles so lassen, wie es war? Er kramte ein paar Käsecracker für Pfote aus der Jackentasche. Er musste jetzt aufhören, mahnte sich Marcus, aufhören zu grübeln, aufhören zu hassen. Er musste vielmehr an die Zukunft denken, an eine Zukunft heranreichen! Es war natürlich ein kleines Risiko, hier, zur Schulzeit herumzustolzieren. Aber Marcus wollte Abschied nehmen von seiner Landschaft, seiner Burg, seiner Sonne, seinen Bauminseln. Auf der anderen Seite der Burg kreuzten die Spazierwege, die querfeldein zum Bahnhof führten, seinen Weg. Er hatte noch eine geschlagene Stunde Zeit. Er war auf der höchsten Stelle der Burg angekommen. Seine linke Hand umklammerte den dampfenden Milchkaffee, mit der rechten hielt er Pfotes Leine.

Da unten tobte die böse, kleine Stadt. Weihnachtsschmuck und Wiegenlieder. Laut und grell leuchtend, unter unschuldigen Puderschneedächern.

Pfote folgte einer heißen Spur und drückte mit der Schnauze ein Loch in den Boden, wo er wohl eine Maus vermutete. Marcus pfiff ihn zurück und Pfote sprang mitleidig an ihm hoch. Wusste Marcus denn gar nicht, was gut war? Marcus lächelte, Pfote lächelte zurück. Ein großer Junge reitet auf einem Schlittenhund in den Himmel.

Noch ein Tag Stress, dann würde der Stress für immer beendet sein!

Alle Wege versprachen Immunität. Unversehrtheit. Glück. Pfote verschwand mit seinem blütenweißen Fell im Kristallglitzer des Schnees. Das deckende Weiß schien ihn vollständig zu verschlucken. Die Kirche im Dorf schlug neun Uhr. Voilá, der Schwimmunterricht war vorbei, der Schulbus fuhr die Klasse 10b ins Städtchen zurück. Normalerweise würde er jetzt im Werkunterricht weiter gequält. Warum eigentlich? Weil er ein hübsches Gesicht hatte und noch keinen Bartflaum? Weil er eine hohe Stimme hatte und mit 14 Jahren manchmal noch Wiegenlieder sang? Weil er einen gutmütigen Schlit-

tenhund besaß und keinen Bock hatte auf Alkoholgelage am Wochenende? Weil er ein normaler Junge mit einer exzentrischen Mutter war? Weil sie diesen Träumer nicht kopieren konnten. Weil er den Lidstrich von einer feinen Dame imitiert hatte! Der Mond verblasste am Himmel. Wenn er das nächste Mal in ihre Stuben leuchtete, war Marcus endlich frei.

Er blieb stehen und trank ein paar Schlucke heißen Tee, obwohl er gar nicht fror.

Everybody's talking at me

Nachdem ich eine Nacht darüber geschlafen hatte, glaubte ich nicht mehr an die Story mit dem kaputten Mischpult. So ein Mischpult, das ging doch nicht einfach so kaputt. Und wenn, dann hätte man es ja wohl reparieren können.

Was haben die beiden nur ausgeheckt?, überlegte ich, während ich ohne Blick durch den Supermarkt taumelte. Das einzige, was mich noch, wenn auch unter Widerwillen, erreichte, waren die blondgelockten Weihnachtslieder, die durch die Beschallungsanlagen des Kaiser's drangen. *Bald ist heilige Nacht, Chor der Englein erwacht, weihnachtlich glänzet der Wald, freuet euch, Christkind kommt bald.*

Ich versuchte, mein Schicksal von der positiven Seite aus zu betrachten: Vor mir lagen zwei herrliche Wochen Urlaub! Weihnachten, hallo, ich komme! Ich werde das Jahr in aller Ruhe ausklingen lassen, dachte ich hektisch, während mein Geist Purzelbäume schlug. Ich war müde und hatte eine irre Lust durch den Park zu joggen. Nie zuvor hatte mich eine solche Unruhe gepackt, verbunden mit einer seltsamen Empfindungslosigkeit. Ich war in allerlei Dinge verwickelt ... ja, ich befand mich, objektiv betrachtet, in einer ziemlichen Schieflage, aber ein dauerhafter Glückstaumel trug mich darüber hinweg. War das nur die für mich typische Begeisterungsfähigkeit, oder war da mehr?

Verdammt, ich brauche Energiesparlampen. Die Dinger sind mir nicht geheuer, aber es gibt ja keine normalen Glühbirnen mehr. Ich hatte keine Wahl. Ohne Licht wollte ich nicht leben. Als Nachteule brauchte ich sogar viel künstliches Licht, auch wenn ich davon ausging, dass so eine Birne am Ende ihrer Laufzeit in 1000 Teile zerplatzen und von der Decke auf mich herabregnen würde. Ich würde eine Quecksilbervergiftung bekommen und auf der Stelle tot umfallen. Quecksilberschock. Atemstillstand. Da, endlich! Sie lagen in verschiedenen Größen und Farben im Regal. Ich schnappte mir eine, egal welche, und warf sie in hohem Bogen in den Einkaufskorb, vielleicht in der Hoffnung, dass sie auf der Stelle zerplatzen würde, jetzt, wo noch Menschen um mich herum waren, die eine Wiederbeatmungsmaßnahme einleiten konnten. Ich war nur zu gut darin, im Zustand größter Fröhlichkeit furchterregende Todesszenarien zu erfinden, nicht zuletzt weil einem ständig das Gefühl gegeben wird, dass man kein Recht darauf hat, schon direkt nach dem Aufstehen so fröhlich zu sein.

Die Leute im Supermarkt gingen mal schneller, mal langsamer, stoben auf mich zu und von mir weg, sie waren dicker und dünner, wie es ihnen gerade passte. Ich war plötzlich so frei. Es war ein komisches Gefühl, so frei zu sein. Ich konnte tun und lassen, was ich wollte.

Frei wie eine Engländerin unter Italiens weiter Sonne.

Frei wie eine Managerin, die man aus ihrem Job heraus befördert hat, weil sie, ohne es zu wollen, die Regeln durcheinandergebracht hat.

»Wir können euch nicht sehen, wir wollen euch nicht hören, weg jetzt mal, ihr Frauen!«, hörte ich eine Stimme in meinem Kopf blöken. Das hier war ein demokratisches Land der engen Normen. Über diesen Punkt war ich mir mit Jasmina einig. Und so fühlte ich mich in diesen rastlosen Tagen vor Weihnachten so frei wie eine Frau, der man trotz fabelhafter Schulnoten nur einen Teilzeitjob oder einen befristeten Arbeitsvertrag gegeben hatte, weil sie später sowieso mal Kinder kriegen würde. Die meisten Frauen verdienten hier bis zu 25 Prozent weniger als die Männer, hatte Jasmina mir kürzlich am Telefon erzählt. Das war krass, aber ich glaubte ihr. Ich war nicht firm in Arbeitsmarktpolitik, ich las nicht gerne Zeitungen, aber vielleicht hatte sich die Geringschätzung von Frauen, die auf dem ersten Arbeitsmarkt gang und gäbe war, auch in mein superfreies Musikerinnendasein eingeschlichen ...

Ich erschrak, weil ich so negative Dinge über das Land dachte, das mich einst so freundlich aufgenommen hatte. Ich nahm nur selten eine Position höhnischer Distanz zu den Deutschen ein, auch wenn mir ihr Mangel an alltäglicher Exzentrik manchmal zu schaffen machte ...

Ich litt neuerdings an zu viel Denken und zu viel Fühlen, während ich mich gleichzeitig froh und leer fühlte. Konnte ja tun und lassen, was ich wollte, seitdem die Jungs im Studio meine Lieder ohne mich bearbeiteten. Mal schauen, was dabei rauskam, wenn Ivor seiner Liebe für rattenscharfe Rhythmik nachging und Benno mit Surferpop á la Beach Boys dagegen hielt.

Ich war ergebnisoffen. Ich war neugierig. Mir war alles egal.

C'est la vie, dachte ich, während ich gleich drei Überraschungseier in den Einkaufskorb packte, nur im Konflikt lernt man seine Freunde, die Menschen wirklich kennen. Das war wunderbar und nahezu alles, worum es ging. Denn schließlich wollte man ja nicht nur das Leben an sich kennenlernen, in dem einzigen Leben, das man hatte, sondern vor allem auch die Leute, mit denen man es verbrachte.

Und so wollte ich in diesen seltsamen Dezembertagen nur eines wissen: Was sind das für Menschen, Benno und Ivor? Würden sie es fertig bringen, das gegen mich gerichtete Harriet/Pfau-Komplott für sich zu nutzen? Sich daraus noch ein Bündel aus Vorteilen zu schnüren? Mich aus meinem eigenen Leben herausschmeißen, ohne zwischendurch schwach zu werden? Ob sie wohl noch so etwas wie ein Gewissen hatten? Diese Fragen interessierten mich mehr als das Mitbestimmungsrecht an meinen Songs, das ich zweifelsohne hätte einklagen können. Ich hätte ins Studio nach Kreuzberg fahren und Alarm schlagen können, anstatt mich mutterseelenallein auf eine »philosophische« Reise nach Heidelberg zu begeben und obendrein auch noch meine Mutter zu besuchen. *Mutterseelenallein*, das war es ja überhaupt! Das Wort blieb mir im Kopf hängen. Und gab es nicht auch einen Blog, der mit diesen Worten spielte?

Man müsste einen Song schreiben, der »Mutterseelenallein« heißt, dachte ich. Drei große Worte der populären Musik, in einem vereint: Mutter. Seele. Allein. Wobei mutterseelenallein entweder total auf meinen Zustand zutraf, oder komplett falsch war. Ich konnte nicht mutterseelenallein sein, weil die ängstliche Seele meiner Mutter immer bei mir war. An einem Tag wie heute spürte ich erst, dass mein Seelenkleid auch aus ihrer Seele gewoben war. Andererseits verdammte die Mutterseele mich zum Alleinsein, und so verdichteten sich meine Gedanken wie von selbst, als ob ich schon eine Nacht im Energiesparlampenlicht durchgemacht hätte. Als könnte die Grellheit eines bestimmten Gedankens die anderen klaren, dunklen, vernünftigen Gedanken verdrängen. Mutterseele essen Tochterseele auf, dachte ich, während ich meine Einkäufe auf das Laufband legte.

»Dabei ist sie eine schöne Seele, die Seele meiner Mutter, leider zerbrechlich«, improvisierte ich, als würde ich einen Song darüber schreiben. Was, wenn sie, wenn *ich* zerbrach?, überlegte ich hellsichtig. Quecksilberallergie! Aber zu meiner Ehrenrettung muss ich sagen, dass ich nicht zu der Sorte Hypochonder gehöre, die den Untersuchungsergebnissen des Arztes nicht glauben und damit alle nahen Menschen in ein riesiges Durcheinander stürzen, so wie meine Mutter es in meiner Kindheit getan hatte. Der Auslöser für ihren Wahn war die unbegründete Angst gewesen, unheilbar krank zu sein. Auch ich fühlte mich manchmal so ... nur ein Stück weiter und das Gerüst stürzt ein, obwohl es mir nicht wirklich schlecht ging. Es machte mich manchmal wahnsinnig, Clarissa Underwood zu sein. Nie wusste ich, was als nächstes los war: Gerüst stürzt ein oder die Englein im Himmel singen mir ein Wiegenlied – oder beides?

Nachdem ich meine Einkäufe erledigt hatte, saß ich allein, mutterseelenallein, in der Café-Ecke eines Feinkostladens mit einer grüngoldenen Tischdekoration. Es sah aus, als wäre schon Weihnachten. Goldschmuck und Weinkrüge wie in einer katholischen Kirche. Zum ersten Mal kam mir der Gedanke, dass ich gut in mein Viertel passte. Engelskinder und Engelsmütter saßen auf einem hohen Holzpodest und sahen so falschfröhlich aus, wie ich mich fühlte. *Oh yes, they want to take you, take you away from your life!* erklang in mir drinnen ein altes Lied der Rockgruppe Hole, die bereits in den neunziger Jahren aus den Vollen geschöpft und ihre Verse mit Mandarinensmaragdöl eingeschmiert hatte.

Wenn sie dich aus deinem eigenen Leben schmeißen, kann es nicht schaden, ein kalorienreiches Splitterbrötchen zu essen. Es schmeckte fantastisch und ich genoss jeden Bissen. Ich zog Stift und Notizbuch aus der Tasche, um mir Notizen zum Song »Mutter. Seele. Allein.« zu machen, der im Supermarkt auf mich eingeredet hatte. Ich stellte mir den Song als entspannten Coffee-Table-Jazz mit ein paar jazzigen Gitarrenlicks vor. Es traf sich gut, dass Mütter, Kinder, sogar Väter bei mir in der Ecke saßen. Sie inspirierten meinen Song und ich kam vom ursprünglichen Thema ab, sprunghaft wie ich neuerdings war.

Bisschen Freestyle, und ich war im Reim.

»Oh ihr jungen Paare, in euren besten Jahren, ich bin euer Publikum, ich bewundere euch stumm. Wie ihr das alles hinkriegt, während mir die Liebe wegfliegt. Ich wär' so gerne euer Kind, dann würd' ich sagen: alles stimmt!«

Ich liebte Songtexte, die ihr Unbehagen an den Dingen so oberlieb zum Ausdruck brachten. Was für eine lustige Perspektive auf das Zuviel an Perfektion! Außerdem traf es mein Gefühl. Aber noch bevor ich mich so richtig an meinen Songzeilen laben konnte, hörte ich, wie eine Mutter am Nebentisch meinen Namen sagte. Mehr so zu sich, nicht zu mir. Es war eine Frau mit einem brünetten Bubikopf, in einem mintgrünen Kostüm, die ich gerade eben noch für ihre volle Konzentration auf die rosafarbenen Donutbedürfnisse ihrer Kinder bewundert hatte (so stellte ich mir die Redenschreiberin einer Politikerin im Mutterschaftsurlaub vor). Sie hatte *meinen* Namen gesagt ...

Das ist doch jetzt zu blöd, dachte ich. Wer lauscht an der Wand, hört seine eigene Schand. Aber ich war mir ganz sicher. Es hallte überlaut in meinen Ohren. »Diese Lilly Vegas, die ist kein Vorbild für dich. Schau doch mal, eine Verbrecherin!«

Hatte ich mich verhört? Verbrecherin oder Vertreterin? Verliererin? Lilly hat ihre Stimme verloren und sie wird sie so schnell nicht wiedergewinnen, dachte ich, hörte ich: War das mein Gedanke? Oder hatte die Frau das tatsächlich gesagt? Ich dachte daran, Jasmina anzurufen, unterließ es dann aber. Ich musste doch auch mal ohne andere Menschen klarkommen können. Selbst, wenn ich schon anfing zu spinnen ... Noch gab es genug, woran ich mich festhalten konnte. Der Songtext, den ich zu Hause zu Ende schreiben wollte ... Ich stellte mir auch vor, was ich essen, wie ich meine Einkäufe zubereiten würde. Die Paprika kleinschneiden. Hüttenkäse auf Brot. Ein Brötchen mit Honig. Ein Apfel, ein Glas Möhrensaft. Ein Glas Holundersaft und ein Stückchen Schokolade. Dazu einen Tee und einen Kaffee. Ich werde eine Kerze anzünden!

Auf den Schock hin, dass ich meinen Namen am Nebentisch gehört hatte, versuchte ich auch, das Spiel »sei ein anderer Mensch« zu spielen. Es half, sich bei einem kleinen Anflug von Wahnsinn in derlei Fantasien zu stürzen. Ich war nicht ich. Ich war Amy Winehouse. Nee, doch keine gute Idee. Machte keinen Spaß mehr, Amy zu spielen, seit sie tot war. Früher hatte sie höchstens mal Leute in Pubs verprügelt oder Fans eine reingehauen. Sie hatte im Eingangsbereich des Gefängnisses, in dem ihr Mann einsaß, stöhnend Sex imitiert (wie war es überhaupt möglich, dass Blake zurückgekommen war, wo er doch immer gerade im Knast saß?).

Amy hatte mit weißen Mäusen gespielt und mit Pete Doherty. Sie hatte nicht gut ausgesehen dabei. Eine Bienenkönigin mit Bienenkorbfrisur und riesigem Talent, die sich vor den gierigen Augen der Öffentlichkeit zugrunde richtete. Bis sie nur noch als »singende Vogelscheuche« durch den Boluevard geisterte. Jetzt spielte sie mit gar nichts und mit niemandem mehr ... Sie stand nicht mehr auf der Gästeliste des Lebens. Nee, besser nicht tot spielen, dachte ich, auch Lady Gaga kränkelte schließlich schon. Kein Wunder, wenn sie immer die lebende leblose Schockstarrenpuppe gab. *Popstar* war nichts für eingebildete Kranke. Trotzdem wollte ich mich gerne für eine andere halten als für mich selbst. Die großen Stars mussten doch alle längst verrückt sein. Ein kleiner Star zu sein reichte doch auch. Aber auch darauf hatte ich schon keinen Bock mehr. Im nüchternen Zustand ist das Leben nur auszuhalten, wenn man verrückt ist, dachte ich. Es war mir unheimlich, dass ich meinen Namen am Nebentisch gehört hatte. Ich wollte nicht, dass so über mich geredet wurde! Oder war das meine Mutter, die ein Machtwort gesprochen hatte? Hatte ich mir alles nur eingebildet?

Diese Lilly Vegas, die ist kein Vorbild für dich. Schau doch mal, eine Verbrecherin? Verbrecherin oder Vertreterin?

War es mein künstliches Echthaar, die Mähne einer Löwin, die machte, dass ich mir wie ein gefräßiges Tier vorkam, das aus den sanften Müttern an der Tafel herausragte? Oder war ich ein großes, plumpes Kind, das sich den anderen als Müßiggängerin in den Weg gestellt hatte? Die Gefahrenzone der Nachmittagsmütter. Wie ein psychedelischer Sturm aus alten Farben fegte ein Déjà-vu-Erlebnis über mich hinweg, während ich einfach nur dasaß und aus einer großen, runden Tasse meinen Kaffee trank. Als ob es diesen Moment des Strauchelns und Verharrens schon einmal in einem früheren Leben gegeben hätte …

Das Gefühl schickte ein Bild vor meine Augen. Und ich sehe mich in einer Küstenlandschaft, nahe dem Wald, an einem lauen Wintermorgen nach einer kalten Winternacht: Wir sind eine halbe Ewigkeit über Landstraßen gefahren und über die Feldwege. Irgendwo mussten wir ja hin. Mama hat eine Panikattacke bekommen, nachdem sie mit ihrem Freund in einen Streit geraten war. Wir sind in Frankreich unterwegs, in der Bretagne. Sie sagt, er habe sie geschlagen und wir flüchten aus dem Hotel, in dem wir übernachten sollten. Das überhelle Licht der ersten Sonnenstrahlen, nach einer unheimlichen Nacht, die wir dann im Auto verbracht haben. Schneeweißchen und Rosenrot, am Abgrund geschlafen. Die Mutterangst vor der Männergewalt. Ich hatte das vergessen, jetzt fiel es mir wieder ein. Ich war ja erst 15. Mamas schmale, zitternde Hände am Lenkrad eines kleinen Autos. Fahrten durch die Wälder. Sträucher und Gestrüpp im Mondschein. Auf dunkler Erde ausrutschen. Hände ziehen mich nach oben, helfen. Hundekläffen und Zigarettenasche auf ersten kleinen Lichtflecken. Das hellrote Band des Morgens. Kaffee, der nicht schmeckt und den man trotzdem trinkt. Später zähe Minuten, die ich vor einer Bank warte, während Mama drinnen die Formulare ausfüllt.

Dann war der Erinnerungsflash vorüber und ich stand einfach auf, legte einen Fünf-Euro-Schein auf den Tisch und spazierte beinahe übermütig grinsend aus der Cafébar. Niemand verhaftete mich. Niemand zog oder zerrte an mir. Ich war einfach frei. Ich fühlte den Blick der Bubikopffrau, die meinen Namen genannt hatte, in meinem Rücken. Aber vielleicht war sie auch nur irritiert, weil ich sie so von oben herab gemustert hatte. Der kurze Weg nach Hause, als würde man auf einem geflochtenen Seil über die Straßen hinweg stolzieren. Die warme Hand meiner Mutter, die mich zum Bahnhof begleitet und in den Zug zurück nach Aachen setzt.

Zu Hause warf ich mich aufs Bett. Nachts um zwei stand ich auf, um für die Reise zu packen. Ich aß, was ich konnte, und fiel wieder in tiefen Schlaf. In den honigsüßen Minuten vorm Einschlafen, wenn die ersten Traumbilder aufziehen und die Gedanken durcheinanderwirbeln, dachte ich noch kurz: Ich weiß jetzt, was los ist, warum ich so kaputt bin. Der Pfau hat durch sein Komplott mit Harriet erstmals nicht auf meine vermeintlichen Schwächen gezielt, sondern auf meine offensichtlichen Stärken (Gesang). Auf Talent, das bislang immer außer Frage stand. Eine Sängerin, die nicht mehr singen kann, ist keine Sängerin. Sie gleicht einem Riesenwal, der zu viel Plastikmüll gefressen hat und erschöpft an Land geschwemmt wird.

Die Philosophie des Mädchens

Huuhuu, ein Gespenst! Ein Mond lugte zwischen den Häuserreihen hervor, blass und grinsend. Ich nahm sofort Kontakt zu ihm auf: »Hallo – bin auch ein Mondgespenst!«, flüsterte ich. Der Mond schien sich in den Vordergrund zu spielen, wir fuhren direkt auf sein breites Grinsen zu. Er hing am samtweißen Nachthimmel, als ob ein Maler ihn dort hingekleckst hätte. Ich wurde mit dem Taxi durch Heidelberg gefahren und freute mich an allem, was außerhalb meines Innenlebens vor sich ging. So ist das also, schlussfolgerte mein müdes, zugleich überwaches Hirn: Der Mond zählt neuerdings auch zu den Sehenswürdigkeiten. Leider waren das feierlich beleuchtete Schloss und der dunkel dahinfließende Neckar im Schneegestöber nur schemenhaft zu erkennen. Wo kam nur der ganze Schnee auf einmal her? Selbst der Himmel war weiß. Die Stadt sah aus wie eine Theaterkulisse, zuckergussbedeckt, grell.

Ein Hinweis darauf, dass in den letzten Tagen eine heimliche Revolution auf unserem Planeten stattgefunden hatte ... Die Nächte waren nicht mehr schwarz, sie waren weiß. Schnee regierte unsere Städte. Die Nacht hatte ihre dunkle Ruhefarbe aufgegeben, um uns schockierende Mitteilungen zu machen. Ich versuchte tief durchzuatmen, so schlimm würde es schon nicht werden. Die Revolution auf diesem Planeten würde eine friedliche sein. Ich klammerte mich an den Gedanken, dass alles, was ich darüber gehört hatte (wir werden uns alle umstellen müssen, an diesem Tag), nicht automatisch Krieg bedeutete. Und in meinem Kopf begann wieder jener merkwürdige Satz zu rumoren, der mich schon seit heute morgen verfolgte: »Dein Wald ist stiller als anderer. Bin ich nun dein einziger Wanderer?«

Ich wurde das nicht mehr los, oder wollte ich das nicht mehr loswerden?

»Dein Wald ist stiller als anderer. Bin ich nun dein einziger Wanderer? Dein Wald ist stiller als anderer ...«

»Es tut mir leid, wirklich, dass wir umdrehen müssen. Ich glaube, es gibt einen besseren Weg.« Der Taxifahrer riss mich aus der Endloswiederholung meines Mantras. Er sprach kein perfektes Deutsch, das flößte mir Vertrauen ein. Ich genoss die Freundlichkeit, mit der er bedauerte, nicht den schnellsten Weg gefunden zu haben. Das war mal eine Abwechslung zu all den Leuten, die immer auf Anhieb den besten Weg fanden, um mich fertig zu machen. Das Unlogische hinter diesem Gedanken bemerkte ich aber nicht. Denn der Taxifahrer wollte mich ja gar nicht fertig machen. Er blickte mich an und fragte mich sehr leise, ob *ich* vielleicht den Weg wüsste.

»Nein, leider nicht«, sagte ich. Schön wär's ja, dachte ich, wenn ich den Weg noch wüsste. Seine Augen erinnerten mich an Liebe. Von seiner heiseren, warmen Stimme fühlte ich mich geradezu angezogen.

»Ich war schon länger nicht mehr in der Stadt, muss mindestens zwei Jahre her sein«, sagte ich entschuldigend. Es verschaffte mir eine gewisse Erleichterung, mich zu entschuldigen ... Ich hoffte insgeheim, dass, wer auch immer hinter mir her war (keine Ahnung, wer genau die waren), es sich zweimal überlegte, ob sie mir etwas tun würden, wo ich doch in der Lage war, mich so ausgesprochen nett – und für jeden Blödsinn – zu entschuldigen. Da meldete sich die komische Stimme zurück: *Dein Wald ist größer als anderer, bin ich nun dein einziger Wanderer?* Und ich sagte nichts mehr. Wenn ich doch nur für immer mit diesem Taxi durch die Nacht fahren könnte. Es ist albern, ausgerechnet in Heidelberg Angst vor Bomben zu haben, überlegte ich. Denn es ist doch eine Stadt, die nicht einmal im Zweiten Weltkrieg zerbombt wurde. Fühlte ich deshalb so eine Zartheit des menschlichen Miteinanders, die mir wie ein heißes Dampfbad die Wangen rötete? Oder musste mir das gerade verdächtig vorkommen? Ich kam ins Schwitzen, obwohl ich doch eigentlich an einer »panischen Angst vor dem Erfrieren« litt. Ivor konnte davon ein Lied singen. Wahrscheinlich hatte er mich verlassen, weil es mich nur in überheizten Zimmern gab. Aber es war kein Wunder, dass mir heute ausnahmsweise mal heiß wurde, denn ich hatte zwei schwarze Seidenunterhemden an und ein enges T-Shirt. Darüber ein buntes Winterkleid, plus Jacke, plus Wintermantel. Die Beine steckten in einer mit dunkelbunten Rosen gemusterten Wollstrumpfhose. Ich rupfte an mir herum. Es war so heiß. War ich ein Schaf, das zur Schur musste? War es strategisch möglich, dass mir jemand gefolgt war? Ich grübelte so herum, während wir in beruhigend langsamem Tempo durch die Innenstadt kurvten. Wenn es irgendwo da draußen einen Verfolger gab, dann müsste er mir mit dem Zug oder mit dem Auto gefolgt sein, und wie sollte er das bewerkstelligt haben? Wer würde denn so einen Aufwand betreiben?

Es gibt keinen Verfolger, beschloss ich, alles ist normal. Gut wie immer.

Ich zwang mich, an den Sinn der Reise zu denken: Es ist kurz vor Weihnachten und ich besuche meine Mutter. Heute Nacht werde ich im Gästezimmer des Ponyhofs übernachten, der dem Mann meiner Mutter gehört. Davor mache ich noch einen Abstecher in die Universitätsbibliothek. Dort wird es einen philosophischen Vortrag geben, der von einer netten Frau namens Mira organisiert worden ist, die auch mal ein Konzert von Café Prag veranstaltet hat. So viele Feindinnen und Feinde habe ich nun auch wieder nicht. Also kann auch keiner hinter mir her sein. Zu diesem Zeitpunkt waren die Stimmen der Vernunft in meinem Kopf aber längst nicht mehr so stark wie die Stimmen der Unvernunft.

Bin ich nun dein einziger Wanderer? Dein Wald ist stiller als anderer, schwirrte es in meinem Kopf. Ein Ohrwurm, lediglich mit einem stumpfen Beat zu einer Melodie verknüpft. Sehr zu meinem Leidwesen stoppte jetzt das Taxi. Ich gab ein großzügiges Trinkgeld und bedankte mich tausendfach, wofür auch immer. Dann stand ich in einer kalten Nacht, die sich mit Windböen an mich heranpirschte. Ich warf dem Mond einen kleinen, pathetischen Kussmund zu und schon befand ich mich in den grell ausgeleuchteten Räumen einer Universitätsbibliothek.

Wenn alles gut wäre, dann wäre jetzt alles gut, dachte ich in einer Mischung aus Verwirrung und Erleichterung. Die Bibliothek war riesig, kirchenhoch, aber die Räume blieben insgesamt überschaubar. Von einem länglichen Raum bog ein großer quadratischer ab, der bis oben hin mit Büchern vollgestopft war. Dort wurde gerade eine kleine Bühne aufgebaut. Menschen, deutlich mehr als ich erwartet hatte, standen in Grüppchen beieinander. Sie tranken Sekt oder Orangensaft. Ich war wie erschlagen von den düsteren Farben ihrer Kleidung und bekam ein flaues Gefühl im Magen. Vielleicht war es keine gute Idee gewesen herzukommen. Quatsch, versuchte ich mich zu beruhigen, nicht vorschnell urteilen, erst mal richtig ankommen.

Als ob man mir die gute Absicht an der Nase ansehen würde, reichte mir eine Kellnerin jetzt einen Sekt. Ich lächelte ihr zu, sie lächelte, etwas irritiert, leicht falsch sogar, zurück. Das kommt davon, wenn man zu einem Lächeln gezwungen wird, verteidigte ich sie im Stillen. Von hinten wurde ich angetippt. Eine Frau mit kupferrot leuchtenden Haaren begrüßte mich überschwänglich.

»Hallo, Lilly. Ich hab dich schon von weitem erkannt! Zu meinem Mitveranstalter Benny hab ich gesagt: Schau mal, sie ist tatsächlich gekommen. Unter uns ist die berühmt-berüchtigte Sängerin Lilly Vegas aus Berlin! Komm, lass dich drücken.«

Ich drückte extra lange zurück. So kannte ich mich nicht – ausgehungert nach Berührungen und gleichzeitig auf Distanz. Ich redete auf Mira ein, während sie auf mich einredete. Begrüßung gelungen! Oh ich liebte die Menschen in Heidelberg. War es möglich, dass sie mehr von der englischen Mentalität hatten als meine ewig meckernden Berlinerinnen und Berliner? Aber hochempfindlich wie ich in diesen Tagen war, fand ich trotzdem noch das Haar in der Suppe. (Mira hatte mich als »berühmt-berüchtigt« bezeichnet? Sprach man so über einen Menschen, den man wirklich respektierte? Über eine Sängerin mit tadellosem Ruf?) Ich wollte nicht weiter darüber nachdenken, plauderte munter weiter, aber irgendetwas zog mich immer wieder in die Untiefen des menschlichen Daseins hinab, die so tief waren wie der Raum hoch. Als Mira mir diesen Benny vorstellte, achtete ich genau auf seine Ansprache. Bildete ich mir das nur ein, oder blitzte etwas Spott in seinen Augen, als er behauptete, dass es ihm eine Ehre sei, die »große Sängerin Lilly Vegas« kennenzulernen? Es war nicht das letzte Mal, dass ich ihn bei einem spöttischen Grinsen erwischte. Hatte er etwa den Verriss aus dem Berliner Tagblatt gelesen? Der Artikel war von so vielen Webseiten im Netz Wort für Wort übernommen worden, dass ich kaum noch wagte meinen Künstlernamen bei Google einzugeben.

Trotzdem gefiel mir Benny. Er war genau mein Typ, beinahe genau. Sein Haar war etwas zu hell (braun statt schwarz) und sein Body zu Fitnessstudio-gestählt, zu viele Muckis (ich hatte einen Blick für sowas), um komplett cool zu sein. Aber egal. Er war sexy genug, um mir einen verträumten Blick zu entlocken oder war das sein Blick, der mich zum Straucheln brachte? Schon berührten sich unsere Beine. Er trat mir gewissermaßen auf die Füße, oder ich ihm, und ich spürte eine leichte Erregung seinerseits, als ich ihm erzählte, dass ich hin und wieder auch im Gym trainierte. Nur seit der Rückenverletzung nicht mehr an den ganz hohen Geräten.

Dann sagte er etwas sehr Seltsames. Er fragte mich: »Was machst du eigentlich beruflich?«

»Du weißt doch, ich bin Sängerin!«, rief ich, wie eine Königin, der man auf die Schleppe getreten hatte.

»Ja, aber davon kann man doch nicht leben«, erwiderte er, und mit meiner Verzückung war es vorüber.

»Ich schon«, sagte ich, eine Spur zu schnippisch, und wendete meinen Blick ab.

»Dann ist ja gut. Das ist toll.« Er zog meinen Blick wieder auf sich zurück: »Aber damit bist du die Ausnahme. Die meisten Musiker können nicht vom Musikmachen leben«, beharrte er.

»Ich bin aber nicht ›die meisten Musiker‹«, sagte ich, so arrogant wie möglich, als ob ich um mein Leben kämpfen müsste. Er schien von meinem bissigen Selbstbewusstsein beeindruckt, aber nicht zu sehr.

»Dann musst du morgen also nicht um halb sieben Uhr aufstehen?«, fragte er, leicht neckisch.

»Nee, zum Glück nicht«, versuchte ich wieder die Kurve in Richtung Charmanz zu kriegen.

»Ich aber schon«, sagte Benny lächelnd, »deshalb kann ich heute nicht mehr ausgehen. Ich muss gleich nach dem Vortrag abhauen.«

»Das ist schade, wir lernen uns doch gerade erst kennen«, sagte ich lächelnd, sehr darum bemüht, auch weiterhin auf dem knallharten und zuckersüßen Highway des Flirts zu bleiben. Tat, was ich konnte, um über meine Todesängste hinwegzusteigen, wie über eine lebende Leiche.

»Ja, das ist schade«, zwinkerte er mir zu, »aber so ist sie nun mal, die arbeitende Bevölkerung. Und ich gehöre zu dieser arbeitenden Bevölkerung. Ich bin nicht wie ihr Künstler. Ich muss morgens früh aufstehen.«

Da ich schon einmal grob unhöflich gewesen war, konnte ich jetzt nicht noch einmal ausfallend werden. Willst du damit sagen, dass wir Künstler nicht arbeiten? Es lag mir auf der Zunge, aber stattdessen fand ich Worte des Bedauerns.

»Oh, das tut mir aber leid. Ich denk' an dich, wenn ich mich morgen früh noch einmal im Bett umdrehe!« Ich lachte und wunderte mich insgeheim darüber, dass ich über das Talent verfügte, mit so einem harten Brocken »normaler Mann« so vertraulich zu reden. Lag es an den zwei Schlucken Sekt, oder war ich von Haus aus kokett? Hatte ich schon jedes Schamgefühl verloren? Aber er schien sich über meine Worte zu freuen, und das war die Hauptsache.

Dann wurde es dunkel im Raum und still. Benny verabschiedete sich mit einem Handkuss und fragte mich, ob ich noch irgendetwas bräuchte. Ich lächelte das Alles-gut-so-ich-komm-allein-zurecht-Lächeln. Er schritt zur Bühne, um das Publikum zu begrüßen und um die Philosophin, die an einem kleinen Tischchen auf der Bühne Platz genommen hatte, anzumoderieren: »Frau Doktor Elisabeth von Samsonow hat eine beispiellose ›Philosophie des Mädchens‹ vorbereitet.« Ich ließ mich auf einen der freien Stühle neben dem Dia-Projektor fallen.

Die Professorin für Philosophie und Anthropologie der Kunst sprach davon, dass die »Fantasien auf dem Zielbahnhof einfahren«. Locker gewelltes Haar, alles an ihr so sinnlich, die Haut so natürlich gebräunt wie nötig. Sie bedankte sich für die Einladung.

»Voilà, eine Philosophie des Mädchens.«

Ich war erst mal mehr mit Schauen als mit Zuhören beschäftigt. Blaue Blumen auf einem wiesengrün schimmernden T-Shirt. Sie sprach vom »Versuch den weiblichen Komplex in Anti-Ödipus zu dekonstruieren«. Ein Vortrag wie leuchtende, rote Schuhe.

»Elektra, mittelhochdeutsch, mitteleuropäisch. Ein Vortrag – weniger über Gewalt und Macht, mehr über Energie. Dann kann man auch die Frage der Partizipation neu denken, Denkfiguren vorführen. Vielleicht machen wir einen kleinen Schritt zusammen«, sagte sie aufmunternd.

Ich verstand kein Wort, aber egal, umso besser. Ich musste nichts verstehen. Ich muss nur verstehen, dass man nicht alles verstehen kann, dachte ich in weiser Voraussicht. Unpassenderweise vibrierte jetzt mein Handy, wie um in böser Absicht abzulenken. Ich bekam es mit der Angst zu tun. *Bin ich nun dein einziger Wanderer?*, schoss es mir durch den Kopf. Vom Vortrag vernahm ich nur mehr Satzfetzen: »Hemisphäre«, »Bedingungen«, »Kunstgröße«, »Gott ist eine Adamspflanze«, »Was meint man eigentlich, wenn man vom Glos spricht?«, während ich versuchte, die SMS zu lesen. Keine Ahnung, dachte ich, keine Ahnung, was man meint, wenn man vom Glos spricht, aber die Worte der schönen Philosophin hatten mich im Griff. »Die eine erfüllte Bedingung zieht die nächste nach sich.« Ich drückte weiter auf meinem Handy herum. Dieses lautlose Kreischen, den ganzen Tag.

Ich schämte mich dafür, dass ich so neben der Kappe war.

Nicht zu fassen, die SMS war von ... Lurchie, dem Riesen im rosafarbenen Seidenhemd!

»Hallo Engel. Hier ist der Lurchie von neulich nachts im Trinkteufel ... Dort, wo man immer noch von dir spricht ... Und ich ja sowieso ... Sehen wir uns mal wieder? Bereite mich gerade auf Gig vor, am Mo spielen wir, ab 20 h, Lido, schreib dich gern auf Gäli, kommst du? Würde mich freuen wie 1 König.«

Oh wow, die Freude war ganz auf meiner Seite. Ich spürte wie ich zitterte. Freute mich wie ein Schneekönig, dass Lurchie mir geschrieben hatte. Aber gleich darauf überfuhr mich eine lähmende Angst. (Oh Jasmina, schenk mir etwas von deinem Mut!) Obwohl ich Lust auf Lurchie hätte, wusste ich sofort: wird nichts. Das wird nie geschehen. Lurchie war mit meinen Feinden, hey, er war mit dem *Pfau* und mit *Harriet* im Verbund! Ich ackerte die Fakten durch. Sie spionierten mir nach. Sie schickten Lurchie voraus, um mich auszuhorchen. Das passte zu der gründlichen Art des Pfaus. War es auszuschließen, dass er Lurchie schon im Trinkteufel auf mich angesetzt hatte?

»Dort, wo man immer noch von dir spricht ...« Ich kam ins Schwitzen, obwohl ich Wintermantel und Jacke mittlerweile ausgezogen hatte, ich vergaß alles um mich herum. Als weiteren Beleg, dass die Bande sich zusammengeschlossen hatte, nahm ich die Tatsache, dass Lurchie mich in der SMS »Engel« nannte. Dabei konnte er unseren Song »Kiss the angel goodbye« doch gar nicht kennen. Es sei denn, die Jungs hätten ihm das Lied im Studio vorgespielt. Warum sollte er mich denn sonst »Engel« nennen? Es gab doch so viele Koseworte. Hey, was wurde hier eigentlich gespielt? Da braute sich ja ein Unwetter, ach was, da braute sich der kälteste Winter seit Beginn der Wetteraufzeichnungen zusammen. Warum um alles in der Welt war man immer alleine, wenn das Leben aus den Fugen geriet? *Dein Wald ist dunkler als anderer. Bin ich nun dein einziger Wanderer?*

Die anderen lauschten immer noch der »Philosophie des Mädchens«. Von hinten sahen sie so weltgewandt aus – die Herren und Damen Intellektuelle –, mit ihren auf dem Boden platzierten Laptoptaschen und den edlen Herr-von-Eden-Winterjacken. Ein intellektuelles Publikum, das keiner Fliege etwas zuleide tun konnte.

Wie gut, dass ich zu ihnen geflüchtet bin, dachte ich. *Ich sitz' auf dem Stuhl ganz hinten. Hier wird mich keiner finden,* fiel mir eine neue Songzeile ein, für das Lied über die jungen Paare, in ihren besten Jahren. Es sei denn, Lurchie ließ von irgendwoher mein Handy orten. Nur mal so, gesetzt den Fall, es ist eine höhere Macht im Spiel. Dann wäre es doch gar nicht so absurd, dass Pfau & Co dieser anderen, höheren Macht ein Zeichen gaben? Oder etwa nicht? Das ist alles Quatsch, korrigierte ich mich streng. Ich hatte ja nichts Böses getan.

»Ist die Erde ein Synonym für Muttertod? Würde der Erdtod das Ende aller Mutter sein?« Tja. »Würde der Erdtod das Ende aller Mutter sein?«, wiederholte die schöne Philosophin auf dem Podium, als wollte sie einen daran erinnern, dass man ja eine Mutter hatte, um die man sich kümmern musste.

»Erde findet immer … Erde ist ein Milieu!«

Voll toll, dass andere schon so vieles über die Erde zu Ende gedacht hatten, sinnierte ich. Der Gedanke, dass es auch nette Menschen gab, erleichterte mich. Ich lauschte der warmen Vortragsstimme der Philosophin, versuchte auf meinem Stuhl zu verharren, war aber dermaßen außer mir, als hätte ich mein ganzes Leben in der Fremde geschlafen. Je länger und ungeduldiger ich der Professorin zuschaute, desto mehr kamen immer noch schönere Dinge zum Vorschein. Ein Kettchen blitzte auf, silbern spiegelten sich Perlen wie Wassertropfen, wie sprudelnde Kohlensäure. Und wie das Oberteil zum Rock, so passten die Blumen zu großen Vierecken. Ich fiel in Hypnose. Wahrscheinlich war es für eine intellektuelle

Frau das Schlimmste, so nach dem Äußeren bewertet zu werden, schweifte ich in Gedanken ab. Es tat mir leid, aber meine Konzentration war schon lange auf dem Tiefpunkt angelangt. Ich betrachtete den Vortrag daher wie eine Theater-Performance. Stimmt alles, haargenau, jubilierte ich im Stillen, ganz genau. Alle reden sie über den Ödipus, keiner über den Elektra-Komplex! Dann wurde ich wieder apathisch. Ich wollte gehen, aber ich konnte mich nicht überwinden aufzustehen. Ich lauschte den philosophischen Worten, wie einer religiösen Abendandacht. Dämmerte kurz ein, aber die Angst trieb mich erbarmungslos vor sich her. Stressgewitter unter der Haut ließen mich schockartig aus beginnenden Träumen hochfahren, wühlten mich auf, als ob mir jemand Drogen in den Sekt getan hätte.

Etwas hatte mein Leben an die Wand gefahren. Konnte nicht mal noch mit dem Mann schlafen, auf den ich scharf war.

Ich war plötzlich davon überzeugt, ein Schicksal zu haben.

»Warum sitzt Gottes Sohn nicht am Tisch und isst?«

Ja, warum eigentlich nicht?, überlegte ich. Vielleicht, weil überall der Feind lauerte?

Lass den Kopf nicht hängen, sprach ich mir Mut zu und richtete mich, Wirbel für Wirbel, wieder auf, als ob ich eine Marionette wäre. Eine Atemübung aus dem Gesangsunterricht.

»Eva ist auf Jesus zugelaufen. Eva lockt Jesus mit Speisen.«

Da durchfuhr mich ein Fieber: Hilfe, reden die über mich? Schoben sich die brutalsten Gedanken durch meine Hirnwindungen. Handelte dieser als Philosophie maskierte Vortrag am Ende von mir und meiner Band? Das mit der Adamspflanze, das mit Eva – mir wurde heiß, mir wurde kalt. So war es. Das war es. Das war die ganze Wahrheit. Es ging um mich ... das alles ... handelte denn nicht die ganze Welt von Café Prag? Wir hatten das alles hier erschaffen ... und wir mussten dafür geradestehen! Kein Wunder, dass man mich vernichten wollte. Wenn nicht noch ein Wunder geschah. Ich sprang auf und rannte nach draußen, ohne mich von Mira oder Benny zu verabschieden.

Dein Wald ist größer als anderer ...

»Warum sitzt Gottes Sohn nicht am Tisch und isst?«

Ja, warum eigentlich nicht?

»Eva ist auf Jesus zugelaufen. Eva lockt Jesus mit Speisen. Jesus stellt sich selbst als Speise zur Verfügung. Das Speiseverbot verbunden mit Koitus-Verbot.«

Der Vortrag drang bis nach draußen. Man wollte mich prüfen. Lurchie, seine SMS, das Koitus-Verbot. Eine Drohung, eine Angst vorm Abschied. Ich war wieder das Kind, das lernen musste, dass Mutter in einem fremden Land in der Nervenheilanstalt sitzt. Die Mutter drohte sich umzubringen, der Vater wollte sich trennen, auch von mir.

Als ich in der weißen Nacht stand, war ich für eine kleine Weile davon überzeugt, der größte Verbrecher Europas zu sein. Kreisten diese Hubschrauber über mir? Oder war das nur der Kreisverkehr? Sollte ich vielleicht im Kreis gejagt werden? *Verbrecher oder Vertreter?* Verdammt, wenn ich doch nur die Worte der Dame in dem Berliner Feinkostcafé richtig verstanden hätte. Wurde ich schon gesucht? Nur weg von dieser unheimlichen Begegnungsstätte. Universitätsbibliothek, Kirche. Atemlos rannte ich die Straßen entlang. Weg von da, wo sie von mir verlangten, dass ich mich wie Jesus Christus als Speise zur Verfügung stellte. Wie sollte ich nur, in diesem jämmerlichen Zustand, mit diesen riesigen Monstern im Rücken, Holger, meinen Stiefvater, anrufen und ihn bitten mich abzuholen? (Oder war *ich* das Monster?)

Was, wenn ich mich am Telefon verraten würde?

Wenn nicht noch ein Wunder geschah ... ein Wunder, kein Blitz, kein Donner, kein Schnee. Ich rannte durch Straßen, die ich nicht kannte oder nicht mehr wiedererkannte. Ich sah nur weiß und es war kalt, und als ich ein Café in der Ferne leuchten sah, lief ich mit brennenden Knien darauf zu. Ein Kind schrie aus Leibeskräften, oder war ich das Kind, das schrie? Hey, am besten wäre es, ich würde Holger von einem fremden Telefon aus anrufen. Falls sie mein Handy orteten, würde keiner je herausfinden, wo ich mich gerade befand. Vieles, alles, immer weiter erfassen, die Kinderschuhe am Abgrund, unfassbare Dinge begreifen. Endlich hatte ich das Café Zauberklavier erreicht.

»Frollein, wollen se ’nen Drink?«, fragte mich der Wirt, als er sein tragbares graues Telefon auf den Tresen stellte.

»Lieber nicht, man weiß ja nie was drin ist«, sagte ich ehrlich.

Der Wirt schüttelte den Kopf, als ob er sich verhört hätte und drehte schimpfend die Klaviermusik lauter. Ich blickte mich verstohlen um. Außer uns befanden sich noch drei weitere Leute im Raum. Sie saßen als traurige Gesellen in dicken Winterpullis an der Theke und tranken Bier.

»Lieber nicht, man weiß ja nie was drin ist«, wiederholte ich. Als müsste ich ein paar blöde Sätze sagen, mich selber in einem schlechten Licht präsentieren, allein, um am Leben zu bleiben.

»Es geht hier alles mit rechten Dingen zu, Frollein«, blökte er, wie ein Schaf, dabei war doch ich das Schaf, das zur Schur musste, dachte ich mit einer Angst im Kopf, als ob fünf Gewehrläufe gleichzeitig auf mich gerichtet gewesen wären.

Zwillingstheater

Das Wochenende ist die schönste Rose, die es gibt! Jasmina zelebrierte jede Sekunde, die sie in Freiheit verbringen durfte, auch wenn sie genaugenommen gar nicht frei hatte. Auf dem Plan stand heute die Bewerbung als »besonderer Statist« in einem Theaterstück über Zwillinge. Schon das riesige Café, das zum Theater gehörte, löste in ihr einen feurigen Schub Melancholie aus. Sonnenstrahlen aus viel zu kleinen Fenstern tauchten den Raum in ein eigentümlich grelles Schummerlicht, als ob sich die Mittagssonne hier zu einem unruhigen Schläfchen eingefunden hätte. Vasen mit gelben Rosen rundeten das Bild ab.

Jasmina war ein anderer Mensch heute. Einer, der *fühlen* durfte. Wenn sie doch nur immer dieser Mensch sein dürfte! Sie hatte rund zehn Stunden geschlafen, bis elf Uhr morgens. Oh wenn kein Einschlafzwang herrschte, dann konnte die Nacht auch eine gute Fee sein. Die Nacht gab Jasmina alle Gefühle zurück, die ihr der Tag weggenommen hatte, sie hängte ihr eine Federboa aus geheimnisvollen Traumbildern über die Schultern. Jasmina hatte so viel, so vieles geträumt! Es hat auch Verfolgungsjagden gegeben, die aber allesamt gut ausgegangen waren. Mit einem Motorrad aus roten Reifen. Jasmina ist über schauerlichste Straßen gedüst, schlanke Laternen haben dazu ein mildes rosa Licht gespendet. Selbst Schlaglöcher haben ihrem schicken Gefährt nichts anhaben können. Das Theatercafé hatte auch so einen kräftig roten Bodenbelag. *Rot wie ein Feuer, rot wie ein neuer Tag,* wie es in einem Song des Ton-Steine-Scherben-Sängers Rio Reiser hieß. Jasmina sah das Traum-Motorrad noch einmal aufflackern und nahm neben ihrer Zwillingsschwester Platz.

Sie brauchte Ewigkeiten, um den Blick von der Inneneinrichtung des Cafés zu den Menschen im Raum wandern zu lassen. Aber noch ehe sie dazu kam, sie genauer zu mustern (Ob vielleicht irgendwo eine coole Person saß, der man auf den ersten Blick ansah, dass sie die Richtige war?), reichte ihr jemand eine feste Hand zum Drücken und Guten-Tag-Sagen. Ein Mädchen lächelte und hieß Jule, sie war die Regieassistentin. Jasmina mochte die Locken, die das Gesicht des Mädchens umrahmten.

»Ihr seid bestimmt die Zwillinge. Willkommen bei unserem Theatervorsprechen. Wir freuen uns auf euch! Die anderen Zwillinge sind schon drüben bei den Proben. Ihr werdet sie gleich kennenlernen.«

Allein wie sie das Wort Zwillinge aussprach, in so 'nem schwärmerischen, fast zärtlichen Tonfall. Jasmina wusste gar nicht mehr, wo sie hingucken sollte, weil ihr die Tränen grad so in die Augen schossen. In einer von kleinen Freudentänzen durchzogenen Trance verfolgte sie Candys Konversation mit Jule. Dabei wurde ihr ganz schwindelig. Die beiden redeten über Jasminas Blog. Candy hatte angefangen, vom Zwillings-Manifest zu schwärmen und gab lose ein paar Thesen wieder. Dass die Leute unbewusst Angst vor Zwillingen hätten, weil Zwillinge durch ihr paarweises Auftreten das Konkurrenzprinzip unserer Gesellschaft infrage stellten. Solche Sachen.

»Weshalb wir auch immer als Erstes gefragt werden, ob wir in einer besonders starken Konkurrenz zueinander stehen. Was in unserem Fall aber überhaupt nicht so ist.« Und dass die Einlinge sich nicht immer so viel auf ihre ach so tolle Individualität einbilden sollten, weil die meisten doch sowieso keinen Schnall davon hatten, was es bedeutete, mal wirklich anders als die anderen zu sein.

Gewagte Thesen, die Jasmina im Moment lieber vermieden hätte.

Immer dieses schreckliche Sich-Selbst-Anpreisen-Müssen. Der Kapitalismus machte aber auch aus jedem Menschen eine Ware!

Kaum war man raus aus den eigenen vier Wänden, ging das

schon wieder los. Nichts konnte man erleben auf dieser Welt, ohne erst mal alle von der eigenen Besonderheit zu überzeugen, ob mit oder ohne Zwilling. Denn bei Tageslicht betrachtet war sich Jasmina gar nicht mehr so sicher, ob ihre Pamphlete überhaupt stimmten. Die Texte waren schließlich mutiger als sie selbst. Jasmina hob den Blick und lächelte zuerst Candy und dann dem Theatermädchen zu, die fing das Lächeln auf und gab es freundlich zurück.

Nach einer Weile fing Jasmina nun ihrerseits an, von Candys besonderen Fähigkeiten zu reden. Sie lächelte.

»Candice hat eine Hochbegabung für Handarbeit. Das ist jetzt keine Zwillingsaffirmation von mir, das ist wirklich so. Ich kann das beurteilen. Candice sitzt, seit ich denken kann, Tag für Tag an der Nähmaschine und schneidert die wunderbarsten Outfits. Ihre Sachen sind verrückt, aber tragbar. Wie zum Beispiel hier.«

Sie zeigte auf einen violetten Ledergürtel mit einer Schnalle, die eine tierähnliche Menschengestalt mit einer Blume im Mund zeigte.

»Das ist einer von Candices Schnauzentier-Gürteln. Sie studiert jetzt Textiles Gestalten.« Jule nickte begeistert und ließ sich immer wieder, bestimmt fünf Minuten lang, den Gürtel zeigen.

Jasmina und Candice hatten beschlossen, sich fürs Theater als Studentinnen auszugeben. Schule musste aus dem Gedächtnis, musste aus der Gesamtexistenz gestrichen werden! Am besten, sie würden wirklich nicht mehr hingehen ... Jasmina bestellte, als die Kellnerin fragte, einen Grünen Jasmintee. Candy orderte eine erwachsene Weißweinschorle und das Theatermädchen tat es ihr gleich.

Dann begann Jasmina aufmerksam zuzuhören, was Jule so mitzuteilen hatte.

»Das ist ja wunderbar, dass ihr beide schon so gute Ideen habt. Ich bin fest davon überzeugt, dass sie dem Regisseur gefallen werden. Wir freuen uns, wenn ihr Euch mit etwas Eigenem einbringt. Das ist im Kern auch unsere Idee. Ihr sollt eine für euer Leben typische Tätigkeit vorführen. Uns zeigen, wie ihr zusammen als Zwillinge lebt.«

»Müssen wir beide dasselbe tun?«, fragte Candy mit einem Anflug von Panik in der Stimme. Auch Jasmina hielt den Atem an. (»Wie ihr zusammen als Zwillinge lebt«, das klang ja nach einem alten Ehepaar.)

Aber Jule lächelte fast noch schöner zuvor. Beinahe liebevoll sagte sie: »Ihr müsst nicht beide dasselbe tun, das ist nicht zwingend. Ihr seid zwar Zwillinge, aber trotzdem eigenständige Persönlichkeiten. Das habe ich schon bemerkt. Das sieht man bei euch schon an den Haaren. Das ist ja auch ein Zeichen dafür, dass eine von Euch, ich habe grad die Namen wieder vergessen«, sie machte eine Kunstpause.

»Jasmina.«

»Candice.«

Dankbar griff Jule den Faden wieder auf: »Also es ist kein Zufall, nehme ich mal an, dass du, Jasmina, grüne Haarsträhnen hast, mit diesen ausrasierten Schläfen, während du, Candice, deine Haare natürlich und lang trägst. Euren Unterschieden werden wir Rechnung tragen. Jede von Euch kann vorführen, was ihren Vorlieben und ihrem Charakter entspricht. Wir finden da schon eine Klammer, eine Verbindung.«

Jasmina sah Candys Gesichtsausdruck und sie entspannte sich ebenfalls. Sie trank von dem Jasmintee, der etwas säuerlich schmeckte. Der blaue Himmel vor dem Fenster zeigte ihr, wie klein sie war und wie groß die Welt. Und für ein paar Momente dachte sie das, was sie immer dachte, wenn sie in einem hellen Café ihren Gedanken nachhing und dabei eine Tasse Tee trank: Ich komm' noch mal heil raus aus diesem Albtraum, der mein Leben ist. Das schwör ich mir!

Angstponys

Auf der Fahrt zum Ponyhof ging es mir von Minute zu Minute besser. Es dauerte eine Weile, bis ich begriff, dass ich nun in Sicherheit war. Die ruhige, behutsame Stimme meines Stiefvaters, die finsternisgetönte Landschaft, unser nächtliches Cruisen durch die Straßen, all das beruhigte mich allmählich. Wir fuhren in die totale Finsternis hinein, auf dem Odenwälder Land hielt man nicht viel von Außenbeleuchtung ... Sie verblassten im wahrsten Sinne des Wortes, die blöden Angstgestalten. Was konnte mir schon passieren, wenn ich einmal schwieg und tief Luft holte? Während mein Stiefpapa von seinem Ponyhof erzählte, es war die Rede von einer neuen Reithalle und von Hausturnieren auch für die Kleinen, erlöschten die falschgezündeten Gedanken. Sie lösten sich in den Nebeln der Nacht auf, als ob sie die Feuertaufe nicht bestanden hätten. Nur um an der nächsten Wegbiegung (einem stillgelegten Bahnübergang) noch einmal kurz aufzutauchen, mit einer Frage auf der Zunge und einem Grinsen im Gesicht. Aber selbst wenn sich meine kleinen Angstgespenstinnen nur mal kurz in die umliegenden Wälder verzogen hatten, wo sie in eine dunkle Zukunft starrten: Ich wusste von Moment zu Moment weniger, wovor ich mich eigentlich so gefürchtet hatte.

Es lag auf der Hand, dass die »Philosophie des Mädchens« nicht von meiner Band Café Prag handelte. So wichtig waren wir nicht. Und natürlich war dieser Vortrag nicht gehalten worden, um der intellektuellen Gemeinde meinen Leib als Speise vorzuwerfen! Ich war ja nicht Jesus Christus. Ein Jammer, dass ich mich nicht von Mira und Benny verabschiedet hatte. Die beiden waren doch so nett gewesen. Ich musste verrückt geworden sein!

Mein Stiefpapa bekam nichts mit von meiner Unruhe. Schüchtern plauderte er mit einem Gegenüber, das stur vor sich hin stierte oder das Lob mit der Gießkanne verteilte. Und selbst wenn er etwas von meinen inneren Konflikten geahnt hätte, so war er von meiner Mutter doch weitaus Schlimmeres gewohnt als ein paar irre Gedanken, die sich in der Überheblichkeit der Nacht verflüchtigten. Ich schloss die Fantasien in mir selber ein, ach, das waren doch nur Halluzinationen gewesen, wenn auch keine harmlosen mehr, dachte ich erschrocken. *My confusion is real.* Wann hatte dieses Durcheinander im Kopf nur begonnen?

Holger leitete den Ponyhof, war aber kein geselliger Typ. Mutter hatte sich bei Ehemann Nr. 2 in das genaue Gegenteil von Ehemann Nr. 1 verliebt. Er war ein ruhiger, besonnener Wissenschaftler mit fast autistischen Wesenszügen, der sich gerne in komplizierten Erzählungen und technischen Analysen verlor. Auf dieser Nachtfahrt zogen Holgers Worte so unverstanden an mir vorbei wie die mächtigen Wälder ringsum. (Er hatte die neue Reithalle selbst entworfen und klärte mich über Baumaterialien und architektonische Besonderheiten auf.) Vielleicht hatte mein Mantra vom einsamen Wanderer diesen Wäldern gegolten? Ich verlor mich in Gedanken aus wohligem Plüsch. Sie waren meine Bettdecke, während ich allmählich aus einem Albtraum erwachte. Dabei war doch erst eine Stunde vergangen, seit er mich im Café Zauberklavier aufgelesen hatte. In einer schrabbeligen Sitzecke war ich gesessen, mit den Händen vor den Augen, um bloß nichts mehr mitzukriegen. (»Oh, ich bitte um Verzeihung, dass ich Jesus mit Speisen gelockt habe!«)

Am Zielort angekommen, ließ ich mich von Holger in das Pensionszimmer mit der Nummer vier führen, das wir über eine schmale Wendeltreppe erreichten.

»Habt ihr umgebaut? Das sieht ja aus wie in einem Bauernhaus!«, rief ich, als ich die geblümten Bauernschränke und das lustige, verspielte Mobiliar sah, auch wenn mein Kopf zu müde war, um die Inneneinrichtung in all ihren Einzelheiten zu erfassen.

»Deine Mutter schläft schon«, sagte Holger knapp und ich war erschöpft genug, um nicht nachzufragen. Zum Glück ahnte ich nicht, wie schrecklich nah die Beschreibung »sie schläft schon« am seelischen Zustand meiner Mutter war. Noch heute bin ich den Göttern im Himmel dankbar, dass sie mir die eine Nacht gegeben haben, um über das Dümmste hinwegzukommen und meine Psychose, die ich nicht als »Psychose« dachte, auszuschlafen. Und als hätten nicht nur die Auserwählten im Himmel, sondern auch die Heiligen auf Erden mein Gebet erhört, dies Gebet einer Ungläubigen im Café Zauberklavier, lag auf dem Nachttisch eine Packung mit Valium.

Eine schmale Packung, mit nur 10 Stück. Aber was heißt »nur«. Eine würde schon reichen. Ich zögerte kurz, ließ die kleine, hübsche Hülle durch meine Hände wandern, zog den hellgoldenen Streifen heraus. Ich las das Verfallsdatum. Ich vermied sonst Medikamente, so gut es ging. Zumal, wenn sie nicht pflanzlich waren.

Egal, runter damit, meldete sich zum ersten Mal am heutigen Tag eine vollkommen vernünftige Stimme zu Wort.

Am nächsten Morgen erwachte ich mit einem Gefühl, als ob schon Weihnachten wäre. Das Geschenk, das mir der Weihnachtsmann gemacht hatte, war das Geschenk des Lebens selbst.

Ich weiß jetzt, wer ich bin, dachte ich schläfrig, während ich mich noch einmal tief unter die Bettdecke kuschelte. Ich bin das Mädchen, das in seiner Jugend Jazz und Popsongs gesungen hat. Das fröhliche Mädchen, das manchmal die Diva spielt, um nicht verletzt zu werden. Sogar für Lars, den Nachbarsjungen, habe ich gesungen ... auch wenn er sich wie ein Arschloch benommen hat.

Die Sonne blendete. Ich schloss die Augen. Seltsam, dass mir ausgerechnet jetzt der Bruder meiner Schulfreundin wieder einfiel. Ich schob den Gedanken beiseite, sprang auf, duschte und holte das schwarze Cocktailkleidchen mit den dunkelroten Streifen aus meinem Reiseköfferchen.

Ich fühlte mich wie neugeboren, neugeschlüpft. Ach, einfach wie der neueste Mensch auf der ganzen Welt.

Das süße Bauernhauszimmer, die frische Landluft, die durch das halbgeöffnete Fenster drang, der Schnee, der wie in einem Märchenfilm an die Fensterscheibe trommelte ...

Ich bin einfach nur ich, dachte ich, und dies ist ein wundervoller neuer Morgen. Leckt mich doch alle am Arsch! Ich folge niemandem und ich werde nicht verfolgt.

Alles klar, dank einer Beruhigungstablette! Ich sah den hämisch grinsenden Gewaltverhältnissen ins Gesicht und musste lachen.

Ich werde mich daran gewöhnen müssen, nicht von allen als die Person wahrgenommen zu werden, als die ich mich selbst sehe, dachte ich weise. Ich kann ja nicht einerseits aus Clarissa Underwood die Kunstfigur Lilly Vegas machen, nur um mich dann zu Tode zu ängstigen, wenn der Plan aufgeht ... In dieser Welt aus Selbstdarstellern musste man ordentlich einen draufmachen, wenn man gesehen und gehört werden wollte! Hauptsache ich wusste selber noch, wer ich war. Ich hatte trotz aller Popmaskerade immer meine authentischen Gefühle rübergebracht. Darauf konnte ich stolz sein.

Hatte mich in diesem verfickten Musikgeschäft noch nicht einmal verbogen. Auch wenn ich mich ununterbrochen aus dem Fenster lehnte! Ich hatte mir in meinen Videos noch nicht ins Gesicht schlagen lassen, wie z. B. die Gruppe Laing in ihrem sieben Millionen Mal auf Youtube angeklickten Clip »Morgens bin ich immer müde«. Eine Coverversion. Auch die kleine, große Gewaltperformance der Popsängerin Pink, die sie »The truth about love« nannte, fand ich zum Kotzen. Die weiblichen Popstars suchten sich neuerdings ein Surrounding, in dem sie lächelnd die Männergewalt in Empfang nehmen konnten, aber immer so, dass man es ihnen nicht nachweisen konnte. Immer so pseudo-stark. In den Bildern der Popkultur ging es ihnen schon lange nicht mehr darum, einfach nur sexy zu sein. Man wird der Dame doch wohl morgens noch ordentlich eine reindonnern dürfen, wenn sie schon sonst nicht aus den Federn kommt. *Guten Rutsch, du dumme Sau* ... Und jetzt, wo sie schon so berühmt damit geworden waren und so reich, fanden diese Sternchen noch lange nicht die Kraft, wieder damit aufzuhören, den Menschenrechten der Frau ins Gesicht zu schlagen.

Dazu passte auch, dass auf Radio Energy neuerdings ständig das Kill-Bill-Remake des alten Cher- und Nancy-Sinatra-Klassikers gespielt wurde: *Bang bang, he shot me down. Bang bang, I hit the ground. Bang bang, that awful sound. Bang bang, my baby shot me down.* Im weltentrückten Sixties-Style, das sich einem die Nackenhaare aufstellten, so smooth und retro: *I was five and he was six. We rode on horses made of sticks. He wore black and I wore white. He would always win the fight. Bang bang, he shot me down.*

Ich konnte mir etwas darauf einbilden, mit diesen symbolischen Akten der Rape Culture gar nicht erst angefangen zu haben. Sollte der Pfau denken, was er wollte. Sollte Harriet schreiben, was sie wollte und das Tagblatt ihren Schwachsinn auch noch drucken. Sollten tausend Online-Portale auf der ganzen Welt die Scheiße ungeprüft übernehmen. Was scherte es mich? Was hatte es mit meiner Wahrheit, was mit der Wahrheit meiner Musik zu tun?

Here comes ... the truth about Lilly! (Auch eine Wahrheit über die Liebe.) Ich musste unbedingt mit dem Grübeln aufhören. Mir ein dickeres Fell zulegen. Wenn in Zukunft einer beißen würde, dann war ich das ... Die Angst vor körperlichen Übergriffen, die der Pfau in mir hochgeholt hatte (Oder war es Jasmina? Weil mir endlich mal eine zuhörte?), sollte ich besser dosieren, Rape Culture hin oder her. Da könnte ja jetzt jede Frau vor lauter Angst nicht mehr aus dem Haus gehen, dachte ich trotzig. Aber ich war doch nicht wirklich bedroht in meinem Alltag. Eine Vergewaltigung wie die auf der Brunnenstraße würde sich mit großer Wahrscheinlichkeit nicht mehr wiederholen. Wenn jede dritte Frau in ihrem Leben vergewaltigt oder mißbraucht wird, dann hatte ich es ja jetzt hinter mir.

Frühstück, ich komme!

Guten Morgen, Mama, die Sonne scheint. Und Danke der pharmazeutischen Industrie für die Erfindung des Valiums! Heute werd ich ein Pony reiten und einen Ziegenbock füttern.

Mit müder Distanz zu den Dingen, bei gleichzeitig hellwachster Aufnahmelust gegenüber der äußeren Welt, lief ich durch enge erdfarbene Korridore. Vorbei an Skulpturen aus Holz, die verschiedene Tiere darstellten, die ich nur noch vom Hörensagen kannte: Pinguine, Pferde, Schafe. Wann hatte ich das letzte Mal ein Pony gestreichelt? Die Welt auf dem Land war mir fremd geworden, ein Kuriosum. Schon stand ich in einem Caféraum, groß wie eine Autohalle, der durch allerlei Barbereiche getrennt wurde. Und abermals forschte ich nach: Gibt es denn nichts, was mich bedroht? Will mir denn wirklich keiner ein Leid zufügen, außer dem lächerlichen Pfau und der kleingeistigen Harriet? Sind es wirklich nur diese beiden Idioten? Ich konnte mein Glück kaum fassen. Dann war ja alles gut! Ich konnte mir in diesem Moment kein einziges Problem vorstellen, das ein Mensch haben könnte, der sich nicht physisch bedroht fühlte. Was sollte einen schon bedrücken? Außer vielleicht noch eine schwere Krankheit. (Und das war wirklich eine körperliche Bedrohung.) Ich aber erfreute mich bester Gesundheit.

Ich bestellte einen großen Milchkaffee und ein Kännchen mit Grünem Tee (Hallo Jasmina!), um doppelt und dreifach wach zu werden, und wechselte ein paar Worte mit der Kellnerin. Die hatte ein süßes Mondgesicht, in das ich mich sofort verliebte, weil heute einer dieser Tage war, wo ich in das Dasein selbst verliebt war. Die SMS von Lurchie musste doch nicht unbedingt bedeuten, dass er mich ausspionieren wollte. Wer weiß? Vielleicht hatte er sich ja wirklich in mich verliebt und wollte mich einfach nur wiedersehen?

Holger kam in jugendlich schlanker Jeans-und-T-Shirt-Gestalt auf mich zu, und wollte wissen, ob ich schon gefrühstückt hätte. Er deutete auf den gegenüberliegenden Gebäudekomplex, den man vom Fenster aus sehen konnte.

»Voilà, unsere neue Reithalle«, sagte er froh. »Wir haben sie noch nicht in Betrieb genommen. Wir vermieten sie an den Wochenenden. Heute findet dort die Weihnachtsfeier der örtlichen Schulen statt. Die kommenden Abiturienten unserer Oberschulen feiern mit den Abiturabschlussklassen vom letzten Jahr. Wenn du willst, kannst du ein bisschen mitfeiern.«

»Oh ja, toll!«

Für ein paar Momente genoss ich es, wieder ein Kind zu sein. Ein Kind, dem ein Abendprogramm geboten wurde.

Holger winkte die Kellnerin herbei und stellte uns einander vor. »Das ist Clarissa, die Tochter von Tracey.«

Sie musterte mich. »Das kann ich mir schon vorstellen, dass die Tracey mal so ausgesehen hat wie du«, sagte sie schließlich nachdenklich.

»Das ist übrigens Mathilda«, stellte mir Holger das Mädchen vor. »Sie arbeitet im zweiten Jahr bei uns. Macht gerade eine Umschulung zur Reitlehrerin. Wenn du willst, kann sie dir im Stall die Tiere zeigen und dir ein paar Reittipps geben.«

»Aber ich weiß nicht, ob ich mich das traue. Ich stell' mir das unheimlich gefährlich vor. Nicht, dass eines von den Pferden nach mir tritt oder so.«

Die beiden lachten. Wie aus einem Mund.

»Jedes Tier wird gefährlich, wenn man es nicht artgerecht behandelt«, sagte Holger.

»Das Pony hat mehr Angst vor dir, als du vor ihm«, ergänzte Mathilda und legte eine dicke Speisekarte auf den Tisch.

»Hast du schon gefrühstückt?«, wiederholte Holger seine Frage.

»Sie hat bislang nur Kaffee und Tee bestellt«, antwortete Mathilda an meiner Stelle.

»Dann würde ich vorschlagen: Sie nimmt das Champions-League-Frühstück.«

Ach, es war so angenehm, ein Kind zu sein. Man musste nicht einmal mehr für sich selbst entscheiden. Ein Wahnsinnswohlgefühl machte sich breit. In diesem Moment traf mich eine Art Schlag. Eine Frau mit langen, weißgrauen Haaren durchquerte den Raum, sie kam direkt auf mich zu. Ihr Gang war schleppend, die Schultern hingen tief, ein Vorwurf lag in ihren Augen, aber auch eine Zuversicht. Ich sah einen kranken Menschen, der sich auf wackeligen Beinen aus dem Bett gewagt hatte, weil es draußen noch etwas Schönes zu entdecken gab.

»Hallo, Mama, endlich!«

Ich habe sie noch nie mit grauen Haaren gesehen. Finde mich in einer hilfesuchenden Umarmung wieder. Ich weiß, dass sie sich über alle Maßen freut. Dann kreuzt der Mensch, der meine Mutter ist, obwohl meine Mutter noch nie zuvor so ausgesehen hatte, die Arme über der Brust und murmelt irgendwelche Worte. Ich verstehe nichts, bin aber auch nicht mehr darauf eingestellt, etwas zu verstehen. Ein lebloser, schlaffer Arm liegt auf meiner Schulter. Ich stottere nur herum. Sie sagt, ganz tapfer: »Du siehst ja, wie es mir geht. Es ist jetzt so. Ich muss wieder in mein Zimmer.« Ich höre für den Bruchteil eines Augenblicks auf zu existieren, obwohl mir immerhin die Tränen kommen.

»Was ist los, bitte?«, frage ich.

»Du weißt doch, meine Krankheit«, sagt Mama. »Ich kann nichts mehr allein machen.«

»Wie bitte?«

»Holger muss mich waschen und mir die Haare kämmen. Ich kann nichts ohne ihn machen.«

»Das ist jetzt nicht dein Ernst?« Meine Mutter hat immer auf eigenen Beinen gestanden, und sie war immer ausgesprochen hübsch dabei. Mit Ende 50 hat sie noch ausgesehen wie eine Filmschauspielerin Ende 30. Das ist nicht länger als zwei Jahre her. Ich streichle über ihr graugewordenes Haar, obwohl diese Farbe gar nicht zu dem farbenverwaschenen, psychedelischen Spielfilm passt, in dem wir uns hier befinden.

»Du bist aber ein schönes Pony!«, flüstere ich beinahe tonlos, und fühle mich dabei schon selbst wie eine Schlafwandlerin.

Doch das Leid meiner Mutter bleibt unergründlich für mich.

»Du bist doch hübsch. Mach wieder was aus dir!«, sage ich mechanisch. »Das war dir doch immer so wichtig.«

»Ich weiß, ich sehe nicht gut aus.« Zusammengekrümmt steht

sie vor mir. Wie ein Mensch, der so lange innerlich geschrumpft ist, bis er auch äußerlich schrumpfte.

»Doch, du hast wunderschöne Augen und ein fast faltenloses Gesicht«, sage ich, auch wenn das aus feministischer Sicht gewiss die falschen Worte sind. Aber im konservativen Wertesystem meiner Mutter finden sie Anklang. Ihre grünen Katzenaugen bewegen sich. »Ja echt?«

Und ich kann sehen, aber vielleicht bilde ich es mir auch nur ein, wie sich ihr Rücken strafft und der berühmte Hoffnungsschimmer ihr Gesicht streift.

»Na klar«, sage ich so beiläufig wie möglich, als wäre das nur eine Nebensache. »Steh wieder auf. Schlag dir die dummen Gedanken aus dem Kopf und los geht's.« Immerhin, mir fällt überhaupt noch etwas ein. Kein Wunder, dass ich als Kind manchmal mit dem Gedanken gespielt habe, Moderatorin zu werden.

»Du sagst Sachen«, sie dreht und wendet die Worte »Los geht's« in alle Richtungen: »Los geht's! Ha, ha. Aber das kann ich doch nicht. Genau das kann ich nicht, los gehen.«

»Dann mach's doch einfach!«, sage ich. Hin- und hergerissen zwischen Hartseinmüssen, Weichseinwollen und dem Wunsch wegzurennen. Muss ich noch einmal am heutigen Tag dem Wahnsinn entfliehen?

»Was ist denn?«, frage ich unsanft. »Was glaubst du, was los ist?«

»Ich habe wieder die Angst. Die Scheißangst. Ich denk' wieder die schlimmen Sachen, ich will nicht darüber reden.«

»Aber was glaubst du denn, was dir passiert?«, schreie ich sie an.

Sie hält sich die Ohren zu.

Ich nehme ihre Hand und streichle sie grob und fein.

»Bitte hör mir zu«, sage ich.

»Ich muss mich wieder hinlegen.« Sie spricht mit bitterem Unterton.

»Und was machst du dann, wenn du dort liegst?« Es fühlt sich beinahe so an, als würde ich *mir* diese Frage stellen. Aber nur beinahe.

»Ach nichts. Ich kann nichts hören. Es tut mir so leid. Ich bin so froh, dass du wieder da bist, mein liebes Kind.«

Sie hält mich eine Armlänge von sich fern. Die Augen bitten nach innen zerknirscht um Verzeihung.

»Du siehst aber gut aus!«, sagt sie plötzlich. »Wirklich, ganz toll. Nachher essen wir zusammen zu Abend, dann musst du mir alles von dir erzählen.« Sie zündet sich eine Zigarette an, die sie, werweiß-wie, aus der Luft gezaubert hat. Na klar, sie raucht immer weiter. Sie wird immer irgendwo ein Zigarettchen herbekommen.

Dann schlich Mama davon, wie ein Zauberer, der aus der Manege flüchtet, weil er vor dem neugierigen Publikum all seine Zaubertricks vergessen hat. Ich ließ mich rücklings auf den Holzstuhl fallen. Auf dem Tisch stand plötzlich ein üppiges Frühstück. Die verschiedensten Brotsorten, dazu Brötchen in allen Variationen. Das war ja wie in der Kindheit. Willkommen im Hotel Mamamania. Mit Wurstbelag, in allen Sorten. Mit Butter, Käse und Konfitüre, so weit der Zucker reichte. Mit Obst und Eiern und mit Salat. Ein Stück Himbeertorte und eine Schale mit Vanillepudding krönten das kulinarische Szenario. Ich überlegte, wie lange ich schon keine Wurst mehr gegessen hatte. Seit ich mit 16 Jahren von zu Hause ausgezogen war? Aber hatte der Morrissey-Fan in mir nicht vorher schon Fleisch verabscheut?

Und keine Spur mehr von Holger. Verdammte Katastrophe! Wahrscheinlich musste er sich wieder um die neue Reithalle kümmern … Wieso hatte er mich nicht auf Mamas Anblick vorbereitet? Ich hielt weiter Ausschau nach ihm, aber er war weg. *Sie* war weg. Der Vanillepudding schmeckte nach Schockstarre und nach Valium. Aber ich aß mit Appetit. Wenn auch nur ein Schälchen.

Einmal im Leben muss sich jeder mal auf einem Abiball besaufen, sprach ich mir Mut zu, während ich darauf wartete, dass der Rotwein in meinem Pappbecher nachgegossen wurde. Ich hatte ein paar schlagende Gründe mich zu betrinken. Da waren eindeutig zu viele brennende Heißluftballons in meinem Einsatzgebiet.

Ich wusste, dass die meisten Menschen keine Gründe brauchten um zu trinken. Sie tranken einfach, weil es dazugehörte und Spaß brachte. Für mich hatte der Scheißalkohol nie dazugehört. Es gab nichts wofür ich einen Schwips, einen Rausch oder tausend selbstmitleidige Umdrehungen um mich selber brauchte. Oder fünf Räusche. Beschwipst war ich von Natur aus und drehen und wenden wollte ich mich lieber um andere als um mich selbst. Oh ich wünschte mir so sehr, ich wäre schon wieder in der Außenwelt angelangt. Aber heute brauchte ich mehr als nur einen kleinen Schwips. Ich brauchte etwas, das mich in eine andere Umlaufbahn schießen würde. Dorthin, wo es solche wie mich und meine Mutter nicht gab. Und auch nicht solche wie den Pfau. Oder Holger, oder Benno, und bitte auch keinen Ivor, keine Harriet. Wenn eine Valium genügte, um mich vom Wahnsinn runter zu bringen, was würden dann erst Rotwein und Wodka Lemon für mich tun können? Meine Angstzustände waren doch wahrscheinlich nur die Strafe oder die Quittung dafür, dass ich nicht öfters mal ein Glas Wein oder ein Bierchen trank. Ich hatte sehr früh schon den verdammten Ehrgeiz entwickelt, auch ohne giftige Substanzen durch den Monsun dieser kapitalistischen Zivilisation zu kommen. Manchmal dachte ich auch noch an den Philosophen Adorno: Alkohol und Zigaretten sind nach ihm schon das Einstiegsgift in den Kapitalismus.

Ich wischte die philosophischen Ausschweifungen beiseite und gesellte mich zu der Jugend auf die runde, improvisierte Tanzfläche. Tanzte und trank und freute mich, zu den wahren Hits des Volkes zu tanzen, die ich sonst nur von Taxifahrten durch Berlin kannte.

Ich bin morgens immer müde. Aber abends werd ich wach! knallte Laings Leib-und-Magen-Hymne aller Abiturientinnen und Abiturienten durch die Riesenhalle.

Morgens bin ich so solide, doch am Abend werd' ich schwach.

Die Kids tanzten so schüchtern. Verklemmt wäre vielleicht das falsche Wort, man musste ja höflich bleiben, aber irgendwie so ... es lag mir auf der Zunge, ja, genau, sie tanzten so, so *minimalistisch*. Ja, dachte ich, die Erwachsenenwelt mit ihrer Jugendfixierung. Man vergaß ganz, dass echte Jugendlichkeit ja oft mit Starrheit und Enge, mit Komplexen und Bewegungshemmung verbunden war.

Doch wenn tausend Lichter glühen, bin ich jede Nacht ganz groß, und wenn dann noch Musik erklingt, dann geht es los.

Aber es war auch Stil dahinter; dieses leicht irrlichternde Auf-der-Stelle-Tanzen. Das kannte ich so noch nicht. Die Jungs und die Mädchen tanzten getrennt, in kleinen Grüppchen. Sie mussten in Jasminas Alter sein. Es war ein Leichtes sie zu beobachten, wenn sie einen nicht kannten. Im Halbdunkel aus tausend Lichtern. Sie trugen den üblichen Mix aus rüschigpragmatischen Kleidern im H&M-Style, mit hin und wieder schreiendbunten, punkigplakativen Accessoires von Markendiscountern, die auf Streetwear ausgerichtet waren.

Fast alle Girls trugen diese engen Hosen, die es in allen paradiesischen Farben, aber nur in kleinsten Größen gab. Sie trugen diese Sachen auf eine unnachahmlich spannende, nach bestimmten Regeln gestalteten Art und Weise, die keiner genau durchschaute, der nicht Teil ihrer Peer Group war.

Auch ich glänzte in meinem Cocktailkleid nicht gerade durch Auffälligkeit, fühlte mich aber trotzdem anders. Na, was soll's. Die Leute hatten andere Sorgen, als mich nach einer Aufenthaltserlaubnis auf ihrer Party zu fragen. Je klarer ich mir das machte, desto freier fühlte ich mich; es war wie in einer Provinzdisco, nach einem Café-Prag-Konzert.

Cha Cha, Swing und Boogie Woogie, tanz ich ohne Unterlass, schon schreit der ganze Saal: die ist ja krass. Oh ja, ich wollte das Böse von der Weltkugel kippen und es durch pures, freies Jetztleben-Dasein ersetzen. Heute bot sich die Gelegenheit auf einer fremden Abiturfeier zu tanzen, als wäre es meine eigene!

Da fielen mir wieder Mutters hängende Schultern und ihre schlohweißen Haare ein. Sogleich suchte ich Trost bei dem Gedanken, dass Mutter sich auf dem Ponyhof ihres Mannes selbst ein bisschen in ein Pony verwandelt hatte.

Ein scheues, weißes, süßes, einsames, ein vom Leben enttäuschtes Pony, das erst wieder laufen lernen musste ...

Ich winkte einem hübschen Jungen, der mir zugewunken hatte, denn der DJ spielte »Smells Like Teen Spirit« und alle um mich herum, ich eingeschlossen, rasteten rastlos aus.

Load up on guns, bring your friends, it's fun to lose and to pretend. Hatte Mama nicht gesagt, Holger müsste ihr die Haare kämmen? Na also. Sie war in innere Konkurrenz zu seinen Ponys getreten! Mutter war eine verkappte Humoristin! Die Erkenntnis lullte mich so fröhlich ein wie der Song, zu dem ich gerade tanzte, und sie machte mich doppelt wütend. War mir plötzlich sicher, dass Mama ihre Angstdepression genoss und deshalb nicht aussteigen konnte. Sie fiel in eins mit ihrem Sich-Selbst-Versagen. Ich hingegen ...

Ich genoss nichts an meinen Wahnvorstellungen! Ich fand sie einfach nur zum Kotzen, und deshalb war es mir gelungen auszusteigen. Und so würde ich das auch in Zukunft halten. Ich würde mein Dasein auf diesem Planeten genießen! Ich fühlte mich von nichts und niemandem mehr verfolgt. Außer vielleicht von der heiseren, gebrochenen Stimme des Nirvana-Sängers Kurt Cobain. Und wenn, dann sollte der Verfolger mal bei mir vorstellig werden. Dem hau' ich in die Fresse, dachte ich. *Hello, Hello, Hello, How Low, Hello, Hello, Hello.*

Da war der winkende Abiturient wieder da, wir prosteten einander zu, tanzten, groovten uns aufeinander ein. Aus der Nähe sah er noch besser aus. Er wich nicht mehr von meiner Seite, er ruderte mit seinen Armen, machte mir Avancen. Schon sprangen wir gemeinsam in die Höhe. Schossen beim Refrain in die Lüfte. Mochten bei meiner Mutter, deren Erscheinung ich nicht mehr aus dem Kopf bekam, auch der Kopf und die Schultern hängen. In mir explodierte die Ungeduld und die Lust auf ein gutes Leben. Wann geht es denn endlich weiter? Ich scharrte mit den roten Hufen wie ein Pony und sprang beim Refrain wieder in die Höhe. *With the lights out it's less dangerous, here we are now entertain us.*

Gleich morgen werde ich Benno im Studio anrufen und ihm sagen, dass die Schonzeit vorbei ist. Wenn er etwas dagegen hat, dann knallt's. Aber gewaltig!

Jetzt! Achtung, Fertig, Los!

Hello, Hello, Hello, How Low, Hello, Hello, Hello.

Ende des Zeitstillstands! Danke du schöner Junge mit der schwarzen Gelfrisur. Danke Kurt Cobain, für diese große Überlebenshymne aller lebensmüden Hedonisten. Schade, dass du es selbst nicht überlebt hast.

Jetzt! Im schmelzenden Grunge-Wutgebrüll von Nirvana lagen sich der Abiturkönig und die mit den Hufen-Scharrende in den Armen. Unsere Lippen fanden nicht zueinander, waren zu schüchtern für etwas so Feuchtes, Intimes, Seltsames. Stattdessen drückten wir alles, was fest und voller Sehnsucht war, aneinander. Arme, Beine und erhitzte Winterkörper wollten Zufluchtsorte füreinander sein. »Smells Like Teen Spirit« war noch immer nicht zu Ende. Das Lied dauerte eine Ewigkeit, in der wir aufeinander zugingen und wieder auseinander stoben.

A denial. A denial. A denial. A denial.

Die anderen Kids tanzten im Bogen um uns herum. War ich bereits zu krass geworden, auffällig? Und ließ mich trotzdem von dem unbekannten Abiturkönig auf der Tanzfläche herumwirbeln. Wir lächelten uns an. Der größte Song des ausgehenden 20. Jahrhunderts war zu Ende und hinterließ seine Aufbruchsstimmung im Raum. Am Ende von Nirvana fühlte man sich wie am Anfang von Roxy Music. More than this! Wir lächelten uns an. Der Junge zog mich mit sich fort.

»Komm, wir gehen mal raus«, flüsterte er, mit einer dunklen, dabei butterweichen und süßen Stimme. Ich fühlte das Wesen an meiner Seite nicht als Mann, sondern als Mädchen, das einen Mann spielt, während ich mich selber umgekehrt wie ein Mann fühlte, der ein Mädchen spielt. (Wie alles, was man den Männern seit Jahrhunderten nachsagte: stark, humorbegabt, nachgiebig, ergebnisoffen, aktiv, kampferprobt.) So schlenderten Mann und Mädchen nebeneinander nach draußen, und Mädchenmann fragte Mannmädchen von welcher Schule sie denn käme.

»Ich hab dich hier noch nie gesehen!«

»Ich komme von gar keiner Schule. Ich kenne den Besitzer des Ponyhofs. Ich bin schon über 20«, sagte ich ohne nachzudenken.

»Waaas?«

Wir standen in einer schmucklosen, aber neonlichthellen Vorhalle und ich fühlte mich wie ein jazziges Saxofonsolo in einem bebenden R&B-Hit. Die Schüler und Schülerinnen, machten sie schon Bemerkungen über uns? Ich sah sie tuscheln. War es etwa nicht mehr normal, auf einer Tanzfläche zu knutschen?

Mein Junge rief alarmiert: »20? Was? Du bist schon 20? Ich bin erst 17. Findest du das schlimm?«

»Nein, gar nicht.« Ich lachte.

»Also, dass du schon 20 bist«, wiederholte er, »das ist ja krass. Ich dachte, du wärst in meinem Alter.«

»Ist doch egal«, flüsterte ich, hell wie der Raum, in dem wir uns befanden. »Ist doch scheißegal, wie alt jemand ist.«

Das schien ihm zu gefallen. Er entspannte sich wieder.

»Da hast du recht.« Auch er lachte.

Irgendwo in meinem Kopf schwirrte auch die Zahl 32 herum, wie das Nummernschild eines Geisterfahrers, der im Temporausch auf die falsche Fahrbahn geraten war.

»Dann müssen wir es jetzt aber auch machen«, wiederholte er.

»Was ›machen‹?«, fragte ich begriffsstutzig. Ich hatte nicht vor, heute noch irgendetwas zu *machen*. Ich war schon froh, mal ein paar Minuten lang nicht an meine kranke Mutter oder an mein eigenes weirdes Hirn denken zu müssen.

»Na, du weißt schon«, sagte er.

»Ach so«, sagte ich lahm.

»Ja genau«, er fing an mit seiner Hand über meinen Busen zu streicheln, als wäre es das Fell eines Kaninchens.

Ich erhob Einspruch – »Moment, Moment« –, nicht gegen seine Hand, aber gegen seine Rede. »Nur weil wir zusammen getanzt haben, bedeutet das noch lange nicht, dass wir auch Sex haben müssen.«

»Aber doch«, widersprach er rasch, »zuerst machst du mir Hoffnung und dann willst du einen Rückzieher machen? Das kannst du nicht bringen. Das ist gegen die Abmachung.«

»Gegen welche Abmachung denn? Wir haben keine Abmachung, Schatz.«

»Klar haben wir 'ne Abmachung. Du hast so wild mit mir getanzt. Jetzt musst du auch weitermachen.«

»Nee, das muss ich nicht. Tanzen ist Tanzen und Knutschen ist Knutschen und Sex ist Sex. Zwei, drei verschiedene Paar Schuhe, verstehst du?«

»Oh bitte, bitte«, verlegte er sich aufs Betteln. »Bitte, bitte, lass es uns jetzt *machen*.«

»Aber wir kennen uns doch gar nicht«, brachte ich den Spruch aller Sprüche, aller verwunderten Mädchensprüche.

»Aber wir lernen uns doch gerade kennen«, konterte er mit dem Spruch aller Sprüche, aller überrumpelnden Jungensprüche. Von wegen süßer Junge, Mädchenmann, ein Macho war das!

Die vielen Augenpaare der vielen fremden Schülerinnen und Schüler machten mich nervös.

»Lass uns mal ganz raus gehen.«

»Gute Idee.«

Hand in Hand liefen wir hinaus ins Freie. Ja, ins Freie!

Dort war es eiskalt. Trotzdem begrüßten sie uns auch hier mit ihren Lauerblicken. Mir wurde richtig schlecht. Hatten diese Leute keine eigenen Probleme? Mussten sie es heimlich machen? Erklärte das ihre bewegungslose Art des Tanzens? War miteinander tanzen heute schon ein Versprechen auf Sex? Hatte es keinen Fortschritt in der Emanzipation der Geschlechter gegeben? Ich war auf einmal wieder nüchtern, bedauerlicherweise klar im Kopf. Schade, dass Nirvana nicht für immer spielen konnten. Schade, dass schon wieder die Arschlochwelt über die Momente des Sternevomhimmelholens gesiegt hatte!

»Kann man denn nirgendwo ungestört sein?«, fragte ich meinen Jungen, der mir in seiner verzweifelten Lust, ein Abenteuer zu erleben, immer sympathischer wurde. Etwas von der guten Laune seines Körpers und ein weinerlicher Trotz in seiner Stimme flößte mir Vertrauen ein. Kenne ich die Codes nicht mehr?, überlegte ich, während wir uns weiter, mit wachsender Euphorie, befummelten. Muss man in dieser geilen, neuen Zeit entweder alles oder gar nichts machen? Oder ist das schon immer so gewesen und ich habe nur nie darauf geachtet? Gibt es keine zwischenmenschlichen Zwischentöne mehr beim Sex? Hat es jemals welche gegeben? Was ist nur los? War die Rape Culture schon auf der Tanzfläche angekommen? Musste man neuerdings, wenn man gackerte, auch legen? Oder war der Typ, der mir gerade unter die Wäsche ging, einfach nur ein Idiot? Ich wand mich unter seinen Händen wie ein Fragezeichen. *Has the world changed or have I changed?* fragte ich mich. Und wie immer, wenn mir Smiths-Zitate in den Sinn kamen, war mir sowieso schon alles scheißegal. Machen oder nicht machen, Sein oder Nichtsein, wo war der Unterschied? Das einzige, was zählte, war doch, dass man am Leben war und nicht in der Endlosschleife irgendeiner beschissenen Depression festhing.

Nevermind. I'll find someone like you.

»Stopp«, sagte ich. »Stopp.« War wieder wach. Befreite mich aus meiner Apathie.

»Ich hab nicht einfach Sex mit einem fremden Mann«, erklärte ich mich, rechtfertigte ich mein unerhörtes Verhalten, als ob ich mich tatsächlich eines Versprechens schuldig gemacht hätte.

»Glaubst du, ich hab Bock mir irgendwelche Krankheiten zu holen? Sowas mach ich doch nicht einfach so!«

»Lass uns da vorne hinlegen, im Liegen ist es doch noch geiler«, antwortete er.

»Hast du nicht gehört?«

»Aber doch nicht bei mir«, rief er in freudiger Erregung. »Ich hab doch keine Krankheiten.«

»Ich auch nicht.«

»Dann ist doch gut, dann können wir es doch *machen.*«

»Warum starren uns deine Klassenkameraden so an? Haben die keine eigenen Sorgen? Komm, lass uns einen Spaziergang machen.«

Nur noch weg. Zwei reine Herzen wanderten durch eine reine Winternacht und fanden hinter der Halle eine Wiese mit einem Stall, in dem wohl der neue Ziegenbock zu Hause war. Es roch nach Tier, während ich meine Hand in seine Jeanshose und unter seinen Slip gleiten ließ.

»Das heißt also, wir *machen's?*«, fragte er.

»Nein, verdammt, wir machen's nicht, wir tun nur so.«

»Aber ich wills *machen*«, sagte er.

Als ich mich wenig später mit einer neuen Telefonnummer in meinem Smartphone aus dem Staub machte – d. h. ich rannte die steile Wendeltreppe hoch, die die Reithalle von der Gasthofpension trennte und klingelte Sturm, auf dass mir jemand sofort die Tür öffnete! –, konnte ich mir zumindest eines nicht vorwerfen: dass ich Wahnvorstellungen hatte.

Nein, nein, es war alles echt. *My confusion is real!* Nicht die Außerirdischen, aber die Abiturientinnen und Abiturienten waren hinter mir her, als hätten sie noch nie in ihrem Leben eine »Schlampe« beziehungsweise das, was sie dafür hielten, gesehen. Ich überlegte, während ich den Finger auf die Klingel gedrückt hielt, ob ich morgen im katholischen Heimatverein einen Fingerabdruck hinterlassen sollte, oder einen Abdruck meiner Brüste, damit man mich in dieser Gegend in guter Erinnerung behielt. Endlich öffnete Holgers Kompagnon, ein gemütlicher, breitschultriger Typ die Tür und ließ mich in die sichere Stube eintreten. Er wunderte sich gar nicht, dass ich Sturm geklingelt hatte und am ganzen Leib zitterte, sondern fragte in aller Seelenruhe, ob ich mich denn gut amüsiert hätte.

»Ja, war große Klasse.«

Er hatte ein Thema damit, dass ich Traceys Tochter war.

»Du bist deiner Mutter irgendwie ähnlich. Du bist genauso verrückt wie sie! Sie erzählt ständig von dir. Sie ist so stolz darauf, dass du eine erfolgreiche Sängerin bist.«

»Logo.« Ich nickte müde.

»Deine Mutter ist schon wieder auf dem Weg zur Besserung, mach dir keine Sorgen. Die Landluft tut ihr gut.« Ich lächelte seinem freundlichen Blödsinn und seiner Gutmütigkeit ins Gesicht und sagte »Gute Nacht, ich bin sehr müde«, und war endlich, zum ersten Mal an diesem irren Tag, wieder allein in meinem Bauernhauszimmer.

An einem Tag für rote Schuhe musste man die ganze Zeit darauf achten, dass einem keiner auf die Füße trat. Mein Herz raste immer noch. Ich hatte es zuletzt mit der Angst zu tun bekommen. Nachdem der Junge und ich noch ein bisschen rumgemacht hatten, war ich allein in die Tanzhalle zurückgegangen. Ich hatte es nicht zum Sex kommen lassen. Ich versuchte sogar noch weiterzutanzen, aber die Magie des Abends war dahin. Ich war kein shameless bird mehr, ich war vogelfrei. Andauernd hatten Typen um mich herum getanzt, sie hatten versucht, meinen Po zu begrapschen, von allen Seiten war ich mit doofen Sprüchen belästigt worden.

»Kannst du mich auch mal ran lassen?«

»Nein, verdammt, du Wichser, verpiss dich!«

So etwas kollektiv Verklemmtes und Überversautes hatte ich noch nie erlebt. War *das* der Effekt von Übersexualisierung und Porno im Netz? Schade, ich hätte doch so gerne die ganze Nacht getanzt und alles um mich herum vergessen. Obwohl ich aussah, als ob ich noch keine 20 wäre, hatte ich mich nie so alt und gleichzeitig so jung und naiv gefühlt. Stinkefinger zeigen, abhauen. Oh ich lernte langsam die Menschen zu hassen für ihre Intoleranz.

Aber eines musste man ihnen lassen: Humor hatten sie keinen mehr. Ich hatte eine irre Lust darauf Jasmina von meinen Erlebnissen zu berichten. Aber sie ging nicht ans Handy. Ich schmiss mich aufs Bett und schrieb ihr eine SMS: »Die Leute aus deiner Generation mobben mich auf seltsamer Abi-Feier. Spricht das für oder gegen mich?«

Es wurde ein Wochenende voll hochfahrender Krisengespräche, die sich allesamt um Mamas Gesundheitszustand drehten. Ich stand ihr bei, saß neben ihr am Telefon, hielt ihre Hand, während sie zuerst einen Colorierungstermin beim Friseur machte und dann einer ambulanten Therapiestelle für Notfälle ihre Symptome schilderte. Trotzdem hielt sie sich beide Ohren zu, als ich ihr von meiner Pony-Theorie erzählte.

»Du bist in innere Konkurrenz zu Holgers Ponys getreten. Geht's noch?« Aber später erzählte sie Holger davon und die beiden lachten sich halbtot.

»Vielleicht sollte ich Psychoanalytikerin werden«, schlug ich vor. Ich stellte mir diesen Beruf so schrecklich vor. Es war mir lieber, die Türen zum unbewussten Archiv der Menschen durch Tanz oder Musik zu öffnen … Auch wenn ich Montagnachmittag mit traurigen Fakten die Heimreise antrat. Ich war auf einem Ponyhof gewesen und ich hatte kein einziges Pony gestreichelt, nur einen Ziegenbock gerochen.

Der Knall (Shameless Birds)

Gegen die Idee war nichts einzuwenden. Es war sogar eine ausgesprochen verlockende Vorstellung, Lilly ins Tonstudio zu begleiten, in den herumliegenden Musikzeitschriften zu blättern, eine Tasse »besten Cappuccino der Stadt« zu trinken und so zu tun, als wäre nichts gewesen. Wenn man Lillys Worten Glauben schenken durfte, dann würde es so einfach werden wie ein Friseurbesuch. »Und nebenbei können wir noch in ein paar Tracks des neuen Albums reinhören«, hatte es noch geheißen. Alles easy. Nur Ansatz nachfärben und Spitzen schneiden, danke!

Als Jasmina dann aber am Samstagnachmittag nach einer Woche voller Schulstress und Horror das Treppenhaus eines zehnstöckigen Kreuzberger Gebäudes betrat, neben sich eine in Hektik aufgelöste Lilly, schlotterten ihr doch ein wenig die Knie.

Lilly, die tatsächlich beim Friseur gewesen war, was eine überaus strenge Hochsteckfrisur ergeben hatte, gab letzte Anweisungen: »Wenn dir etwas komisch vorkommt, dann lass es dir nicht anmerken«, flüsterte sie, »du weißt ja, ich brauche einfach nur eine Zeugin, falls die mir blöd kommen. Wir können später in Ruhe über alles reden.«

»Aber mir wird *alles* komisch vorkommen, weil das eine völlig neue Welt für mich ist«, protestierte Jasmina lachend.

Lilly blieb mitten auf der steilen Treppe stehen: »So war es nicht gemeint.«

Sie hielt sich am Geländer fest und warf Jasmina einen sorgenvollen Blick zu. Die war geschockt von der Angst in Lillys Augen. Wie konnte ein Mensch nur so viel Angst vor Menschen haben, die er bis vor kurzem noch zu seinen Freunden gezählt hatte? Jasmina konnte sich nicht daran erinnern, jemals Angst vor Arschlöchern gehabt zu haben, geschweige denn vor ihren eigenen Freundinnen und Freunden. Im Gegenteil – sie war ja extra ein *shameless bird* geworden, um Leuten, die ihr blöd kamen, den Mittelfinger zu zeigen.

»Ich weiß aber, was du meinst«, Jasmina rückte eine Strähne in Lillys aufgetürmtem Haar zurecht, »du kannst dich auf mich verlassen. Wenn mir das Verhalten deiner Leute komisch vorkommt, dann halt ich trotzdem die Klappe. Ich verteile heute keine Noten im Fach ›Betragen‹.« Sie hatte den Satz mit den Verhaltensnoten lustig gemeint, aber Lilly zuckte trotzdem zusammen.

»Benno, Ivor und der Pfau benehmen sich nicht einfach nur ein bisschen daneben«, schärfte sie Jasmina ein, »das sind die Assholes, die mich aus meinem Leben rausgeschmissen haben und die mir die Rechte an meinen Songs wegnehmen wollen. Ich kann von Glück reden, wenn sie überhaupt noch mit mir reden. Trotzdem lass ich mir nichts anmerken. Ich bin cool, verstehst du?«

»Klar, du bist cool. Vor allem mit dieser fantastischen Hochsteckfrisur, die mir allerdings ein wenig komisch vorkommt, wenn ich das sagen darf …«

»Zu mir darfst du alles sagen, nur nicht zu den anderen«, wiederholte Lilly wie aus einem Zwang heraus ihre Botschaft. Und wenn Jasmina nicht gewusst hätte, dass ihre Freundin im Moment einen Knall hatte, der bereits in automatischen Kreisläufen seine Runden drehte, dann wäre sie langsam beleidigt gewesen.

»Du hast es bei mir mit einem Menschen zu tun, der eine Zwillingsschwester hat. Die großen Kammern meines Herzens haben schon so manches Geheimnis bewahrt …« Sie lachte aus vollem Hals. »Außerdem wollte ich dir mal sagen, dass du absolut umwerfend aussiehst. Du hast es nicht nötig, hier in Grund und Boden zu versinken. Mit deiner wunderbaren Hochsteckfrisur und diesem Ballonkleid. Du siehst aus wie eine … Opernsängerin.« Jasmina machte eine Kunstpause und legte dann nach. Denn aus ihrer Sicht der Dinge gab es kein Zuviel des Guten. »Eine Opernsängerin, die in einer In-Disco auftritt und dabei ein Lied über eine freche Micky Maus singt, versteht sich.« Endlich lachte auch Lilly.

»Vielen Dank, Jasmina, für das schöne Kompliment. Du bist meine Heldin! Ich bin so froh, dass ich das nicht alleine durchstehen muss.« Der Satz mit der Micky Maus hatte bei ihr scheinbar eine Schraube – *die* Schraube? – gelockert.

»Ich bin eine böse Micky Maus.« Lillys Lachen schallte durchs Treppenhaus. »Und du bist die liebe Minnie Maus.«

»Na klar«, bekräftigte Jasmina gutmütig und mit einer für ihr Alter übergroßen Gelassenheit. Für eine Frau über 30 mochte der Vergleich mit einer Disney-Figur etwas Erheiterndes haben, für den jungen Punk in Jasmina kam er einer Beleidigung sehr nahe.

»Ich hatte schon Angst, dass die neue Frisur mich zu streng macht«, gestand Lilly, die sich endlich einen Ruck gab und auf dem engen Treppchen nach oben marschierte.

»Keine Sorge, dein Styling hat die richtige Mischung aus streng und verspielt – und geheimnisumwittert!«, hörte sich Jasmina einen dieser Sätze sagen, die sie nur aus den Mündern von Castingshow-Jurorinnen und -Juroren kannte. Das kühle, mit Stuck dekorierte Treppenhaus hatte etwas von einer verwunschenen Burg und sie selber war ein Burgfräulein auf edler Mission. An diesem trüben Samstagnachmittag kam Jasmina auf einmal alles vor wie der Beginn eines großen Abenteuers.

»Vielleicht wird es ja nur halb so schlimm«, murmelte Lilly, während sie abrupt vor einer mit blauem Samt bezogenen Tür stehen blieb. Jasmina sah, dass Lillys Finger zitterten, als sie den Schlüssel im Schloss umdrehte: »Ich würde sterben, wenn ich das schon wieder alleine durchstehen müsste«, flüsterte die Freundin.

Wenig später durfte Jasmina auf einer schwarzen Ledercouch Platz nehmen. Die war so riesig, dass man darauf ein Pop-Video oder einen Porno hätte drehen können. Jasmina war genauso fasziniert wie angewidert. Sie hasste alles, was nach sinnlosem Geldrauswerfen aussah. Und so schön ihre Lilly auch singen konnte, insgeheim fragte sich Jasmina, ob sie vielleicht in der falschesten aller Welten aufging? Denn es gab im Pop doch ein stilles Einverständnis mit dem kapitalistischen System, für das so viele Menschen einen viel zu hohen Preis zahlen mussten. Jasmina dachte an arbeitslose Jugendliche in Griechenland. Viele Menschen waren ja »Geldsubjekte ohne Geld«. Für diese »Nicht-Einmal-Mehr-Ausgebeuteten« stellte der Kapitalismus eine einzige Bedrohung dar. Sie wurden in den Fluss aus Waren und Dienstleistungen geworfen, konnten ihn aber nicht mitbestimmen. Und wenn so offensichtlich mit Geld geprotzt wurde, wie das bei dieser Studioeinrichtung der Fall war, dann wurde Jasmina einfach stutzig.

Vor der Couch stand ein Tisch, der aus einer dicken, buntgesprenkelten Kirchenfensterscheibe bestand. Auf dem Tisch stand eine Tasse Cappuccino. Der schmeckt tatsächlich besser als jeder andere in der Stadt, dachte Jasmina, während sie das niedliche Kleeblattmuster aus Schaum mit dem Mund aufsaugte. Sie blätterte in Musikzeitschriften, Rolling Stone und Spex, Groove und Musik-Express. Es gelang ihr ganz gut, den von Lilly befohlenen Anschein zu wahren. Alles easy, alles locker. Mister, Sister, Midnight! Jasmina konnte sich nicht helfen, diese Jungs hier (Lillys Freunde, Lillys Feinde) gehörten mit zu dem Schönsten, Coolsten und Nettesten, was sie je getroffen hatte. Ok, das mochte daran liegen, dass Benno und der Pfau sich in einer Altersliga befanden, die ihr Respekt einflößte, plus: Sie hatte eine Schwäche für Musiker, wie fast alle Mädchen. Die Kerle hier waren ihr jedenfalls auf Anhieb sympathisch. Man konnte doch bestens mit ihnen auskommen! Da war zum Beispiel Benno, ein ständig Witze reißender Typ mit goldenen Locken (er hatte was vom jungen Gottschalk, dachte Jasmina, peinlich berührt von ihrer Assoziation). Benno stellte allerlei Fragen, die hauptsächlich Jasminas Dasein als Schülerin betrafen.

»Wie ist das denn so, in die Schule zu gehen, heutzutage?«, fragte er entzückend naiv.

»Beschissen«, antwortete Jasmina knapp.

Und der Pfau, von dem Lilly gesprochen hatte, als ob er der Teufel persönlich wäre, entpuppte sich als witziger Typ mit gelber Krawatte, Anzug und Hippie-Bart. Er räumte sogar ein, dass er selber kein guter Schüler gewesen war.

»Erst als die Eltern mir erlaubt haben, ein Wirtschaftsgymnasium zu besuchen, weil Mathematik dort einfacher ist, ging es bergauf mit meinen Noten«, erzählte er, während er mit einem roten Kugelschreiber Zahlen und Tabellen auf ein Blatt Papier malte. »Aber was heißt schon bergauf, korrigierte er sich selbst mit einem breiten Grinsen: Die Vierer und Fünfer wurden seltener, und ein paar Dreier stellten sich ein.« Benno lachte, Jasmina lachte mit.

Jasmina zweifelte plötzlich an Lillys Sicht der Dinge. Wie jemand, der andere übers Ohr hauen wollte, kam ihr der Pfau gar nicht vor. Dieser nette Junge? Ein ständig zu Mobbing aufgelegter Intrigant? Jasmina kannte niemanden, der so offen zugegeben hätte, ein Schulversager zu sein. Ein Mensch, der so zu seinen Schwächen stand, würde sie schon nicht beißen.

»Das mit der Wirtschaftsschule ist mir sympathisch«, sagte Jasmina. »Ich hab mal gehört, dass man dort kein Latinum braucht.«

»Ja, so ist es«, sagte ein schmunzelnder Pfau. »Oder sehe ich aus wie jemand, der Latein spricht?«

»Ist Mathematik einfacher, weil sie weniger Geometrie und mehr Wirtschaftsrechnen haben?«, setzte Jasmina eine beflissene Konversation fort, denn es war ihr auf einmal unheimlich wichtig, einen guten Eindruck auf den Pfau zu machen. Sie befürchtete nur, dass er ihr diese Bemerkung übel nehmen würde. Sie wollte ja nicht zu tief in die Schwächen des Pfaus eindringen, sie wollte ja nicht unverschämt werden.

Aber zum Glück konnte der Pfau auch darüber lachen.

»Geometrie ist etwas für Modedesigner«, sagte er, während er Benno den Joint aus der Hand nahm und ihn fragend an Jasmina weiter reichte. Die nahm ein paar Züge, als hätte sie nie etwas anderes getan.

»Solange die mir korrekt gemusterte Hemden herstellen, muss ich nicht selber geometrisch denken«, sagte er, denn die Frage nach der Mathematik schien ihm keine Ruhe zu lassen.

Wenn sie ehrlich zu sich selbst war, und Jasmina war meistens ehrlich zu sich selbst, dann gefiel ihr der Pfau. Ja, okay, er hat auch etwas Hochnäsiges, dachte sie nachdenklich, während der Joint zwischen ihr und dem Pfau hin und her wanderte. Aber auch etwas Verletztliches, als würde er immer leicht neben sich stehen. Er scheint sich selbst nicht allzu ernst zu nehmen, fasste sie seine Eigenschaften beinahe journalistisch zusammen, als ob sie an einem Blogeintrag über den Pfau arbeiten würde. Ein witziger, schnoddriger Typ. Ja, sie hätte am liebsten eine Liste mit seinen guten und schlechten Eigenschaften angefertigt und sie später an Lilly ausgehändigt. Jasmina wollte Lillys schönste Verteidigerin sein ... Die hatte sich derweil in einen der hinteren Räume verzogen, um sich über den neuesten Stand der Produktion zu informieren.

Aber so sehr Jasmina sich auch darum bemühte, den Pfau scheiße zu finden, es gelang ihr einfach nicht. Der Pfau imponierte ihr. Zum Beispiel hatte er zu allem eine kritische Meinung und korrigierte ständig Bennos Ansichten. Sie stritten sich wie die kleinen Kinder darüber, ob Abitur nach acht oder nach neun Jahren besser sei. Der Pfau argumentierte ziemlich sachlich. Und fair.

Klar, er ist wahrscheinlich ein Rechthaber, überlegte Jasmina, aber sie kannte viele Jungs und Mädchen, die sich ständig mit ihren Gedanken und Ansichten produzieren mussten. So etwas ist doch noch kein Zeichen für einen schlechten Charakter. Man selber war ja schließlich auch die ganze Zeit am Herumargumentieren. Jasmina konnte es drehen und wenden wie sie wollte: Lilly musste sich echt mal ein dickeres Fell zulegen. Die Freundin hatte einfach eine übertrieben schlechte Meinung vom Pfau. Sollen sich doch einfach wieder vertragen, dachte Jasmina, und genoss das schwummerige Haschischfeeling. Von einem Joint davongetragen werden, im Blitzlichtgewitter sich streitender Gedankenfetzen – herrlich.

In diesem Moment betrat eine kreidebleiche Lilly das Zimmer. Und das mochte etwas heißen, denn Lilly trug doch immer so helles Make-up. Die Hochsteckfrisur war verrutscht. Die blondierten Haare hingen in kleinen Zotteln ins Gesicht. Auch der kirschrote Lippenstift war verschmiert. Sie sah aus wie die junge, wilde Courtney Love. Was viel besser zu ihr passte, als der Anstandsdamen-Look. Ein kurzes Neidgefühl durchfuhr Jasmina. Man müsste eine Sängerin sein, die mit coolen Typen abhängen darf, und dabei so aufregendes, zersaustes Haar haben. Aber als Jasmina genauer hinsah, erschrak sie über Lillys Gesichtsausdruck. Lilly ließ sich auf der Couch nieder, legte für einen Moment sogar ihre kleine Hand in Jasminas große, was Jasmina sehr rührte. Sie sah, dass Lillys Mund auf und zu klappte. Man konnte ihr förmlich beim zerstreuten Nachdenken zusehen. Auch dem Pfau war anscheinend aufgefallen, wie sie mit den Worten kämpfte. Er lachte laut los.

»Du siehst aus wie jemand, der einen Bären verschluckt hat«, frotzelte er.

»Der Bär bist du«, erwiderte Lilly mit einer Heftigkeit, die man von diesem Bündel Elend nicht erwartet hätte. »Der Bär, den ich verschluckt hab, bist du. Und gleich kotz' ich den Bär auch wieder raus, hier vor euch auf den Tisch!«

Die Aggressivität in Lillys Stimme wollte so gar nicht zu der vergnüglichen Stimmung dieses Nachmittags passen.

Ein weiterer Kerl betrat den Raum. Das musste Lillys Ex-Freund Ivor sein. Auch er gefiel Jasmina auf Anhieb. Ein schlanker, drahtiger Typ im Streetwear-Style. Er machte einen etwas zerknirschten Eindruck, was zum emotionalen Umschwung in diesem Raum passte.

»Ich hab ihr die Lieder vorgespielt«, sagte Ivor, als ob er sich dafür entschuldigen müsste. »Ich musste sie ihr doch vorspielen, oder?«

»Schon okay«, sagte der Pfau und grinste in sich hinein. Die dreckige kleine Geste des Insichhineingrinsens war Jasmina, die eine sehr genaue Beobachterin sein konnte, nicht entgangen. Der selbstgefällige Gesichtsausdruck machte ihr den Pfau nun doch ein wenig unsympathisch. Es gab keinen Grund, einfach weiter zu grinsen, wenn Lillys Nervenkostüm so offensichtlich angeschlagen war. Wenn es einem nahen Menschen schlecht geht, dann könnte man so ein Dauergrinsen ja auch einfach mal abstellen. Jasmina ging zum ersten Mal an diesem Nachmittag auf Distanz zum witzigen Pfau. Sie griff nun ihrerseits nach Lillys Hand und hielt sie fest, ganz fest. Da brach das Unwetter los ... Die Argumente flogen hin und her, zwischen der One-Woman-Partei Lilly und der Großen Koalition der Jungs. Nun war es an Jasmina, dem Streit mit offenem Mund zu folgen.

»Nicht so laut, nicht in diesem Ton!«, sagte der Pfau, mit einer leisen und beherrschten Stimme, die in Jasminas Ohren sogar noch aggressiver klang als Lillys Bärenwutrede. Wie aus weiter Ferne, als ob sie sich verhört hätte, vernahm sie jetzt seine spitzen Bemerkungen: »Du kleiner Nimmersatt«, sagte er zu Lilly: »Ich könnt auch kotzen, wenn ich deine Harmonien hör'. Oh, so gaaaanz feingewoben, oder was?«

»Warum soll ich eure Kampfansage an unsere Songs nicht mit einer gewissen Lautstärke beantworten? Aber ok, verstehe. Ihr dürft komplett die Musik wegschmeißen, an der Benno und ich seit zwei Jahren hart gearbeitet haben, mich als Sängerin falsch und schräg klingen lassen, und wenn ich mich beschwere, dann bin ich noch zu laut, oder was?«

»Ja genau, ich fand das gerade nicht korrekt von dir, wie du den Pfau angebläfft hast«, mischte sich nun Benno ein. »Das mit dem Bärkotzen war jedenfalls respektlos und weit unter deinem Niveau, Lilly. So etwas will ich nie wieder von dir hören.«

Lilly kicherte, und Ivor fügte hinzu: »Warum so zickig, Lilly?«

»Euch tollen Musikern ist aber schon aufgefallen, dass eure Harmonien nicht stimmen?«, versuchte Lilly gleich mal in die inhaltliche Diskussion einzusteigen. Jedenfalls zeigte sie keinerlei Schuldbewusstsein.

»Das ist Absicht«, sagte der Pfau, und haute mit der flachen Hand auf den Tisch, eine durchaus aggressive Geste. »Der atonale

Gestus ist Absicht«, wiederholte er. »Soll ja nicht zu gerade-perfekt-poppig klingen, die ganze Chose.«

»Sonst knallt's doch gar nicht«, warf Benno ein.

»Hast du nicht die fetten Basslinien bemerkt?«, fragte Ivor, leicht verunsichert. Er war der einzige, der sich noch Mühe gab, Lilly zu überzeugen. Er liebt sie immer noch, dachte Jasmina. Die anderen hingegen waren komplett nur von ihrer Sicht der Dinge überzeugt.

»Ach so, sind wir etwa schon bei der Diskussion über die Basslinien? Habe ich etwas verpasst?«, fragte Lilly patzig wie ein Teenager. »Können wir vielleicht erst mal darüber reden, dass ihr mich aus dem Studio ausgeschlossen und heimlich unsere gemeinsame Musik manipuliert habt«, fuhr sie ausgerechnet ihren um Korrektheit bemühten Ex-Freund an.

»Das ist doch jetzt Schnee von gestern«, warf der Pfau ein.

»Das ist Schnee von gestern, dass jemand, den ich nie als Manager anerkannt habe, meiner eigenen Band in die Songs reinredet?«, wandte sie sich, zu Jasminas Erleichterung, endlich an den Pfau.

»Was heißt, *deine Band?*« Benno lachte und auf einmal wirkte er gar nicht mehr so goldbärengottschalkkeck. »Das waren auch meine Songs. Ich hatte jedes Recht einzugreifen.«

Oh die Art, wie er sein einziges Bandmitglied Lilly auflaufen ließ, wie er automatisch auf der Seite des Pfaus war, hatte etwas Hinterhältiges. Jasmina war ganz außer sich. Das, was hier abging, war noch kaputter als jedes Schulhofmobbing. Denn Benno und Lilly waren doch die Band, das Kernteam. Wie konnte er ihr nur vor allen Leuten in den Rücken fallen? Musste er vielleicht sein schlechtes Gewissen überspielen?

»Aber wir waren uns doch einig, dass die Songs gut sind. Woher kommt dein plötzlicher Meinungsumschwung?«, fragte eine erschöpfte, um Worte ringende Lilly. »Liegt es daran, dass der Pfau und Harriet beschlossen haben, mich in der Presse als Sängerin niederzuschreiben? Mit dem Zweck, mich innerhalb unseres Duos zu entmachten? Glaubst du schon selber, was das Tagblatt über mich schreibt? Zu deinem Vorteil, Benno?«

»Das ist eine Unterstellung«, schimpfte der Pfau, »das nimmst du zurück, Lilly, sofort!«

»Das nehme ich nicht zurück! Ich hab doch recht, wenn ich diesen komischen Verriss im Tagblatt von deiner Freundin Harriet als Teil deiner Zerstörungsarbeit sehe.«

»Das nimmst du zurück.«

»Das nehme ich nicht zurück. Nimm du lieber mit Harriet zusammen diese Verleumdung aus dem Netz.«

»Das nimmst du zurück.«

»Nein.«

»Doch!«

Benno mischte sich ein: »Nimm's zurück, Lilly, sonst können wir nicht mehr weiterarbeiten.« Lilly wandte sich abrupt Benno zu.

»Wenn du der Meinung bist, dass es bandintern korrekt war, die Musik zu ändern, warum hast du es dann heimlich getan und mich angelogen? Wie kann ich zurücknehmen, dass ich denke, ihr arbeitet gegen mich? Jetzt *steht* doch wenigstens dazu.«

»Ja okay, an dem Punkt hast du recht«, lenkte Ivor einen Kompromiss suchend ein. »Wir haben es heimlich gemacht, aber nicht, weil wir dich hintergehen wollten, sonst hätten wir es dir jetzt nicht vorgespielt. Aber ich weiß selber aus eigener Erfahrung, wie das ist, wenn man nicht mehr die nötige Distanz zu seinen Sachen hat ...«

»Ja genau«, Benno nickte erleichtert. »Wir wissen doch alle, dass du ein Distanz-Nähe-Problem hast. Das haben viele große Künstler, Lilly. Wir wissen ja auch das mit deiner Mutter ...«

Jasmina wagte nicht, Lilly ins Gesicht zu schauen, aber als Benno den Satz mit der Mutter sagte, hätte sie schwören können, dass es Lilly tief im Inneren traf. Jasmina wünschte sich, sie könnte wenigstens das Kirchenglas des Tisches mit der Kraft ihres Blickes sprengen.

»Ja, ist ja nicht schlimm«, vernahm sie wie von weit her Ivors Stimme. »Du weißt ja, ich komm aus ähnlich instabilen Familienverhältnissen. Man kann ja mal paranoid sein.«

»Aber du fühlst dich echt zu schnell bedroht«, versuchte Benno schon wieder sein Mütchen zu kühlen.

Sie merken es nicht, dachte Jasmina geschockt, sie merken es nicht ein bisschen, nicht ein *kleines* bisschen, nicht auch nur den Hauch eines *kleinen* bisschens. Ja, sie hatten nicht den blassesten Schimmer einer Ahnung davon, dass sie gerade ein jahrhundertealtes Theaterstück ins 21. Jahrhundert entführt hatten. Jasmina hatte gerade ein Buch mit dem Titel »The Madwoman in the Attic« über dieses Phänomen gelesen, viel zu oft war die kleine, miese Klamotte in der Geschichte der Menschheit schon uraufgeführt worden: Der starke Mann, der sich im Besitz der allgemeingültigen Wahrheit befindet, die er im Chor von seinesgleichen verteidigt, und die vereinzelte, nah am Wasser gebaute, schwache Frau, die gegen die Ordnung aufbegehrt und sofort in Verdacht gerät, eine Verrückte zu sein, die keine Distanz mehr zu ihren Eigenkompositionen hat. Zu Kompositionen, die dieser Band immerhin zwei hervorragende Alben und jede Menge Erfolg beschert hatten. In Lillys Fall ist es natürlich ein Problem, dass sie tatsächlich unter Halluzinationen leidet, dachte Jasmina betrübt. Die Geschichte ihres »Heidelberger Verfolgungswahns«, wie Lilly ihn selbstbelustigt getauft hatte, warf ein Schattenlicht auf Lillys derzeitigen Geisteszustand.

Aber die Wahnvorstellungen änderten ja nichts an ihrem glasklaren Verstand und dem untrüblichen Gefühl, das sie für ihre Arbeit hatte. Pech nur, dass sie im Gewerbe der Kunst zu Hause war. Musik an sich war eine persönlichere Ausdrucksweise, als wenn sie beispielsweise Anwältin gewesen wäre, dachte Jasmina mit dem Eifer einer Abiturientin, die alle Berufe auf dem Schirm hat, weil sie ständig darüber nachdenkt, was aus ihr mal werden sollte, welchen sie mal ergreifen würde ...

Währenddessen ging das Streitgespräch in aller Härte weiter und Jasmina bewunderte Lilly für die Weitsicht, sich eine Zeugin mit ins Studio genommen zu haben. Sie schämte sich auch ein bisschen dafür, dass sie an Lillys Urteilsvermögen gezweifelt hatte, ihr in Gedanken untreu geworden war. Diese Jungs wirkten auf den ersten Blick so nett und mit Sicherheit waren sie es auch, aber über männliche Zentralperspektiven oder gekränkte Eitelkeit hatten sie offensichtlich noch nie nachgedacht. Nun bekam Jasmina einen kleinen, wohldosierten Wutanfall. Ob bewusst oder unbewusst, der Satz, den sie gerade gedacht hatte, entwischte ihr und stand als Behauptung im Raum: »Ihr verkraftet es doch gar nicht, dass Lilly als Sängerin und Songschreiberin im Vordergrund steht. Und müsst euch jetzt selber in den Vordergrund spielen, weil eure althergebrachte Vorstellung von Männlichkeit gekränkt ist.«

Da schrie der Pfau, ohne Vorwarnung und ohne dass er irgendetwas über Jasmina wusste: »Halt die Klappe! Du kennst uns doch gar nicht!«

Und der goldbärenkecke Benno pflichtete, wie immer, seinem Freund, dem Pfau, bei: »Entschuldigung, Jasmina, du bist echt ein nettes Mädel, aber du gehörst nicht in den inneren Kreis der Leute, die das Recht haben, bei diesem Bandgespräch mitzureden.«

Lilly, deren kreidebleiches Gesicht mittlerweile rote Flecken bekommen hatte, widersprach aufs Genialste: »Warum? Jasmina ist meine beste Freundin so wie der Pfau dein bester Freund ist. Und sie hat genauso das Recht sich einzumischen, wie der Pfau das Recht hat sich einzumischen. Sie ist übrigens unsere neue Managerin. So ist das nun mal. Das hab ich so entschieden. Und wenn ihr das nicht akzeptiert, dann seid ihr paranoid oder habt was gegen Frauen. Dann fühlt ihr euch von nichts und wiedernichts bedroht, dann seid ihr paranoide Spinner, die sich freuen sollen, wenn ihnen jemand ihre Songs zurechtbiegt.«

»So geht das nicht, Kinder«, säuselte der Pfau, wieder mit beherrschter Stimme. »Ihr müsst mal runterkommen. Das hier ist kein Kindergarten für Leute mit Nasenpiercings.«

Lilly lachte, und es klang zum ersten Mal am heutigen Nachmittag richtig fröhlich: »Es ist vor allen Dingen kein Zirkus für Neureiche mit gelben Krawatten.«

Ivor setzte ein gequältes Lächeln auf. »Ich glaub' der Pfau hat recht. Sorry Lilly, aber komm mal runter.«

»Genau, Ivor, ganz genau«, der Pfau klopfte ihm kumpelhaft auf die Schulter. »Freund Ivor, erklär Lilly die Zutaten unseres musikalischen Rezeptes. Erklär der Dame welch kulinarische Speise wir zubereitet haben. Ich geh in der Zwischenzeit mal raus, eine rauchen.«

»Du kannst auch hier drinnen rauchen«, rief Benno.

»Du kannst auch gar nicht rauchen«, giftete Lilly.

»Du kannst mich auch am Arsch lecken«, giftete der Pfau zurück und verließ den Raum.

»Feiger Hund«, flüsterte Jasmina in Lillys Ohr, »jetzt wo es ans Eingemachte geht, haut er einfach ab.« Lilly warf ihr einen kurzen Blick zu, der war so strahlend, wie ein Moment Sonne, mitten im Gewitter.

Ivor trank derweil nervös ein paar Schlucke aus seinem Bier und führte dann, in aller Ruhe, seine Perspektive aus: »Also schau, Lilly, wir haben uns am ›Shut up and Dance‹-Label orientiert. Das ist dieses fantastische britische Breakbeats-Label aus den neunziger Jahren, das es übrigens noch gibt. Immer noch auf Zack, die Jungs. Wir wollten so etwas wie das Nicolette-Album ›Now is early‹ schaffen, das damals aus dem Dunstkreis der ›Shut Up and Dance‹-Macher kam.«

»Aha, Nicolette – ist das die mit ›No Government‹?«, hakte Lilly nach.

»Ja genau, das war ihr größter Hit! Mit diesem Vorbild kommst du voll auf deine Kosten. Unserer Meinung nach ist Nicolette eine der besten modernen Jazz- und Soulsängerinnen der neunziger Jahre.«

»Und auch viel geiler als deine ewige Amy Winehouse«, warf Benno ein. »Wirklich ›back to black‹, verstehst du.«

Lilly lachte verzweifelt: »Aha. Deshalb diese unerträglichen Bluesgitarren? Sorry Ivor, aber ich kann mich nicht daran erinnern, so etwas je bei Nicolette gehört zu haben. Und die Gitarrenakkorde passen nicht zu den Harmonien, die ich singe. Ihr habt keine Rücksicht auf meine tollen Gesangsmelodien genommen.«

Ivor zwinkerte mit den Augen, soweit Jasmina das erkennen

konnte: »Sachte, sachte, sachte, immer schön ruhig bleiben, bitte. Ich erkläre dir ganz in Ruhe, was wir gemacht haben. Beurteilen kannst du es danach. Das mit den Bluesgitarren war nur eine Spielerei, mit der wir ab und zu aus der elektronischen Instrumentierung ausgebrochen sind. Wir wollten, genau wie die Jungs von ›Shut up and Dance‹, einen eigenen Sound kreieren. Es geht ja gerade darum, dass die Harmonien NICHT passen. Verstehst du? Der Gesang soll sich an den Beats reiben.«

Jasmina warf, auf der Welle von Ivors Sachlichkeit segelnd, eine Frage in den Raum: »Warum durfte Lilly den neuen Sound nicht mitkreieren? Weil sie kein Junge ist?«

Ivor lachte verärgert auf.

»Also jetzt wird's langsam albern, Jasmina.«

In solchen Momenten dachte Jasmina, dass sie vielleicht nie einen Mann lieben könnte. Fast beneidete sie Lilly darum, dass es ihr schon mal gelungen war. Ivor redete schnell weiter.

»Das Besondere an dem Album ›Now is early‹ von Nicolette, sozusagen der Blueprint, an dem wir uns orientiert haben, war die Entgegensetzung von Nicolettes emotionalem, warmen Gesang zu den groben, düsteren und zackigen Rhythmen der Band, alles zusammengehalten von einer fetten, treibenden Basslinie.«

Ivor ging zum Kühlschrank und holte sich ein Bier. Es war eine gespenstische Ruhe im Raum. Nur das Klacken des Kronkorkens war zu hören. Ivor trank den Schaum ab, vielleicht wünschte er sich insgeheim, dass Lilly mit seinen Worten dasselbe tun würde. Erst mal sacken lassen.

Auch Jasmina wollte lieber schweigen. In ihren Augen war dieses musikalische Konzept absolut entsetzlich. Einschmeichelnder Frauengesang und harte Beats. Sich absichtlich widersprechen. Jasmina sah darin nur eine übertriebene Aufteilung der Wirklichkeit in ein weibliches, emotionales und in ein männliches, kontrollierendes Prinzip. Das schmeckt mir als Idee nicht, dachte Jasmina, obwohl sie dieses sagenhafte Album von Nicolette nie gehört hatte und auch nie hören wollte. Es war vermutlich schon vor ihrer Geburt erschienen und Jasmina konnte nicht nachvollziehen, warum sie es auf ein solches Podest hoben.

Jetzt ergriff Lilly das Wort. Es war ein bisschen wie vor Gericht, wenn sich der Anwalt der Klägerin ins Geschehen einmischt. Lilly sprach sehr gefasst. Ohne jeden Anflug von Zorn, ja beinahe schon heuchlerisch-säuselnd wie der Pfau, gab sie ihre Meinung zu Protokoll.

»Mein lieber Ivor, das ist ein sehr ehrenwertes Konzept. Das besagte Album von Nicolette gefällt mir außerordentlich gut. Der harsche Widerstreit zwischen Sound und Gesang ist in der Tat reizvoll. Ich könnte mir sogar vorstellen, einmal in diese Richtung zu gehen. Ich will eure Idee also keinesfalls schmälern. Auch das mit der Bluesgitarre könnte ich unter der Rubrik ›interessante Spinnerei‹ verbuchen.«

Jasmina hatte jeden Satz von Lillys kleiner Ansprache genossen. Sie war überrascht von der diplomatischen Seite ihrer Freundin, zumal Lilly die Worte akzentuierte wie eine königliche Hoheit, die ihrem Volk zu verstehen gibt, dass sie dessen Dummheiten nur in sehr beschränktem Umfang tolerieren kann.

»Ja genau«, nickte Ivor und zwinkerte. »Und was ist dein Problem mit der Sache?«

»Mein Problem mit der Sache?« Lilly sprang auf und pflanzte sich direkt vor Ivor auf den Tisch. Durch den rüschigen Ballonrock, der sich wie ein Reif um ihre kurzen Beine legte, und die wilden Haare, erweckte die Szenerie den Eindruck einer mittelalterlichen Theaterperformance.

Sie schaute ihrem Ex-Freund und Produzenten direkt in die Augen. »Mein Problem mit der Sache ist einfach nur, dass ich nicht Nicolette bin, sondern Clarissa Underwood oder Lilly Vegas. Und dass ihr nicht die Jungs von Shut Up And Dance seid, sondern Benno Peterson und Ivor Radovic. Ansonsten würde ich es ausnahmslos super finden.«

Sie machte eine kleine Kunstpause, die wohl die Ironie ihrer Sätze unterstreichen sollte, und warf Benno vernichtende Blicke zu.

»Außerdem, zum Thema ›Back to Black‹: Es hat einen Grund, dass ich mich nicht für eine schwarze englische Sängerin halte. Ich möchte nämlich nicht die Erfahrungen, die schwarze Menschen machen, für meine Zwecke vereinnahmen. Sie sind innerhalb einer rassistischen weißen Dominanzkultur mit Vorurteilen konfrontiert und ich bin es nicht. Ich hab keine Ahnung, ob der Konfrontations-Style, den Nicolette auf ihrem Album fährt, auch etwas damit zu tun hat.«

»Du spinnst«, sagte Benno, »ehrlich, das ist zu weit hergeholt.«

»Lass sie mal ausreden«, schlug sich Ivor auf Lillys Seite.

»Ich meine ja nur, es gibt tausend Gründe, warum ein Musiker sich für eine bestimmte Ästhetik entscheidet, die auch mit persönlichen Erfahrungen zu tun hat. Und wir als Café Prag haben doch unseren eigenen Style, der unseren eigenen Erfahrungen entsprungen ist. Wir haben ein großartiges Album aufgenommen, genaugenommen schon unser drittes. Und wir waren schon ganz weit, bis der Pfau kam und alles durcheinandergewirbelt hat. Wir saßen sogar schon am Single-Mix von ›Kiss the angel goodbye‹, wenn ich euch erinnern darf. Und ich will, dass wir da weitermachen, wo wir aufgehört haben. Sonst bin ich raus aus der Nummer. Dann könnt ihr euch eine andere Sängerin suchen und ich such mir eine andere Band. Ich würde aber die Hälfte der Songs mitnehmen, die andere könnt ihr haben. Und alle Lyrics. Ich werde nicht zwei Jahre harter Arbeit komplett wegwerfen. Ihr könnt ja mal bei Nicolette anrufen und fragen, ob sie noch ein paar irre Sound-Frickler aus Berlin-Kreuzberg braucht, die ihr ein Album auf den Leib schneidern. Oder nee, wartet. Schreibt besser eine E-Mail ans Label, ein Anruf würde vielleicht etwas schräg kommen. Na egal. Ihr habt ja euren Manager, den Pfau. Er wird wissen, was in so einem Fall zu tun ist. Ich bleib dann übrigens bei unserem alten Management. Ich kann mir nicht helfen, Leo kommt mir irgendwie seriöser vor.«

Jasmina musste lachen. Weil Lilly sie an Candice erinnerte. Dass ihr das vorher nie aufgefallen war! Die kleine Candice hätte es auch so gemacht. Ein Bündel Elend, das sich mit einem Sprung aus der

Tonne befreit. Plötzlich kam da eine Riesenportion Trockenhumor auf den Tisch.

Ivor schluckte. Er klang alarmiert, als er sagte: »Lilly spielt nicht mehr mit, Benno, genau wie ich befürchtet habe.«

»Willst du uns drohen?«, wollte Benno wissen.

»Wollt ihr mir drohen?«, spielte Lilly die Frage geschickt zurück.

»Streicht doch einfach die letzten beiden hässlichen Wochen aus eurer Bandgeschichte und fangt nach Weihnachten noch mal von vorne an«, schlug Jasmina vor. Alle Augenpaare waren auf sie gerichtet. Sie fühlte sich wie an jenem Novembermorgen, als sie ihren Marcus-Aufsatz vor der ganzen Klasse verteidigen musste. Nur, dass man ihr dieses mal wohlwollender zuhörte.

»Ich sehe das ja nur von außen«, versuchte sie einen diplomatischen Einstieg. »Aber bei einem Duo, wenn sich also lediglich zwei Leute auf etwas einigen müssen, macht es doch keinen Sinn, etwas zu produzieren, womit einer von beiden unglücklich ist. Bitte, ihr müsst mir glauben! Ich bin zwar keine Musikerin, aber ich habe eine Zwillingsschwester. Ich bin gewissermaßen schon mein Leben lang Teil eines Duos. Candice und ich finden immer eine Lösung. Wenn man nur lange genug sucht, dann gibt es einen Kompromiss, mit dem beide leben können. Das kann gar nicht anders sein«, sagte sie eifrig. Als sie sah, dass Lilly sich die Tränen aus den Augen wischte, redete sie schnell weiter: »Außerdem macht es bei einem Duo wenig Sinn, andere Leute mitreden zu lassen. Benno und Lilly müssen ihr Ding gemeinsam ausknobeln und danach Dritte zu Rate ziehen. Das kann zum Beispiel ein Produzent sein. Ivor scheint mir auch der Einzige zu sein, der sich noch um einen Ausgleich bemüht. Diese Rollenaufteilung solltet ihr beibehalten!«

»Danke, danke für die Blumen.« Ivor strahlte übers ganze Gesicht.

»Dann sei du aber auch mal still, Jasmina«, rief Benno. Aber es klang wohlwollend.

»Sei nicht so undankbar. Jasmina hat großartige Dinger gesagt«, schrie Lilly zurück und der Streit drohte erneut zu eskalieren.

Aber da der Pfau nicht anwesend war (aus der Zigarettenpause war wohl ein *Zigarettenfrühstück* geworden) und da Jasminas Worte so schön waren, kam es innerhalb der nächsten 20 Minuten zu einer Einigung. Musste lange her sein, dass Benno und Lilly sich in einem Zwillingspaar gespiegelt hatten. Man wollte es noch mal miteinander versuchen. Unter Jasminas Anleitung durfte jeder eine wohlüberlegte, den Bedürfnissen der Gegenseite entgegenkommende Bedingung stellen, die vom anderen akzeptiert werden musste.

Bennos Bedingung lautete: »Drei der neuen experimentellen Stücke müssen aufs Album, wenn auch mit leichter Überarbeitung der Harmonien.«

Und mit Bedingung Nummer zwei setzte Lilly ihren Albtraum außer Kraft: Der Pfau wird mit sofortiger Wirkung als Manager entlassen und darf sich nicht mehr in die Angelegenheiten der Band einmischen.

»Ich will einfach nicht mit Leuten arbeiten, die mich hintergehen und die glauben, sie wüssten besser, was gut für mich ist, als ich selber«, durfte Lilly ein abschließendes Statement machen und auch Benno wurde die Möglichkeit eines Abschlussplädoyers eingeräumt.

Jasmina schenkte ihm sogar das letzte Wort.

Sie lief zur Höchstform auf: »Benno, du bringst noch etwas zu deiner Verteidigung vor und dann sollte der Streit zwischen euch für alle Zeiten gegessen sein.«

Benno quetschte tatsächlich ein paar rührende Worte zwischen den Zähnen hervor: »Ich wollte einfach nicht, dass wir in einer musikalischen Sackgasse landen. Ich will eingeschlagene Wege auch mal verlassen können. Es muss immer die Möglichkeit eines Experiments geben, wenn man den musikalischen Stillstand vermeiden will.«

Am Ende verlangte Lilly, dass ihre beiden Jungs einmal kräftig Jasmina applaudieren, »für diese irre Streitschlichtung.«

»Tja, wer hätte gedacht, dass Punk-Girls so konstruktiv sein können«, scherzte Jasmina. Und somit war das Duo Café Prag gerettet. Zumindest für den Moment.

Später, als sie sich mit federnden Schritten auf den Weg zum Taxistand machten, fiel Lilly vor Jasmina in die Knie und küsste im Spiel ihre Füße.

»Du bist meine absolute Überheldin, Jasmina! Deine Argumente waren der Knaller. Ich glaube, der Vergleich mit den Zwillingen hat die Wendung gebracht. Das hat Benno echt weg gehauen. Der war voll gerührt. Er wollte lieber wieder mein Zwilling sein als mein Feind. Das hat ihn gekriegt, da bin ich mir sicher. Ganz am Anfang unsere Bandgeschichte haben wir uns nämlich auch mit Zwillingen verglichen und in hundert aufregenden Nacht-Sessions unsere Symbiose gefeiert.«

Sie fuhren durch die schmutzigen Prachtalleen Berlins nach Hause und Lilly hatte ihren strähnigen Wuschelkopf auf Jasminas Schulter gelegt und weinte, und Jasmina wusste nicht, ob aus Erleichterung oder weil es so ein schrecklicher Streit gewesen war.

»Aber jetzt will ich unbedingt mal deine Zwillingsschwester Candice kennenlernen.«

»Wenn du heute noch die Nerven dafür hast – komm einfach mit.«

»Ach, und ich hab eine Idee. Wir nennen das Album ›Shameless Birds‹, dann sind wir viele! Und dann bin ich auch ein *Shameless Bird*. Dann sind wir für immer verbunden.«

»Wieder ein Vogel, der aus seinem Käfig geflogen ist und fröhlich draußen herumzwitschert«, lachte Jasmina.

»Wenn ich darf!«

»Na klar. Ist mir eine große Ehre. Und ein Singvogel ist bei mir immer willkommen.«

Stille Nacht, Heilige Nacht

Als ich am frühen Abend des 24. Dezember in meiner dunklen Kammer erwachte, versuchte ich vor mir selbst zu verbergen, dass ich von Ivor geträumt hatte. Die schweren Türen in meiner Wohnung luden dazu ein, die Dinge abzuschließen. Sie passten perfekt zu den schönen, alten Holzmöbeln. Ich hatte nie zuvor in einem Haus mit so schweren, klobigen Türen gelebt. Hier konnte man mit Fingerfarben die Lebenslinien auf seiner Hand nachzeichnen und sich dabei für immer und ewig sicher fühlen. Da war etwas Schönes und Warmes gewesen im Traum, eine heilige Umarmung. Ich sprang sofort auf und ging unter die Dusche. Heiligabend wollte ich doch mit Jasmina und Candice verbringen! Ich versuchte, nicht an die Weihnachten mit Ivor zu denken, sondern lieber an die Kindheitsweihnachten. An Lichtorgeln und Gesangsanlagen, Puppenhäuser und Autorennbahnen, an Boutiquenkleider und Vinylscheiben. All diese lauten und blitzenden Geschenke, die auf den Tischen meiner Kindheit getanzt hatten. Als mir das Wasser wohlig warm über den Körper floss, fiel mir wieder ein, dass ich immer mehr bekommen hatte als die Nachbarskinder in Bristol. Glück gehabt, wenn die Eltern nach der Devise leben: Lieber das ganze Jahr über gut leben, anstatt das ganze Geld in ein teures Auto und drei Wochen Urlaub am anderen Ende der Welt zu stecken. Vielleicht war das ganze Gutleben aber auch nur eine Ausrede gewesen, um Vater nicht auf falsche Gedanken zu bringen. Doch irgendwann hatte ihn die Idee, nach Deutschland zurückzukehren, nicht mehr losgelassen. Wir waren ins bevölkerungsreichste deutsche Bundesland, nach Nordrhein-Westfalen gezogen. In einem bezaubernden Reihenhäuschen in einer Stadt namens Aachen waren die Geschenke kleiner geworden. Aber sie blieben spektakulär! Ich war mir sicher, dass jede blinkende Bridge und jeder leuchtende Refrain, den ich schrieb, etwas von den Laufllichtern und Puppenhäusern meiner Kindheitsweihnachten enthielt.

Geduscht und nach frischer Aprikosenmandelcreme duftend, zog ich ein farbenfrohes, sommerliches Kleid über und konnte mich sogar dazu überwinden, die Tür zum Gerümpelwohnzimmer zu öffnen, dort mussten sich noch Geschenkpapier und Geschenkbänder befinden. Zögernd, wie durch das Tor zu einer anderen Welt, trat ich ein. Oh Gott, es war sogar noch schlimmer als erwartet. Was für ein Downer! Mein Wohnzimmer sah aus wie der Speicher oder der Kellerraum einer mehrköpfigen Familie, die seit zehn Jahren nicht mehr entrümpelt hatte.

Dieses Chaos, unbeschreiblich! Die alten Kleider und die alten CDs ohne Hülle (und die Hüllen ohne CDs erst), die irgendwer (ich?) zu faul gewesen war in die blauen Müllbeutel zu stopfen. Die lagen ebenfalls auf dem Boden verstreut herum. Ranzige Holzmöbel und wuchtige Familienerbstücke stapelten sich. Mein Vormieter hatte die irgendwann mal abholen wollen ... Der Teppich war weggerissen worden, aber auf dem scheckigen, rostbraunen Laminatfußboden lebten seine bunten Überreste fort. Und wo sollten all diese undefinierbaren Tische und Stühle hin? Mein Blick blieb an einem riesigen Fernrohr hängen und ich trat aus Versehen auf eine noch in Klarsichtfolie verpackte Schachtel mit allerlei Gesellschaftsspielen. Daneben befand sich ein hochwertiges Puzzle mit Motiven aus berühmten Kunstwerken. Ich dachte nicht im Traum daran, hier mal aufzuräumen, stattdessen segelte ich über einen Stapel staubiger Bücher und erspähte in der Ecke die rotgoldenen Rollen mit Geschenkpapier. Ich schnappte sie mir und kriegte ein paar Streifen benutztes Geschenkband zu fassen. Machte mich danach schleunigst auf den Rückweg, als müsste ich aus einem Albtraum herauskriechen. Ich schalt mich jetzt für meine Unfähigkeit, Wohnungen zu renovieren. Was für ein dummer Luxus, dieses Zimmer so verkommen zu lassen! Dann verließ mich irgendwie der Schwung und ich ließ mich einfach auf einem der Kleiderberge nieder. Die Anwesenheit in diesem Raum schien meine ganze Kraft zu verbrauchen.

Irgendetwas stimmte nicht. Mir wurde richtig schwummerig. Der Kreislauf schien im Keller zu sein. Es war aber auch zu blöd von mir gewesen, das heranrückende Weihnachtsfest komplett zu ignorieren, nur um am Tag die große Idee Weihnachten bis zur Erschöpfung durch meine Erinnerungskanäle zu jagen. Ich beschloss, nicht mehr an früher zu denken. Ein herrlicher, unbeschwerter Abend mit Jasmina und Candice stand vor der Tür!

Doch es war schon zu spät. Während ich vergeblich versuchte mich aufzuraffen, jagten mir Ereignisse, die beinahe zwanzig Jahre zurücklagen, einen trüben, mutlosen Schrecken ein. Ich konnte den Fluss der Bilder nicht mehr stoppen. Seltsam, dass mir das nicht schon vorher aufgefallen war. Mein »Wohnzimmer« erinnerte mich auf einmal an den Geräteschuppen der Jansens, in dem Lars mich, als ich dreizehn war, so furchtbar in die Enge getrieben hatte.

Lars war der Bruder meiner damals besten Freundin Julia. In der Phase, wo Mama im Krankenhaus war, sahen Julia und ich uns beinahe täglich. Mit ihrer stillen, unbeschwerten Art war sie die Rettung für mich. Außerdem konnte man so toll mit ihr Musik hören. Mindestens dreimal die Woche aß ich bei ihrer Familie zu Mittag. Denn die Schule in Deutschland dauerte nur bis 13 Uhr und was hätte ich an all den langen Nachmittagen sonst tun sollen?

Ich mochte die vornehme Atmosphäre und die Tischmanieren bei Julia zu Hause. Für mich war bei den Jansens immer ein Plätzchen gedeckt. Das edle Besteck, die guten Zutaten ... keine einfache Supermarktkost! Die Mutter kaufte nur in Bio- und Feinkostläden, obwohl die Familie nicht übermäßig reich war. Aber sie spielte sich nie damit auf. Sie war eine unfassbar nette Frau. Für sie war es das Normalste von der Welt, dass man sich nur die Nahrung zuführte, die auf jeden Fall gut im Magen lag. Bei Julia und ihrer

Mutter konnte ich mich fühlen wie eine wilde Göre und eine feine Dame zugleich.

Mit Julia konnte ich über alles reden, nur nicht über ihren Bruder. Julia vergötterte Lars. Ich hasste ihn. Aber ich traute mich nicht aufzumucken, wenn Lars, ein ganz normaler Jeans-und-T-Shirt-Junge kurz vor der Volljährigkeit, mal wieder allzu gierig auf meinen frühentwickelten Busen starrte oder mich, als wäre es harmlos, sein »kleines Schlämpchen« nannte. Wenn er mir wie beiläufig durch die Haare fuhr, auch mal daran zog, und mir erzählte, dass Mädchen mit blonden Haaren bestimmte Dinge tun müssten. Weil sie es nämlich genau so wollten, haha.

Mein 13-jähriges Ich verstand nicht, was er meinte, und gleichzeitig verstand ich es sehr wohl. Manchmal spielten wir Räuber und Gendarm. Er durfte mich fangen, weil ich der Räuber war. Manchmal tat er aber auch so, als ob er gerade gestorben wäre, und ich sollte auf seinem Körper herumgkrabbeln.

»Wer ist hier tot. Ich bin nicht tot. Also wer ist hier tot?!« Dann ließ er mich laufen, als wäre nichts geschehen. Ich fand das alles etwas unheimlich, auch diese Sprüche von ihm. »Mach die Augen zu, dann ist Nacht.«

Aber ich versuchte solchen Vorkommnissen keine allzu große Bedeutung beizumessen. Mein Gott, wir waren doch Kinder. Und er war halt ein Junge in der Pubertät und so waren Jungs in der Pubertät halt.

Aber während ich immer noch auf meinen ausrangierten Kleidern aus den Nullerjahren saß und mich doch nur aufraffen und die Geschenke für Jasmina und Candice einpacken wollte, fiel mir plötzlich die Sache mit dem Geräteschuppen ein, die ich seitdem mehr oder weniger verdrängt hatte. In jenem Winter war es meiner Mutter besonders schlecht gegangen. Sie wurde auch über Weihnachten nicht entlassen und mein Vater hatte nichts dagegen gehabt, dass ich Heiligabend bei der Familie Jansen verbringe. Denn es war längst ausgemachte Sache, dass sich meine Eltern nach dem aktuellen Klinikaufenthalt meiner Mutter trennen würden.

Es war ein besonders kalter Wintertag. Ich befand mich im Geräteschuppen direkt neben dem Haus der Jansens und kümmerte mich um unseren kleinen Igel, den Julia und ich über den Winter zu bringen versucht hatten. Ich hatte »Igel« gerade ein Becherchen mit Milch hingestellt, da stand auf einmal Lars im Türrahmen, mit einem irgendwie anderen Blick als sonst.

»Siehst aus wie eine Western-Silhouette«, hatte ich noch vorlaut gescherzt. Das Wort »Western-Silhouette« hatten wir gerade erst im Deutschunterricht gelernt und ich war mächtig stolz darauf, es im Alltag anzuwenden. Ich fand, es passte zu der Schattengestalt im Holzrahmen.

Er sagte, in sehr scharfem Ton: »Jetzt zeig dich mal ein bisschen dankbar dafür, was wir alles für dich tun. Sogar Weihnachten verbringst du bei einer fremden Familie, tss, tss.«

Ich war sprachlos. Erhob mich aber schleunigst aus meiner kauernden, bodennahen Position. Da gab er mir einen Schubs, so dass ich weiter unten blieb.

»So, und jetzt sei mal ein nettes Mädchen«, sagte er. Er machte seine Hose auf und hielt sein Geschlechtsteil zwischen den wurstigen Fingern.

»Ich weiß genau, was du willst! Komm, hol es dir zu Weihnachten. Wenn du hier mit deinen kurzen Röcken rumläufst, musst du dich nicht wundern, wenn ich auf naheliegende Gedanken komme.«

Ich erhob mich, und er gab mir mit der noch freien Hand wieder einen Schubs. Sein Lachen war grässlich.

»Du hast deinen blutenden Slip auf meinem Bett vergessen. Vergiss das nie.«

Mir lief es heiß und kalt den Rücken runter. Irgendeine Substanz war in meinen Körper gefahren, die mich weitgehend lähmte. Ich überlegte, ob er mir beim Nachmittagsbrunch etwas ins Glas getan hatte. Gleichzeitig war so viel Wut in mir, dass ich es schaffte, aufzustehen und zu schreien:

»Hör endlich auf. Ich will dich nicht.«

Wie in Trance steuerte ich auf die Tür zu. Ich ließ ihn nicht aus den Augen, nahm einen komischen Geruch an ihm war, er verriegelte die Tür.

II

Als Lilly an diesem Weihnachtsabend vor der Tür stand, in einem entzückenden Sommerkleidchen, das viel zu dünn für diese Jahreszeit war, dafür aber in einem düsteren Violett leuchtete, bemerkte Jasmina sofort, dass irgendetwas vorgefallen war.

»Komm mal her, du wirkst so erschüttert«, sagte sie und legte ihre Arme um die Freundin.

»Das kann man wohl sagen«, murmelte Lilly mit einem verletzten, kleinen Lächeln und niedergeschlagenen Augen.

Es wurde eine sehr schöne Umarmung und Jasmina wünschte sich, es würde niemals zu Ende gehen. Lilly lag wie ein wertvoller Schatz in ihren Armen. Könnte man nicht einfach für immer so stehen bleiben? An der Schwelle zu einem Fest und dieses Mädchen umarmen, das so leicht war wie der Schnee ringsum und so schwermütig wie eine Abendandacht. Und Jasmina hatte wieder den Gedanken, der sie neuerdings nicht mehr los ließ, dass ihre Gefühle für Lilly, die das rein freundschaftliche Maß schon lange überschritten hatten, irgendwie lästig waren. Aber dann wiederum: Was war schon dagegen einzuwenden, in die beste Freundin verliebt zu sein? So richtig verliebt war Jasmina ohnehin noch nie gewesen. (Was sie nicht daran gehindert hatte, Sex zu haben.) Jedenfalls nicht in einen real anwesenden Menschen. Oder doch? War es nicht schon nachgerade schlimm? Als Lilly sich allmählich aus der Umarmung löste, sah Jasmina, dass ihr die Tränen über die Wangen liefen.

»Was ist passiert?«

»Nichts Neues, mir sind nur ein paar blöde Erinnerungen aus meiner Kindheit hochgekommen.«

»Das müssen ja sehr blöde Erinnerungen sein.«

»Ja, wirklich sehr blöde«, ihre lilaglühende Porzellanpuppe lachte wie ein kleiner, feuriger Sonnenuntergang.

»Sehr, sehr, sehr blöde. Aber ich freue mich total, dass ich Heiligabend mit euch verbringen kann. Vielleicht erzähl ich dir nachher mal in Ruhe, was mir an einem früheren Weihnachtsabend passiert ist. Aber jetzt lass uns erst mal feiern. Ich will euch nicht die Laune verderben. Und mir selber auch nicht.«

»Du verdirbst mir nicht die Laune, egal was du erzählst. Ich krieg gute Laune von dir«, versicherte Jasmina.

Lilly lachte befreit. »In dir lebt aber auch eine rheinische Frohnatur, wenn du von einer Elendsgestalt wie mir gute Laune kriegst.«

Sie gingen ins Wohnzimmer, wo die Zwillinge einen kleinen Weihnachtsbaum mit roten und goldenen Kugeln aufgebaut hatten. Lilly wurde von Candice mit einer stürmischen Umarmung begrüßt.

»Jetzt will ich aber mal wissen, wie es bei eurem Zwillingstheaterstück war«, rief sie, sichtlich erfreut über die offene und herzliche Begrüßung von Candice.

»Oh Gott, das willst du nicht wissen, das ist der Wahnsinn«, lachte Candice, während sie Lilly einen Holunderapfelsaft mit Zimt servierte, dazu eine große Tasse Kaffee mit Milch, weil sie mal davon ausging, dass Jasmina sowieso zu allem einen Kaffee trinken wollte.

»Ich hoffe es ist okay, dass wir hier so komische Musik hören«, sagte Candice mit einem Lächeln und bedeutete Lilly sich neben ihr auf der Riesencouch niederzulassen.

»Die Musik ist fantastisch. Genau das Richtige für meine Stimmung«, behauptete Lilly. »Was ist das denn? Das kenn ich gar nicht.«

»Das ist eine CD mit klassischer Musik zum Stress abbauen. Puccini, Verdi, Ponchielli, Mozart.«

»Was hier gerade läuft ist Mozart«, konkretisierte Jasmina, »aus dem Klarinettenkonzert Adagio.«

»Das ist so wunderschön, dass einem die Tränen kommen«, sagte Lilly und wirkte dabei vollkommen ergriffen und eins mit sich und ihrer Umgebung, als würde nicht nur von der Musik, sondern auch von ihr selbst ein überirdisches Glücksstrahlen ausgehen.

Jasminas kleines Herz schmolz weiter dahin. Lilly war aber auch immer für eine Überraschung gut! Dass die von Popmusik besessene Sängerin sich ohne Diskussion auf Klassik einlassen konnte, musste als gutes Zeichen gewertet werden. Vielleicht würde sie es dann auch nicht als Stilbruch empfinden, mal mit einer Frau herumzuschmusen! Jasmina trank das Glas Holunderpunsch in einem Zug aus. Sie hatte gar nicht vorgehabt, solche Sachen zu machen oder auch nur zu denken und ermahnte sich zu äußerster Vorsicht. Wenn Lilly auch nur im Geringsten ausstrahlte, dass sie nicht wollte, dann musste man sofort damit aufhören. Auf keinen Fall die Freundschaft gefährden oder die Freundin überfordern, nur weil man ein paar Gefühle übrig hatte und nicht wusste, wohin damit. Jasmina war sich schmerzhaft der Tatsache bewusst, dass ihr Leben es ihr im Moment nicht gestattete, auf Partner- oder Partnerinnensuche zu gehen, weil sie immerzu Schulstress und Blogstress hatte, und jetzt waren auch noch die Theaterproben dazugekommen. Wenn es zwischen ihr und Lilly auf einer anderen, noch höheren Ebene funken sollte, dann war das eben so. Wenn nicht, dann nicht, und heute schon mal gar nicht. Heute war »das Fest der Liebe«, dachte Jasmina ironisch, deshalb musste sie morgen frühzeitig aufstehen und zu Mutters Weihnachtsbrunch gehen.

Derweil entspann sich zwischen Lilly und Candy ein lebhaft-aufgedrehtes Gespräch über das Zwillingstheaterstück. Es hieß »Doppeltes Leid, doppeltes Glück« und Candy sagte mal wieder ihr Sprüchlein auf: dass sie den Titel nicht gut fände, »zu mainstreamig«, aber alles andere dafür umso mehr. Schwärmte, in allen Einzelheiten, von den drei mitspielenden Zwillingspaaren.

Erzählte von entzückenden neunjährigen Mädchen, die so viel Energie hatten, dass sie die ganze Zeit auf Rollschuhen umherfuhren, und dann einen Schwenk zu den wundervollen Jungs. »Der eine studiert Betriebswirtschaft, der andere macht eine Ausbildung zum Koch, wie um zu beweisen, dass sie total unterschiedlich sind.« Und endete schließlich mit einer Schilderung der hinreißenden Hauptdarstellerinnen, die überhaupt die klügsten und schönsten Schauspielerinnen waren, die Candy je gesehen hatte.

Je lauter Candy die frohe Botschaft des Zwillingsdaseins heraustrompetete, »und wie gut wir uns alle verstehen«, desto stiller wurde Jasmina. Nicht, dass Lilly sich bei so viel Zwillingspower ausgeschlossen fühlte! Schon schaltete sie sich, auf dem Schreibtischstuhl sitzend, in das Gespräch auf der Couch ein.

»Mit der abschätzenden Verwendung des Wortes ›Einling‹ solltest du vorsichtiger sein, Candy. Was soll denn Lilly denken? Sie ist doch nicht dieser doofe konkurrenzbesessene Einlingstyp.«

»Quatsch, jetzt. Lilly hat genau verstanden, was ich meine«, widersprach Candy.

»So ist es! Ich finde das Wort ›Einling‹ wirklich gut. Ich hab es nie zuvor gehört. Und ich habe noch nie über mich selbst als Einling nachgedacht. Man nimmt das viel zu selbstverständlich hin, dass man allein auf die Welt gekommen ist«, sagte Lilly und strahlte. Sie war bereits bei der dritten Tasse Kaffee angelangt. Sie schluckte dieses Magenbitter weg wie nichts Gutes. Sie trank die düstere Brühe sogar ohne Milch.

»Einling reimt sich auf Eindringling«, sagte sie nachdenklich.

»Aber so sollst du dich ja genau nicht fühlen. Als Eindringling, der unerlaubt ins Reich der Zwillinge eingedrungen ist«, ließ Jasmina nicht locker.

Lilly lachte. »Aber keine Sorge. Ich fühle mich ausgesprochen willkommen. Ich denke nur, man könnte einen Song über das Thema schreiben.«

Jasmina stimmte erleichtert in ihr Lachen ein: »Wie wärs mit ›Wer bin ich und wenn ja, wie viele‹?«

So saßen sie und plauderten und hörten schräg anmutende, klassische Musik und Candy ließ es sich nicht nehmen, ihrem Gast die Schatten- und die Schokoladenseiten des Zwillingsdaseins näher zu bringen.

Candy redete, ganz nach Jasminas Geschmack, manchmal zu viel. Sie drang oft erst auf Umwegen zum Kern der Geschichte vor.

Vielleicht lag es daran, dass sie weder ein Tagebuch führte noch einen Blog schrieb und daher alles, was sie so dachte und fühlte, in Gesprächen ausagieren musste. Aber in der nächsten Minute ließ sich Jasmina schon wieder mitreißen von Candys wütenden Schilderungen.

»Stell dir mal vor: Obwohl die alle ganz unterschiedlich sind, kennt jeder der Zwillingsstatisten das mit dem Schulhofmobbing. Die Jungs, Nils und Jakob, sind sozial engagierte Typen, die kleinen Mädchen Marie und Leonie sind extrem aufgeweckte, musisch begabte Typen und die Schauspielerinnen Klara und Alexandra waren beide in ihrer Schulzeit Asse in Sport. Sie sind alle normschön und sie können alle mit Messer und Gabel essen. Aber sie alle wurden aufs Brutalste auf dem Schulhof gemobbt.«

»Das ist ja Wahnsinn. Ich wusste nicht, dass die Leute so gemein zu Zwillingen sind. Ich dachte, das wäre ein allgemeiner Menschheitstraum, einen Zwilling zu haben«, sagte Lilly verblüfft.

»Das ist der wunde Punkt. Die Kinder platzen vor Neid und hacken auf ihren eigenen Träumen herum, indem sie uns zu Außenseitern machen und beleidigen«, versuchte Jasmina sich ebenfalls an einer Erklärung.

Candy fuhr fort, mit der stoischen Besessenheit des Statistikers: »Wir sind vier Zwillingspaare. Das macht acht Individuen. Und für jeden von uns war es in der fünften und in der sechsten Klasse am schlimmsten. Also direkt nach dem Einstieg in eine weiterführende Schule. Vielleicht ist das der Versuch, Zwillinge von Anfang an nicht hochkommen zu lassen. Aus dem Glauben heraus wir hätten im Leben wunderwas für Vorteile.«

»Die meisten Menschen ertragen keine Abweichung von der Norm«, warf Jasmina bekümmert ein.

»Vielleicht ist es in anderen Ländern anders?«, fragte Lilly. »Ich kann mir nicht vorstellen, dass meine Landsleute, die das Exzentrische lieben, mit so etwas ein Problem hätten.«

»Vielleicht. Im Laufe der Jahre ist es aber immer besser geworden. In der zwölften Klasse waren sowohl Nils und Jakob, als auch

Klara und Alexandra Klassensprecherinnen. Die Jungs waren sogar Schulsprecher.«

»Ist doch klar. Als Zwilling musst du immer schön konstruktiv sein. Und weil du zu zweit bist, lernst du irgendwann dich durchzusetzen«, ergänzte Jasmina.

»Vom Mobbingopfer zum Schulsprecher, das könnte uns nicht passieren. Dafür sind wir nicht spießig genug«, lachte Candy.

»Aber wir sind ja auch keine Opfer«, stellte Jasmina schnell richtig. Was sollte denn die Freundin denken? Lilly war doch nicht mit *Opfern* befreundet!

»Wir lassen uns ja nichts bieten. Die Klassenkameraden sind uns egal. Uns ist einfach alles scheißegal. Wir lassen die Leute reden. Die meisten haben ihre Bildung nämlich aus der Bild.«

Lilly lachte. »Gute Strategie. Wenn mir das nur auch mal gelingen würde: Die Leute reden lassen! Ich bewundere euch dafür, wie ihr das alles an euch abprallen lasst.«

»Als Sängerin und Musikerin in der Öffentlichkeit ist so was aber auch schwerer. Klar, du musst dir Gedanken um deinen Ruf machen. Mit dem Internet und allem, was da an Rufmordverstärkung dran hängt«, sagte Candy sanft.

»Na ja. Wenn ihr zusammen Musik machen würdet, dann wärt ihr bestimmt nicht so schnell eingeschüchtert wie ich«, sagte Lilly und schaute nachdenklich auf ihre kleinen Hände. »Ihr würdet einfach sagen: Fickt euch doch alle, ihr Wichser. Aber ich kann das nicht. Mir geht jeder unfaire Kommentar unter die Haut. Das heißt nicht, dass ich ein Problem mit konstruktiver Kritik habe.«

»Jetzt hast du ja uns«, sagte Candy lachend, »deine Brigaden der Schamlosigkeit. Deine Shameless Birds. Wir sind deine neue Familie. Wir fliegen gemeinsam in die Freiheit, ins Licht.«

»Und jetzt gibt's das viergängige Weihnachtsmenü!«, unterbrach Jasmina und lief mit der besten Laune, die sie je gehabt hatte, in die Küche.

Von nun an würde das Leben gut werden!

Das schwor sie sich. Jetzt, in diesem Moment. Das Leben war besser als sein Ruf. *Besser als mein Ruf, hahaha.* Es war mindestens so gut wie Bratäpfel mit Zimt. Oder Vanilleis mit heißen Himbeeren. So gut wie Blaubeercupcakes und Apfeltorte. Wie Curryreis mit Gemüse und in Weißweinsoße.

Mit viel Liebe verteilte Jasmina die Brokkoli und Blumenkohlröschen auf drei Tellern. Es machte ihr gar nichts aus, das Essen alleine zuzubereiten. Sie war die Küchenchefin! Wie in Trance ließ sie den vergangen Monat noch einmal Revue passieren. In Lilly hatte sie eine tolle Freundin gefunden und auch mit ihrer Zwillingsschwester verstand sich Jasmina besser als je zuvor. Durch die Rolle in dem Zwillingstheaterstück war ihr nun ihre eigene Funktion innerhalb der Beziehung zu Candy sonnenklar, ja winterhimmelsternenklar. Sie war die Erstgeborene und trat als solche eben etwas dominanter auf. Auch bei Marie und Leonie war das so, ebenso bei Nils und Jakob, und auch bei Alexandra und Klara. Alles in allem war es jedenfalls keine Schande ein Zwillingsmädchen zu sein! Und wenn Mobbing in der Schule die selbstverständliche Dreingabe war, na, dann sollte es ihr eine Ehre sein. *Happy Xmas, war is over.* Schluss mit den Schuldgefühlen!

Nach dem Essen und nach den Geschenken (Lilly stülpte sich das von Jasmina ausgesuchte und von Candice selbstgenähte Haarband aus leuchtendem Karo- und Blumenmusterstoff sofort übers Haar) gaben Candice und Jasmina eine erste Exklusiv-Vorstellung ihrer Theater-Performance. Auch wenn es Jasmina so peinlich war, dass sie beinahe gestorben wäre vor Scham, sie tanzte augenrollend und spielerisch einen Blogeintrag ins I-Phone tippend auf dem Wohnzimmerparkett. Neben ihr tanzte Candice, die mit geschlossenen Augen eine überlebensgroße Monsterpuppe nähte. Sie fanden zueinander, schwebten wieder auseinander und hatten alles in allem eine lustige Ausstrahlung und jede Menge Spaß. Am Ende spuckte Jasmina auf den Boden, während Candice die Monsterpuppe ins imaginäre Publikum warf.

Lilly fing die Puppe auf und applaudierte! Jasmina sah aus den Augenwinkeln, dass ihre Freundin richtig außer sich war. Sie hatte während der Performance eher abwesend gewirkt, aber jetzt standen ihr schon wieder Tränen in den Augen. Sie sprang auf und umarmte sie beide zur gleichen Zeit.

»Ihr seid so tolle Mädchen, ich liebe euch! Ihr gehört auch auf die Bühne, so wie ich!«

Jasmina freute sich mehr darüber, als wenn das Kompliment nur ihr alleine gegolten hätte …

Dann tanzten sie zu dritt zu Mozarts Adagio und später zu Lady Gagas »Bad Kids«. Lillys Augen hatten nicht erst seit heute die Farben des Himmels, und als Jasmina das aufs Neue feststellte, meinte sie darin zu lesen, dass die Freundin *sie* eben doch ein wenig lieber hatte als die kleine Schwester.

Volksbühne

Am ersten Weihnachtsfeiertag erwachte ich erst, als der Abend schon dämmerte. (Spielte da jemand tot mit mir? »Mach die Augen zu, dann ist Nacht.«)

Ich drehte mich auf den Rücken und versuchte die negativen Gedanken zu vertreiben. *Bang bang, I hit the ground. Bang bang, that awful sound.*

Wahrscheinlich bin ich gerade dabei einen Rekord zu brechen, dachte ich mit einem Schmunzeln. Es gibt doch bestimmt keinen anderen Menschen, der freiwillig über so einen langen Zeitraum hinweg auf Tageslicht verzichtet. Was bedeutet das nur? Ich trinke nicht, ich rauche nicht, ich nehme keine Drogen und ich kann trotzdem nicht mehr vor acht, neun Uhr morgens einschlafen. Ich legte mir das Kopfkissen aufs Gesicht, damit der Raum noch dunkler wurde. Ich war ein Zwilling der Nacht geworden, genau wie Jasmina, und ich genoss diesen Zustand auch noch! Nur dass die arme Jasmina jeden Morgen aufstehen und in die Schule gehen musste. War die ausnahmslose Nacht der Schlüssel zu einem geheimen Schatz? Sie schien mich zu lehren, gnadenlos ehrlich zu mir selbst zu sein. Mit jeder Faser meines Körpers wollte ich den rastlosen Kapiteln meiner Angst nachspüren. Ich blieb regungslos unter den Kissen liegen und hing Träumen nach, die mir sonst entwischt wären. Aber die Gefühle, die mit der Gewaltsituation in dem Schuppen zusammenhingen, waren wie ausgelöscht. Zum Glück. Obwohl sie mich gestern um diese Zeit geradezu überschwemmt hatten. Nur eins war noch übrig: »Mach die Augen zu, dann ist Nacht!« Ich lobte mein Unbewusstes dafür, dass es mir keine einsamen Albträume gesendet hatte. Wenn ich alleine war, wollte ich an solch gruselige Dinge nicht mehr denken und mit anderen zusammen schon gar nicht. Es war doch alles schon so lange her! Vielleicht wachte ja an meiner Stelle die Nacht über die Gewalt jener Tage. Ich nahm mir richtiggehend vor, in Zukunft noch behutsamer mit meinen Erinnerungen umzugehen. Nicht zu viel auf einmal sehen oder fühlen! Ich musste lernen sie zu dosieren, wie ein Gift, das in geringen Mengen vielleicht sogar heilsam sein konnte. Wie froh ich war, dass ich stattdessen von jener hübschen, halben Treppe geträumt hatte, die Ivor in der Woche vor unserer Trennung im Park fotografiert hatte. Vielleicht wäre die Treppe doch das perfekte Albumcover! Im Traum waren Ivor und ich als ein gemeinsames Wesen von der höchsten Stufe der Treppe auf den höchsten Baum im Park geklettert. Dort haben wir uns an den Händen gehalten und uns geschworen, nie mehr nach Hause zu gehen. Das war so ein warmes Gefühl! Im Wachzustand verwünschte ich das Ende dieser Liebe, die überhaupt nicht zu Ende war, umso mehr. Ich hasste Ivor dafür, dass er keinen Bock mehr hatte, »Beziehung mit Business zu verbinden«. Zum hundertsten Mal in diesem Winter dachte ich: »Musik! Das ist doch nicht *Business*, das ist unser *Leben*!«

Das Bild von der Treppe, die mit uns zusammen in den Himmel gewachsen war, begleitete mich wie ein Nebel durch die anbrechende Nacht. Beim Aufstehen fand ich sogar Gefallen an meiner skandalösen Nüchternheit. Nicht einmal am heiligen Abend ein Glas Wein getrunken, dies war die wahre Lilly Vegas! (Clarissa Underwood, wie sie leibte und lebte. Kein Wässerchen trübte ihren Verstand.) Ich war froh, dass ich Jasmina nichts von dem scheußlichen Übergriff von Lars erzählt hatte. Dieser eine Moment, wo alles aus ist, viele zähe Minuten lang. Und wie sollte ich das dann einem anderen Menschen erklären? Gab es überhaupt schon Worte dafür?

Was blieb war eine große Erschütterung. Während ich einen Kaffee kochte, lenkte ich mich mit dem Gedanken an die Theaterperformance der Zwillinge ab. Ich musste lächeln. Jasmina war so reif für ihr Alter! Dieser Schalk in den Augen, als sie das Zwillingsmanifest vorgelesen hatte. Und mit ihrem abschließenden Tanz hatten sich die Mädchen keck eine Zukunft gestohlen!

Ich nahm die Kaffeetasse in die Hand und eilte zurück ins Schlafzimmer, um mich für die kommende Nacht hübsch zu machen. Auf dem Programm stand das große Weihnachtskonzert in der Volksbühne, mitsamt Lesung und Performance-Kunst. Lurchies Rache hatten die Ehre, als Hauptact aufzutreten. Oh diese Jungsbands, sie brachten es immer gleich so weit. Lurchies Rache gab es doch überhaupt erst seit zwei Jahren. Ich war aufgeregt, wenn ich an den Abend dachte. Mein Schlafzimmer sah aus wie der Kleiderschrank eines bescheuerten Popstars ... In psychedelischer Traumgeschwindigkeit ergaben sich immer neue Kleiderkombinationen. Zu guter Letzt entschied ich mich für Post-Punk-Style, mit einem Tick New Romantic. Man könnte sagen, ich sah aus wie auf einer Postkarte für New-Wave-Girls. Alle Leute, die ich kannte und auch diejenigen, die ich nicht mehr kannte, würden doch heute in die Volksbühne kommen. Schottenrock, Netzstrumpfhose, Ledershirt, das goldrosa Jäckchen. Wollen wir mal hoffen, dass zu dem alten Ärger, der unter schwierigsten Bedingungen beigelegt worden war, kein neuer Ärger dazukam.

Ich schickte ein Stoßgebet zu Jasmina in die Invalidenstraße. Danke Jasmina, dass du den Café-Prag-Bandstreit von groteskem, ja kafkaeskem Ausmaß geschlichtet hast! Vielleicht war heute der Tag, um mit dem Pfau eine gemütliche Friedenspfeife zu rauchen? (Was immer das in meinem Fall auch sein mochte. Vielleicht gemeinsam eine Packung Kaugummi kauen?) Während ich mir die längsten Ohrringe aller Zeiten in die Ohrläppchen steckte (sie reichten bis auf die Schultern), checkte ich auf dem Smartphone meine Mails. Dabei entdeckte ich eine Mail mit dem Absender Lurchies Rache: »Hier, Lilly, meine nie antwortende Frau aus einem Traum von einer anderen clarissaroten Welt: ich hab dir ein Lied geschrieben! Über unsere nie stattfindenden Begegnungen. Das Lied heißt: Nur ein Kuss. Du kannst es dir heute Abend live anhören. Gäli plus 1 geht klar, aber ach, du hast bestimmt Besseres zu tun, als zu so 'ner verlumpten Indieband in die Volksbühne zu kommen. Frohe Weihnachten, dein Lurchie.«

Nein, durchaus nicht! Ich hatte nichts Besseres zu tun, als zu so 'ner verlumpten Indieband aufs Konzert zu gehen.

Ich musste schon zugeben: Sie waren doch eigentlich die letzte gute Band dieser moralisch verkommenen Szene (von meiner Band mal abgesehen). Und außerdem – Lurchies Hände, die mit sanftem Druck meinen Rücken gestreichelt hatten, dann weiter zu den Oberschenkeln gezogen waren ... Die Nacht der Grünen Feen im Trinkteufel ... War die Aussicht Lurchie wiederzusehen der Grund für meine Schönmachaktion? Ich blickte seufzend auf Schminkutensilien, die wie aufgezogene Spielzeugfiguren auf der Frisierkommode herumsprangen. Auch mein Spiegelbild sprach Bände aus einem Buch übers Verliebtsein: Smokey Eyes und weinrote Lippen, golden Schimmer auf rosa Apfelbäckchen ...

Es war doch verrückt zu glauben, dass ausgerechnet Lurchie mit den anderen unter der rosaroten Kuscheldecke der gemeinen Nachrede steckte ... Pure Paranoia, dass ich mich in der Nacht des Heidelberger Nervenzusammenbruchs nicht aufs Lurchies SMS zurückgemeldet hatte. Aber heute würden Lurchie und ich endlich Fahrt aufnehmen, oder besser gesagt: die Irrfahrt, die wir im Trinkteufel begonnen hatten, zu Ende bringen, ob mit oder ohne Hilfe der Grünen Fee.

Ich sah aus wie ein erblühtes Gemälde aus den zwanziger Jahren, als ich auf einem Hocker im großen Barraum Platz nahm. Weder für Stola noch für Hut musste ich mich schämen (den schneeweißen Hut mit dem schwarzen Band hatte mir Candice zu Weihnachten geschenkt.) Wer wäre ich denn, ihn nicht bei erstbester Gelegenheit zu tragen? Oh ich mochte es, mich in Gesellschaft auszuprobieren! Wer sagt denn, dass bei einem guten Style alles stimmen muss? Ich liebte die irritierten Blicke der Modemädchen, die bei ihrem perfektdeutschen Stil an alles, nur nicht an sich selbst gedacht hatten. Die Abgründe des Lebens musste man im Style ebenso mitbedenken wie die Aufwärtsübungen der Seele, dachte ich übermütig, während ich ein Mineralwasser mit Kohlensäure und einen Cappuccino bestellte. Und, getreu meinem Motto: »Straight Edge is the best, fuck the rest« auch »noch ein Glas Tomatensaft, dazu. Danke.« Ich nahm reichlich Flüssigkeit zu mir, aber so, dass keine Gefahr durch herabfallende Räusche bestand. Für die anderen stellte ich trotzdem eine rauschhafte Gestalt dar, dafür musste ich nicht sorgen. Ich war »Inside Susan«, ein Song der Gruppe Pulp, der sich gerade durch die Lautsprecheranlage fraß. *They put her in a corner and let her heat up the room, warming their hands and backsides in front of her, and then slagging her off around town.*

Vielleicht war es aber auch eine übertriebene Vorsichtsmaßnahme, sich wie ein gemobbtes It-Girl zu fühlen. Ich muss dem Frieden trauen, dachte ich, als der Song beendet war, und lächelte zu diesem Zweck in vertraute Gesichter. (Oh ich bin die Friedensbewegung!) Sie lächelten zurück. Die Zeit des Mobbings ist vorbei, jetzt kommt eine Zeit für die Liebe! Und auch die großen Zeiten der Bohème sind vorbei, dachte ich schwelgerisch, während ich an meinem Selters nippte, aber eine kleine Bohème würde es in den Städten immer geben. Georg war der Erste, der mich ansprach. Erst im Sommer hatte er mich für seinen Dokumentarfilm über das Berlin der zehner Jahre befragt. Er war aus Süddeutschland, wie alle gut gelaunten Deutschen dieser Stadt und er bestätigte immer wieder aufs Neue meine Theorie, dass die Berlinerinnen und Berliner nicht auf das Geld der »Schwaben« (diesen mutmaßlichen Zerstörern der »letzten freien Räume Berlins!«) neidisch waren, sondern auf deren heiteres Gemüt. Als Britin hatte ich so was im Gefühl, auch wenn mir die Idee von nationalen Identitäten ja suspekt war.

»Ich freu mich, dass du hier mit deinem Tomatensaft sitzt und so toll aussiehst«, sagte er nett und grinste jungenhaft.

»Danke, ich freu mich auch, dass du so toll aussiehst.«

»Ich hab gehört, dass du in den letzten Monaten so viele Hallus hattest, als ob du Trips geworfen hättest«, platzte er überraschend heraus. Ich war baff.

»Und dass du eine Psychotablettenüberdosis hattest.«

Er klopfte mir anerkennend auf die Schulter: »Gut gemacht, blonde Amy. Ich bin stolz auf dich!« Dann hob Georg sein Glas, deutete eine leichte Verbeugung an und zog von dannen. Mir fiel wieder ein, dass er es ja gewesen war, mit dem ich mal eine Nacht lang über Stephen-King-Bücher geredet hatte. Sein Lieblingsbuch war »Es«, die Geschichte eines unheimlichen Clowns. Genau so fühlte ich mich jetzt. Wie ein unheimlicher Clown in einem Horror-Roman, den ein anderer für mich gelesen hatte.

Psychotablettenüberdosis?? Ich zückte kurz meinen Schminkspiegel, um herauszufinden, ob mir schon getrocknetes Blut an den Lippen klebte, wie Lady Gaga auf dem Cover von »Artpop«.

Oder ob mir der blauschwarze Lidschatten bereits als todbringende Krähe unter meinen Augen hing. Denn die Gaga Lady musste ja nicht nur bei der Vergewaltigungskultur mitmachen, um ihre hundert Millarden Follower bei guter Laune zu halten, sie musste der Rape Culture auch immer ein paar Schritte voraus sein (schau mal, Fan, ich als verprügelter Clown, haha). Aber, nein die Lilly Vegas sah aus wie immer, hey stopp: Etwas in der Kommunikation zwischen mir und diesen Leuten (ich hatte seit Monaten nicht mehr mit ihnen geredet), musste furchtbar schief gelaufen sein.

Psychotablettenüberdosis??

Der nächste Schocker kam in Gestalt eines Redakteurs, der für denselben Radiosender wie der Pfau arbeitete. Ich kannte ihn noch von früher. Wenn auch nicht aus aachener Zeiten, so doch aus meinen ersten Jahren in Berlin. Es schien überhaupt so, als würden sich hier alle noch von früher kennen, aber es gab nicht viele wie mich, die noch so aussahen wie vor zehn Jahren. Die anderen waren nicht unbedingt stark gealtert, aber auch nicht gar nicht.

Er inspizierte mich, von oben bis unten. Verwunderung sprach aus seinem Blick.

»Aha, Flucht nach vorn. Das Beste, was du in deiner Situation tun kannst. Darf ich dir ein Getränk ausgeben?«

»Danke, sehr nett, nachher vielleicht.« Demonstrativ rührte ich in der Kaffeetasse.

»Du bist so mutig, das hat dieser wunderbare Moderator, den wir alle Pfau nennen, heute auch schon gesagt.«

»Was hat er denn gesagt?«

»Sie haben diesen komischen neuen Song von euch gespielt, ›Kiss the angel goodbye‹ oder sowas. Entschuldigung, du weißt schon. Er meinte so was wie: Die Sängerin Clarissa Underwood gräbt sich mit dieser Aufnahme ihr eigenes Grab, aber vielleicht will die Dame genau das ... Ich hab die Moderation für ihn redigiert. Übrigens hab ich ihm ›Lilly Vegas‹ reinredigiert, aber er hat es sich nicht nehmen lassen, trotzdem Clarissa Underwood zu sagen. Er meinte, ihr kennt euch noch von früher. Der Pfau ist halt genial ...«

Was? Der Pfau spielte ohne meine Einwilligung diese experimentelle Pseudoversion von »Kiss the angel goodbye« im Radio und verbreitete Lügen über mich? (Ausgerechnet »Kiss the angel goodbye«: mein heiliger Abschiedssong für Ivor.)

»Mein eigenes Grab?«

Zum Glück setzte das wunderbar hoch dosierte Dopamin in meinem Blut ein bisschen kämpferischen Humor frei: »Aber heute ist doch der Tag meiner Auferstehung! Ich fühl mich sehr lebendig.«

»So könnte man das auch interpretieren«, sagte er und lachte ehrfürchtig. »Ich freu mich echt, dass du es überlebt hast.«

»Was überlebt? Das Szenemobbing von diesem doofen Pfau und der doofen Harriet?«, blieb ich ganz bei meiner eigenen, inneren Wahrheit, auch wenn mir bereits dämmerte, worauf *er* hinaus wollte.

»Na, die Psychotablettenüberdosis, oder wie das heißt.«

Zu meinem Erstaunen hörte ich mich den angeberischen Satz sagen: »Na klar, ich hab mich gefühlt wie Kurt Cobain in Rom.«

»In Rom? Was war denn mit Kurt Cobain in Rom?«

»Alle Wege führen zu Kurt Cobain nach Rom«, ich lachte in sein verständnisloses Gesicht und hauchte ihm eine Antwort entgegen, die ebenfalls im Stil einer Radiomeldung verfasst war. »Na, damals in den Neunzigern, als wir alle noch in den unbelebten Vororten unserer Existenz hausten, da hat der beliebte Nirvana-Frontmann eine ganze Packung mit verschreibungspflichtigen Schmerztabletten geschluckt, woraufhin der arme Kerl für fünf Tage ins Koma gefallen ist. Zum Glück konnte er noch einmal gerettet werden.«

»Oh Mann ey, was du durchgemacht hast. Ich bin so froh, dass Lilly Vegas wieder unter uns weilt.«

Seine Augen wurden groß, als er weiter sprach: »Dieses irre Lied von euch, was der Pfau auf Rotation genommen hat, das finden zwar alle scheiße, aber dich finden sie toll. Sie sagen, du bist deinem Ziel, die blonde Amy Winehouse zu werden, gefährlich nahe gekommen. Amy konnte ja am Ende ihrer Karriere auch nicht mehr singen.«

Obwohl ich mich beinahe an meinen Tomatensaft verschluckt hätte, blieb ich cool bei diesem neuesten Update aus der Gerüchteküche der Berliner Bohème.

»Ich glaub, das liegt daran, dass Amy so viel Tomatensaft und Selters getrunken hat, genau wie ich«, bemerkte ich sarkastisch, »denn Gegensätze ziehen sich ja bekanntlich an.« Hoffentlich fiel meinem Gegenüber überhaupt auf, dass alles, was über mich verbreitet wurde, ein einziger Fake war. Aber ihm fiel gar nichts auf. Stattdessen verkündete er nett: »Ich find's stark, dass du auf gesunde Kost umgestiegen bist.«

»Ich war schon immer auf Straight Edge. Ich hab noch nie in meinem Leben eine einzige Droge probiert. Außerdem singe ich, seit ich ein Kind bin. Jemand wie ich kann seine Stimme gar nicht verlieren. Die Töne sitzen in meinem Kehlkopf und in meinen Stimmbändern fest.« – »Mal fester, mal lockerer«, fügte ich leise hinzu, denn, wenn es um Gesang ging, drückte ich mich sehr genau aus. Er lachte und machte sich sogar die Mühe mich zu umarmen.

»Gut so. Humor ist das Wichtigste in deiner Situation.«

»Ich hab gar keinen«, sagte ich ernst. »Ich mach keine Witze.«

»Ich weiß«, sagte er mitfühlend, »das, was dir passiert ist, ist unheimlich schwer und ernst.«

»Noch nie im Leben eine einzige Droge genommen.« Das passte nicht in diese Ära. Es schien unvorstellbarer als jede Überdosis jeder Gummistiefel-Diva.

»Aber dafür liebe ich dich«, er nickte mir einmal fest zu und ich hatte keine Ahnung, was er damit meinte. Wofür liebte mich dieser Mann, der die Moderationen des Pfaus »redigierte«? Er blinzelte mir zu wie einer kranken Patientin und löste sich zu diesem Zweck aus der Umarmung. Fröhlich winkend lief er davon.

Ich atmete einmal tief durch. Ich war jetzt eine Legende für einen Tag. Nächste Woche würden sie mich vergessen haben. Sie wollten aus allen Künstlerinnen Eintagsfliegen machen. Regel Nr. 1 der Musikbranche (und Radiomoderatoren waren in dieser Disziplin ganz weit vorne): Kategorisiere und katalogisiere die Menschen. Schreibe ihnen je nach Geschlecht, Hautfarbe und Herkunft unterschiedliche Eigenschaften zu. Sängerinnen und Songschreiberinnen werden nur akzeptiert, wenn man ihnen unterstellen kann, dass sie mächtig einen an der Waffel haben. Sie mussten mindestens *einer* Droge verfallen sein, besser für alle war die Kombi aus Alkohol, Drogen und Essstörung. Sonst machte das Ganze nämlich keinen Spaß! Weder dem Moderator noch seiner Meute. Eine gute Frau war eine böse Frau, war eine Frau, die auf eine Art verrückt war, die allen Spaß machte. So eine, die sich etwas sagen ließ und der man eine Armee von Coaches auf den Leib hetzen konnte. Denn wir müssen lernen, diejenigen, die wirklich ein Rad ab haben, von den wahren Genies, den weißen, männlichen, heterosexuellen unserer westlichen Hemisphäre zu unterscheiden.

Bis vom weiblichen Genie nur eine rührige Verrückte übrig blieb, die sich mit Hut und Stola bewaffnet mitten in der Nacht an einer Theaterbar wiederfand.

Benno stand plötzlich vor mir. Gerade als ich meinen Sturmtruppen des Zorns eine SMS schrieb. (»Jasmina, wo bleibt ihr? Ich brauche euch schamlosen Vögel, damit ihr dem Pfau ein Auge auspickt. Er hat mich heute im Radio für scheintot erklärt und zu diesem Zweck einen der manipulierten Songs auf Rotation genommen.«)

»Hey, ich freu mich, dich wiederzusehen«, haute Benno in dieselbe Kerbe wie seine Vorredner. Während ich darüber nachdachte, ob mein Bandkollege auch an die Geschichte mit der *Psychotablettenüberdosis* glaubte, fragte er mich, wie es meiner Mutter ginge.

»Ey Motherfucker, sag nichts gegen meine Mutter, sonst gibt's ein paar hinter die Ohren«, übte ich mich, mehr schlecht als recht, im Hip-Hop-Jive. Wenn ich erst anfinge, meinen vornehmen Humor aufzugeben, dann würde mein Zorn sich einen Weg bahnen.

»Nee, echt, jetzt sag doch mal. Hat sie – habt *ihr* euch – wieder erholt?«

»Meiner Mama geht es fantastisch«, sagte ich und es war nicht einmal gelogen. »Sie hat einen Platz in einer Psychotherapie bekommen und man kann wieder normal mit ihr reden. Was immer ›normal‹ auch bedeutet. Sie sagt schon wieder lustige und lebenskluge Dinge.«

»Gott sei Dank.«

Er schien erleichtert zu sein.

»Wir haben uns echt Sorgen gemacht. Wir haben die letzten Tage nur darüber geredet, wie schlecht es dir geht. Ivor und der Pfau waren geschockt, als ich ihnen von deinem Psychozusammenbruch erzählt hab'.«

»Dann seid ihr jetzt bestimmt enttäuscht, dass es mir so gut geht.« Ich lachte und fuhr fort: »So schlimm war es nun auch wieder nicht. Kein Grund ein Aufheben darum zu machen. Obwohl ich verstehen kann, dass der Pfau davon geschockt ist«, sagte ich sarkastisch. »Da hätte er in seinem grenzenlosen Größenwahn aber viel zu tun, das überhaupt noch als psychische Katastrophe wahrzunehmen.«

Ich lehnte mich herausfordernd zurück. Benno nahm es als Zeichen, ganz nah an mich heranzukommen, sein Kopf rückte näher an meinem Mund. Er flüsterte mir ins Ohr.

»Sie spielen unseren Song im Radio! Wir sind *the talk of the town*! Ich sehe Café Prag als großes, gigantisches Kunstwerk der Zerstörung. Wir sind jetzt *Kult*!«

»Du weißt aber schon, dass du aufs Schlimmste mein Vertrauen missbraucht hast«, flüsterte ich, »ich dachte, wir wären Freunde. Ich hab' dir, und nur dir, von meinen Problemen erzählt, und sieh, was du daraus gemacht hast! Warum hast du es herumgetratscht?«

»Ich hab's nicht allen erzählt. Ich habe mir nur im engsten Kreis Rat geholt, weil ich nicht wusste, wie man mit so einem Fall umgeht.«

»Was heißt denn hier: ›so ein Fall‹?« Da könnte ich dir aber auf Anhieb zehn schlimmere Fälle nennen, von denen sich rein zufällig alle in diesem Raum befinden. Sag mal Benno, bist du so naiv oder tust du nur so – oder bist du das größte Arschloch von allen?«

»Wie oft muss ich dir noch sagen: Deinen Kleinkrieg mit dem Pfau mach ich nicht mit! Ich erzähle ihm, was ich ihm erzählen will, denn ich vertraue ihm.«

»Aber er hat mir eine sogenannte *Psychotablettenüberdosis* angedichtet und das als Gerücht in die Welt gestreut.«

»Ach Quatsch, das war doch nicht der Pfau.«

»Wer war es denn dann, seine beste Freundin Harriet?«, fragte ich.

»Du mit deiner Paranoia. Du mit deinen tausend Feinden. Du mit deiner falschen Art zu denken, die dich bis an den Rand der Schizophrenie und darüber hinaus treibt. Immer glaubst du, dass du wer-weiß-wie-viele Feinde hast. Das ist dein Problem. Diese Art zu denken. *Du* bist dein Feind. Diese Art zu denken ist dein Feind. Aber ansonsten hast du keine Feinde.«

»Die brauch ich bei Freunden wie dir auch nicht«, sagte ich lachend. »Eines verstehst du nicht, Benno: Ich denke gar nicht, dass ich irgendwo da draußen tausend Feinde habe. Ich weiß ja, ich bin im Großen und Ganzen beliebt. Ich denke etwas sehr viel Schlimmeres. Ich denke, dass ihr, meine Bandfreunde, euch mit meinem Erfolg als Frontfrau unbewusst in Feinde verwandelt habt. Und ich denke, dass es sich so, wie es im innersten Kreis ist, auch nach außen vermittelt. Wenn *ihr* mich falsch vertretet, dann kriegen das die Fans und alle anderen irgendwann spitz und verlieren den Respekt vor mir.« Ich holte tief Atem, ich konnte nicht fassen, dass man einem erwachsenen Menschen so etwas erklären musste: »Wir hatten doch neulich im Studio, unter Anwesenheit von Zeugen, besprochen, wir geben keine Geheiminformationen mehr über die Band raus. Und ich habe auch nicht erlaubt, dass wir ausgerechnet den Song als Single veröffentlichen, der auf eurem Mist gewachsen ist.«

»Schon verstanden: Du vermutest immer und überall nur Bandinterna. Aber ich werde doch wohl noch mit einem guten Freund über den labilen Gesundheitszustand einer guten Freundin reden können.«

»Nein, das darfst du nicht. Nicht, wenn du weißt, dass der Freund diese Information gegen die Freundin missbraucht, und damit an die Öffentlichkeit geht und sowieso schamlos übertreibt.«

»Du übertreibst.«

»Nein, ich übertreibe nicht. Ich hab doch nur eine einzige Valium geschluckt, und schon waren die Hallus wieder weg. Und das hatte ich dir auch genau so gesagt. Ich hab überhaupt keine *Psychotabletten* genommen, geschweige denn eine freiwillige oder unfreiwillige Überdosis erlitten. Das kannst du gerne so weiter tratschen. Im Übrigen ist das, was ihr da macht, Verleumdung.«

»Ich tratsche nicht.«

»Du verhältst dich wie jemand, der noch nie im Leben ein Problem hatte. Du warst noch nie im Leben auf der anderen Seite eines Problems. Immer schön mittendrin, unser Benno. In der Mitte geht man nicht verloren, nicht wahr? Du warst noch nie da, wo einem die Meute ins Gesicht spuckt.«

»Du bist so undankbar, Clarissa Underwood. Nimm die Leute hier an der Bar, sie reden über dich. Obwohl wahrlich genug Programm geboten ist, heute Abend, und du nicht mal Teil dieses Programms bist. Sie tuscheln über dich, obwohl sie genug eigene Sorgen haben. Ist es nicht das, wovon Pop handelt? Dass sie über dich reden? Ich dachte, du willst ein Popstar sein. Und Popstars müssen polarisieren. Sonst ist es nicht glamourös! Da macht man halt mal aus einer Valium eine *Psychotablettenüberdosis.*«

»Müssen sie nicht. Popstars müssen einfach nur ein Lied singen, das alle Leute hören wollen. Oder zumindest eine ausreichende Menge an Leuten. So viele, dass der Rest sich die Ohren zuhält. Popstars brauchen einen Hit. Und immer, wenn ich einen Hit schreibe, schmeißt ihr ihn wieder weg, weil ihr zu viel Garagenpunk gehört habt oder was weiß ich was. Davon abgesehen, dass ich gar kein beschissener Popstar sein will. Ich will, dass man mich als Künstlerin ernst nimmt.«

»Wo du das nur immer her nimmst, dieses *als Künstlerin ernst genommen werden*? Wenn du als Künstlerin ernst genommen werden willst, dann tingel doch mit Liedern von Brecht und Weill durch die Theater der Provinz.«

Mein lieber Ivor, dessen drahtige Gestalt urplötzlich neben uns an der Bar aufgetaucht war, musste unsere letzten Sätze mitbekommen haben. Er redete sofort mit.

»Oder denk an die Szene in dem ›Runaways‹-Film, wo Kim Fowley zu Cherie Currie sagt: ›Wenn du ein Genie sein willst, dann schneid dir ein Ohr ab und schick es deinem Boyfriend.‹«

Ohne darüber nachzudenken, sagte ich geradeheraus: »Wenn du wieder mein Boyfriend wärst, Ivor, dann hätte ich nichts dagegen, dir mein Ohr zu schicken.«

Er warf mir einen irgendwie betroffenen Blick zu und bereitete dann seinen Rückzug vor.

»Ich muss zurück in den Bühnenbereich. Ich bin heute Lurchies Gitarren-Roadie und Mischer.«

Seine schöne Stimme klang ein wenig verlegen und ich warf ihm einen nicht minder getroffenen Blick zu.

Allzu schnell war der kleine Flirt mit meinem geliebten Ex-Geliebten aber wieder vergessen. Denn das Gespräch mit Benno forderte all meine Kräfte. Wir starteten in eine neue Runde.

Auf zum Todesball!

Es war der letzte Tanz eines sterbenden Pop-Duos.

Bennos Hände, die in der Luft fuchtelnd für Verständnis warben, hoben sich wie Seesterne von der blassblauen Kulisse der Bar ab.

»Bei aller Liebe für deine Position, Benno. Bei mir drängt sich die Frage auf: Was soll so toll sein an einem Feuerwerk der Destruktion? Ich mach doch keine Musik, um etwas im großen Stil zu zerstören, sondern um etwas aufzubauen. Gut möglich, dass auch ich meinen Zuhörern ein paar falsche Illusionen austreiben oder den gesellschaftlichen Normen in den Arsch treten will. Aber das reicht nicht, um von einem *Werk der Zerstörung* zu sprechen.«

»Sachte, sachte. So habe ich das nicht gemeint. Dreh mir bitte nicht das Wort im Mund herum.«

»Welches Wort hab ich dir denn im Mund herumgedreht? Du hast eben wortwörtlich gesagt, dass du Café Prag als ein gigantisches Werk der Zerstörung siehst.«

»Ah, ja, ich meinte ja nur, wir sollten mal etwas Schräges wagen, damit wir nicht so vorhersehbar werden.«

Diesmal sah die Hand nicht mehr nach Seestern aus.

Da war ein fuchtelnder Zeigefinger vor meiner Nase.

»Ich denke aber nicht in Kriterien von schräg oder nicht schräg. Das kann doch nicht das Kriterium sein, mit dem man an Musik herangeht. Ich überlege mir, was ich ausdrücken will, welche Atmosphären usw., und das geht doch weit über schräg oder nicht schräg hinaus. Ich habe keine Lust, mich von dir in die Extreme oder an die Ränder schicken zu lassen. Die Extreme müssen wir doch auch nicht extra betonen. Die sind ganz subtil in den Songs enthalten. Ich verstehe einfach nicht, warum ihr scheinbar permanent Sticker drucken wollt mit dem Spruch: ›Vorsicht, krasse Musik.‹ Warum kann es nicht einfach *gute Musik* sein?«

»Aber gut ist es doch sowieso, wenn es extrem ist.«

»Das, was ihr mit ›Angel‹ gemacht habt, ist nicht gut. Und es findet ja auch keiner gut, außer dir und dem Pfau. Das ist nicht mehr mein Werk, sondern eures. Warum soll ich dann dafür gerade stehen? Am besten noch mit einer *Psychotablettenüberdosis*? Soll ich den Nervenzusammenbruch, in den ihr meinen Song getrieben habt, auch noch auf mich nehmen, oder was? Da habe ich doch recht, paranoid zu sein. Außerdem drehen wir uns im Kreis. Was hab ich dir eigentlich getan, dass du mich dazu bringst, dir immer wieder im Kreis die immer wieder fünf selben Wahrheiten auf immer wieder andere Art zu sagen?«

»Nee, du hast mir nichts getan«, sagte Benno langsam, aber bedächtig.

»Nee, echt nicht?« Ich schöpfte Verdacht, weil er bei meiner kleinen Rede ausgerechnet an diesem Satz hängengeblieben war. »Hab ich dir also doch etwas getan?«, hakte ich nach.

»Nee, du hast mir nichts getan«, sagte er, mit gesenkten Augen und einem leichten Beben in der Stimme.

»Benno, hast du mir je verziehen, dass ich dich damals, zu Beginn unserer Bandfreundschaft, verlassen habe ... du weißt schon.«

»Bild dir bloß nicht ein, dass ich dich noch liebe.«

»Bild ich mir gar nicht ein. Außerdem ging es doch nie um Liebe bei uns beiden.«

»Nein, bei dir ging es natürlich nie um Liebe. Bei dir ging's immer nur ums Geschäft.«

»Jetzt reicht's aber!«

»Das ist außerdem alles lange her«, versuchte er die Sache herunterzuspielen.

»Hoffentlich.«

Streitlustig schmiss Benno ein neues Thema in unser Ping-Pong-Spiel: »Hab gehört, zwischen dir und Lurchie bahnt sich mächtig was an.«

»Interessant. Davon weiß ich noch gar nichts. Außerdem, was geht's dich an?«

»Ich dachte, wir sind Freunde.«

»Nicht mehr«, sagte ich leise.

»Oh warum gibst du dir dann solche Mühe mir zu widersprechen? Ich hab doch mit eigenen Ohren gehört, wie Lurchie gesagt hat, dass zwischen euch was läuft.«

Das hatte ich nun davon, dass ich, vor der Frisierkommode noch, eine äußerst liebenswürdige SMS an Lurchie geschrieben hatte.

»Das hat er gesagt? Dieser Idiot, der kann gleich wieder abhauen. Du kannst ihm ausrichten: Das war's. Er soll seine Songs übers Küssen wem anderes widmen, wenn er es nötig hat, jetzt schon damit hausieren zu gehen.«

»Dir kann man's aber auch nicht recht machen.«

»Ich lass mich doch von euch hier nicht als Schlampe vorführen.«

»Das hat doch gar keiner gesagt.«

»Aber gedacht. Und gemacht.«

»Woher willst du wissen, was andere denken? Kannst du in ihre Gedankengänge schleichen? Ja, sag mal, kannst du das?«

»Ich weiß es halt. Außerdem hat der Pfau mich im Trinkteufel tatsächlich ›Schlampe‹ genannt und davor, in Clärchens Ballhaus ›Hure‹. Ich bin ja nicht die einzige Frau auf dieser Welt, die mit derart originellen Zuschreibungen zu kämpfen hat. Ihr treibt mich noch ins Zölibat. Warum darf ich nicht einfach mal mein Begehren leben, ohne dass am nächsten Tag die Hölle los bricht. Vielen Dank auch.«

»Ich mein ja nur. Außerdem interessiert mich der Zirkus um Café Prag nur noch am Rande. Ich habe dir noch eine Mitteilung zu machen, Clarissa. Ich bin ab heute festes Mitglied bei Lurchies Rache. Das heißt, ich werde in Zukunft weniger Zeit für unser Duo haben. Lurchies Rache haben ein Angebot von einem Major, das wir wahrscheinlich annehmen. Ich darf den Plattenvertrag mit unterschreiben. Aber heute müssen wir noch mal richtig gut sein. Es sind übrigens auch Leute von anderen Plattenfirmen und von Indies da. Der Meistbietende gewinnt sowieso. Wir müssen heute alles geben. Und deshalb muss ich dieses Gespräch auch mal langsam beenden und mich innerlich auf den Auftritt vorbereiten. Drück mir die Daumen! Bei Lurchies Rache darf ich endlich mal nach Lust und Laune Gitarre spielen und muss nicht immer nur Synthie-Regler rauf und runter ziehen. Zum Glück hat der Pfau uns schon auf Rotation genommen. Er läuft hier irgendwo herum und verteilt Aufkleber für ›Radio Glanz‹ mit der Aufschrift: ›Radio Glanz ist Lurchies Radio‹. Ist das nicht toll?«

»Ach so, verstehe. Aber ich, ich denke immer nur ans Geschäft«, äffte ich ihn mit der Langsamkeit einer Schnecke nach, der jemand absichtlich auf ihr Haus getreten ist. »Und weil du sowieso gehst, musstest du noch schnell unser Duo mit in den Abgrund reißen. Damit *ich* bloß nichts mehr von all dem habe, was ich mir in den letzten fünf Jahren unter Schwerstarbeit aufgebaut habe? Was ist mit den Verträgen? Unsere Booking-Agentur hat circa 60 Verträge für Liveauftritte unterschrieben. Wenn du ab und zu noch mit unserem echten Manager reden würdest, dann hättest du das vielleicht mitbedacht. Ich lebe von den Auftritten, falls du es schon vergessen hast.«

»Es ist mir egal, wovon du lebst«, sagte er ehrlich.

Ich musste auflachen: »Genau, es ist dir egal, wovon ich lebe, wofür ich lebe und ob ich überhaupt lebe. Danke, das war's dann, Benno. Viel Spaß bei Lurchies Rache.«

»Der Pfau kennt einen verdammt guten Rechtsanwalt, der mich aus den Verträgen rausholt.«

In diesem Moment beschloss ich, nie mehr mit Benno zu reden. Ich hatte hier nichts mehr zu suchen. Wie gut, dass ich meine Jacke noch nicht an der Garderobe abgegeben hatte. Auf schnellstem Weg zog es mich nach draußen. In meinem Kopf brannte ein Gedanke: Lurchie hat mir die Band weggenommen und Benno haut einfach ab. Oh Benno wollte doch nur mal eine steile Gitarre spielen! Eine brennende Niederlage, ein Hochgefühl und ein Ekel wühlten sich durch meinen Magen. Dabei lief ich Jasmina und Candice in die Arme, die gerade im Foyer herumalberten und fantastisch dabei aussahen. Jasmina hatte den gleichen Hut auf wie ich, nur Candices Hut war ein Schwert aus Violett.

»Wir sind ja schon eine richtige Bande«, sagte ich schwärmerisch, während ich die beiden Süßen umarmte.

»Hey, du heulst ja«, sagte Jasmina mitfühlend. Mitgefühl war ich schon gar nicht mehr gewohnt.

»Das glaubst du nicht, was mir gerade passiert ist.«

»Doch, dir glaub ich alles.«

»Aber das nicht, das übersteigt selbst meinen Horizont.«

»Aber meinen Horizont nicht.« Jasmina lachte.

Auf dem Nachhauseweg schaute ich noch auf einen Sprung im Kaffee Burger vorbei. Jasmina und Candice waren in der Volksbühne geblieben, um weiter die Hochwasserlage vor Ort zu checken. Ich bahnte mir den Weg durch dichten Zigarettenrauch und hievte mich auf den letzten leeren Hocker an der Bar.

»Huch, der gehört wem anderes? Tja, nicht mein Problem«, wies ich die Bedenken des Typen zurück, der den Hocker bewacht hatte. »Wenn es darum geht mir einen Sitzplatz an einer Bar zu sichern, war ich schon immer reichlich unverschämt«, sagte ich lächelnd und bestellte einen Kaffee bei der Zigarre rauchenden Barfrau. Der Typ, der den Hocker für einen anderen verteidigt hatte, reichte mir formvollendet die Hand.

»Ich heiße Ivor«, sagte er. Er sah nicht übel aus. Dunkle Haare, dunkle Augen, schlanke Gestalt. Da fragte ich lieber noch mal nach.

»Moment mal. Wie heißt du?«

»Ivor.«

»Du heißt Ivor? Oh je. Das mag was heißen. Genau wie mein Ex-Freund.«

Wir flirteten ein bisschen mit den Augen.

»Ich heiße übrigens Clarissa.«

»Hallo Clarissa«, sagte er schmunzelnd. Dann vertiefte er sich wieder in das Gespräch mit der Frau, die neben ihm saß. Na, das wars dann wohl. Hello, goodbye, Ivor Nummer zwei.

Ich würde mich so gerne in einen verlieben, den ich nicht kenne und der mich nicht kennt, einer, der mit der ganzen Szene nichts zu tun hat, dachte ich sehnsuchtsvoll wie die Nacht und nippte an dem Espresso, der mir ohne Milch und Zucker gereicht worden war. Wenn ich noch einmal verrückt werde in diesem Leben, dann endgültig, dachte ich und wäre am liebsten davongelaufen, ausgestiegen aus diesem Bimmelbähnchen der Bohème, das an allen Ortschaften hielt und die Ruhelosen einsammelte. Abhauen, flüchten aus der dicht mit Buchstaben und Tönen besiedelten Geisterbahn. Wegfliegen in einen Himmel aus allen explosiven Kunstwelten!

Der DJ spielte einen Song vom letzten Selig-Album.

Zeig mir dein Gesicht, in den Lichtern dieser Stadt, du mein trauriger Doppelgänger. Es gibt ein Gerücht, dass du mir was zu sagen hast, als Bruder, als Verbündeter.

Der Typ, dem ich den Barhocker geklaut hatte, kam zurück. Schöne Augen hatte er, mit etwas abgehetztem Glanz. Im Einklang mit dem Selig-Song wirkten sie allerdings wie treudoof-verstörte Hundeaugen. Ich lächelte, obwohl ich, wie ich fand, keinen Grund dafür hatte. Er nickte sein »okay« und fand sich mit einem Stehplatz ab. Schön, danke.

Ich trauerte um Lurchie. Lurchie musste ich wohl abschreiben. Lurchie war wie ein Ass, mit dem man nicht mehr spielen, das man nicht mehr ausspielen konnte. Meine Paranoia hatte die Lage genau richtig gespiegelt! Lurchie war eine coole Katze, aber er hing zu tief im Wollknäuel der Szene fest. Egal auf welcher Position man sich befand, man wurde automatisch in die Begehrlichkeiten der anderen verstrickt. War es Zufall, dass Benno in Lurchies Band den Posten des Leadgitarristen bekommen hatte? Wo nahm Lurchie nur die Unverschämtheit her, mir den Kompagnon wegzunehmen? War das schon gekränkte Eitelkeit, weil ich mich nie zurückgemeldet hatte? War *das* Lurchies Rache?, überlegte ich, während ich am Tresen dieser urigen Bar langsam heimisch wurde. Oder war es, im Gegenteil, ein süßer, gar nicht mal unsympathischer Versuch, mir nahe zu sein? Wollte Lurchie auf diese Weise an meinem Leben teilhaben? Wusste er, was er mir damit antat? Wie hatte man sich das alles überhaupt vorzustellen? Wer hatte wen zuerst gefragt? Wie kam es, dass Benno sich urplötzlich darauf eingelassen hatte, Café Prag hinten anzustellen, nur um Gitarrist bei Lurchies Rache zu werden? Wir hatten unseren Streit doch in großer feierlicher Geste beigelegt! Und dann gab es ja auch noch die Möglichkeit, dass das alles gar nichts mit mir zu tun hatte. Am Ende würde es wieder heißen: »Das hat sich halt so ergeben.« Es war, in anderen Worten, zu kompliziert, um es je herauszufinden ... Pech für mich, Pech für Lurchie. Ich stellte mir vor, dass er gerade jetzt auf der Bühne stand und »Nur ein Kuss« performte, fand den Titel aber sowieso doof. Mir brach das Herz, na und? Ich hätte in dem Moment nichts dagegen gehabt, die Mauer wieder aufzubauen, die Mauer um mich herum, und die Mauer um meine Kunst. Das fühlte sich ganz schön stark an. Der Mauerbau bereitete mir riesige Freude. *Engel fliegen einsam, ich und du gemeinsam.*

Ivor 2 lehnte sich zu mir rüber und nahm das Gespräch wieder auf. Er erzählte mir, er sei eigentlich Tanzlehrer, müsse aber gerade wegen einer Operation an der Hüfte pausieren.

»Oh Tanzlehrer, wie schön«, sagte ich, »mal etwas anderes.« Vor ihm und der Frau stand ein älterer Mann, der auf Ivor 2 einredete und mit dem Finger auf mich deutete. »Nimm doch die«, sagte er. So laut, dass ich es hören konnte. Und tatsächlich, Ivor ließ seine Frauenbekanntschaft links sitzen und drehte sich mit dem ganzen Körper abrupt zu mir um. Ich dachte plötzlich, dass Ivor 2 ein ziemlicher Idiot sein musste. Ein Fähnchen im Wind, mindestens. Einer, der Schiss hatte, etwas zu verpassen, wenn er sich im Katalog nicht immer die neueste heiße Scheiße bestellte. Und jetzt war *ich* halt gerade die neueste heiße Scheiße. So what? Sollte mir das etwa schmeicheln? Ich saß doch hier ohnehin nicht als Mensch, sondern als Abbild einer mit Klischees besetzten Frau. Oh ich konnte eine Erscheinung sein, wenn ich es darauf anlegte – und heute hatte ich es darauf angelegt! Die andere Frau, brünett, bebrillt, war vielleicht nur mal kurz um die Ecke in ihr Stammlokal gegangen, um etwas zu trinken. Sie hatte sich nicht extra groß herausgeputzt. Und da kam ich ihr gerade recht, mit meiner ausgestellten Körbchengröße 85 C ... Wenn du ein einsames Kind warst, wirst du es immer bleiben, egal wie groß dein Busen ist. Ich war kein einsames Kind, aber ein zuerst von der Mutter und dann vom Vater hochoffiziell verlassenes. Sie hatten mir nie einen Vorwurf daraus gemacht. Aber ich ihnen dummerweise auch nicht ...

»There's too much coffeine in my blood stream«, stieg ich mit einem Smiths-Zitat in das Gespräch mit Ivor 2 ein, denn so viel guter Geschmack musste sein.

»Ich muss einfach ständig meine Lebendigkeit steigern, deshalb bin ich Sängerin geworden. Aber das Leben lässt sich nicht durch einen Betrug steigern«, das sagte sich so leicht dahin. Ivor 2 schien mir tatsächlich zuzuhören. Er schaute mich geradeheraus an, und ich genoss es, einfach mal so mit einem Unbekannten zu labern.

»Aber ich habe aufgehört, bei den Leuten Schutz zu suchen, die mich am meisten verletzen. Du kannst alle Leute verarschen, du kannst die Melodien von deinen Lieblingshits klauen und sie in deine Tonlage transponieren, du kannst dir die Texte dazu maßschneidern. Genie kopiert nicht, Genie klaut. Aber du kannst weder das Leben, noch deinen Körper, noch deine Gefühle betrügen. Dein Unbewusstes lässt sich niemals verarschen und das ist eigentlich gut so. Man muss nicht immer alles im Griff haben. Nur, seitdem ich mir selbst über den Weg traue, traue ich den anderen nicht mehr. Das kann passieren. Ich habe schon vor langer Zeit angefangen, meine eigene Lebendigkeit zu beschützen. Deshalb gibt es jede Menge Leute, die sie mir wieder wegnehmen wollen. Wenn man mal in einem Vierbettzimmer der Psychiatrie mit Psychosetabletten im Blut aufgewacht ist, dann gibt's nur eins: kämpfen oder untergehen.«

Der große, unbekannte Ivor 2 sagte nicht viel dazu. Er nickte nur mit dem Kopf: »Ja, ja, verstehe«, als ob er mich eben ganz genau, haargenau nicht verstehen würde. War ja auch schwer zu verstehen, warum eine so viel Wert auf Lebendigkeit legte.

Nun brachte Ivor seine Lebensphilosophie ins Spiel. Er sprach eine Menge merkwürdiger, auch denkwürdiger Sätze. Kam immer wieder darauf zu sprechen, dass Frauen und Männer nunmal nicht vom selben Stern sind.

»Oh nein!«, schrie da das Leben in mir. Wieso sagt er denn nicht, dass sie Wesen vom selben Stern sind? Das wäre doch viel schöner – und wahrer!

»Ja und, wie sind sie? Wie ist die Frau, wie ist der Mann?«, hakte eine Lilly Vegas in dekadenter Verzweiflung mal nach.

Ivor 2 hielt mir jetzt einen kleinen, miesen Vortrag, der mindestens drei Mal so lang war, wie meine kleine Rede vorhin.

Im Wesentlichen lief es darauf hinaus, dass er meinte, der Mann sei ein Eroberer und die Frau seine Beute, die erobert werden wolle. Vorausgesetzt, es handele sich um einen »richtigen Mann«, denn die Frau begehre nur den richtigen Mann. »Das genau«, sagte Ivor 2 und sprang auf, wie ein Pfarrer beim Gebet, »das habe ich versucht, meinen Tanzschülern beizubringen.« Und die Männer und die Frauen in seinen Kursen seien auch voll darauf abgefahren! Den Männern, sagte Ivor 2, habe er »Entscheidungsstärke« beibringen müssen. »Denn Mann und Frau, das hat die Natur so eingerichtet, ergänzen sich perfekt.«

»Eine richtige Frau«, behauptete Ivor 2, und nahm wieder Platz auf seinem Stuhl neben mir, »ist hilfsbedürftig und voller Demut. Sie nimmt aber nur diejenigen Männer ernst, die wissen, wo es langgeht. Sie muss verletzt sein, denn nur so kann sie den Mann voll und ganz für sich gewinnen. Die Frau muss zu dem Mann aufschauen! Sie braucht einfach einen starken Mann und er muss diese Position auch einnehmen können.« Er lachte. »Einer, der ihr hin und wieder einen Klaps auf den Hintern gibt. Denn nur so läuft die Sache richtig gut. Das ist nunmal so vorgesehen. Sich dagegen zu wehren macht nur unglücklich. So ein Schlag gegen die Natur bringt nur depressive Menschen hervor.«

»Und die deutsche Comedy«, fügte Ivor 2 hinzu und strahlte übers ganze Gesicht, »die weiß das. Unsere Komiker wissen das.«

Nein, ich hatte mich nicht verhört. Ich saß hier, mit dem ganzen sorgsam gepflegten Leben in mir, und dieser hohle Wichser wollte mir erzählen, dass eine gute Frau eine verletzte Frau sei, und überhaupt ...

Ich schickte ein Stoßgebet zum Himmel.

»Lieber Gott, bitte mach, dass dieser Idiot nicht die Meinung des Durchschnittsmannes verkündet und dass ich ihn nur kennengelernt habe, weil alle anderen zu Hause bei ihren Familien sind«, versuchte ich meinen Glauben an die Menschheit zurückzugewinnen, auch wenn es da nicht mehr viel zu gewinnen gab: »Bitte mach, dass an Weihnachten besonders viele Idioten in den Kneipen unterwegs sind!«

Dann wandte ich mich wieder an mein Gegenüber: »Ach so, die Frau muss verletzt sein und sie braucht den starken Mann!«, äffte ich ihn nach. So sarkastisch, als ob ich in meiner Jugend nie eine Folge der Harald-Schmidt-Show verpasst hätte. Ich legte sogar ein hochmütiges Säuseln in meine Stimme. Aber das reichte mir noch nicht, ich wollte noch mal, in aller Würde durchdrehen.

»Die Frau soll verletzt werden!«, schrie ich ihn an, mit ganz viel Twäng in der Stimme: »Hast du noch alle Tassen im Schrank? Von so ’ner armen Wurst wie dir, würde *ich* mir aber nicht das Tanzen beibringen lassen.«

Ich plante meinen sofortigen Rückzug von diesem Barhocker.

»Ich meine natürlich nicht, dass sie verletzt werden soll«, verbesserte sich Ivor 2 erschrocken. Als ob er zum ersten Mal im Leben auf die Implikationen seines Denkens angesprochen worden wäre. Ich begann mich vor ihm zu ekeln.

»Aber sie muss Verletzlichkeit ausstrahlen. Sie muss ausstrahlen, dass sie sich ihrer Sache nicht übertrieben sicher ist«, brachte er zu seiner Entschuldigung hervor.

»Ich bin mir meiner Sache aber sicher«, schnitt ich ihm das Wort ab. »Nicht übertrieben sicher, aber ich bin mir sicher. Und nun? Bin ich jetzt keine Frau mehr? Ich bin selbstsicher«, sagte ich, im Wissen darüber, dass, wer so etwas sagt, in dieser Bar, in dieser Nacht, gewiss nicht mehr sein goldenes Zeitalter erleben würde.

»Aber die Frau braucht den Klaps, hin und wieder. Das macht sie dankbar. Das weiß ich aus meinem Tanzseminar. Sie braucht das.«

Er gab immer noch keine Ruhe.

Ich würdigte Ivor 2 keines Blickes mehr und verließ das Kaffee Burger genauso schnell, wie ich es betreten hatte. Verdammt, solche Typen waren der Grund, warum ich immer wieder in die Bars der Avantgarde gehen musste. Weil sich da keiner trauen würde, seine sexistische Kackscheiße so offen auszusprechen und auch noch eine esoterische Heilslehre daraus abzuleiten.

Aber was, überlegte ich, während die Kälte draußen mich wieder im Visier hatte, was, wenn Lurchie und Benno und Ivor 1 und auch Harriet; was, wenn sie alle miteinander im Grunde dasselbe über Frauen dachten wie Ivor 2? Ich knöpfte meinen Mantel zu und zog mir die Mütze tief in die Stirn. Durch die halboffene Bartüre wehten noch die seligen sehnsuchtsvollen Melodien von Selig auf den Gehsteig. Während ich herumstand und die Taxis an mir vorbeizogen, fiel mir wieder die Anfangsbemerkung von Ivor 2 ein. Dass er nicht mehr als Tanzlehrer arbeiten konnte, weil er eine Verletzung hatte. Ich überquerte gedankenverloren die Torstraße. Gut, dass an Weihnachten nur so wenig Autos unterwegs waren. Kam daher sein freudscher Versprecher? Die Frau musste verletzt werden, weil Ivor 2 selbst verletzt worden war?

Ich hatte eine Lust, auf den Straßenbahnschienen zu laufen. Ich ließ mich von den Wolken mitziehen. Ich hätte nichts dagegen gehabt, den großen leuchtenden Sternen am Himmel meine Geschichte zu erzählen.

Rest in Peace,
Café Prag,
du meine große Liebe.

■

Teil 3
Troublemaking

We don't care what people say,
we know the truth!
Lady Gaga

Wir sind Teil der Aufständischen, die sich
nach dem Sturm sehnen, als läge im
Sturm die Ruhe, und die davon ausgehen,
dass sich die Wahrheit nur in der unentwegten
Suche finden lässt.
Nadeshda Tolokonnikova (Pussy Riot)

▼

Smalltown Boy

Heute war der Beginn von »eines schönen Tages«!

Der ICE raste an schneebedeckten Feldern und märchenhaften Gasthäusern vorbei, nahm die Dörfer und die Bahnhöfe der kleinen Städte im Sturm. Marcus genoss einen beinahe zügellosen Ritt durch die Winterlandschaft. Er saß allein mit seinem Hund in einem Sechs-Personen-Abteil und wünschte sich, dass sie für immer in Bewegung bleiben könnten. Wenn doch nur Pfote nicht wie ein Verrückter an der Leine ziehen würde!

»Nun lass mal gut sein«, Marcus streichelte ihn geistesabwesend, während er seinen Blick in dem engen Abteil umherschweifen ließ. Er staunte nicht schlecht darüber, dass er sich so einen guten Zug ausgesucht hatte. Die Sitzreihen machten einen sauberen Eindruck, weiter hinten gab es sogar einen Imbiss-Bereich und dahinter ein Bordrestaurant – wie in einem Schiff! Marcus war erst vor einer halben Stunde in Saarbrücken eingestiegen, aber er fühlte sich schon wie ein feiner Herr. Er hatte gar nicht gewusst, dass es solche Hammer-Züge gab! Er kannte nur Vorortzüge, die in jedem Kuhdorf hielten und nach Schweiß rochen. Auch die Temperatur war gut geregelt hier drinnen. Es war nicht zu kalt und nicht zu warm. Marcus hatte Wollpulli und Thermojacke ausgezogen, beides hastig im Gepäckfach verstaut. Damit ihn keiner auslachte. Er hatte ja nicht gewusst, dass es so warme Züge gab. Bislang war aber noch keiner von denen aufgetaucht, die Plätze reserviert hatten. Wenn man die Computerschrift, die an der Glaswand vor den Sitzplätzen angebracht war, genau studierte, dann konnte man herausfinden, dass die meisten Fahrgäste erst in Straßburg einsteigen würden.

Die Freude machte Marcus ganz schwindelig und ein flaues Gefühl breitete sich in seinem Magen aus. Er spielte mit dem Gedanken, sich ein Päckchen Traubenzucker aus dem Rucksack zu holen, falls es sich um eine Unterzuckerung handelte. Aber er brachte es nicht über sich schon wieder aufzustehen und in seinen Sachen zu kramen. Dazu kam, dass er keinen Hunger hatte. Lieber noch ein bisschen einfach nur so dasitzen. Oh Marcus liebte die beschleunigte Einsamkeit in diesem Zugabteil. Wenn es nach ihm ginge, dann wäre jetzt alles gut! Konnte ihm der Rest der Strafe nicht einfach erlassen werden?

Er streckte die Beine aus, wollte ein wenig schlummern, aber Pfote ließ das nicht zu. Pfote jaulte, knurrte und riss an der Leine. Sein Herrchen hatte bereits schmerzende Druckspuren an den Fingern. Für einen Jungen seines Alters mochte dieses Reiseabteil ein komfortabler Schlitten sein. Für einen Schlittenhund war es vielleicht die Vorstufe zur Hölle! Pfote wusste gar nicht wohin mit sich. So aufgebracht hatte Marcus ihn noch nie erlebt. Und es war ja nicht auszuschließen, dass es noch schlimmer kommen würde. Wenn Fahrkartenkontrolle war, musste er Pfote schleunigst unter die Sitzplätze scheuchen. Pfote durfte auf keinen Fall als großer Hund erkannt werden. Für einen großen Hund hätte er eine eigene Fahrkarte lösen müssen. Deshalb war es von größter Bedeutung, dass nicht Pfotes ganze Pracht ins Auge stach. Marcus wollte den Eindruck erwecken, dass Pfote theoretisch ins Handgepäck passte. Er wusste aus Erfahrung, dass Samojeden oft für kleiner gehalten wurden, als sie in Wirklichkeit waren. Die Leute sahen nur ein dickes, süßes Wollknäuel vor sich. Und falls alle Stricke reißen würden, wollte Marcus einfach behaupten, dass Pfote bis letzte Woche noch ein Welpe gewesen war und leider über Nacht gewachsen sei. Diese Idee gehörte ins Repertoire seiner vielen Ausreden. Er sagte sie leise vor sich hin, wie ein Schauspieler, der seinen Text auswendig lernt: »Als ich die Fahrkarte gekauft habe, war der Hund aber noch klein.« Das alles schmälerte allerdings seine freifahrende Freude. Ausreden und Lügen waren nicht so sein Ding. Aber wenn einem die Kinder auf dem Schulhof das Leben zur Hölle machten, würde man wohl zu ein paar Notlügen greifen dürfen, bis man aus dem Gröbsten wieder raus war. Für kurze Zeit herrschte Gedan-

kenstarre in seinem Kopf. Er kannte das schon. Es war ein Gefühl wie Gelähmtsein! Wenn er nicht sofort etwas dagegen unternahm, dann würde es sich in kürzester Zeit im Körper festsetzen und bis in die Fingerspitzen ausbreiten.

Marcus wusste, er musste handeln, bevor er den Geschehnissen völlig ausgeliefert war. Wenn Pfote weiterhin so ausflippte, dann war man die längste Zeit auf der Flucht gewesen! Vielleicht war es doch die falsche Entscheidung gewesen, mit dem Hund zu flüchten. Nicht der Hund passte auf ihn auf, er musste nun auf den Hund aufpassen!

Marcus hatte eine Idee. Er wollte Pfote vorleben, wie man sich in einem Zugabteil verhält. Zu diesem Zweck kippte er die Armlehnen nach oben und ließ sich rücklings auf die Sitzbänke fallen.

»Schau her, Pfote!«, rief er triumphierend. Ziel war, Pfote zu überreden, sich auf die gegenüberliegende Sitzreihe zu legen. Da Samojeden Nachmacher waren, die stets danach trachteten, dasselbe zu tun wie die anderen im Rudel, könnte der Plan aufgehen. Marcus schloss die Augen, gähnte laut und vernehmlich, und redete dabei weiter auf Pfote ein.

»Das ist ein Bett, komm leg dich schlafen. Los du dummer Pfote, mach!« Marcus legte sich zurück auf seine Sitzreihe und schaute Pfote herausfordernd an.

»Los, du dummer Hund, leg dich hin.« Er streichelte über Pfotes dickes Fell, in der Konzentration auf den Hund lag all seine Kraft. Die ängstlichen Gedanken brausten davon. Wie konnte er sich noch vor wenigen Minuten gewünscht haben, die Reise ohne Pfote angetreten zu haben? Was blieb war ein Moment von Vertrauen. Pfote begann zu lächeln, sein ganz spezielles, nur für seinen Freund Marcus gedachtes Pfoti-Lächeln. Dann nahm der Hund kurz Anlauf, trippelte vor und zurück, und sprang mit einem Riesensatz auf Marcus' Bauch. Dort legte er sich schnurrend wie eine Katze schlafen. Auch Marcus erlaubte sich wegzunicken. Er war so erleichtert über Pfotes Friedenserklärung, dass er kaum zu atmen wagte, was aber auch damit zusammenhing, dass Pfotes gesamte Last auf seinem Körper lag. Im Traum sah er sich mit Pfote über die Felder joggen und dann in einer Bäckerei in Paris

an einem Café-Tischchen sitzen. Gedankenübertragung, Traumvermischung im Schlaf. Marcus hatte über dieses Phänomen gelesen. Er konnte sich einfach nicht von dem Gefühl losreißen, dass Pfote genau dasselbe schon vor ihm geträumt und ihn damit in den Traum gezogen hatte. Und sollte das tatsächlich der Fall sein, schöpfte Marcus wieder neue Hoffnung, dann müsste es umgekehrt auch möglich sein, den Hund mit in die eigene Traum- und Gedankenwelt zu nehmen. Somit könnte er Pfote den Ernst dieser Flucht begreiflich machen!

Von außen fiel eine Riesenportion Licht herein. Was hatte die Wintersonne richtig gemacht, dass sie heute so unwahrscheinlich intensiv leuchten durfte? Wie eine schöne, antike Göttin, die über das Talent verfügte, wilde, fremde Menschen sich in sie verlieben zu lassen. Dann ging die Tür auf und ein Ehepaar steckte die Köpfe ins Abteil. Eine schmucklose Frau mit kalten forschenden Augen und ein Mann mit eingerollter Zeitung unterm Arm fragten ihn, ob im Abteil noch ein Plätzchen frei sei. Sie glotzten verständnislos pikiert von Herrchen zu Hund und zurück, als wären sie von einer Schauspielagentur dazu ausgewählt worden, original-deutsche Kaltschnäuzigkeit zu demonstrieren.

»Nee, hier bleiben wir nicht«, sagte der Mann arrogant in sich rein grinsend, während die Frau spöttisch herumgiftete: »Bist du der Besitzer von dem Hund? Na, dann mach einmal den Hundeführerschein. Das geht ja nicht, dass der des ganze Abteil schmutzig macht!«

Schon waren sie wieder draußen. Sie schlossen die Tür so energisch, als ob sie die kaputt machen wollten.

Die Blumen des Bösen

In dieser Nacht raste etwas durch meine Träume. Eine mächtige, zugleich ohnmächtige Wut fuhr in meine friedliche Gestalt und rüttelte an den Dachziegeln und Fensterläden meiner Existenz, als ob ich irgendwie mit den Stürmen verwandt wäre, die peitschend über die Stadt hinwegfegten. Warum durfte ich nicht einfach meine Musik machen, so wie jeder andere auch? Warum bekam ich immerzu eine Extrabehandlung als »Frau«. So groß waren die Unterschiede zwischen den Geschlechtern nun auch wieder nicht, dass man derart darauf herumreiten musste. Der Unterschied zwischen einem Arschloch und einem guten Menschen war jedenfalls größer als der Unterschied zwischen einer Frau und einem Mann. Davon war ich fest überzeugt. Wer hatte den Leuten derart ins Hirn geschissen, dass sie das nicht mehr wussten? Musste ich Nachtwache für meine Verletzungen halten?

Irgendwann, wohl zum Höhepunkt des Schlafs, wurde das Gefühl, an fremde Mächte ausgeliefert zu sein, von einer seltsamen Traurigkeit abgelöst. Die Trauer war leicht und lastete zugleich schwer auf mir. Traumworte und Traumdialoge. Der schwebende Ausklang von »Love is a losing game«. Es passierte von selbst. Ich musste mich nur von meinen Dämonen leiten lassen. Und davon hatte ich nun wirklich genug.

»Hör auf mit der Scheiße«, sagte Amy Winehouse zu mir, »bevor es zu spät ist. Du brauchst diese Leute nicht, das sind nicht deine Freunde. Ich bin doch deine Freundin. Look at me!«

Die Nacht war zu einer gefährlichen Therapiesitzung geworden. Eine Art luxuriöser LSD-Trip. Experiment der Askese. Wenn man von außen nichts mehr in sich hineinschüttete, dann bekam man es von innen. Ich lebte in einer Explosion der Sinne und der Sinnlosigkeiten. Tag und Nacht verschwammen, bis man zu einem Mensch ohne Unterbewusstsein wurde. Sängerkind in einer Millionenstadt, das die boshaften Fesseln der Zivilisation abgestreift hatte und dabei immer zivilisierter wurde. In aller Unschuld und Unruhe: Meine Gedanken drehten sich vornehmlich um »das Gute« und »das Böse«.

Auf welche Weise waren Musikerinnen und Musiker, Journalistinnen und Journalisten und Fans eigentlich miteinander verbunden? Manche Menschen gaben ihr Herzblut und andere ernährten sich davon. War der Kritiker einer, der sich von der Glut der Künstlerinnen und Künstler und ihrer Anhängerinnen und Anhängern ernährte? Oder bettete er andersherum seine kritischen Architekturen auf die Blumen der Künste, damit sie weiter wachsen und gedeihen konnten? Und wo genau befanden sich überhaupt seine Straßen des Spotts? Im Himmel oder auf Erden? Oder interessierte das alles sowieso keine Sau? All die schmutzigen Gerüchte und Gerüche, die Harriet und der Pfau in Zusammenarbeit mit ihren freundlichen Speichelleckern über mich verbreitet hatten? Wo waren die jetzt?

»Gerüchte schlafen nie«, sagte Amy und lachte laut und dreckig. »Sie schlagen höchstens mal um sich.« Amy drehte sich ein dünnes Tabakzigarettchen, Marlboro Red Volumen Tabak, sie sah aus wie Jasmina.

»Ja richtig, Amyjasmina: Die Frau in der Musik muss eine *Hure in der Küche* sein und eine *Küche im Bett*. Das hat die Stereo-Total-Sängerin Françoise Cactus ja schon perfekt auf den Punkt gebracht. Die Frau in der Musik *stört immer, ist nervig, lästig, chaotisch, hysterisch*. Kennt ihr dieses Lied?«

Amyjasmina lachte: »Du fragst mich, ob ich das kenne? Ha ha. Willst du auch eine?«

»Nein, ich will keine Zigarette, danke. Die Umkehrung von Rollenklischees muss doch durch die Rosengärten noch krasserer Klischees führen, seht ihr das nicht? Am Ende tut mir der Pfau, wenn er unseren schlechtesten Song auf Rotation nimmt, vielleicht sogar einen Gefallen?«

»Die *Frau in der Musik* wird nur geliebt, wenn sie auf äußerst liebenswürdige Weise eine auch als minderwertig einstufbare Kunst darbietet!«, sagte Amyjasmina. Und fügte noch wissend hinzu: »Es sei denn, sie sind ausgebildete Musikerinnen mit Musikstudium. Dann aber nennt die Journallie sie ›referenzlos‹ und ›Streberinnen‹ und spricht ihnen die Edgyness ab.«

»Dabei aber immer der selbstoptimierte Winnertyp bleiben«, ergänzte ich.

Nicht nur den Lebenden, die Gedanken meiner Nacht gehörten auch den Toten. Ich wachte auf und mir fiel wieder ein, siedendheiß, da war doch noch was ... Dass schon keiner mehr von Amy Winehouse sprach, obwohl sie doch noch gar nicht lange tot war.

Klar, sie hat ihre untröstlichen Fans, die sie schon vorher für unsterblich hielten ... bevor sie dann in diesem Sarg, der glänzte wie ein poliertes Klavier, aus ihrer Londoner Stadtwohnung herausgetragen wurde. Bisschen zu viel des Spotts für die Sports-, für die Spottskanone! Am frühen Abend des 23. Juli 2011 ist die Ikone des Boulevards nicht mehr in Eigenregie aus ihrer Stadtwohnung in Camden herausgetorkelt. Amy Winehouse ist nicht nur, wie der schöne Name nahelegt, am Alkohol gestorben – die 1,60 m Kleine, die circa 40 kg wog, starb genauso an ihrer Magersucht. Ich hatte das recherchiert, auch Amys Ärztin, die zuletzt bei ihr gewesen war, hatte von Amys Untergewicht als einem wesentlichen Faktor des Todes gesprochen. Die Frau in der Musik ist das ewige Nichts. Man musste das ganz pragmatisch sehen: Ein trockener männlicher Alkoholiker, der nach drei Wochen wieder zur Flasche griff, hätte sich im Laufe der Nacht wohl einfach eine Pizza kommen lassen und wäre dann mit vollem Magen weggepennt, anstatt mit dem Alkohol immer weiter auch den Hunger zu stillen.

Oh der Hunger der Amy Winehouse beschäftigte die Legendenbildung nicht. Sie wussten nicht, die Kritikerinnen und Kritiker, was es bedeutet, zu trinken und zu rauchen, anstatt zu essen. Sie kannten das Todeskarussell der Gedanken nicht, die sich immer schneller um die Fitness drehten. Amy Winehouse hatte nicht gerade als hübsch gegolten. Aber dass sie dick war, oder auch nur pummelig, das hatte ihr keiner nachsagen können. Es war ihr trauriger Stolz gewesen, klapperdürr zu sein. In den drei Wochen ihrer Alkoholabstinenz hatte Amy viel Sport gemacht ... kein Wunder, dass sie davon, in Kombi mit Alkohol, einen Herzinfarkt bekommen hatte. Sie war ein Genie, sie schrieb ihre Lieder selber, die Texte *und* die Musik, was selten genug war. Sie hatte sogar noch ein übergeordnetes Kunstkonzept gehabt. Und nun war sie tot.

Ich schreckte aus dem Schlaf hoch: Oh es lohnte sich nicht, für die Musik oder für die Drogen, für die Designerkleider, für die Promi-Fotografen, für die Untergewichte dieser Welt zu sterben. Auch wenn es Menschen gab, die nur atmen konnten, wenn sie den anderen ein Bein stellten. Warum stritten die Mobberinnen und Mobber eigentlich immer alles ab – egal, ob in der Szenefreundschaftsclique, auf dem Schulhof oder im Cyberspace? Wer war warum davon besessen, die Schuld bei den Opfern zu suchen, die eben durch die Betroffenenbeschuldigung überhaupt erst zu Opfern gemacht worden waren? Weil die Arschlöcher mit Schuld und Verantwortung nicht umgehen konnten? Dauernd neben sich standen? Warum hatte Hannibal Lecter am Ende von »Das Schweigen der Lämmer« zu Clarice Sterling gesagt: »Die Welt ist besser mit Leuten wie Ihnen drin«?

Und wenn das Böse das Gute brauchte, brauchte das Gute dann vielleicht auch das Böse? War ich ein Engel, der sich in Teufel verliebte? Warum machte es mir zum Beispiel absolut keinen Spaß, andere zu quälen? Obwohl ich durchaus nicht ohne Rachegedanken war. Oh ich verspürte kein Interesse daran, die andere Wange auch noch hinzuhalten. Mir ihre Qualen vorzustellen bereitete mir allerdings keinerlei Vergnügen. Ich würde eventuell sogar Mitleid bekommen. Trotzdem könnte ich jetzt dem Pfau eine reinhauen. Aber schon im nächsten Moment würde er alle glauben lassen, dass ich die Aggressorin gewesen war!

Gleiches mit Gleichem zu vergelten, schied also aus!

Blieb noch die Selbstoptimierung: außerplanmäßig mit einem hammermäßigen Kunstwerk um die Ecke kommen und nicht mehr auf die Arschlöcher reagieren. Das ärgerte sie am meisten. Oh ich wollte ihnen Stromschläge verpassen. Einfach nur »das beste Album des Jahres« machen. Viel Feind, viel Ehr.

Warum hatte ich bei allem Bösen, was mir selbst z. B. in der Kindheit widerfahren war, überhaupt noch an »das Gute« geglaubt? Immer gute Worte für genau die eingelegt, die mich jetzt am meisten mobbten? Ich hatte der schrägen Harriet die Karriere gerettet und der Pfau verdankte mir seinen Job!, staunte ich zum hundertsten Mal in diesem Winter über diesen komischen Mechanismus. Und doch hatten genau diese beiden mein Unglück ins Rollen gebracht.

Warum war ich stets mit gutem Beispiel vorangegangen, obwohl die Trampelpfade des Bösen auch in meinem Leben allgegenwärtig waren? Musste es immer ein Oben und ein Unten geben? Wollte ich jemals wieder SM-Sex haben? Wie hatte ich überhaupt Menschen vertrauen können, die ihre Macht über mich derart ausnutzten?

Ich war ja auch keine Heilige, ich war sicher auch mal unachtsam gewesen gegenüber Freundinnen und Freunden, die mir geholfen hatten. Aber ich hatte doch nie im Sinne gehabt, Menschen zu zerstören, systematisch. Und dabei war die Bühne doch auch mein Ding!

Manche Menschen waren auf der Welt, um als blaue Rosen zu blühen. Andere konnten nur atmen, wenn sie die blauen Rosen wieder zerstörten. Blieb nur die Hoffnung, dass sich die einen ordentlich die Finger an den Dornen der anderen zerstachen. Bis sie eines Tages so weit waren, sich an etwas Außergewöhnlichem, etwas, was außerhalb ihrer Selbst lag, einfach mal zu freuen.

Das Sauwetter wütete noch am Abend. Ein Regen trieb die nasskalte Sturmluft vor sich her, als ob er dafür bezahlt würde. Ich schlich hoch erhobenen Hauptes durch die Gassen des Winsviertels und fand zunehmend Gefallen daran, dass die Kälte dieser Nachttage imstande war, mir die Tränen in die Augen zu treiben. So what? Ich war also eine von den Verlassenen und Verratenen. But, so what? Es gab Schlimmeres, als ein einsamer Fuchs in einem schönen, einfrierenden Viertel zu sein. Hauptsache ich hatte mich selbst noch nicht verraten! Sogar ein Lied fand den Weg auf meine Lippen: *Four strong winds, that blow lonely, seven seas, that run high, all those things, that don't change, come what may. If the good times have all gone, then I'm bound for moving on ...*

Das Gespräch mit Benno, das ich im Geiste noch mal durchging, konnte mich nicht erheitern. Ich hatte mir nichts mehr vorzuwerfen. Ich hatte alles gesagt. Es war alles heraus gekommen. Ich hatte, wie das bei einem Streit zwischen Paaren und Bandmitgliedern so üblich ist, sogar MEHR als alles gesagt! Im Nachhinein freute ich mich besonders an meiner rhetorischen Frage: Ob *er* eventuell das größte Arschloch von allen sei? Ja, es wurde immer denkbarer, dass der böse, eitle Pfau in Wirklichkeit nur ein Handlanger von Benno war. Im Vergleich zu Benno war der Pfau doch ein Waisenknabe, oder besser noch: ein Chorknabe, dachte ich aufgebracht. Wollte denn Benno einfach nur der Chef in unserem Duo sein, und deshalb der ganze Ärger der letzten Monate? Damit er auch seine beschissenen Siebziger-Jahre-Led-Zeppelin-Gitarren ordentlich ausstellen konnte? Oder war das Neunziger-Jahre-Soundgarden ... waren das Bombast-Grunge-Gitarren, grübelte ich. Na egal, damit er jedenfalls sein Gitarrengewichse in unserem Sound unterbringen konnte. Als ob ich ihm das nicht sowieso erlaubt hätte! Ich hatte ja nur die Harmonien beanstandet, die nicht zu meinen Melodien passten, nicht den *Style*. Auch wenn es mir lieber gewesen wäre, die Gitarren würden etwas moderner klingen. Mehr nach den Nullerjahren, mehr nach Strokes oder The Kills, also so Eigthies-Gitarren. Etwas perliger, technoider, verspielter, new-waviger, jazziger. Aber nein, aber nein. Es nervte diesen feigen Löwen schon, dass es überhaupt Diskussionen gab – über *seine* heilige Musik! Dass er mich überhaupt nur *fragen* musste. Wie wollen wir denn klingen? Während ich große Teile des Songgerüsts und alle Lyrics lieferte.

Konnten ein Mann und eine Frau nicht einmal auf gleicher

Augenhöhe ein verdammtes, verficktes, elektronisches Pop-Duo machen? Ohne dass der Typ sich beim geringsten Anlass von der Frau in seine Schranken gewiesen fühlte? Ich war doch nicht seine Mama, verdammt. Die Jungs in der Musik, immer mit ihrer fixen Idee, irgendwer wollte ihnen irgendwas verbieten, griff ich nun auch einmal in die Trickkiste der Verallgemeinerungen. Nur um am Ende so zu klingen wie der hunderttausendmilliardenste Aufguss von Pearl Jam oder Arctic Monkeys.

Die sollen mal aufhören, die Frauen immer dann, wenn die auch mal ein Wörtchen mitreden wollen, in die Rolle des übermächtigen Erziehungspersonals zu schubsen, nur um ihnen dann, vom übersichtlichen Leuchtturm des kollektiven Wahnsinns aus, Spießigkeit vorzuwerfen.

Oder, noch direkter: »Verbot!«

Verbot, Verbot. Verbot. Wenn die Jungs und ihre Fans nur im Kollektiv »Verbot!« brüllen konnten. Dann ging's denen gut. Dann waren die ein feiner Kraftklub. Dabei fiel ihnen schon gar nicht mehr auf, dass *sie* es waren, die auf Verbote bauten. Aber nein, eine schlimme Frau hatte *ihnen* etwas verboten. So lief doch der Hase, oder? Schlimm, schlimm, schlimm. *Die Frau in der Musik stört immer.* Die schlimme Frau. Die blöde Kuh. Sie nervt. Die elende Spießerin. Die Spielverderberin. Die Schlampe.

»Hilfe, Zensur«, rief ich einer mir entgegenkommenden Kleinfamilie aus Mutter, Kind und Vater entgegen.

»Sie wollen mich verbieten! Sie wollen mich mundtot machen.« Zum Glück waren sie schon vorüber, bevor ich einen Blick in ihre Gesichter werfen konnte. (Wir befanden uns ja tatsächlich auf dem Gelände des ehemaligen Ostblocks. Zensur hatte hier noch mal eine ganz andere Wahrheit gehabt.)

Aber ich habe doch recht!, steigerte ich mich weiter in Benno und seine strukturell Verbündeten hinein. Ich habe immer gedacht, die Popmusik sei dazu da, die Spießer und die Diktatoren dieser Welt aus ihren Ämtern zu jagen – wie sollte das jemals geschehen, wenn es nicht mal mehr ein paar Berliner Slackern gelang, ein verficktes Elektro-Pop-Duo, meinetwegen auch mit Gitarren, zu machen? Da musste ich nicht noch einen Altar für die atonale Avantgarde aufbauen!

Sieh mal einer an. Vor dem Restaurant La Bohème standen schon die Stühle und Tische draußen. Der Sommer war nur ein paar Steinwürfe, ein paar bittere Monate von uns entfernt und er würde wiederkommen, das stand trotz allem mal fest! In der Winsstraße ging man mit gutem Beispiel voran. Die Vögel würden wieder singen. Vielleicht würde es sogar irgendwann mal wieder eine Love Parade geben oder einen Empower-Lauf. Ich setzte mich unter ein aufgespanntes Regen- oder Sonnendach, je nachdem, wie man es interpretieren wollte, und genoss das böse Wetter wie ein besonders realistisches Theaterstück.

Der Mensch lebt nicht vom Alles-im-Lot allein, drehten die Kalauer an den lockeren Schrauben in meinem Kopf. Bei einem frisch aufgebrühten Pfefferminztee (oh, diese frischen Minzblätter, die wie Meerespflanzen oder kleine Fische im Glas herumschwammen, fast ein bisschen unheimlich) und einer fuchsteufelsroten Linsensuppe, nahmen auch die sprachlosesten Gedanken in meinem Kopf wieder Gestalt an. Sie formten sich zu knalligen Buchstaben und Worten. Ein comichaftes »Na und?« wurde dabei zur häufigsten Phrase des frühen Abends. Dabei fiel mir der doofe Tanzlehrer Ivor 2 aus dem Kaffee Burger wieder ein. An den wollte ich nicht einmal unter der Kategorie des »Na und?« denken. Für verletzte Herrenmenschen wie Ivor 2 war »Fick dich selber« erfunden worden.

Aber halt, stopp! Was gingen mich feine Frau die Intrigen und Dummheiten dieser Arschlöcher an? Nur weil sie mir zufällig über den Weg gelaufen waren. Man müsste einfach alle falschen Beziehungen aus seinem Leben löschen, dachte ich, während ich meine Suppe löffelte, dann würde die Sonne von ganz alleine wieder scheinen. Dann müsste man auch nicht wie ein Idiot in der Kälte sitzen und an die Spießer dieser Welt denken. Man musste nur mal die Sprichwörter zu Rate ziehen. Was die alles über Freundschaften wussten. Über richtige – und über falsche Freunde. Die Sprichwörter wussten alles! Ich war ja nicht der erste Mensch auf Erden, der die falschen Freundinnen und Freunde hatte.

»Bei solchen Freunden braucht man keine Feinde mehr.«

»Hast du einen Freund, dann bist du ein König.«

»Zeige mir deine Freunde, und ich zeige dir, wer du bist.«

Ja, genau. Meine Freunde aus der Musikszene, sie passten einfach nicht zu mir!

Ich war ein Anti-Drogen-Experiment.

Ich machte als einzige von uns noch Grenzerfahrungen, einfach nur, weil ich keine bewusstseinstrübenden Substanzen zu mir nahm.

Ich unterdrückte weder meine Gefühle, noch meine Freundinnen oder Freunde, noch mich selbst.

Ich löschte weder in mir noch in anderen etwas aus.

Ich löste allerhöchstens etwas aus. Das machte mich zum Popstar. Dass ich etwas in anderen *auslösen* konnte, und nicht, dass ich etwas in mir selbst drin auflöste und erdrückte!

Und jetzt musste ich halt einfach mal meine Band, wie ich mein Duo immer nannte, damit es nicht so erbärmlich klang, also gut, gab ich mich geschlagen, ich musste mein Duo auflösen.

Café Prag, das war's!

Zwei minus eins ist eins. Wenn man ein Duo auflöste, blieb nur noch man selber, blieb nur noch ein Soloalbum übrig.

Da konnte es ja nicht schaden, sich gleich mal weiter in die eigenen, positiven Eigenschaften hineinzusteigern. Denn wenn man ein Soloalbum machte, war man gezwungen, sich permanent mit sich selbst zu beschäftigen, und das war es ja, was ich als demokratiebesessener Mensch, als Solidaritätsmonster im Grunde meines Herzens gar nicht wollte! Mich nur mit mir selbst zu beschäftigen ... Wer konnte so etwas wollen? Im Kollektiv machte das Leben doch viel mehr Spaß!

Genau deshalb traf es mich so hart, wenn von mir als Frau sowieso nur subjektiver Quark erwartet wurde. Hallo, ich trage die ganze Welt in mir, das Universum und die sieben Sterne und die tausend Weltmeere und die kleinen Strolche. Aber so war das wohl, nicht nur die extrem Eitlen, auch die Uneitlen waren dazu verdammt, ein Soloalbum zu machen. War es vielleicht meine positive Energie, kam ich auf mich selbst zurück, dass ich immer so viel in anderen auslöste, dass sie mich so schlecht behandelten? Lag es daran, dass sie nicht mit derselben Energie reagieren konnten?

Aber wie dem auch sei, eins stand so fest wie das Amen in der Kirche und der Sommer im Sommer und der Winter im Winter: Ich musste mir alles neu suchen. Musiker. Produzenten. Na und?

Es wurde mir plötzlich, inmitten all der feuchten Träume und Regengüsse, die vom Himmel fielen wie totgeschossene Spatzen, immer rätselhafter, warum ich so gelitten hatte. Es fiel mir wie Schuppen von den Augen: Da waren doch nur ein paar Arschlöcher zu viel in meinem Leben, speziell Benno. Kein Grund sich bis an den Rand der Psychiatrie in persönliche Abgründe zu stürzen ...

Des Rätsels Lösung war so krass wie einfach. Ich musste einfach nur mit falschen Freunden brechen! Das war alles. Nur nicht auf den letzten paar Metern noch schlapp machen. *Why is the last mile the hardest mile?*, übernahmen die Smiths, übernahm Morrissey das Kommando in meinem Kopf: *I know its over. And it never really began. But in my heart it was so real.*

Der Rest der Überlegungen war rein taktisch.

Wie konnte ich dafür sorgen, dass sie mir keinen Schaden mehr zufügten? Natürlich nur, indem ich kein Wort mehr mit ihnen redete! Niemals mehr auch nur ein einziges Wort, schwor ich mir. Denn das war das Wichtigste. Dass man ihnen keine Happen der Lebendigkeit mehr hinwarf, auch auf die Gefahr hin, dass sie daraufhin erst recht zu Verräterinnen und Verrätern wurden. Von allen guten Frauengeistern verlassen.

Wer würde ihnen schon zuhören, wenn sie keine Exklusivinformationen mehr über mich erhielten? Zusätzlich musste ich dafür sorgen, dass strategisch wichtige Personen wussten, wie sehr ich diese Leute verachtete. Das genügte schon. Ich würde es nicht in alle Welt hinaus brüllen. Jeder verhinderte Skandal war eine Leistung, die die Kraft großer Seelen aufbrauchte. Es ging jetzt nicht darum, etwas Großes aus der Sache zu machen. Dann würde ihnen die Lust an der Zerstörung vergehen. Arschlöcher benötigen das Herzblut der anderen vor ihrer eigenen Haustür. Sie hatten nicht genug Energie, um Leute auszusaugen, die sich nicht mehr im auserwählten Zirkel befanden.

Ich hatte einen fetten Wintermantel und ich würde ihn tragen!

So langsam wurde ich sogar ein wenig nachdenklich, ja demütig, sofern man demütig werden kann, wenn einem der Sturm der eigenen Geschichte ins Gesicht schlägt.

Ich hatte mein gutes Leben doch auch gar nicht selbst verdient, dachte ich, im Hinblick auf die widerwärtigen, doppelt und dreifach ungerechten Verhältnisse, in denen die meisten Menschen auf dieser Welt lebten, und durfte nun andererseits nicht daran zugrunde gehen, wenn mir auch mal eine Ungerechtigkeit zugefügt wurde.

Auch wenn es auf Berufsverbot hinauslief, was die Jungs und Mädchen mir hier eingebrockt hatten.

Trotzdem: Ich hatte eine heiße Suppe vor mir stehen. Ich lebte in einem reichen Land ein relativ privilegiertes Leben. Ich war z. B. keine Näherin in Bangladesch, der die Fabrik über dem Kopf zusammenzustürzen droht. Meine liebste Freundin Jasmina hatte doch recht, in solch weltumspannenden Kategorien und Kriterien zu denken. Ich verdankte es einer Laune des Schicksals, dass ich als privilegierte weiße Europäerin das Licht der Welt erblickt hatte. Und es war auch nicht ganz normal, dass meine Mama die ganze Apotheke leer gekauft hatte, wenn ich als Kind nur einen Schnupfen hatte. Aus dem Wasserhahn meiner 600 Euro teuren Altbauwohnung, in der ich es mir leistete – künstlerunordnungsbedingt – nur Schlafzimmer und Küche zu bewohnen, floss sauberes Wasser so viel ich wollte, rund um die Uhr. Und ich kaufte trotzdem noch Mineralwasser in Flaschen, nicht unter 1 Euro, wobei ich stets darauf achtete, dass »auch für Säuglingsnahrung geeignet« auf der Verpackung stand. Mit dem Baby-Wasser wollte ich ganz sicher gehen, dass sich der Urangehalt weit unter dem zugelassenen Wert der sowieso schon hysterischen »Deutschen Gesellschaft für Ernährungssicherheit« befand. Und wenn ich, trotz aller Vorsichtsmaßnahmen und entgegen aller Wahrscheinlichkeit, doch mal krank wurde, dann konnte ich mal so eben durch den wunderschönen Volkspark Friedrichshain laufen, direkt dahinter befand sich nämlich das Krankenhaus, oder, wenn es nicht ganz so schlimm war, um die Ecke zu Frau Doktor Fenchel gehen, dienstags und donnerstags hatte sie sogar bis 20 Uhr geöffnet.

Ich schätze mal, ich muss mir einen Musiker für die Live-Elektronik suchen, um die Verträge zu erfüllen, dachte ich mit einem plötzlichen Schmunzeln. Benno hätte sicher nichts dagegen, wenn ich noch ein paar Monate ohne ihn als Café Prag auftrete ...

Juhu, ich brauchte keine fremden Instanzen mehr. Ich würde so lange weitersuchen, bis es in meinem Leben gar keine Arschlöcher mehr gab. Wo war denn das Scheißproblem? Ich war ja kein Kleinkind. Glaubte ich etwa immer noch, dass es irgendwo die Schaltzentrale des Bösen oder des Guten gab? Eine solche Zentrale, die steuerte, was erlaubt war und was nicht, existierte nicht. Ich durfte das alles ganz frech für mich alleine entscheiden und keine Zeitung, kein Radiosender, keine Kirche und kein Staat, kein Szenestammtisch und erst recht keine falschen Freundinnen und Freunde, waren befugt, ein Urteil über mich zu sprechen, im Namen des Volkes oder so ein Quatsch. Auch die Doppelmoral der Gesellschaft konnte mich am Arsch lecken. Ich wollte weder einen Vorteil daraus schlagen, dass ich eine Frau war, noch einen Nachteil davon haben. Es bringt nichts, immer weiter zu argumentieren. Sie haben sich ihre Meinung zu dir ja gebildet, weil du eine Bedrohung für ihre Stabilität, ihr inneres Gleichgewicht, darstellst. Sie wollen dich nach ihrem Ebenbild formen.

Merke: Du sollst so sein wie sie, nur ein bisschen schlechter, minderwertiger, damit *sie* die Größten bleiben. Ich musste aufhören zu glauben, dass das bittere Ende noch kommen würde. Es brachte nichts, immer wieder zu Benno und dem Pfau und zu Ivor hinzurennen.

»Oh bitte, ich flehe euch an: Seid doch gut zu mir!« Oder wie wär's mit einem grundschülerinnenhaften »Ihr seid sooo gemein! Könnt ihr nicht ein bisschen netter sein? Ich hab euch doch nichts getan!«

Ha, ha, ha. Damit sie mir weiterhin meine Albträume hübsch aufbereiteten? Genau darauf hatten diese Gartenzwerge es ja angelegt. Sie wollen dir einen schönen Albtraum bescheren, weil sie die Menschen im Grunde ihres Herzens, genau wie sich selbst, gar nicht leiden können. Mein Bedauern!

Now is early!

Jetzt war gar nichts zu Ende.

Es fing alles erst an!

Mein Leben war leer wie die Tische und die Stühle vor dem La Bohème. Na und? Eine schöne, eine geisterhafte, eine Fassbinder-Leere. Eine Leere, auf die ich, wenn ich genauer darüber nachdachte, geradezu hingearbeitet hatte.

Love is colder than death!

Liebe ist fürwahr noch kälter als der Tod!

Noch saß ich alleine, im Wintermantel meiner mächtigen und ohnmächtigen Wut. Im Seidentaft meiner labilen psychischen Verfassung. Aber irgendwo würde es Leute geben, die vor der Kälte in die Kälte geflüchtet waren. Und ich würde sie finden! Sie standen im Dunkeln bereit. Und sie spürten die Wahrheit über unser narzisstisches Zeitalter und die Idiotinnen und Idioten, die es wahr machten, mit jeder Faser ihres Körpers. Sie verachteten das Böse, so einfach war das. Das würden meine Freundinnen und Freunde werden. Mit ihnen würde ich Musik machen. Sie durften mich auch gerne managen. Aber an dieser Stelle hatte ich ja sowieso schon Glück! Ich war ein Glückskäfer, denn ich hatte schon einen tollen Manager. Wo war mein verdammtes Problem? Warum sollte ich das Problem haben, wo ich doch kein Problem hatte? Ich musste Leo mal wieder schätzen lernen. Er hielt immerhin zu mir.

Ich werde niemals Spielchen spielen, dachte ich, und ich werde mich nur mit Leuten abgeben, die darauf ebenfalls keine Lust mehr haben.

Leute, die es langweilig finden, wenn nicht doch noch irgendwo irgendeiner getreten, ausgegrenzt, beleidigt oder verletzt wird. Leute, die anderen das Blut aussaugen, um zu leben, um zu überleben, können nie mehr meine Freunde sein! Ich weiß doch genau, wie es läuft. Überall sind misshandelte und verlassene Kinder, die den Schmerz über die ungewollten Gefühle ihrer Kindheit irgendwo hinwerfen, wo es irgendeiner abkriegt, der damit gar nichts zu tun hat. Wenn sie es nicht selber fühlen können, dann kriegen es eben die Kinder und die Arbeitskollegen ab. Das Misstrauen dieser gefühlskalten Hunde, dass nämlich irgendwo noch die kalte, abweisende Mutter lauert, der man es mal so richtig heimzahlen muss, das brauchte ich nicht auf mich zu nehmen!

Ich schrieb eine SMS an Leonid: »Das Duo Café Prag ist gestern Nacht gestorben. RIP. Ich mach ein Solo-Album. Das wird ›Shameless Birds‹ heißen. Die Zeit ist auf unserer Seite. Lass uns bald treffen! Nur das Beste, deine Lilly.«

Dann wählte ich, ohne weiter nachzudenken, die Nummer von Jasmina.

»Hallo Süße, wie geht's dir, bist du schon wach?

»Jetzt bin ich wach.«

»Oh, das tut mir leid. Ich leg wieder auf und ruf heute Nacht noch mal an. Sagen wir: so gegen zehn oder elf Uhr?«

»Nein, Quatsch. Jetzt bin ich schon wach. Es gibt soooo viel zu erzählen. Ich hab Gespräche für dich geführt, mit Benno und dem Pfau. Da sind unglaubliche Sätze gefallen. Du, aber ich glaub, die Typen sind einfach nur mitleidslos. Die denken sich gar nicht so viel dabei. Aber Lurchie war total süß. Bist du dir sicher, dass du ihn nicht willst? Du findest ihn doch so toll! Der war so traurig, dass du vor seinem Konzert gegangen bist. Er hat sogar ein Lied für dich gesungen! Es heißt ›Nur ein Kuss‹ oder so ähnlich. Echt ein starker Rocksong. Er hat mich beiseite genommen und mich gefragt, ob ich wüsste, was mit dir los sei. Ob du krank wärst oder irre, und was er falsch gemacht hat.«

»Liebste Jasmina, ich bin dir untertänigst dankbar, dass du dich so um mich kümmerst und dich mit meinen Freunden und Feindinnen auseinandersetzt. Vielen, vielen Dank. Aber pass auf, ich hab gerade eine große Entscheidung getroffen. Ich interessiere mich nicht mehr für diese Leute! Ich will auch nicht wissen, was sie gestern Nacht noch über mich geredet haben. Es ist mir egal, ob der eine mir ein Lied widmet und der andere mir einen Arschtritt gibt. Sie sind menschlich zu uninteressant, um weiter über sie nachzudenken, verstehst du? Deine Beobachtung der Mitleidslosigkeit trifft es gut. Ich interessiere mich für dich und für Candice. Ich will mit dir über dich oder über euch reden. Über das Mobbing. Das müssen doch unsagbare Qualen sein. Ich war blind, nicht zu sehen, wie sehr du darunter leidest.«

Am anderen Ende der Leitung lachte Jasmina überrascht auf.

»Wie ich leide? Aber ich leide doch gar nicht! Diese Leute auf dem Schulhof, die sind mir so was von scheißegal.«

»Das kann überhaupt nicht sein. Das verdrängst du nur. Entschuldigung, liebe Jasmina, aber kein Mensch hält so etwas aus, ohne davon traumatisiert zu werden. Nicht einmal mit einer Zwillingsschwester, nicht einmal mit einer Band oder einer Armee im Rücken würde man das aushalten. Es ist schlicht nicht möglich. Du schiebst den Schmerz und die Wut nur ganz weit weg von dir, damit sie deiner kleinen Seele und deinem großen Herzen nichts anhaben können. Aber ich hatte heute Nacht eine Erleuchtung oder so etwas Ähnliches. Ich hab im Traum mit Amy Winehouse geredet. Ich weiß jetzt, dass es depressiv macht, ein Klatschobjekt zu sein. Überleg doch mal: Du kannst nachts nicht einschlafen und morgens nicht aufstehen. Du bist besessen von deinem schönen Blog. Weil das Schreiben dir die Würde zurückgibt, die sie dir tagtäglich auf dem Schulhof nehmen. Und dass deine Eltern sich nicht darum kümmern, das ist auch nicht ganz okay. Die müssten das schon längst aufgespürt haben. Gehen die denn nie zu Elternabenden?«

»Nee«, sagte Jasmina mit einem warmen Trotz in der Stimme, »die will ich da auch nicht haben.«

»Die Sache ist ganz einfach«, fuhr ich fort. »Ich werde nach den Winterferien in deine beschissene Oberschule gehen und mit deinen Lehrern reden. So wie du mit meinen Leuten geredet hast. Ich werde die Sache mit dem Mobbing klären. Du und Candice, ihr geht da gar nicht mehr hin. Ich verbiete euch, mit diesen Monstern noch ein Wort zu reden! Geschweige denn an dieser Monsterschule euer Abitur zu machen. Das kann doch nur schief gehen. Du hast doch selbst gesagt, du stehst in Mathe und in Sport auf fünf oder sogar auf sechs. Na also. Sechs in Mathe, das versteh ich ja noch. Da war ich auch immer schlecht. Obwohl das auch irgendwie nicht okay ist. Aber Sport? Das ist ein Zeichen dafür, dass sie deine Bewegungsfreiheit einschränken. Die geben dir das Gefühl, dass du keinen Raum für dich selber hast. Wie kann jemand wie du, der so viel Energie hat, eine Fünf in Sport haben? Die fügen euch ein riesengroßes Trauma zu. Das wirst du dein Lebtag nicht mehr los. Ich suche eine neue Schule für euch. Ich hab jetzt viel Zeit. Ich muss zwar mein Soloalbum machen, aber dafür bin ich meine Bandkollegen und das ganze Drumherum ja los.«

Jasmina brauchte eine Weile, bis sie wieder etwas sagte. Dann kam etwas sehr Süßes, Schüchternes: »Meinst du echt, dass die mich verletzt haben?«

»Du bist so ein tapferes Mädchen, Jasmina. Das sag ich den Lehrern. Ich rühr noch mal so richtig die Werbetrommel für euch. Aber die kriegen dich und Candice nie mehr zu Gesicht. Denen jag ich einen schönen Schrecken ein.«

»Du bist aber eine gute Freundin«, sagte Jasmina mit wackeliger Stimme.

»Du bist eine noch bessere«, sagte ich.

New School

»Was ist eigentlich so schlimm daran, eine Fassade aufrecht zu erhalten?« Ausgerechnet in dem Moment, als ich mit klopfendem Herzen die Aula der Kleist-Oberschule betrat, war mir Bennos Frage in den Sinn gekommen. Das Gespräch hatten wir vor ewigen Zeiten mal geführt. Bandbusweisheiten. Auf der Fahrt von Berlin nach Wien über Tschechien. Mein *ehemaliger bester Freund,* wie ich Benno neuerdings im Stillen nannte, war in die Idee verrannt gewesen, dass »einen Schein aufrecht zu erhalten« das Beste war, was man tun konnte, wenn man in der Krise steckte. Insofern sei es eine Wohltat, dass die Gesellschaft von allen verlange, die Spielchen der Anpassung mitzuspielen. Alles besser, als wenn einem sowieso schon alles egal wäre.

»Wenn ich meinen Nachbarn vormache, dass es mir gut geht, obwohl sich zu Hause die leeren Flaschen und das dreckige Geschirr stapeln, oder wenn ich das Treppenhaus putze und mir einen schicken Anzug anziehe, obwohl ich schon seit Wochen völlig verwahrlost vor mich hin lebe, dann werde ich eines Tages wirklich alles in Ordnung bringen.« Da war sich Benno, der ja auch nicht immer nur Scheiße geredet hatte, aber sicher. Ach, Quatschkopf Benno, du hast mit deinen Behauptungen viel zu häufig ins Schwarze getroffen! Auf so was würde eine treudoofe Wahrheitsfanatikerin wie ich nie kommen. Ich dachte immer, man müsse alle Karten offen und ehrlich auf den Tisch legen! Oh ich mochte die Beharrlichkeit, mit der Benno diese Dinge aussprach, immer sehr. Wie seine Stimme dann inmitten all der Hektik so einen beinahe zärtlichen Ton annahm. Scheiße. Ich musste schlucken, als mir einfiel, dass ich ja nie mehr ein Wort mit *meinem ehemaligen besten Freund* reden würde! Aber es ging nicht anders. Er hatte mich öffentlich dem Spott ausgesetzt (meine privaten Krankengeschichten an den Pfau weitergetratscht) und das war die Todsünde ... Eine Woche nach dem Coming-out des Schreckens in der Volksbühne fühlte ich mich noch immer wie in einem Schattenspiel (oder war es ein Kasperletheater?), das aber irgendwo da draußen auf die große, hell beleuchtete Leinwand projiziert wurde. In der vergangenen Woche war ich nämlich, was die Sache mit der Fassade betrifft, von der Theorie zur Praxis gewechselt.

Ja, es fühlte sich fantastisch an, eine Fassade aufrechtzuerhalten! Und ich hielt nicht weniger als die Fassade aufrecht, in diesen ersten Tagen des neuen Jahres, bei mir im Dachstübchen sei noch alles in Ordnung, während meine Gedanken auf eine Art durch die Decke gingen, wie ich es nie zuvor erlebt hatte. Neben den normalvernünftigen Sachen, die ich zum Glück immer noch dachte, ging mir auch völlig wirres, dummes Zeugs durch den Kopf. Gedanken, die sich irgendwie überschlugen, die ich aber zwanghaft und immer wieder aufs Neue denken musste, damit sich die Bedrohung auflösen konnte. Völlig kaputte Sachen, dass ich zerstört werden sollte und wie ich es schaffen würde, die Verfolger loszuwerden. Es war beinahe so, als ob sich jemand in meinen Kopf geschlichen hätte, um meine Gedanken mitzuschreiben. Zu Beginn dieses Höllenwinters hatte ich das Gefühl gehabt, dass ich die Kontrolle über meinen Körper verlieren könnte. Jetzt waren auch meine Gedanken nicht mehr vor mir sicher. Insofern war es wichtig, wenigstens den Körper in Sicherheit zu bringen, mich nicht mehr an den Szeneorten blicken zu lassen. Schaffe eine Idylle, sei das, was du immer warst, vielleicht wirst du es dann auch wieder, hielt ich mich an Bennos »Fassaden-Theorie« fest, während ich klein und unsicher in der großen, holzgetäfelten Aula stand.

Der Raum war durch allerlei Stelltafeln unterteilt, so dass ich, überwältigt von Schrift und Information, Schwierigkeiten hatte, ein Schild zu finden, das mir den Weg zum Lehrerkollegium weisen würde. Ich versuchte, den heißen Kloß in meiner Kehle, der mit dem Gedanken an Benno verbunden war, hinunterzuschlucken, wie man ein Bündel fauliger Erdbeeren im Waschbecken herunterspült. Dann wäre das erledigt.

Panik überfiel mich, sobald ich meinen Blick durch die Aula schweifen ließ. Um dem grellen Überfall des Tages zu entkommen, hätte ich am liebsten ein Tuch vor meine Augen gebunden. Es standen nur ein paar Schülerinnen und Schüler in Grüppchen herum. Die Klassen befanden sich um diese Zeit wohl im Unterricht. Ich hatte keine Lust, mir die Blöße zu geben und nachzufragen. Das Scheißlehrerzimmer muss doch irgendwo ausgeschildert sein, dachte ich und merkte, wie ich langsam aggressiv wurde. Zu doof, dass ich Jasmina nicht danach gefragt hatte. An alles hatte ich gedacht, nur nicht daran, sie zu fragen, wo überhaupt und in welchem Stockwerk sich das Lehrerzimmer befand. Ich hatte keinen Termin bei ihrem Klassenlehrer Herr Ratthaus, man hatte mir am Telefon lediglich geraten, um Viertel vor elf im Lehrerzimmer zu erscheinen, dort könne man Herrn Ratthaus höchstwahrscheinlich persönlich antreffen. Ich hoffte insgeheim, dass er nicht da war und die Mission »Jasmina und Candice vor dem Schulhofmobbing retten« zumindest für heute beendet wäre.

Es kam mir so vor, als stünde ich so verloren wie zu meinen eigenen Schulzeiten in dieser Aula herum. Als ich heute Morgen losgezogen war, um Jasmina zu retten, hatte ich das unterschätzt, dieses Schulfeeling. Wie damals, nur mit zehn Kilo mehr auf den Rippen, obwohl ich doch schon seit Tagen kaum einen Bissen runterkriegte. Ich konnte es nicht ändern, mein erster Blick galt wieder den Körpern der Schülerinnen. Es standen hier aber auch unfassbar dünne Mädchen herum. Das ist ja schlimmer als zu meiner Schulzeit!, checkte ich in Sekundenschnelle die Lage der angeblich selbstbewusstesten Frauengeneration aller Zeiten. Sind das die Mädchen, die zum ersten Mal in der Geschichte bessere Schulabschlüsse machen als die Jungs?, meldeten sich sogar ein paar weltliche Gedanken. Komisch, wie machten die das? Es musste anstrengend sein, mit so ein bisschen Nahrungsenergie im Körper so viel zu lernen! Ich sah meine eigene Schulzeit wie eine schlechte Bleistiftzeichnung vor mir: Als ich selber Klappergespenstin gewesen war, hatte ich keine Hausaufgaben mehr gemacht, sondern nur versucht, möglichst viel Unterrichtsstoff im Kopf zu behalten. Ich hatte, wenn überhaupt, nur für die Klassenarbeiten gelernt, meistens sofort wenn ich zu Hause ankam (wenn ich nicht gerade bei meiner Freundin Julia und ihrer Familie zum Essen war und von Lars schikaniert wurde). Die Unruhe, das aufpeitschende Hungergefühl, hatte mich spätestens am Nachmittag im Griff gehabt. In diesem Zustand waren Gesangsübungen manchmal eine Erleichterung. Singen wurde immer wichtiger, Schule immer unwichtiger. In dieser Hinsicht war meine Schulzeit mit der von Jasmina vergleichbar. Bei ihr war es der Blog, der das Leben übernommen hatte. Es war beruhigend, schon früh im Leben etwas richtig gut zu können, für das man dann auch noch bewundert wurde.

Ich schaute ein paar Mädchen hinterher, die im Sportdress durch die Halle schritten, oder waren die weißen Röckchen ihr Alltagsoutfit? Na, wenn heutzutage aber auch alles, was nicht Untergewicht war, unter dem Begriff »Normalgewicht« firmierte, dann war es ja kein Wunder, dass die Mädchen untergewichtig sein wollten. (Wo war nur das gute, alte Idealgewicht geblieben?) Welches Mädchen wollte sich schon im Bereich des »Normalen« bewegen, wenn es um Fragen der Schönheit ging? Selbst ich bemühte mich stets den höchsten Wert des »Unter« zu halten, und überprüfte das einmal die Woche auf der Waage. Nur gut, dass ich selbst nicht mehr fünfzehn war, an dieser Schule würde ich sofort wieder magersüchtig werden, dachte ich und schloss in Gedanken Jasmina in den Arm, die cool genug war, inmitten all dieser dünnen Schülerinnen ihr großzügiges »Normalgewicht« zu genießen. Aber wie dem auch sei. Ich befand mich im Moment auch ohne Magersucht am Rande eines Nervenzusammenbruchs. Aber das mit dem »verrückt« war egal. Selbst wenn es nie mehr weggehen würde. Dann war das jetzt halt so, dann war das jetzt eben meine Art zu denken. Ich musste mich nur daran gewöhnen und alles so lange auf drei verschiedenen Ebenen hin und her grübeln, bis ich mich wieder gefangen hatte. Bis es wieder gut war. Dann würde das schon alles irgendwie gehen.

Wie gut, dass ich jetzt eine Aufgabe hatte, dass ich etwas für andere Leute, für meine beste Freundin tun konnte. Es lenkte mich von meinen eigenen Gewichten ab. Es war ein Geschenk, von sich selbst wegzukommen und die Fassade auch für die anderen aufrechtzuerhalten! In den letzten Wochen hatte mich immer öfter das Gefühl beschlichen, nur noch weiterleben zu können, wenn ich nicht mehr an mich selbst als öffentliche Person dachte. Ich konnte es ja ohnehin nicht ändern, dass sie unser bestes Lied in seiner schlechtesten Version im Radio spielten. Es liefen ja schon genug schlechte Songs im Radio, da kam es auf einen weiteren beschissenen auch nicht mehr an ...

You know, I'm no good, kein gutes Mädchen, wie einst Amy. Ich musste einfach nur so tun, als wäre das alles gar nicht ich. Wenn ich mich nicht mehr als Mittelpunkt meiner Person anerkannte, dann war die Frau, die das misslungene Lied im Radio sang, vielleicht auch gar nicht ich? Eine seltsame Angst schnürte mir die Kehle zu, wenn ich daran nur dachte, und so ein böses, heißes Gefühl war in meinem Magen, während ich mich dem Fuß der Treppe näherte und darüber nachdachte, ob es eine gute Idee sei, nach oben zu steigen. Die Wahrscheinlichkeit, dass sich dort oben das Lehrerzimmer befand, war groß und es war ja auch noch keine Viertel vor elf, sondern erst zehn vor Viertel vor elf, wie ich durch einen Blick auf die große, runde Wanduhr feststellte.

Meine Ängste überschwemmten meinen Kopf. Ich war mir sicher, dass meine Accounts, der Twitter-Account unserer Band und unsere Facebook-Seite, vor Nachrichten von Fans und vielleicht auch von Hatern überquollen. Ich hatte Leonid gebeten, mich ein paar Wochen in Ruhe zu lassen. »Denk dir eine schöne Ausrede aus. Richte ihnen aus, Lilly Vegas leidet an einer Überdosis menschlicher

Bosheit und sie muss sich von ihren falschen Freunden erholen. Lasst sie einfach in Ruhe, danke. Die neue Single, die einer von diesen falschen Freunden in Umlauf gebracht hat, wurde übrigens nicht von ihr autorisiert, das hat die Band verbockt. So was in der Art.« Leonid war nur zum Teil einverstanden gewesen. Das mit der Überdosis Bosheit fand er sogar ausgesprochen lustig, aber er war auch der Meinung, ich dürfe nicht die Band mit reinreißen.

»Du musst jetzt dazu stehen, wie die Single geworden ist, auch wenn du an dem Song nicht künstlerisch beteiligt warst.« Na gut, das sah ich sogar ein. Man konnte sich als Sängerin ja nun wirklich alles Mögliche herausnehmen – aber nicht, sich für einen Song zu entschuldigen, der schon im Umlauf war.

»Alles klar, mach, wie du denkst«, hatte ich zurückgesimst und damit war der Fall »Öffentlichkeitsarbeit« für mich erst mal erledigt. Zumindest was den offiziellen Teil betraf. Was den inoffiziellen Teil, also den Wahnsinn, der an den Schrauben in meinem Kopf drehte, betraf, so war die Öffentlichkeitsarbeit noch lange nicht beendet. Denn immerhin zählte ich mich ja zu den Leuten, die schon gerne ein bisschen Kontrolle über ihr Leben gehabt hätten, und musste mich infolgedessen dazu zwingen, nicht ununterbrochen darüber nachzudenken, wie Leonids Pressemitteilung wohl ausgesehen hatte. Ob er den Satz mit den falschen Freunden wohl mit aufgenommen hatte oder nicht? Die Band als Faktor des Bösen unbenannt zu lassen, bedeutete ja keineswegs, dass man die »Überdosis Bosheit« nicht doch an die Erholung von den »falschen Freunden« koppeln könnte, oder? Außerdem hätte ich auch gerne noch gewusst, ob ich die falschen Freunde durch eine zusätzliche Pressemitteilung nun tatsächlich gegen mich aufgebracht hatte oder ob sie mich zumindest jetzt, da meine Niederlage, mein Nervenzusammenbruch offiziell besiegelt war, in Ruhe ließen. Aber ich packte es einfach nicht, mich in meine Accounts einzuloggen oder meinen Namen bei Google einzugeben. Also konnte ich nur bangen und hoffen. Im wachen Zustand und wenn ich ein paar Stunden lang Licht gesehen hatte, wünschte ich mir, dass der Satz mit den

»falschen Freunden« in der Pressemitteilung enthalten wäre. Aber in den fürchterlichen, frühen Morgenstunden musste ich mich sehr zusammenreißen, nicht aufzustehen und auf Facebook zu schreiben: »Alles ist wieder gut, ihr lieben Freunde, ihr seid ganz toll, entschuldigt bitte, ich war überreizt, bitte tut mir nichts, ich nehm' alles zurück.« Dann verfluchte ich die Möglichkeit, dass Leonid die Sache mit den falschen Freunden öffentlich gemacht haben könnte, denn sie wussten ja, dass sie gemeint waren ...

Eigentlich lustig, dass nun auf eine ganz komische Art und Weise doch noch die Wahrheit über meinen Seelenzustand ans Licht gekommen war, dachte ich, während ich immer noch unschlüssig in der Schulaula herumstand. Nur gut, dass mich keiner beachtete! Es hatte auch seinen Vorteil, wenn alle nur mit sich selbst beschäftigt waren. Auch wenn es nicht stimmte, dass ich eine Überdosis hatte, so hatte ich doch eine Überdosis schwer verkraftbarer Fakten zu mir genommen, und das kam genaugenommen aufs selbe raus, drehten sich meine Gedanken wieder um meinen eigenen Fall.

Wo ist da überhaupt noch der Unterschied, überlegte ich, während ich, instinktiv auf den Boden blickend, die Treppen hochstieg, ob man von Psychotabletten in den Wahnsinn getrieben wurde oder von dem ganzen beschissenen Musikerinnenleben? Warum suchte ich mir nicht gleich einen normalen Brotberuf? Schlimmer konnte es als Frau nur noch im Bordell sein, jedenfalls für mich ...

Ich lief langsam und bedächtig die Treppe hoch. Zum Glück hatte ich meine hässlichste Brille aufgesetzt, keiner konnte mich erkennen, wie damals, vor dem großen Durchbruch, als ich für ein paar Monate Sozialhilfe beantragen musste. Die Treppe kam mir riesig vor. Ich musste mich zwischendurch am Geländer festhalten, mein Kreislauf, und dann wusste ich für ein paar Momente nicht mehr, wo ich eigentlich war. Mir war so dummelig zumute, ach, ich war ja auf dem Weg ins Lehrerzimmer. Ich befand mich in Jasminas und Candices Schule, der Gedanke riss mich in die Höhen, ich musste die beiden hier irgendwie raushauen, ihnen so eine Art letzter

Würde geben, Tacheles reden, damit sie sich endlich von dieser doofen Schule abmelden konnten. Vielleicht konnte ich auch schon mal ein paar Formulare mitnehmen, falls es so was gab: Formulare für Leute, die an eine andere Schule gehen wollten, weil sie sowohl von den Klassenkameraden als auch von den Lehrern – das musste man sich mal klar machen, nicht nur von den Klassenkameraden, sondern auch von den Lehrern – gemobbt wurden. Ich hatte etwas Angst, dass es mir beim Gespräch noch mal den Atem verschlagen würde, dass ich vielleicht irgendwie falsch atmen würde, es roch aber auch so muffig hier drin. Es ging mir sowieso schlecht.

Heute war kein guter Tag um ALLEN die Meinung zu sagen, allen Arschlöchern gleichzeitig. Allen Arschlöchern, verkörpert durch den Klassenlehrer Ratthaus. Dabei war mir das, zu Hause auf der Couch liegend, so einfach vorgekommen. Ich hatte nicht mitbedacht, dass ich in diesen Tagen in den Medien war, aber nicht den Mut hatte nachzuschauen, was sie eigentlich über mich schrieben und wie die Bilder von mir aussahen. Ich ahnte nichts Gutes! Bestimmt würden Redakteure, wie wenn in anderen Fällen Sängerinnen zusammengebrochen waren, doch die schlimmsten Fotos aus dem Archiv kramen und zur Not etwas nachhelfen, oder? Mit Photoshop konnte man Leuten ja auch schwarze Augenränder und dicke, verquollene Bäckchen oder Bäuche hinzaubern. Und was, was wenn sie meine Fotoserie aus dem letzten Sommer auspacken würden? Da hatte ich mal acht Kilo mehr gewogen ... Oh Schreck. Vielleicht müsste ich schnellstens neue Hochglanzfotos in Umlauf bringen, damit sie auch sehen, wie überaus rank und schlank ich schon wieder bin, dachte ich, während mir der vergangene Sommer, in dem ich aus Lust und Liebe und weil Ivor es mochte, alle Vorsicht beim Essen hatte fahren lassen, so vorkam wie ein Sommer vor hundert Jahren. Ich stockte. So einen Typen wie Ivor würde ich nie mehr wiederfinden, rasten meine Gedanken mitten ins Unglück, ohne jeden Filter, während ich im ersten Obergeschoss angekommen, endlich eine Art Schild, eine Wegbeschreibung entdeckte, wie man sie von Sozial- oder Bürgerämtern kannte. Ein dicker roter Pfeil wies in Richtung des »Lehrerzimmers!«, na endlich. Ich war so erleichtert wie eine alte Frau, die es auch ohne fremde Hilfe geschafft hatte, über die Straße zu kommen. Ich tippelte langsam weiter und bemühte mich, ruhig zu bleiben. Es war doch jetzt egal, wie alles war, es ging doch nur darum, die Fassung zu bewahren. Ich würde jetzt Candice und Jasmina raushauen und nicht mehr an mich denken. Mal was für andere tun – Jasmina und Candice hatten auch schon genug für mich getan! Ich spürte, wie ich mich wieder auf meine Umgebung konzentrieren konnte. Schulen sahen immer noch so aus wie schon immer. In Fenstern, die viel zu klein waren, blitzten ein paar Sonnenstrahlen auf und folgten mir schüchtern. In den Regalen vor dem Lehrerkollegium stapelten sich auch immer noch die steifbändigen Bücher mit den politischen Schriften und überall stand »Europa« drauf. Es war alles so wie immer und doch ganz anders, weil ich ja nicht mehr in die Schule musste, und zumindest das war ein verdammt gutes Scheißgefühl! Ich hatte zwischenzeitlich mein Leben gelebt, und was machte es schon aus, dass es Spuren von Wahnsinn enthielt. Wenigstens war ich das Wesen geworden, das ich immer werden wollte, brachte ich die berühmten Zeilen des Pet-Shop-Boys-Songs »Being boring« zu meiner Verteidigung vor, und weil es so schön war, fiel mir das Ganze auch gleich in meiner Muttersprache ein. *I never dreamt that I would get to be, the creature that I always meant to be!*

Autsch! Da hatte jemand volle Kanne die Tür des Lehrerzimmers aufgestoßen und eine Frau, die urplötzlich vor mir auftauchte, fegte mir die Brille von der Nase. Ich bekam das Gestell gerade noch zu fassen. Die Frau war in heller Aufregung.

»Oh Entschuldigung, Entschuldigung, das wollte ich wirklich nicht! Aber warum müssen sie auch an der Tür lauschen?«, rief sie, in strenger, aber herzlicher Lehrerinnenart. Sie trug einen schwarzen Trainingsanzug und fragte mich noch einige Male, ob ich mich verletzt hätte.

»Nein, alles okay«, versicherte ich und lächelte, lächelte zum ersten Mal am heutigen Tag, aber gleich wurde ich auch schon wieder sauer, dass man mir an dieser Schule einen Schwall an Entschuldigungen zukommen lies, während sich bei der armen Jasmina und der armen Candice sicher noch nie einer entschuldigt hatte! Auch wenn es zugegebenermaßen nicht gerade angenehm war, gleich beim ersten Kontakt mit einem der Lehrermonster die Brille von der Nase gefegt zu kriegen.

»Nein, danke, wirklich alles gut, ich bin nicht verletzt, sie können ja auch nichts dafür.«

Die Frau lächelte. »Kann ich wenigstens etwas für Sie tun? Sie sehen so aus, als ob Sie jemanden suchen würden?«

»Ja«, sagte ich, »ich bin eine Freundin von einer Schülerin hier, eine erwachsene Freundin«, verbesserte ich mich blödsinnigerweise, »und ich würde gerne ihren Klassenlehrer, den Herr Ratthaus sprechen.«

»Eine erwachsene Freundin?«, wiederholte die Frau und schaute spöttisch, womit sie so etwas wie eine Kaltfront zwischen uns aufbaute.

»Sie meinen, Sie sind schon erwachsener als ihre Freundin?«, hakte sie nach.

»Nein«, sagte ich, die ich immer vergaß wie irreführend jung ich doch aussah. »Ich bin wirklich ein paar Jahre älter als meine Freundin Jasmina. Ich bin 32 Jahre alt und ich möchte eine ernsthafte Unterhaltung mit einem ihrer Lehrer führen, weil die beiden Mädchen, nämlich Jasmina und ihre Zwillingsschwester Candice, in dieser Schule aufs Schlimmste gemobbt werden und deshalb nie im Leben wieder hier aufkreuzen werden. Da können Sie ganz beruhigt sein!«

»Ach sowas, sowas, sowas aber auch«, sagte die Dame etwas verstört. Mit so etwas hatte sie jetzt nicht gerechnet, klar. Mit so etwas wie einem Mobbing rechnen immer alle gerade nicht, dachte ich, während es doch alle ständig machen. Andere kleinkriegen, sie fertig machen, in die Ecke drängen oder absichtlich ignorieren, aber wenn man dann das Wort sagte, das böse Wort, dann war es ein bisschen so, wie wenn man zum Beispiel die Worte »Kapitalismus«,

»Sexismus«, »Rassismus«, »Magersucht« oder »Vergewaltigung« aussprach oder so etwas wie die »Ausbeutung der unteren Schichten« – denn die sollen sich doch freuen, überhaupt Arbeit zu haben und nicht auch noch an den Arbeitsbedingungen oder der Bezahlung herummeckern. Jasmina und Candice hatten mir für solche Sachverhalte die Augen geöffnet: Was in der Gegenwart massenhaft vorkam, konnte man komischerweise in der Gegenwart, und gerade in der Gegenwart, nicht aussprechen, ohne sich verdächtig zu machen. Weil das doch alles gar nicht bewiesen war! Man brauchte doch Beweise für diese Dinge, abertausende von Beweisen, oder wenigstens einen guten, einen richtigen, und genau diese Beweise wurden aber andauernd vernichtet oder lächerlich gemacht, zum Beispiel von denen, die doch die Täter waren. Denn es gab nun mal immer mehr als genug Leute die ... und Strukturen in denen man ein Interesse daran hatte, dass so was, so was, so was, so was eben nicht ausgesprochen wurde! Das waren doch alles so grelle, so surreale Sachen, die den normalen Fortgang des Alltags lähmten.

»Ich weiß nicht, worüber Sie sprechen, von welchen zwei Mädchen, äh, Sie sprechen«, antwortete die Lehrerin. Sie hob die Schultern, als wäre sie auf einmal sehr verunsichert. »Ach so, jetzt weiß ich. Sie meinen die Karto-Zwillinge?«

»Ja genau, die meine ich, Jasmina und Candice Karto«, sagte ich, nun meinerseits leicht verwirrt, weil ich von ihnen nie als die »Karto-Zwillinge«, sondern als »Jasmina und Candice« gedacht hatte.

»Ja, die beiden haben Probleme mit ihren Mitschülern. Sie wollen sich nicht einfügen. Die sind doch höchstwahrscheinlich selber Schuld an diesem, wie Sie es nennen, ›Mobbing‹.« Sie sprach das Wort »Mobbing« höhnisch aus, als könnte sie es mit einem Augenrollen außer Kraft setzen. Dann reichte sie mir die Hand.

»Ich bin übrigens Frau Weber, ich bin die Sportlehrerin von den Kartos.«

»Die *Sportlehrerin?* Aber in Sport steht Jasmina doch auf Sechs!« Ich fiel gleich mal mit der Tür ins Haus, weil ja später noch genügend

Zeit wäre, alles zu bereuen, was ich im Eifer des Gefechts gesagt hatte. Frau Weber, die im Grunde recht nett wirkte, lachte laut.

»Ja genau, die stehen beide auf 'ner Sechs. Ich bin Ihnen dankbar, dass Sie das gleich mal ansprechen, junge Frau. Bislang ist nämlich noch keiner aus ihrem Clan hier aufgetaucht, um sich vorzustellen. Keine Mama und kein Papa. Glauben Sie nicht, dass den anderen Schülern so was auffällt? Reden Sie den beiden Schulschwänzerinnen doch mal ordentlich ins Gewissen, wenn es schon sonst keiner tut«, sagte sie, in Fahrt gekommen.

»Wer nicht am Sportunterricht teilnimmt, den kann ich nämlich leider nicht in die nächste Runde des Spiels versetzen.« Sie schnaubte grimmig und ich konnte sie mir nur zu gut bei den Bundesjugendspielen vorstellen, wie sie mit der Trillerpfeife ihre Schäfchen zusammenhielt.

»Kommen Sie, kommen Sie mit!« Sie lotste mich durch düstere Räume mit grünbraunen Wänden, in denen es nach Kaffee und frischem Schinken roch, irgendwer muss hier Wurst gegessen haben, dachte ich, bis ich sah, dass Frau Weber ein mit Käse und Schinken belegtes Sandwich in der Hand hielt.

»Ich melde Sie mal beim Lehrer Ratthaus an«, sagte sie, und wedelte mit dem Sandwich in der Hand herum. »Nicht böse sein, dass ich mich nicht weiter mit Ihnen unterhalten kann, aber ich muss gleich runter in die Sporthalle. Ich bin mir aber sicher, Herr Ratthaus hält gerne mal ein Schwätzchen mit Ihnen über diese Zwillinge!« Zum Abschied gab sie mir lächelnd die freie Hand und verschwand in einem Nebenzimmer, aus dem sie nach wenigen Minuten wieder herauskam. Der Lehrer Ratthaus sei gerade zu einer Vertretungsstunde abkommandiert worden, wolle aber danach mit mir sprechen.

»Kommen Sie, junge Frau«, sagte sie wieder, »kommen Sie«, und ich dachte ein paar unaussprechliche Sekunden lang, dass sie mich jetzt abführen würde, dass sie mich vielleicht in ein Folterzimmer brächte, wo die Polizei auf mich warten und wo man furchtbare Dinge mit mir anstellen würde. Dann war da aber nur ein grauer Raum mit großem Fenster, draußen verdeckten kleine Wolkenzwerge die Vormittagssonne, und ich nahm auf einem unbequemen braunen Klappstuhl Platz.

»Bleiben Sie hier, setzen Sie sich, machen Sie es sich gemütlich, gehen Sie nicht wieder«, sagte die Sportlehrerin erstaunlich hellsichtig und schloss die Tür hinter mir, ganz so als ahnte sie, dass ich mich unweit einer himmelschreienden Psychose bewegte, die mich direkt in die Arme des Baumes vor dem Fenster befördern wollte. Ich musste mich zusammenreißen, um keine Gedanken zu denken, die etwas mit »aus Versehen aus dem Fenster stürzen« oder »Folter« oder so zu tun hatten. Eine in maigrün gekleidete Sekretärin brachte mir eine Tasse Kaffee.

»Ich wusste nicht, ob Sie Milch dazu wollen, aber ich hab noch Dosenmilch in der Ablage gefunden.« Ihre Stimme klang aufrichtig. Würde so ein Folterer reden?

»Oh, das ist total nett von Ihnen, dass ich einen Kaffee bekomme, und sogar mit Milch!«, schnellte es in meiner Kinderstimme überfreundlich aus mir heraus. Ja, ich konnte gar nicht mehr aufhören, mich für nichts und wieder nichts zu bedanken.

»Wirklich, sehr liebenswürdig von Ihnen!« Denn immerhin hatte die Frau ja extra für mich nach Dosenmilch in der Ablage gesucht.

Oh ich war mal wieder das genaue Gegenteil von »gelassen«: Ich war das Kind, das vor Freude ausflippt, wenn Dad auch nur eine Portion Tiramisu spendiert. Jedenfalls fuhr die Frau erschrocken zusammen. Ich kannte das schon von »den Deutschen«. Zu viel Energie oder Begeisterungsfähigkeit machte ihnen Angst, jedenfalls an so offiziellen Orten. Oder hatte ich mir in meiner momentanen Übersensibilität nur eingebildet, dass die freundlich-förmliche Sekretärin zusammengezuckt war? Vielleicht war sie auch befremdet von dem Spruch auf meinem Stoffbeutel, *The creative adult is the child who survived*, der in farbenspritzenden Pink- und Orangetönen nach Aufmerksamkeit bettelte? Die Frau sagte im Rausgehen:

»Keine Ursache, lassen Sie es sich schmecken. Ich werde dem Herrn Ratthaus, sobald er kommt, von Ihrem Erscheinen berichten.« Und sie schloss die Tür hinter sich. Wahrscheinlich fand sie mich kindisch. Ach egal.

Ich würde in öffentlichen Einrichtungen sowieso nie die »deutsche« Dosierung des Gefühls hinbekommen. Ich konnte noch hundert Jahre hier leben, ich würden es nie lernen: Auf Bürgerämtern, Finanzämtern oder Schulen durfte man keinesfalls eine irgendwie übereifrige oder aufgedrehte Power ausstrahlen. Man musste in Deutschland immer so tun, als könnte man sich mühelos aus dem Spiel lassen. Andernfalls hielten einen die anderen für ziemlich verrückt. Man galt zu schnell als jemand, der sich eine »Extrawurst« braten wollte, oder, für den Fall, dass man »zu nett« war, was mir viel zu oft passierte, als kindisch und unselbständig. Als ob man sein Gegenüber als wärmendes Kuschelkissen missbrauchen oder mit Freundlichkeit erpressen wollte. Es war ein schreckliches Missverständnis. Ich hingegen empfand das Ausbleiben von angemessener Emotion als Arroganz. Viele Engländer in Berlin fanden das schick, Kraftwerk- und Nico-schick, aber mich gruselten die ständigen Missverständnisse in Sachen Gefühlsaustausch schon seit meinem ersten Schultag in Aachen. Es war ja nicht so, dass sie mich nicht auch als arrogant einstuften. Da ich in jeder Situation meine Gefühle zeigte, seien sie auch noch so stark, galt ich als Frau, die sich gerne in den Mittelpunkt spielt. Dabei hätte ich nichts dagegen gehabt, wenn alle anderen auch ihre wahren Gefühle gezeigt hätten. Ich nämlich hatte Angst, mich selbst zu verlieren, wenn ich nicht bei mir blieb. Es war gar nicht so einfach in einem Land zu leben, dessen emotionale Codes man immer wieder aufs Neue knacken musste und im Grunde dann doch nicht verstand. Die Sekretärin war längst aus dem Zimmer verschwunden, da grübelte ich immer noch darüber nach, ob es vielleicht besser gewesen wäre, ich hätte einfach nur bedächtig mit dem Kopf genickt und leise »Danke für den Kaffee« gesagt. Und dann drehte ich weiter an meinem Spinnrad: Was, wenn ich mich gar nicht im Lehrerzimmer befinde, sondern in einem Verließ, was, wenn das Warten auf Herrn Ratthaus eine Falle ist? Ich atmete die Angst weg. Mein Bauch füllte sich mit Luft, auch der Brustkorb weitete sich, der Pulsschlag normalisierte sich wieder. Es hatte mich ja keiner gezwungen, an Jasminas Schule für Ordnung zu sorgen!

Als der Kaffee anfing zu schmecken, gerade weil er nicht nach Szenemilchkaffee, sondern nach Bristols Bahnhofskneipe schmeckte, huschte die Frage durch mein Bewusstsein, ob er vielleicht vergiftet war? Aber ich wischte die Möglichkeit vom Tisch, verfing mich nur kurz in der sehr viel wahrscheinlicheren Variante, dass die Dosenmilch schlecht gewesen sein könnte, wenn sie in irgendwelchen Schreibtischschubladen vor sich hingegammelt hatte, und erschrak, so in Gedanken vertieft, fürchterlich, als plötzlich ein älterer Herr ins Zimmer kam, eine Landkarte, Schulhefte und Zeitungen vor mir auf den Tisch knallte und grußlos wieder verschwand, *for whatever that means*.

Es dauerte nicht lange, da hielt ich das Tagblatt in der Hand. Ganz hinten, auf der letzten Seite. Foto mit Text. Dreiviertelseitengroß, in der »Leute«-Rubrik. Dazu ein Artikel, ich war unfähig ihn zu lesen. »Überdosis Bosheit« lautete die Überschrift. Zitterndes Schwarz auf Weiß in meinen Händen. Aber das Foto ... toll! Ich legte die Zeitung zurück auf den Stapel, ich hatte gesehen, was es zu sehen gab. Es war ein bisschen, wie an einem Blumenladen vorbeizulaufen und dabei zu überlegen, noch einmal zurückzugehen und das Bouquet mit den blauen Rosen doch zu kaufen. Aber das war gar nicht nötig. Es war das ganz normale Promofoto, kein mit Photoshop übel zugerichtetes ... Ein schöner Schnappschuss aus den glücklichen Zeiten meines Sängerinnendaseins, als ich noch pausbäckiger als heute gewesen war, einfach, weil mir das Leben mit Ivor so geschmeckt hatte!

Ich sank in mich zusammen, in einer Mischung aus Zufriedenheit und Erleichterung. Egal, was sie über mich geschrieben hatten, Hauptsache, das Foto war gut. Ich hatte ja so einen Schiss gehabt! Oh wie gut plötzlich alles war. Ich wusste, dass Harriet das Tagblatt abonniert hatte und stellte mir vor, wie es ihr schon beim Frühstück die Laune, die sowieso immer schlecht war, verdorben hatte. Dass sie das hübsche Foto von mir ertragen musste, und allein das machte mir die plärrende Psychose in meinem Kopf erträglicher. *You are not pretty on the outside, because you are not pretty on the inside.* Die Fassade stimmte! Und damit war ich bestimmt das einzige Mädchen an dieser Schule, das sich selber schön fand. Das musste man erst mal schaffen, an diesen Punkt muss man erst mal kommen, dachte ich, mich selbst tröstend, nach allem was sie mir an Hässlichkeiten angedichtet haben. Das macht mir so schnell keine nach! Und wahrscheinlich war es für meine Freunde und Feinde einfach eine Katastrophe, dass sich ausnahmsweise mal ein Mensch mit Selbstvertrauen ins Musikgeschäft verirrt hatte. Und vielleicht geht es mir momentan nur so schlecht, weil ich zu normal bin, überlegte ich weiter. Ich habe, trotz allem, noch immer ein ordentliches Selbstvertrauen, ich hätte Lehrerin werden müssen oder Managerin im mittleren Management, mutmaßte ich. Frauen mit Selbstvertrauen machten die Leute im Musikgeschäft nervös. Dann sackte ich wieder zusammen, wobei ich spürte, dass es nicht das Selbstbewusstsein war, das in sich zusammenfiel ... Es war etwas anderes, ein Dämon vielleicht, etwas Böses, Freches, das sich unentwegt über mich lustig machen wollte. Vielleicht bin ich doch nicht so selbstbewusst, befürchtete ich, während die Tür aufging und ein großer, dünner Mann mit Anzug und Halbglatze vor mir stand. Sein Gesicht war ausdruckslos. Er sah schrecklich unsympathisch aus. Ich ahnte es, oh, nein, das konnte nur, das war ... Er reichte mir die Hand.

»Ich bin Herr Ratthaus, was kann ich für Sie tun?«, schnatterte er in einem unangenehmen Falsett. Er sah aus, als ob er einen Stock im Arsch hätte. Er musste sich immer ein bisschen größer machen als er war. Das sah ich. Die Gedanken an die richtige Haltung gaben mir Halt. Ich reichte ihm würdevoll die Hand.

»Ich heiße Clarissa Underwood und ich bin eine Freundin von Jasmina und Candice«, ich stockte kurz, »Karto.«

»Ja, die Karto-Zwillinge«, er hob die rechte Augenbraue hoch und lachte ein unsicheres, gackerndes Lachen, »die machen es uns wirklich nicht leicht. Es ist nicht uninteressant, dass mal einer kommt und um ein klärendes Gespräch bittet. Insofern bin ich gespannt auf Ihren Beitrag zur Sache.«

Oh Gott, dachte ich, Jasminas Albtraumlehrer redete ja so geschwollen daher wie der Pfau! Götter im Himmel verbeugt euch vor diesem Grauen. Der Pfau, äh, der Ratthaus war nicht mehr zu stoppen: »Die Eltern der beiden Früchtchen haben sich bislang noch nicht in meiner Sprechstunde blicken lassen. Das dürfen Sie mir glauben. Gerade an dieser Schule der, ich will mal sagen, gehobenen Mittelschicht, hängen Eltern normalerweise sehr an ihren Kindern. Glauben Sie mir, diese Überbesorgtheit kommt uns als Pädagogen oft in die Quere. Die Erziehung liegt bei den Eltern und nicht bei den Lehrern, trotzdem müssen wir uns hier an bestimmte Regeln halten. Aber lassen wir das, denn in einem sind wir uns alle einig, lieber Eltern, die sich kümmern, als solche, die gar nicht reagieren.«

»Danke«, sagte ich sinnfreierweise und harrte der Dinge, die da kamen. Es war mir nur recht, dass er einfach loslaberte. Ich erholte mich noch immer davon, dass ich meinen Namen genannt hatte, auch wenn es nur der bürgerliche Name war, was bei ihm glücklicherweise keinerlei Regung ausgelöst hatte. Das war das Gute an so Scheißlehrern. Sie hatten wenigstens keine Ahnung von der Subkultur. Die wirklich wichtigen Dinge des Lebens, zum Beispiel meine Band Café Prag, bekamen sie gar nicht mit. Die hatte man als Jugendlicher dann für sich alleine!

Ich spürte trotzdem den Drang wegzulaufen, nur weg vom Lehrer Ratthaus und seinem eintönigen Geschnatter. Ich sah mich viele Runden durch den Park laufen, während meine Füße auf dem Boden festgewachsen waren. Und ich atmete extrem kontrolliert, fast übertrieben stark ein und aus, was man eigentlich nicht tun soll, wenn man den Ton halten will, denn kein Mensch kann singen, wenn er hastig ein und aus atmet. Ich bekam fast keine Luft mehr. Aber meine plötzliche Verunsicherung schien dem Lehrer Ratthaus richtig gut zu gefallen.

»Nun aber zu Ihnen, mein Fräulein. Was kann ich für Sie tun? Warum haben Sie die beiden Früchtchen nicht gleich mitgebracht? Haben die Sie vorgeschickt, damit Sie ausbaden, was diese beiden ausgeheckt haben?« Hörte dieser Mann gar nicht mehr auf zu reden? Er fand sich in seinem boshaften Dünnschiss wohl auch noch geistreich. Was bildete er sich eigentlich ein, mich »sein Fräulein« zu nennen? Oh er war so eine exakte Mischung aus Pfau und Ivor 2, dass mir ganz schlecht wurde. Auch weil er so dünn war und so eine farbenfrohe Krawatte trug.

»Herr Ratthaus, darf ich mich wieder setzen?«, fragte ich mit einer Stimme, die von keiner Stütze mehr gehalten wurde. Meine Stimme, die mir normalerweise eine Orientierung bot, drang von weit her an mein Ohr und ich wünschte einfach nur, dass diese verfickte Mission schon beendet wäre.

»Ja, setzen Sie sich, setzen Sie sich«, seine knochige Hand wedelte durch die Luft und ich setzte mich. Er schaute auf die Uhr.

»Es ist jetzt Punkt zwölf Uhr. Ich habe nur ein Viertelstündchen Zeit, ich hoffe, das reicht«, sagte er, während ich noch immer um Fassung rang. Oh verdammt, vorgestern war ich um diese Zeit aufgestanden und seitdem hatte ich gar nicht mehr geschlafen! Aber kaum saß ich am Tisch, ging es mir wieder besser. Trotzdem war ich überrascht, wie scharf und wütend der folgende Satz aus mir heraus kam: »Wie können Sie nur so gemein über diese beiden wundervollen Mädchen reden?«, fragte ich. »Mit welchem Recht sprechen Sie so abschätzig von Ihren Schülerinnen?«

»Bei allem Respekt vor Ihnen und Ihren Busenfreundinnen«, sagte er und sein Blick verharrte ironischerweise für einen kurzen, langen Moment auf meiner Brust. Hätte Jasmina mich nicht auf solche Blicke aufmerksam gemacht, ich würde sie noch immer verdrängen, während sie stattfinden. Aber wenn ich Jasmina nachher von diesem Blick und dem Wort »Busenfreundin« erzählte, dann würde sie vermutlich Geschirr an die Wand werfen vor Wut! Kein

Wunder, dass die Mädchen hier an der Schule so heftig hungerten, bis sie keinen Busen mehr hatten. Herr Ratthaus hatte indes schon weiter gesprochen. Mein scharfer Einwand verleitete ihn zu noch mehr Schärfe: »Ich kann verstehen, dass Sie als Freundin das nicht verstehen, aber Sie ahnen gar nicht, wie die beiden uns hier an der Schule an der Nase herumführen, wie sie sich aufführen!«

»Was haben sie denn gemacht?«, unterbrach ich seinen Redefluss, um das Ganze ein bisschen abzukürzen. »Haben sie gegen irgendjemanden Gewalt angewendet?«

»Nicht direkt. Aber es darf nicht passieren, dass man ihnen glaubt, dass sie die anderen Schüler mit ihren fixen Ideen beeinflussen. Die beiden haben so radikale Ansichten und sie halten damit nicht hinterm Berg. Außerdem versuchen sie mit allen Mitteln, mit übertriebener Maskerade auf sich aufmerksam zu machen.«

»Übertriebene Maskerade? Was meinen Sie damit?«, hakte ich nach.

»Na, diese schrillen und selbstgemachten Kleider, wo immer Fäden herunterhängen oder Knöpfe, wie aus der Augsburger Puppenkiste. Manchmal haben sie sogar Laufmaschen und Löcher in den Strumpfhosen. Haben sie keine Mutter, die ihnen das näht?« Er lachte laut auf. Was war das denn für einer? Störte er sich wirklich an solchen Bagatellen?

»Na, das ist eben das Lebensgefühl von Candice und Jasmina. Wenn es Ihnen nicht gefällt, brauchen Sie ja nicht hinzuschauen.« Ich atmete tief durch.

»Haben Sie denn keine anderen Sorgen, als Schülerinnen die sich ihre Kleider selbst nähen?« Dann kam mir ein weiterer provokanter Satz von den Lippen: »Es kann ja nicht jeder den H&M-Einheitsdress, made in Bangladesh by ausgebeutete Näherinnen, tragen.«

»Wir brauchen an dieser Schule aber keine Rädelsführer irgendwelcher modischen Aufstände. Wir vertreten in unserer Schule eine Demokratie und in einer Demokratie muss sich die Minderheit an einer Mehrheit orientieren. Auch äußerlich.«

»Entschuldigen Sie bitte, aber ich wusste bislang noch nicht, dass meine beiden«, ich räusperte mich vernehmlich, »*Busenfreundinnen,* wie Sie sie nennen, eine Gefahr für die Demokratie darstellen«, sagte ich sarkastisch. Die Miene von Herrn Ratthaus verfinsterte sich.

»Na, so schlimm ist es nun auch wieder nicht«, beeilte er sich zu sagen.

»Die beiden haben doch nur einen gesunden Gerechtigkeitssinn und sie können sich ausdrücken. Jasmina durch ihren Blog und Candice durch ihre Nähereien. Die meinen das doch nicht böse.«

»Ja, das wissen wir ja auch. Deshalb haben wir sie ja nicht von der Schule verwiesen, obwohl Jasmina sogar ihr Austauschstipendium für Amerika geschmissen hat. Aber wir sind eine Schule und keine Universität. Und an der Schule ist eben nicht der Individualismus das Maß der Dinge, sondern die Regeln der Gemeinschaft. Und wir haben ein Problem damit, dass sie mit ihren radikalen Ansichten andere beeinflussen wollen. Radikal, nicht unbedingt in politischer Hinsicht, da haben wir hier noch schlimmere Schüler. Aber die beiden sind solche Anführerinnen-Naturen. Das könnte schon fast ins Militante gehen. Sie selber sind natürlich friedlich. Aber wenn die anderen Schüler das aufgreifen, was die beiden machen ... Deshalb sind sie gefährlicher als so mancher Schüler, der verbal weiter von der Mitte entfernt ist. Und wir dürfen hier keine Terroristen großziehen.«

»Keine, was? Entschuldigen Sie bitte, aber ich glaub' ich hab' mich verhört«, sagte ich.

»Schon gut, Sie haben verstanden, was ich gesagt habe«, sagte Herr Ratthaus und mir fiel wieder ein, dass Jasmina den Ratthaus als Ultrakonservativen bezeichnet hatte, der selbst im Physikunterricht rund um die Wahnideen eines »gesunden Gesellschaftskörpers« fabulierte. Oh weia.

»Jasmina ist eine Bloggerin«, sagte ich, »und so sind Blogger halt. Finden Sie sich besser damit ab, dass auch die Demokratie immer wieder erneuert werden muss, indem man ihr unangenehme Fragen stellt. Jasmina will Journalistin werden. Sie übt schon«, sagte ich wie eine stolze Mutter. Ich hatte mich von meinem Schock erholt. Und nun fing das Gespräch an, mir Spaß zu machen. Mit allem hatte ich gerechnet, aber nicht mit so komischen Anschuldigungen. Das alles war so absurd.

»Weil Sie nicht wollen, dass die anderen Schüler anfangen, Jasminas streitbare Thesen zu glauben, tolerieren Sie ein unverantwortliches Mobbing gegen die Mädchen, damit sie gleich mal am eigenen Leib spüren können, wie weit wir tatsächlich von einer Demokratie entfernt sind, in der jeder seine Meinung sagen darf, auch auf die Gefahr hin, dass er Mehrheiten bildet?« Ich gefiel mir in meiner mäandernden Rede. Wo nahm ich das nur her? Ich las doch nur Zeitung, wenn etwas über mich drin stand. (Und selbst dann legte ich sie nach wenigen Sekunden beiseite.) Steckte in mir etwa auch eine verhinderte Journalistin? Oder war ich so eine Art Ally McBeal? Eine Anwältin am Rande des ewigen Nervenzusammenbruchs. Irgendwo, in einem anderen Bereich meines Hirns befand sich ein düsteres Zimmer. Aber jetzt saß ich in einem hellen Raum und argumentierte aus etwas Sonnigem heraus und das tat mir wahnsinnig gut. Ich merkte, wie mich der Kontakt zu Menschen, mit denen ich mich in einer ernsthaften Auseinandersetzung befand, sofort normalisierte. Auch wenn es sich dabei nur um einen begriffsstutzigen vormodernen Lehrer handelte.

Oh ich hätte noch lange hier sitzen und dem duchgeknallten Klassenlehrer von zwei 17-jährigen Punkmädchen erklären können, warum es sich bei den beiden nicht um gefährliche Rädelsführerinnen, sondern im Gegenteil, um Menschen handelte, die die Gewalt ein für alle Mal aus der Menschheitsgeschichte streichen wollten. So schwer war das nun auch wieder nicht zu begreifen.

»Die Gedanken, die Jasmina auf ihrem Blog verbreitet und die sie im Unterricht äußert, sind schon sehr weit linksaußen. Immer diese Ideen, dass man vom einen auf den anderen Tag unser System abschaffen und durch ein gerechteres ersetzten könnte«, sagte Ratthaus nachdenklich. Wie jemand, der nach langer Zeit mal wieder auf das Vorurteil angesprochen wurde, das er schon seit Jahren hegte und pflegte. Kein Wunder, dass es Jasmina so schlecht ging. Ich hätte nicht gedacht, dass die Lehrer sich um ihre politischen Ansichten scherten.

»Wir hätten solche Schülerinnen lieber nicht an der Schule«, sagte er schließlich.

»Ihr Problem ist doch nur, dass die zu zweit sind. Wenn es nur um Jasmina ging, wäre es Ihnen doch scheißegal. Die beiden werden gemobbt, weil sie Zwillinge sind. Sie unterstellen denen eine unwahrscheinliche Stärke. Diese Stärke existiert aber nur in Ihrer Fantasie, wenn ich das mal so sagen darf. Was denken Sie eigentlich, was zwei friedliebende Mädchen zusammen alles anrichten können? Sind Sie verrückt? Wissen Sie was? Sie sind genauso verrückt wie unsere Gesellschaft. Sie sind es nicht mehr gewohnt, dass mal zwei Mädchen wirklich zusammen halten, anstatt, wie das heutzutage in schönster Gossip-Girl-Manier üblich ist, gegeneinander zu intrigieren. Seien Sie doch froh, dass die beiden mal keinen Zickenkrieg abziehen. Ich weiß nicht, wo Ihr Problem ist. Ich an Ihrer Stelle hätte ein Problem mit Schülern, die andere erniedrigen, nur um sich selbst auf eine höhere Stufe zu stellen. Die würde ich als wenig demokratiefähig einstufen und nicht solche, die von einer gerechteren Welt träumen, in der keiner wegen seines Geschlechts oder der Kleider oder was auch immer diskriminiert werden darf.«

Zu meinem Erstaunen unterbrach mich Herr Ratthaus nicht. Er hatte allenfalls aufgehorcht, als ich das Zwillingsein angesprochen hatte.

»Sie können sich doch nicht im Ernst wundern, dass Mädchen im Alter von Jasmina und Candice, noch dazu in dieser Stadt, von radikaler Gerechtigkeit träumen«, rundete ich meine kleine Rede ab, und war stolz auf meine Formulierung »radikale Gerechtigkeit«, das klang doch super.

»Was gerecht ist und was nicht, ist Ansichtssache«, sagte der Lehrer nach einer kleinen Denkpause.

Vermutlich müsste ich jetzt noch schärfer, noch politischer antworten, aber ich war froh, nicht nur für mich, sondern auch für Jasmina und Candice, dass ich das gar nicht konnte. Sie konnten froh sein, dass ich hier so aus dem bloßen Menschenverstand heraus argumentierte.

»Wir verdächtigen sie ja wegen gar nichts«, nahm Ratthaus einen losen Faden des Gesprächs wieder auf. »Wir wissen ja, die meinen es nur gut, aber wir wollen halt nicht, dass die anderen Schüler auch nur annähernd so viel kreative Energie haben.«

»Ja, aber das gehört eben auch zur Demokratie«, sagte ich. »Aber lassen wir das. Ich finde, das ist ein starkes Geständnis, was Sie hier ablegen. Wir leben schließlich in Zeiten des Mobbings. Und Sie haben hier gerade selbst zugegeben, dass die Lehrer beim Mobbing nachgeholfen haben oder es zumindest nicht verhindert haben, weil es ihnen aus politischen Gründen recht ist, wenn die beiden keine Glaubwürdigkeit unter ihren Klassenkameraden besitzen. Mobbing ist eine Straftat. Und wir erwägen eine Anzeige«, sagte ich ins Blaue hinein. Jetzt musste mal Tacheles geredet werden und ich war in all meinem Wahnsinn genau die Richtige, um diesem verrückten Mann die Meinung zu sagen!

Ich spürte, wie alle Anspannung von mir abfiel, ach, es fühlte sich so herrlich an, wie zehn Runden durch den Park joggen. So in der Rolle von Jasmina verstand ich auf einmal, was der Kick war beim Versuch der Wiederherstellung von Gerechtigkeit. Aber Herr Ratthaus tat so, als ob er meine Drohung gar nicht gehört hatte! Das war ja wohl die Höhe.

»Wir haben hier die unterschiedlichsten Schüler und alle eint nur ein Ziel: Abitur machen. Und wir brauchen hier niemandem, der Chaos verbreitet, oder *Blogger*, die uns als Kapitalisten verspotten.«

»Wer verspottet Sie denn?«, fragte ich erschrocken.

»Na, Ihre beiden Turteltäubchen, Busenfreundinnen«, sagte er lachend und ich hatte plötzlich das Gefühl, dass ihm das langsam peinlich wurde. »Ich gebe zu, ich habe ein Problem mit unreifen

Leuten, die mit dem Sozialismus sympathisieren, die Mauer zurück wollen.«

»Oh come on. Kein Mensch will die Mauer zurück. Sie reden so, als ob Sie einen Verfolgungswahn hätten«, ritt ich absichtlich unvorsichtig auf seiner Terroristen-Paranoia herum.

Wahrscheinlich war der Typ einfach nur verrückt! Etwas in mir platzte laut lachend heraus: »Und glauben Sie mir, ich kenne mich aus mit so unschönen Dingen wie *Verfolgungswahn*. Versuchen Sie das Ganze doch unter der Rubrik ›Teenage Rebellion‹ oder ›Rock'n'Roll‹ einzuordnen«, jubelte ich Jasmina und Candice meine eigenen niederen Absichten unter und schämte mich dabei ein wenig für diese Verharmlosung von Jasminas und Candices Engagement.

»Unter der Rubrik: was?«, fragte er verstört, dann lachte er ein wieherndes Schafsbocklachen, bei dem sich hoffentlich ein paar Blockaden in seiner stocksteifen Gestalt lösten.

»Sie sind mir ja eine«, er stoppte kurz, »Ulknudel.«

»Ja, das bin ich, eine Ulknudel«, sagte ich etwas beleidigt. »Und in meiner Eigenschaft als Ulknudel möchte ich Ihnen noch mal mitteilen, dass wir erwägen, Ihrer Schule eine saftige Anzeige wegen Mobbings zukommen zu lassen. Sie wissen schon, dass das heute ein großes Thema ist und auch einen Straftatbestand erfüllt? Das hier ist wahrscheinlich die einzige Schule im ganzen Bezirk, die keine Mobbing-Präventionen oder Aufklärungsarbeit betreibt. Als was wollen sie Ihre Schüler eigentlich ins Leben entlassen? Als spottende und schlagende Monster? Wie ist das überhaupt möglich? Haben Sie eine Mauer um ihren Schulhof gezogen? Sie haben nicht das Recht, andere Menschen, nur weil sie als Zwillinge auf die Welt gekommen sind, zu Objekten Ihrer komischen Projektionen zu machen. Machen Sie sich das mal klar, bevor Sie das nächste Mal Ihr Mütchen kühlen. Nur damit Sie sich in Ihrem jämmerlichen Lehrerdasein, entschuldigen Sie bitte, ich entschuldige mich jetzt schon für diese Formulierung, nicht zu Tode langweilen. Davon abgesehen werden Sie die beiden nie wieder zu Gesicht bekommen, es sei denn vor Gericht. Jasmina und Candice Karto werden die Schule wechseln, das ist klar. Mit Ihrer Schule will kein den Ideen der Aufklärung verpflichteter Bürger irgendetwas zu tun haben. Leben Sie wohl, Sie Arschloch!«

Ich stand auf und zog mir den Mantel an.

Ich hatte schon wieder einen Wutanfall genossen!

Ich war stark und ohne Angst!

Ich war auf dem besten Weg ein Zwilling zu werden!

Ich musste nur noch, eines musste ich noch sagen.

Ich blieb im Türrahmen stehen und schaute dem Ratthaus, der einigermaßen fassungslos in den Seilen hing, das heißt reglos auf seinem Holzstühlchen saß und mit den Fingern in einer Zeitung blätterte, es war nicht das Tagblatt, so weit ich das sehen konnte, mit stechendem Blick in die Augen.

»Und wenn Sie mir noch einmal so unverschämt auf den Busen starren und dabei so genüsslich ›Busenfreundin‹ sagen wie vorhin, kommt auch noch eine Anzeige wegen sexueller Belästigung hinzu.«

Mondscheinpsychose (Blue Moon)

Mit so viel Gegrübel im Gehäuse unterwegs, dass keinem Gedanken mehr richtig stattgegeben werden konnte, stiefelte ich über beinahe kitschig anmutendes Kopfsteinpflaster. Die Steine funkelten edel und matt, weiß, grau und rosa. Und ich war mal wieder erleichtert, dass ich es von Bristol nach Aachen und von Aachen in den berühmt-berüchtigten Prenzlauer Berg von Berlin geschafft hatte: Wenn alle Stricke reißen, fließen die Farben hier noch ineinander, wie in einem fantastischen Mitternachtscocktail. Ich stolperte an Ladenlokalen vorbei, die allesamt überwichtige Dinge verkauften, die aber keiner mehr zum täglichen Überleben brauchte. Die Shops wirkten umso beeindruckender, je kleiner sie waren. Nur der stämmige Whiskey-Spezialshop neben dem La Bohème blickte etwas ratlos aus der silbernen Wäsche, als ob man ihn aus einer schmutzigen schottischen Hafenstadt hierher verfrachtet hätte. Die schnapsverworrenen Großmannssehnsüchte von gestrandeten Seefahrern wollten nicht so recht mit dem bourgeoisen Lebensgefühl angepasster Hippiekinder, wie ich eines war, harmonieren.

Wenn ich in Mitte unterwegs war, erschien mir das Leben so leicht wie nach einem Glas Sekt. Aber kaum hatte ich die ersten 20 Schritte in die Gegend um den Kollwitzplatz gesetzt, empfand ich diese rotweingetränkte Tiefentrauer. Ich war auch immer noch leicht aufgebracht von dem Gespräch mit Jasminas Teufelslehrer! Da fingen die Glocken an zu läuten, es mussten die von der Immanuelkirche sein. Oh ich liebte es, wenn mitten am Tag die Kirchenglocken läuteten! Ich war plötzlich so traurig über das Böse in der Welt und über das

Böse auch in Ivor. Er hatte sich nie so richtig mit mir über meine Erfolge freuen können, während ich ihn bei seinen Sachen immer kräftig unterstützt hatte. Ich dachte daran, wie ich ihm mal an einem kalten Tag im Winter mein letztes Geld gegeben hatte, damit er sich ein Taxi ins Studio nehmen konnte, ohne sich dabei zu erkälten. Oder musste Ivor so sein, wie er war, um nicht unterzugehen? Aber, überlegte ich hin und her wie ein gewaltiger Glockenschlag, war das nicht immer schon die Lieblingsausrede für alles menschliche Fehlverhalten gewesen? Nicht zuletzt haderte ich auch mit mir selbst. Warum brachte ich es nicht über mich, Ivor und den anderen einfach mal zu verzeihen? Ivor war trotz allem toll. Wir hatten doch so viel Spaß zusammen gehabt. Er hatte doch auch gute Eigenschaften!

Die Glocken läuteten so heftig, läuteten Sturm, als ob sie mich in jeder Faser meiner Trauer unterstützen wollten. Wie durch Zauberhand, als ob ich durch eine versteckte Drehtür aus der Wirklichkeit geflüchtet wäre, befand ich mich auf einmal in Redfield, dem kleinen, heiligen Dorf, aus dem meine Oma und meine Mama kamen. Es duftete nach Zuckerwaffeln und Weihwasser. Ich sah die keck glänzenden Heiligenfiguren vor mir, die die Vorgärten verschönert hatten. Ein bis zum heutigen Tag in meinem Bewusstsein kaum existierendes, südenglisches Dorf stand wieder auf, drang bis auf meine Netzhaut vor und eine unheimliche Angst kroch meinen Nacken hoch.

Es ist merkwürdig, dass mich das Glockenschlagen der Immanuelkirche nicht in meine eigene Kindheit, sondern in die Kindheit meiner Mutter zurück versetzt, dachte ich nachdenklich, während ich durch die offene Tür des Godshot trat, das seit ein paar Wochen die Hilde als mein Lieblingscafé abgelöst hatte.

Mama hatte mir so viel über ihre Kindheit erzählt, dass ich das Gefühl habe, selbst dabei gewesen zu sein. Ich bin über die weiten Felder Redfields getollt. Habe in langen, heißen Sommern, die Maikäfer von den Bäumen geschüttelt. Ich bin barfuß durch das endlose Grün der Heide getobt und habe bei all dem versucht, die übervorsichtigen Erziehungsvorschriften abzustreifen. Schonungslose

Sonnen haben meinen rastlosen Bewegungsdrang befeuert, jeder Sonnenstrahl ist zu einem heimlichen Komplizen meiner Sehnsüchte geworden. Und auch die dunkle, feuchte Erde von Redfield … Sie bündelte tausend verschiedene Lichteinfälle und behielt doch immer ihre Vollkornbrotschwärze. Manchmal habe ich dort Freundinnenbriefe vergraben, denn ich wollte keine Freundin haben. Auch erste Liebesbriefe haben in der feuchten Erde Redfields ihre letzte Ruhe gefunden.

Manchmal denke ich auch noch an meine toten Schwestern. Ich habe sie nie kennengelernt. Sie sind beide im Kleinkindalter, kurz nacheinander, an einer rätselhaften Kinderkrankheit gestorben. Fast meine ganze Kindheit habe ich in ihrem ehemaligen Zimmer verbracht. Bin tagein, tagaus auf diesem honiggoldenen Sofa gesessen, auf dem sie gestorben sind, und habe mir selbst aus dicken Märchenbüchern vorgelesen. Mutter hatte eine solche Angst um mein Leben, dass ich das Haus nur ganz selten mal allein verlassen durfte. Dabei war ich doch gar nicht krank! Einmal bin ich mit dem Fahrrad die Treppe heruntergefahren: »Schau mal, Mama. Ich kann schon Fahrrad fahren!«

Die Narbe am Mund sieht man heute noch. Jede Stunde des Tages drang Musik durch unser Haus, denn meine Mama war Opern- und Operettenfan. Es schien fast so, als ob sie mich mit den Operndramen aus der Dachkammer des Todes herausholen wollte. Der Bruder von Mama glaubte an seltsame Wunder und wanderte in Untergangsstimmung durch das Städtchen. Einmal haben wir ihn in einer britischen Provinzheilanstalt besucht. Dort durfte ich einen ersten Blick auf die wunderbar läppische Visage des Wahnsinns werfen, ein anhängliches, ein abweisendes Lächeln, das unablässig zu fragen schien: »Wo bin ich denn hier?«

Später bin ich selber dort gelandet.

Das unterscheidet ein Lieblingscafé von einem guten Café. In einem Lieblingscafé kann man einfach verschwinden und auf Zeitreise gehen. Insofern ist das Godshot, dieser »urban coffein coffee club«

nicht nur etwas für Hipster, sondern auch für Träumerinnen und Träumer, die nur damit beschäftigt sind, in einem Ledersessel an der Wand vor sich hin zu dämmern, damit ihnen keiner ein Messer in den Rücken rammen kann.

»Ich war bei deinem Lehrer. Jetzt befinde ich mich an einem Ort des Friedens, einer Oase von Schuld und Sühne«, schrieb ich an Jasmina. Der Nachmittag war eingeläutet. Ich war zu aufgedreht, um nach Hause zu gehen. Da waren so viele Stimmen in meinem Kopf, mit widersprüchlichen Anweisungen. Zu viele Köche, die den Brei verdarben oder meine Suppe vergifteten, wenn ich nicht Tag und Nacht Wache hielt.

Die Geräusche des Alltags nachzusingen und sie in die Improvisationen des männerdominierten Jazz einzubauen, war vermutlich die größte Einschreibung von weiblichem Leben in die Musikgeschichte, dachte ich großspurig, während ich einem Song von Ella Fitzgerald lauschte. Seit Amy Winehouse tot war, wurde sie nirgendwo mehr gespielt. Dabei hatten gerade die Cafébars und kleinen Boutiquen in Prenzlauer Berg und Mitte in den späten Nullerjahren unablässig das eine, das große Album der Winehouse gespielt, als ob sie einen Preis dafür gewinnen wollten. Vielleicht weil Amy einem das Gefühl gegeben hatte, dass das Leben mit 25 auch nicht besser war, sogar sehr viel schlechter, als mit 35. Nun konnte man wieder allerorten Ella Fitzgerald hören. Die hatte sich lebenslänglich auf den jugendlichen Charme ihrer Stimme verlassen können, womit sie im genauen Gegensatz zu ihrer Urenkelin Amy stand.

Wie lange muss man wohl tot sein, um in großbürgerlichen Vierteln im Café gespielt zu werden?, überlegte ich, während ich mich aus dem Lesesessel erhob, um mich für einen der verrückten Chai-Tees an der Theke anzustellen.

Blue Moon. You saw me standing alone, without a dream in my heart, without a love of my own.

Die Version von Ella war natürlich besser als die von Elvis im Allgemeinen und die von allen anderen im Besonderen. Wenn man so ganz alleine dastand, ohne Liebe und so, dann war das die eine Sache, aber wenn man auch keinen eigenen Traum mehr träumte, dann war aber endgültig Schluss.

I heard somebody whisper please adore me, and when I looked the moon had turned to gold.

Ich musste endlich mal die Textfragmente sichten, die nach der Trennung von Ivor in mein Notizbuch geschwirrt waren.

Wie um dem Godshot zuzuwinken, hat sich das wunderschöne Musikcafé gegenüber in Blaumond umbenannt. Endlich durfte ich meinen »Orga-Spice« in Empfang nehmen. Ich hielt das schwere Glas mit dem zuckerfreien Chai Latte Vanille in der Hand, als wäre es der Schwanz von meinem Exfreund.

Dann saß ich für ein paar Minuten einfach nur so rum und mein Geist verband sich mit dem der Leute im Raum, von denen mir einige Mut machten, mit ihrem leicht durchgeknallten Kleidungsstil. Meine Lieblingsfrau war wieder da, sie trug arschlange rote Extensions, Hot Pants mit goldenen Pailetten und einen Boy-George-Hut. Sie sprach Englisch. Ich lächelte ihr zu und für den Bruchteil einer Sekunde huschte ein Lächeln über ihr arrogantes, sonnenbebrilltes Gesicht.

In einem Moment wollte ich überkochen vor Freude und im nächsten hätte ich mich am liebsten kleingemacht und in den Mänteln des Garderobenständers versteckt. Schließlich sang Ella auch noch ihr *he's the kind of man, he's the kind of woman, like me.* Sie hatte eine fantastische Gesangstechnik drauf, aber ihre Stimme klang immer gleich. Das beruhigte mich. Ich holte mein Notizbuch aus der Tasche und blätterte darin herum:

»Ich hab ja noch die Bienen, die auf dem Kuchen spielen,
die Straßen und die Kleider, mal enger und mal weiter.«

»Die Hand des Himmels streichelt weißblondes Haar,
mein hysterisches Herz ist außer Gefahr.«

»Am Nektar des Lebens fließt kein Blut, nur ein paar Tropfen Übermut.«

»Oh ihr jungen Paare, in euren besten Jahren,
ich bin wieder Publikum, ich bewundere euch stumm.
Wie ihr das alles hinkriegt, während mir die Liebe wegfliegt.
Ich wär so gerne euer Kind. Dann könnt ich sagen: alles stimmt.«

Ich konnte mich nicht daran erinnern, diese Sätze je geschrieben zu haben. Sie mussten in einem Zustand von schläfrigem Trotz in mein Notizbuch gerieselt sein. Je länger die Trennung von Ivor zurücklag, desto beschwingter wollten die Abschiedslieder klingen.

»Es ist ja nur ein Mensch, der mich verlassen hat.
ein Mann mit Eigenschaften, den gibt's in jeder Stadt.
so ein sonderbares Wesen, das sitzt an jedem Tresen,
das weint so in sein Bier, das war gestern noch hier.«

Das Notizbuch war, ohne dass ich es wollte, vom Zeugen der Anklage zum Zeugen meiner Heilung von Ivor geworden. Die Genesung von der Droge Ivor stand scheinbar unmittelbar bevor! Manchmal war ich in den frühen Mittagsstunden aufgewacht, hatte acht oder achtzehn Zeilen notiert, mich umgedreht und wieder weitergeschlafen. Das war mit das Beste am Beruf des Songwriters oder der Sängerin: Man durfte eine Zeitlang immerzu schlafen. Was gerade im Winter so nützlich war. Man nahm ja, mehr als alles andere, sein eigenes Unterbewusstsein auseinander.

Ja, dachte ich zufrieden und versank dabei in meiner Ecke der urbanen Coffeebar, während mir Ella Fitzgerald übers Haar streichelte. Mein Leben war nicht nur ein Kampf gegen die Dummen und die Neiderinnen und Neider, es war zuallererst auch ein Kampf »Ich gegen Ich«. Durfte ich meinen Songzeilen vielleicht sogar entnehmen, dass ich mich heimlich über Ivors Fortgang freute? Oh schau mal einer an: *Ein Liebes-Aus, ein Blütenschmaus!* Bedeutete das, ich war jetzt frei von dieser Liebe? Ich wollte ja auch keine vor Schmerz triefende Platte machen! »Shameless Birds« sollte ein euphorisches Soloalbum werden, so von der Sorte begeisterter Energie, die ein Gespräch mit Jasmina in einem auslösen konnte. Mir fiel schlagartig ein, dass ich sie ja noch anrufen und ihr von dem Gespräch mit Herrn Ratthaus erzählen musste. Ich drückte auf die eingespeicherte Nummer. Jasmina nahm ab und sagte, dass sie keine Zeit hätte, sie sei unglaublich im Stress, wegen der Demo morgen.

»Welche Demo?«

»Na, wir organisieren doch die ›Aufschrei gegen den Aufschrei gegen den Aufschrei‹-Demo.«

»Ach so.«

»Im Rahmen der Vorbereitungen zu ›One Billion Rising‹. Wir protestieren vor dem Axel-Springer-Gebäude.«

»Ach echt? Ihr demonstriert vor der Bildzeitung?«

»Ja, das hat so einen Hauch '68, das wird geil«, lachte Jasmina. »Candice und ich sitzen hier gerade mit zwei Mädchen aus der ehemaligen SlutWalk- und der ehemaligen Empower-Lauf-Gruppe und schreiben ein Manifest gegen die Medien, die sich über den Kampf gegen sexualisierte Gewalt lustig machen. Die Bildzeitung ist dabei nur das Symbol des Bösen, wir fordern auch die Öffentlich-Rechtlichen auf, endlich angemessen über Sexismus aufzuklären.«

»Ach so, na dann.«

»Du kommst doch morgen auch?«, fragte Jasmina besorgt.

»Wann ist das denn?«

»Um 14 Uhr, am Axel Springer Platz. Wir haben sogar ein Megafon und einen neuen CD-Player, damit wir einen kleinen Straßen-Rave veranstalten können.«

»Habt ihr das bei der Polizei angemeldet?«

»Na klar.« Jasmina lachte. »Die Bullen sind doch die einzigen, die noch nett zu uns sind. Die haben gesagt, dass sie unsere Aktionen gar nicht als Demos, sondern als Happenings einstufen. Sie meinten, wenn wir Steine schmeißen wollen, dann sollen wir das aber vorher sagen!«

»Das macht ihr aber nicht?«, hakte ich nach, man wusste ja nie …

»Was denn? Was sollen wir nicht machen?«

»Na, Steine schmeißen.«

»Wie kommst du denn darauf? Nein, natürlich nicht«, sagte Jasmina gut gelaunt.

Ihre Begeisterung ging voll auf mich über.

»Es tut dir scheinbar gut, mal nicht in die Schule zu gehen.«

»Ab jetzt: immer!«, sagte Jasmina lachend, »aber sorry, ich muss jetzt Schluss machen. Wir haben nur noch anderthalb Stunden für unser Manifest und die Ladies hier scharren schon mit den Füßen.«

»Klar, macht weiter.«

»Vielleicht habe ich heute sowieso keine Zeit mehr zu reden«, nuschelte Jasmina ins Telefon. »Ich will noch so 'ne Art Punkgedicht schreiben. Damit wir morgen auch einen Kunstbeitrag haben.«

»Ich arbeite auch gerade an Songtexten«, unterbrach ich sie hektisch, »das sind allerdings Liebespoems, kein bisschen politisch.« Ich lachte. Ich wollte mir nicht anmerken lassen, dass mich die Aussicht darauf, den ganzen Tag mit keinem Menschen mehr zu reden, in totale Panik versetzte.

»Macht nichts«, Jasmina lachte auch, »ich übernehm die Sache mit der Politik. Denk du ruhig an die Liebe«, ihre Stimme hatte einen seltsamen Unterton, fast so, als ob sie sauer auf mich wäre. Aber konnte ich mich überhaupt noch auf mein Urteil verlassen? Vielleicht war ich schon so dünnhäutig geworden, dass ich mir allen möglichen Scheiß einbildete.

»Ist auch alles klar?«, fragte ich trotzdem noch mal nach. Denn das Letzte, was ich ertragen konnte, war das Gefühl, dass Jasmina etwas gegen mich hatte. Was, wenn sie über Nacht aus meinem Leben verschwinden würde? Ich hätte es in diesem Moment für möglich gehalten.

»Brauchst du vielleicht jemanden, dem du das politische Gedicht oder euer Manifest nachher noch mal vorlesen kannst?«, bot ich eilfertig meine Hilfe an.

»Quatsch, nein, danke«, sagte Jasmina, eine Spur zu schnell für meinen Geschmack. »Wir prügeln das hier in zwei Stunden durch. Danach kann man es sowieso nicht mehr ändern.« Das Manifest sei schließlich ein »Gemeinschaftsprodukt« von vier Leuten.

»Wollen wir mal hoffen, dass die Ärsche von der Bildzeitung uns keinen Ärger machen. Nicht, dass die uns im großen Stil fertig machen. Aber ach, egal, das wäre ja auch ein Spaß.« Sie lachte, mit so einer komischen Tiefenentspannung in der Stimme. Nicht wie eine 17-Jährige, die einen politischen Protest plant, mehr wie eine erwachsene Diva, die sich mit einem Seufzer an ihr bewegtes Leben zurückerinnert. Oh ich bewunderte mal wieder Jasminas unerträglichen Mut. Wie konnte man auf die Idee kommen, morgens aufzustehen und gegen die Bildzeitung zu kämpfen?, überlegte ich. Mit der Existenz dieses Revolverblättchens hatten sich nun wirklich alle Deutschen abgefunden.

»Tausend Dank übrigens, dass du mit dem Arschloch Ratthaus gesprochen hast. Das erzählst du mir morgen mal in Ruhe. Ich will das Gespräch darüber dann auch genießen.«

»Aber willst du nicht lieber gleich wissen, was er über euch gesagt hat?«, fragte ich, anhänglich wie ein schizophrener Großonkel. Wenn ich es recht bedachte, dann war das Lehrergespräch doch eine ziemliche Sensation gewesen. Allein, dass er die Zwillinge als Terroristen bezeichnet hatte.

»Nee, lass mal, das hat Zeit bis morgen«, sagte Jasmina ungeduldig und ich konnte förmlich hören, wie sie und ihre Ladies mit den Füßen scharrten. Aber sie nahm sich noch die Zeit, um ein paar Sätze nachzuschieben: »Ich nehme mir da ein Vorbild an dir. Du weißt ja immer noch nicht, was mir Benno und der Pfau nach dem Konzert in der Volksbühne über dich erzählt haben. Und Lurchie erst.«

»Naja, ich kann es mir nur zu gut vorstellen.«

»Das kann ich auch, aber natürlich interessiert mich jeder Satz, den Ratthaus gesagt hat.« Konnte ich daraus einen Vorwurf an mich ableiten? War Jasmina vielleicht sauer, dass mich ihre Gespräche mit meinen Bandkollegen nicht weiter interessiert hatten?

»Eines möchte ich aber doch schnell wissen. Ist Ratthaus eigentlich damit einverstanden, dass ich die Schule wechsle?«

»Also, Jasmina, ehrlich, du glaubst doch nicht, dass wir den um Erlaubnis bitten?«, sagte ich und ein heißer Schauer der Freude lief über meinen Rücken. Ach, ich war so erleichtert, dass ich schon wieder so konspirativ mit Jasmina war, obwohl sie gerade mit drei anderen Mädchen an einem Manifest arbeitete. Ich drehte richtig auf.

»Ich hab ihn, glaub ich, sogar beschimpft. Ich hab ganz zum Schluss gesagt: Leben Sie wohl, Sie Arschloch. Sie werden die beiden Mädchen nie mehr zu Gesicht kriegen.«

»Das klingt super. Oh ich liebe dich dafür. Das ist auch ganz schön treffsicher. Denn Candice ist eh schon abgesprungen. Die kriegt er auf keinen Fall mehr zu Gesicht. Die hat beschlossen, mit ihrer Schneiderlehre ernst zu machen und die Schule zu schmeißen. Die hat da plötzlich voll Bock drauf, weil der Art-Director, der sie belästigt hat, nach Hamburg zurück zieht, dem hat's nicht gefallen in Berlin. Gut für Candylein. Weißt du, die bleibt ja eh sitzen und noch ein Jahr länger, das hält die absolut nicht aus. Also dann, bis morgen, 13.30 Uhr, im Café Raben gegenüber vom Springergebäude«, sagte sie wie ein Radiomoderator, der seine Sendung in Zeitnot abmoderiert, und legte den Hörer auf.

Ein schizophrener Großonkel sprang vor Freude in seiner Krankenkammer auf und ab. Das mutigste Mädchen aller Zeiten hatte mir gesagt, dass sie mich liebt! Wenn da nur nicht schon wieder eine neue Beunruhigung wäre. Ich bekam richtig schlechte Laune bei der Vorstellung, mich morgen mit einem Plakat, das sich gegen die Verunglimpfung von Gewaltopfern richtete, vor das Gebäude der Bildzeitung zu stellen. Verdammt, Jasmina zog einen aber auch immer in ihren Wahnsinn mit rein. Das war die andere Seite dieser Energie. Jasmina und Candice waren einfach zu mutig für eine müde Angstschnecke wie mich! Ich forschte in meinem löchrig gewordenen Verstand nach einer Ausrede, aber das einzige, was ich empfing, war so ein flackerndes Signal, das mir sagte, dass

Gewaltprävention eine verdammt gute Sache war! Was konnte ein vernünftiger Mensch dagegen einzuwenden haben?

Auf meinem Handy piepste eine SMS, huh, sie war von Leonid.

»Sensation! Ihr werdet diese Woche in den Charts notiert! ›Kiss the angel goodbye‹ von Café Prag schafft den Einstieg in die deutschen Single-Charts auf Platz 17. Gratulation. Überraschungsangriff auf die Charts geglückt.«

War das zu glauben oder erlaubte er sich einen Scherz mit mir? Auch Leonid konnte sich ja mal einen Klingelstreich erlauben.

»Wahnsinn, alle Schizophrenen im Himmel und auf Erde verbeugen sich vor mir!«, simste ich zurück, meine Begeisterung noch zurückhaltend.

»Wie sieht's aus mit Werbemaßnahmen?«, legte Leonid nach. »Wir haben schon Anfragen von Journalisten. Wir könnten den Chart-Einstieg nutzen, um die Werbetrommel für eure Tour im Frühjahr zu rühren. Der Kartenvorverkauf läuft im Moment ja noch schleppend.«

Oh Mann, Leonid. Dieser Pessimist. Musste er mir noch in dem Moment, wo wir allem Anschein nach mit unserem schlechtesten Lied in die Charts eingestiegen waren, auch schon wieder Angst machen? Hörte das denn nie auf mit den Drohungen, Bedrohungen?

»Muss das sein, mit den Werbemaßnahmen?«, tippte ich eine vorsichtige Ablehnung in mein Smartphone und schickte sie rüber zu Leonid.

»Na klar. Man muss die Kuh melken, wenn sie am meisten Milch abgibt. Ich dachte, du lebst von den Konzertgagen?«, kam sogleich die kecke Antwort zurück.

Warum auch immer, mich schüttelte für einen Moment der Übermut, vielleicht weil auf dem Nebentisch gleich mehrere Musikzeitschriften mit dem beliebten Rapper Casper auf dem Cover lagen, und mir die Tatsache vor Augen führten, dass es in diesem Land vor allem männliche Musiker waren, die zu den »Stimmen ihrer Generation« gezählt wurden. Oder lag es daran, dass durch das

Godshot noch immer die beschwörenden Gesänge Ella Fitzgeralds drangen, jedenfalls machte ich Leonid, ohne nachzudenken, einen Vorschlag.

»Wir demonstrieren morgen vor dem Gebäude der Bildzeitung gegen die Art und Weise, wie in unserer Gesellschaft der Alltagssexismus geleugnet wird. Schick die Journalisten doch einfach vorbei. Dann erzähl ich ihnen mal was über die düsteren Blumen im Café Prag. Darüber, dass auch Frauen Musikrichtungen erfinden können. Die Sache mit dem Gothic-Emo-Electro-Jazz war ja schließlich meine Idee, bevor Benno mir den neuen Song verhunzt hat.«

»Das Axel-Springer-Hochhaus ist eine reizvolle Kulisse für ein paar Interviews. Ich werde es weitergeben. Aber mach die Band nicht schlecht! Das müsst ihr unter euch abmachen. Über Sexismus in der Gesellschaft kannst du natürlich gerne reden. Es ist immer gut, wenn die Journalisten einen Aufhänger haben. Vielleicht kannst du ja auch insgesamt über Politik reden.«

»Alright«, schrieb ich zurück. »Ich werde ganz brav sein. Ich werde die Band nicht runtermachen. Ich empfange die Journalisten also morgen um 14 Uhr, direkt vor dem Springer-Hochhaus.«

»Oki doki!«

Damit war mein Schicksal besiegelt. Ich verließ mein britisches Wallfahrtsörtchen und stolperte durch die Bretagne. War wieder das kleine Mädchen, das am Fuß des Mont Blanc in ein fürchterliches Gewitter gerät. Oh, der Blitz kommt und teilt mich in zwei Hälften. Es sei denn, ich würde noch schnell mit dem Fahrrad die Treppe herunterfahren.

In dieser Nacht konnte ich wieder nicht einschlafen. Der Schlaf blieb draußen vor der Haustüre, aber er lauschte in mein Reich des Schreckens. Dass ich sterben musste, war scheinbar beschlossene Sache, wenn ich auch nicht so genau wusste, wer das wann und weshalb beschlossen hatte. Hallo, da hätte ich aber auch noch ein Wörtchen mitzureden, rief ich in die scheibendicke Finsternis hinein. Ich wollte Kontakt zu Gott aufnehmen. Eine beinah Ungläubige lernte zu beten. Jasmina und Candice müssen mich raushauen, dachte ich, während das Handy piepsend eine SMS ausspuckte. Sie war von Ivor. Er gratulierte uns allen zum Charteinstieg und er wollte sich mit mir treffen.

Ach ja, der Charteinstieg. Es war eine solche Überraschung. Es war doch unser unkommerziellstes Lied! Ich verstand sogar, dass Ivor mich deshalb dringend sprechen musste, fühlte mich aber zu schwach, um ihm zu antworten. Wahrscheinlich würden sich alle mit einem unglaublichen Triumphgebrüll auf mich stürzen. Mit Sprüchen wie: »Da siehst du's mal. Von wegen, das Lied will keiner hören. Gerade weil es so krass ist, kommt es jetzt so gut an.«

Aber ich würde einfach erwidern: »›Kiss the angel goodbye‹ ist von den Basics her so gut, dass es auch durch Ivors durchgeknallte Produktion und Bennos dissonantes Gitarrengeschrummel nicht totzukriegen war.«

Oder war »Kiss the angel goodbye« auch gechartet, weil die Kombination aus säuselndem Frauengesang und Männerbrettmusik ja nun wahrhaftig Teil der herrschenden Geschmackssuppe war. Oder es war der morbide Text? Sollte ich dem Pfau auch noch dankbar sein, dass er »Angel« ins Radioprogramm genommen hatte? Hatte mir das Arschloch mit seinem Streich am Ende sogar einen Gefallen getan? War das alles gar kein abgekartetes Spiel gewesen?, überlegte ich. Waren die Handlungen des Pfaus gar nicht böse und sexistisch motiviert und ich war nur eine aufgehetzte Schlampe? Meine Gedanken liefen Amok in dieser Nacht. Warum hatte ich das getan? Wie konnte ich es wagen, die Journalistenmeute vor das Bildzeitungsgebäude zu bestellen? Wollte ich Jasmina beweisen, dass ich Eier hatte?

Was wollte ich den Leuten von der Presse überhaupt erzählen?

Hey, hallo Leute, ich demonstriere hier, weil mir klar geworden ist, dass man die Gewalt gegen Frauen nicht immer so unterschätzen darf? Nee, klar, wir wollen ja nichts verbieten. Unterdrückte männliche Sexualität muss schon auch raus … is' klar. Aber wenn sie als Gewalt gegen Mädchen und Frauen aus den frustrierten

Männerkörpern raus kommt, is' schon scheiße, nicht wahr? Das seht ihr doch auch alle so, ihr findet Gewalt gegen Frauen doch auch schön scheiße, oder? Den Punkt seht ihr alle noch ein, oder? Dafür muss man kein Punk sein, das ist nichts Neues. Darauf können wir uns doch schnell mal einigen, bevor wir zur Tagesordnung übergehen. Egal jetzt mal, was ihr über meine Musik denkt. Ich wurde ja zum Beispiel missbraucht, als ich 13 war und dann noch mal mit 30 vergewaltigt. Und mit 25 bin ich vor der Haustüre auf den Boden gerissen und beinahe vergewaltigt worden, aber das kann auch daran liegen, dass der Babystrich um die Ecke war und der Typ mich mit einer Prostituierten verwechselt hat, was aber auch schon alles sagt: dass er eine Prostituierte im Gehen auf den Boden gerissen hätte. Dass Huren so viel Gewalt ertragen müssen, ist auch scheiße.

Die Minuten – oder sind es nur Sekunden? –, die man da so auf dem Boden liegt, vergisst man nie mehr wieder, auch wenn man alles dafür tut, sie aus dem Bewusstsein zu löschen. Man ist einfach so erschrocken, dass einer kommen und einem, von der einen auf die andere Sekunde, alles wegnehmen kann. Aber ich hab' den Typen, der übrigens einen grauen Kapuzenpulli trug, falls ihr ihn jetzt noch auf eine Fahndungsliste setzen wollt, voll alternativ, ey, in die Flucht schlagen können, weil ich ganz laut »Hau ab, du Wichser« gerufen habe! Ach und Hallo. Sprechen wir doch auch mal über Alltagssexismus. Betrifft uns ja alle. Machtfragen. Wer kann sich erlauben Macht über wen auszuüben und lässt sich zu diesem Zweck von den herrschenden Klischees leiten. Man nehme zum Beispiel die Tontechniker und Mischer. Sie adressieren ihre Wünsche bei den Soundchecks von Café Prag prinzipiell nur an die Jungs. Sie sprechen mich gar nicht erst an. Als ob sich noch nicht bis zu ihnen herumgesprochen hätte, dass Musikerinnen auch mündige Bürgerinnen sind. Ja, habe *ich* etwa Bock, mich mit diesen Themen zu beschäftigen, während ihr mit den Büchern und Platten von den großen männlichen Genies in den Hipsterjutebeutel um die Häuser zieht? Ihr behandelt mich und meine Alltagssorgen, als würden wir vom Mond kommen. Aber ich dachte, Pop handelt vom Alltag des Menschen. Jetzt auf einmal nicht mehr oder was?

Is' ja auch nicht schlecht, so vom Mond, denkt man dann, in den großzügigen Endlosschleifen der Exzentrikerin. Manchmal habe ich auch Lust »das Andere« zu sein. Es ist ja nicht immer unangenehm, wenn nur Männer die Anweisungen geben. Kann man in Ruhe auf Toilette gehen und sich die Lippen nachziehen. Alnatura, elegant red. Alles was mit äußerlicher Verkleidung zu tun hat, macht mir ja einen Riesenspaß. Ich hätte z. B. keine Lust, ohne Perücken auf Tour zu gehen. Es gibt so viele Haarfarben. Die armen Jungs, die immer nur in Regenkleidung herumstehen und Kommandos abfeuern müssen, um etwas zu gelten. Is' ja nicht so, dass man da tauschen möchte. Wär' nur schöner und auch schauderhafter, es würde, auf gut deutsch, mehr *kicken*, wenn alle etwas von allem ausleben dürften.

»Und dafür bestellen Sie uns zur Mittagsstunde zum Bildzeitungshochaus? Um uns so 'n Schmarrn zu erzählen?«, hörte ich bereits, wie sich die Zeitungsleute, österreichisch und bayerisch eingefärbt, lustig machten. Die Journalistinnen und Journalisten, die nun ihrerseits in Regenkleidung anwesend wären, würden ihre Voicerecorder wieder einpacken und abrauschen. Zum nächsten Wohnungsbrand.

Und ich bin froh, oh so froh, oh, du Fröhliche, dass ich am nächsten Tag keine Berichte über mich in der Zeitung finden muss. Ich springe im Kreis vor Freude darüber, dass meine Antworten so nichtssagend waren. *Like dolphins in the sun.* Wir sind nur noch Schatten füreinander. Clarissa Underwood ist keine ernstzunehmende Bedrohung für das Patriarchat. Und Lilly Vegas erst recht nicht. Sie lachen sich tot über mich.

»Auch wenn sie unsere Jungs in Lackaffen umgestalten möchte«, sagt einer und grinst süffisant. Er hat seinen Job der Tatsache zu verdanken, dass die Süddeutsche Zeitung nur neun Prozent Redakteurinnen in ihren bauernschlauen Reihen duldet.

»Sie ist doch nur so eine Electro-Swing-Maus«, grinst ein anderer und schwenkt fröhlich sein Bierglas. »Noch nicht einmal eine Popfeministin.« Es ist erst das Dritte am heutigen Tag. Zwei oder drei gehen noch. Zwei oder drei gehen immer noch. Aber auch beim Zusammenhaltsaufen will man sich nicht unbedingt von so Nörgel-Lillys beobachten lassen.

»Lilly Vegas ist ein Fähnchen im Wind. Sie braucht einen Wettermann, um zu wissen, woher der Wind weht.«

»Sie ist selber Schuld.«

»Natürlich, absolut.«

»Selber Schuld! Lilly Vegas ist selber Schuld. Warum gibt sie auch immer die Unschuld vom Lande, mit ihren barbieblonden Löckchen und dem ganzen Mist in Laufmaschen.«

»Sie hat doch auch einen Vorteil.«

»Absolut.«

»Sie hat so viele Vorteile.«

»Vorurteile? Du meinst Vorurteile?«

»Ja genau, das meinte ich. Sie hat so viele Vorurteile.«

Blue Moon, you saw me standing alone. Without a dream in my heart. Without a heart of my own.

Aber woran bin ich selbst Schuld? Meine Gedanken gaben keine Ruhe. Daran, dass ich nachts nicht mehr schlafen konnte und auch am Tag nicht mehr? Oder war es meine Schuld, dass der Mond vom Himmel herabschaute und grinste, wie in dem gleichnamigen Song von den Virgin Prunes? Ich hab so viele Sternschnuppen gefangen, dass meine Hände Löcher haben. Himmelhochjauchzend und zu Tode betrübt – ja, zum Tode verdammt!- lagen heute Nacht aber auch nah beieinander. Aber eins konnte ich mir nicht vorwerfen: den einzigen Menschen im Musikgeschäft enttäuscht zu haben, der noch zu mir hielt. Leonid durfte die Kuh melken, wenn sie am meisten Milch im Euter hatte!

Ich hörte eine Kinderstimme durch die Nacht um Hilfe schreien. Wie der Freundinnenbruder mich im Gartenschuppen festhält.

Und seine Mutter hat ihn gerufen. Kommt Lars zum Essen?

Oder ist das Wunschdenken, damit er mich bloß endlich loslässt? Oh wenn er doch bloß zum Mittagstisch gerufen würde, damit er mir nicht länger den Mund zuhalten könnte. Dann könnte ich seine Mutter rufen. Die ist doch so nett. Stattdessen griff er mir, als ich zu entkommen versuchte, unter den Rock. Warum musste ich auch immer Röcke tragen, so blöd, schönblöd. Er öffnete seine Hose und versuchte, mich festzuhalten. Muss man sich da wehren? Er schlägt mir ins Gesicht und stöhnt: »Du willst es doch auch. Wie du mich immer anschaust, du geiles Stück. Erzähl' mir nicht, dass du es nicht willst.« Wenn das nun eine Beule am Kopf gibt? Was ist denn plötzlich los? Das brennt da unten, ach scheiße, wenn das Brennen, wenn das, das, doch nur aufhören würde. Was hab ich falsch gemacht, dass er mir so wehtun muss? Das englische Luder. Und die Mutter hat gerufen, oder war das nur mein Schreien? Kommt er zum Essen? Bin ich Schuld, weil ich mich so sträube, aber ich wehre mich doch nur.

»Hör auf, du Schwein.«

»Waaas? Schwein. Selber Schwein. Du Schwein. Erzähl' bloß keinem, was du mit mir machst, kleines Luder. Strampel nicht so. Du wirst dich schon dran gewöhnen, Schatz. Schweineschatz, Schweineschatz.«

Und während er mir den Mund noch zuhielt, zog er sich die Hose hoch, wo das Ding drin war. Aber das Schlimmste, als er sie endlich loslässt und sie nach Hause rennt, wie eine Spinne auf sechs Beinen, dass ihr Urin komisch rote Schlieren zieht. Und es brennt. Und jahrelang wie vom Erdball verstoßen, nur noch die Angst, dass sie jetzt krank ist und nie weiß, ob da unten was gerissen ist oder ob sie sich was geholt hat. *He would always laugh and say: »Remember when we used to play?« Bang bang.*

Mein kurzer Rock hat nichts zu tun mit dir!

Ich fand das Café Raben auf Anhieb. Es war genau gegenüber vom Springerhochhaus. Wunderte mich nur darüber, in aller Ausführlichkeit, zu der ich noch fähig war, dass die Axel-Springer-Straße so eine schmale Straße, ja fast eine Gasse war. Aber vielleicht tendiert der müde und matte Mensch ja dazu, Größenverhältnisse überdeutlich wahrzunehmen, dachte ich, während ich den Kopf sehr hoch trug. Auf dem Springersträßchen vor dem Springergebäude hatten sich schon jede Menge Leute mit schreienden Plakaten versammelt. Schon verwandelte sich das Gehäuse der Bildzeitung wieder in ein Ding, das einen aus kalten, schwarzblauen Fensteraugen angrinste. Mit der Arroganz eines Lügenbarons. Ein Luftschloss aus tausend geschönten und getönten Rechtecken. Der Redaktionssitz der Bildzeitung leuchtete in der Mittagssonne und duckte sich von der Straße weg, als hätte man ihn bereits in die Enge getrieben.

Während meine britischen Freundinnen und Freunde ein fast schon liebevoll zu nennendes Verhältnis zu ihrer Sun, ihrem Revolverblättchen hatten, verachteten meine deutschen Freundinnen und Freunde die Bild einfach nur. Nein, das musste nicht näher begründet werden. Trotzdem geil, dass meine Demomädchen diesen Scheiß mal genauer unter die Lupe nahmen. Irgendwo in meinem Kopf flatterte auch der alte Punk-Spruch »Trau keinem über 30«, und ich betrat durch einen Vorhang hindurch das Café Raben.

Ja, zynisch eigentlich, das alles so hinzunehmen, die Probleme, die der Tratsch und der Klatsch in den Leben echter Menschen verursachten. Und eine Frau eine »Schlampe« zu nennen, das ging ja immer. Wir waren alle zu Schlampen und Zuhältern geworden in good ol' Germany, these days. *Manchmal, aber nur manchmal, haben Frauen ein kleines bisschen Haue gern*. Aber manchmal, und das musste von der paranoiden Öffentlichkeit sofort bekämpft werden, manchmal hatten Frauen eben auch ein kleines bisschen Aufstand gern! Und mein englisches Herz musste grinsen, dass sich jetzt schon deutschsprachige Lieder in mein Kopftape mischten. Manchmal, aber nur manchmal, waren deutsche Bands genauso gut wie britische. Und die Ärzte ja auf jeden Fall. Wie gut, dass sich meine Gedanken schon wieder um Musik drehten.

Denn genaugenommen saß mir der Schock noch in den Knochen. So ein fieser, kleiner Schock. Beim Umsteigen am Alex, von der Linie U8 in die U7. Drei besoffenen Typen, die mich auf so 'ne verschwitzte Art angegröhlt haben, bisschen zu viel »let's do this right now«. Der eine war stehengeblieben und hatte mir Bääääääh-ÖhhhhBläääääh ins Gesicht gebrüllt, BäääääähÖhhhhBläääääh, dass ich kleine Messerchen vor den Augen gesehen habe.

Ist ein Krieg ausgebrochen? Die Messerchen sind dann zum Glück von blauen Sternchen abgelöst worden, die sehe ich immer, wenn ich schon lange nichts mehr gegessen habe und dabei auch noch mache, dass ich wegkomme. Wenn ich über die Treppen hetze, anstatt die Rolltreppe zu nehmen. Dem ist echt die Spucke aus dem Mund gelaufen, als wollte er mir gleich ins Gesicht wichsen.

So was ist natürlich nicht Gegenstand öffentlicher Debatten, dachte ich, während ich im Café angekommen ein paarmal tief durchatmete. Allenfalls ein paar mehrheitsfähige christliche Fraktionen labern davon, dass den Leuten der Anstand fehlt. Dieselben Leutchen, die im Mittelalter die Hexenverbrennung angeordnet hatten. Kein besonders vertrauenswürdiges Personal.

Waren mein blondes Wucherhaar und die Feuerstiefel Schuld daran, dass diese Scheißtypen mich so brüskiert hatten?

Von wegen! Es war ein Tag für rote Schuhe!

Da, na endlich. Sie saßen im Kreis, um einen Ecktisch herum.

Candy und Jasmina und drei, vier andere Ladies. Sie redeten mit Händen und Füßen aufeinander ein. Vor ihnen lag ein Stapel mit bunten und kunstvoll bemalten Plakaten. *Es waren gar nicht so viele, mit denen ich gerne spielte! Doch manche wollten fliegen, weil sie das Feuer lieben,* zitierte ich mich in Gedanken ausnahmsweise mal selber.

»Hey, hallo Lilly«, Jasmina stürmte auf mich zu, wir lagen uns in den Armen, ein Liebespaar, das sich nach dem Untergang der Titanic endlich wieder hatte.

»Ich bin so froh, dass ich in Sicherheit bin«, stürzte ein Satz aus den Tiefen meiner Kehle hervor, der mir gleich mal irre peinlich war.

»Hey, das schmeichelt mir aber, dass du mich als deinen persönlichen Sicherheitsbullen führst.« Jasmina grinste. Sie forderte mich auf, neben ihr Platz zu nehmen. Ich war so hibbelig, dass ich gleich mal ein Glas mit Wasser umkippte. Die Flüssigkeit pirschte sich unaufhaltsam an ein feuerrotes Plakat heran, auf dem in schnörkellos kindlicher Handschrift »Meinungsfreiheit? 97 Prozent aller Chefredakteure in D'land sind Männer« geschrieben stand. Aber Candy reagierte schnell. Sie hielt den Wasserstrom mit den grüngold dekorierten Ärmeln des Mangakostüms auf, das sie trug. Ich wunderte mich ja schon über gar nichts mehr. Auch nicht, dass Jugendliche im Visual-Kei-Style demonstrierten. Es schien ihr rein gar nichts auszumachen, dass sie sich dabei selber nass machte.

»Hallo Candy. So wie dich habe ich mir deutsche Demonstrantinnen immer vorgestellt.«

»Ja, sie verwandeln sich in Mangas, damit ihnen hinterher keiner böse ist«, witzelte Candy, und ich meinte in ihrer Stimme eine erschöpfte Hochspannung zu hören.

Die anderen Mädchen lachten.

Dieses gutmütige Lachen kitzelte die Härchen in meiner Nase.

»Willkommen bei den Shameless Birds. Du bist bestimmt Clarissa Underwood, äh Lilly, die Sängerin von Café Prag«, rief eine mit wunderschönem Gesicht. Ihre Lippen waren schwarz umrandet, was ich mich nie traute, weil ich fand, das sah so tot aus. Hey, ich sollte meinen Gothic-Anteil erhöhen!, meldete sich aus dem Off mein automatischer Stilberater zu Wort. Platinblonde Haare, die an den Seiten ausrasiert waren, schliefen als Halbmond auf ihrem Kopf. So stellte ich mir die Sängerin Pink beim Mondscheinpicknick vor.

»Na, das wäre mir auch passiert. Gleich mal das Wasserglas umschmeißen, wenn ich zu einer neuen Gruppe dazu stoße«, drang eine glockenhelle Stimme, in etwas dunkles Timbre eingebettet, an mein Ohr. Ah, sie sah nicht nur so aus wie Pink, sie klang auch so. Die Pink klatschte in die Hände: »Ich bin auch der sprichwörtliche Elefant im Porzellanladen.«

»Das sind wir doch alle. Deshalb ist es egal, dass Lilly ein Wasserglas umgeworfen hat. Das ist sogar ein gutes Zeichen«, sagte ein anderes Mädchen. Sie war mir, ebenso wie die Pink, auf Anhieb sympathisch. Kastanienrotes Haar harmonierte mit fröhlicher Wärme in den schalkhaft blitzenden Augen. Dieses Mädchen trug türkisfarbene Kleider in allen Schattierungen, dazu aber einen bonbonrosa glitzernden Hut. Aber, hallo!

»Jetzt hört doch mal auf mit dem Glas Wasser! Habt ihr sie noch alle?«, mischte sich ein drittes Mädchen ein, das sich gerade mit einem Taschenspiegel in der Hand die Lippen nachzog. Insgesamt machte sie einen angenehm bodenständigen und herzlichen Eindruck. Och, ich hätte sie alle knutschen können! Oder war ich schon so anhänglich geworden wie mein schizophrener Großonkel?

»Was soll denn die Lilly ... So heißt du doch, oder?«

»Ja genau, Lilly ...«

»Was soll denn die Lilly von uns denken? Dass wir uns Gedanken über umgestoßene Wassergläser machen?«

»Ja, aber ich glaub, ich hab das nur gesagt, weil ich darin ein Taufritual gesehen hab. Lilly hat die erste Demo unter dem Namen Shameless Birds getauft«, behauptete die Pink, quasi aus Trotz.

Sie gab der Freiheit einen guten Namen!

»Dann werde ich mir jetzt, auch auf die Gefahr hin, dass meine Hände danach zittern, einen doppelten Espresso bestellen«, sagte ich erfreut. Die Kellnerin, die mit kleinen, federnden Schritten herbei eilte, schien Teil der allgemeinen Konspiration zu sein. Auf Jasminas Nachfrage hin, was denn jetzt mit dem Kaffee für alle sei, zwinkerte sie. Dann schnappte sie sich die silberne Thermoskanne, die Candy wie einen Pokal in die Höhe hielt, um sie mit frischem Umsonstfliterkaffee aus der Kaffeemaschine zu füllen.

Auch an den Nebentischen spielten sie mit unserem Übermut. Wie mit gefährlichen Murmeln. Ein halbes Dutzend Augenpaare, das versuchte, die Sprüche auf unseren Plakaten zu entziffern.

Oh das war so typisch Jasmina. Ja, diese quirlige Arbeitsatmosphäre passte zu ihr. Jasmina verband die Persönlichkeit einer Bienenkönigin mit der einer Anarchistin. Sie hatte schon das ganze Café für sich und die Shameless Birds eingenommen!

»First we take Manhattan, then we take Berlin«, warf ich ein Leonard-Cohen-Zitat in die Runde. Als darauf keine Reaktion kam, weil die Mädchen viel zu jung und viel zu politisch engagiert für die Sprüche alter Dichter-Hippies waren, flüsterte ich Jasmina ins Ohr: »Mensch, Jasmina, du führst eine Demonstration an!«

Sie lachte: »Man kann gar nicht früh genug damit anfangen, die Welt zu verändern. Außerdem machen das ja alle zusammen! In unserer Welt gibt es keine Anführer. Und, hey Lilly, bevor ich es vergesse! Stell dir vor, ich hab ne neue Schule gefunden! Meine Freundin Conny wusste eine, wo Leute wie ich einfach hingehen können.«

Candy, die wie immer etwas sanfter und blasser unterwegs war als ihr Schwesterlein, aber dafür umso farbenfroher und exzentrischer in Haartracht und Kostüm, sagte beherrscht: »Ich möchte, dass wir ganz klar den Ablauf vor Augen haben. Irgendwer muss den CD-Spieler bedienen. Leider haben die Boxen nicht so viel Power, wie wir dachten, als wir das Ding gestern gekauft haben. Also, Katey wenn du das machst, dann Volumen bis zum Anschlag drehen! Da draußen sind schon ungefähr 500 Leute, mehr als doppelt so viele, wie wir erwartet hatten. Die werden die Musik sowieso übertönen. Aber vielleicht kommt ja noch was durch. Wir spielen nur die Mischung aus Riot Girl und Electroclash. Die knallt am besten.«

»Das sind doch mehr als 500. Das sind mindestens 800«, jubelte die Pink. »Und ganz schön viele Männer auch. Dann können wir ja im Sommer wirklich ›Walk a mile in her shoes‹ machen!« Sie war so wunderbar laut, als ob sie ihre Lautstärkeregler schon mal nach oben gedreht hätte. Aber die anderen lauschten weiter Candys leisen Anweisungen.

»Die Bullen sind auch schon seit 'ner halben Stunde da, und wir haben nur die Genehmigung für eine Stunde. Wir müssen uns beeilen! Lasst uns doch noch mal die Wortbeiträge durchgehen. Ich hab übrigens auch diesen fantastischen Aufsatz von der Erotikseite ausgedruckt. Leider habe ich den Typen, der ihn geschrieben hat, nicht erreicht, aber ich denke, wenn wir ihm einen Credit geben, ist das okay. Was im Internet steht gehört schließlich allen, um es mal mit den Piraten zu sagen.«

»Das ist ja nicht unsere Schuld, wenn die Bullen zu früh kommen«, wechselte die Pink abrupt das Thema. »Nee, also echt, da können wir nichts dafür. Wir nehmen uns die volle Stunde, die wir angemeldet haben und basta.«

»Das machen die aber immer so«, wusste das pragmatisch wirkende Mädchen, das wohl Conny war. Und die Schule gefunden hatte.

»Natürlich nehmen wir uns die Stunde, die wir angemeldet haben«, gab Candy der Pink recht, »das ist doch gar keine Frage.«

Jasmina schob mir derweil ein Stück Papier rüber, auf das sie ihr Punkgedicht notiert hatte.

»Lies mal schnell, und sag mir, ob das gut ist«, flüsterte sie. Ein Schwarm wilder Vögel rauschte durch meinen Kopf, nahm mich einfach mit. Dabei registrierte ich, eher so nebenbei, dass mein Verfolgungswahn langsam abklang.

»Ja, ich will's, aber nicht von dir!«, lautete die Überschrift. Ich musste lachen.

»Der Titel ist schon mal gut«, wisperte ich zurück.

»Das ist nicht von mir, das ist einer von den offiziellen Slut-Walk-Sprüchen.«

»Was sind denn die offiziellen SlutWalk-Sprüche?«, fragte ich doof, aber noch ehe Jasmina antworten konnte, hatte Candy mir den Zettel mit dem Gedicht schon unter der Nase weggezogen.

»Hey, was soll denn das? Ich wollte doch, dass Lilly das liest«, herrschte Jasmina ihre Schwester an. Sie fuhr richtig aus der Haut. Die anderen Mädchen kicherten. Dann verfolgten sie das Gezänk der Zwillinge mit einem kleinen Lächeln.

»Ja, aber ich will, dass sie es *live* zum ersten Mal hört! Verdammt, ich will wissen, wie das Gedicht kommt, wenn Lilly es live vor Publikum hört«, zischte Candice. In einer plötzlichen, gellenden Überlautstärke, dass man sie wahrscheinlich schon da oben im Bildzeitungsglashaus hörte.

»Ich will aber, dass sie es jetzt liest, jetzt, jetzt!«, beharrte Jasmina auf ihrer Meinung. Doch Candy rückte den Zettel mit dem Gedicht nicht mehr raus. Sie erinnerte mich ein wenig an eine Lehrerin, die eine Schülerin bei einer Unart ertappt hat. Auch wenn sie das schönste Manga-Schneewittchen war, das ich je gesehen hatte! Aber vielleicht war sie auch einfach nur zu nervös, um zu merken, wie das wirkte, wenn sie ihre Zwillingsschwester vor allen zur Schnecke machte. War es am Ende sie, die im Hintergrund des Duos JasminaundCandice an den Fäden zog? Oh Candy war eine Vernunftbombe und Jasmina war nur noch eine Hektikerin vor dem Herrn!

»Hey Jasmina, was ich dir noch erzählen wollte«, wechselte ich das Thema, was äußerst diplomatisch von mir war. »Ich hab etwas Unglaubliches gemacht. Ich hab einfach alle Journalisten zur Demo eingeladen.«

Jasmina schüttelte nur den Kopf. »Psst«, sagte sie, aber an dem Lächeln, das um ihren Mund spielte, sah ich, dass sie es nicht böse meinte.

»Ich kann grade echt nicht reden. Ich muss mich auf das konzentrieren, was hier besprochen wird.«

Da balancierte die Kellnerin meinen einsamen, doppelten Espresso auf einem Silbertablett heran.

»Dann alles Gute für euren Kampf gegen die Bild. Da sind ja schon Hunderte von Leuten draußen«, sagte sie und blickte durch das Terrassenfenster, während sie das kleine Tässchen schwungvoll vor mir auf dem Tisch abstellte. Ich nahm es in die Hand und stürzte das Magenbitter in einem Ruck herunter.

»Ich hätte gerne noch einen«, sagte ich, »Sie können das gleich wieder mitnehmen.« Ich reichte ihr das Tässchen.

»Boah, du bist ja mindestens so hart drauf wie wir«, rief die Pink. »Jasmina hat uns schon so viel von dir erzählt, aber du bist noch mal ganz anders. Du bist echt toll!« Sie kam zu meiner Seite des Tisches und legte mir den Arm um die Schultern, als wäre das etwas, was man, inmitten einer politischen Diskussion, durchaus mal machen konnte. Sie musste einen Riesenvorrat Energie gespeichert haben.

»Du bist total super«, rief ich lachend. Die Pink nahm mich an den Händen und das Adrenalin schnellte weiter nach oben, falls dort oben in meinem Hirn überhaupt Platz für noch mehr Glück war.

»Lass uns tanzen!«, rief sie und hätte beinahe ihren Stuhl umgeworfen, so schnell musste das alles auf einmal gehen.

»Ja, ich liebe diesen Song!«

Und wir sprangen auf und ab, zu dem hypernervösen, überselbstbewussten R&B-Riesensuperhit von den Pussycat Dolls, der wie ein riesiges, überraschendes Geschenk aus den Boxen der Lautsprecheranlage dröhnte. Als wollten die Pussycat Dolls sagen: Die Menschheit hat uns nicht verdient, aber wir tun so, als hätten wir das alles gar nicht bemerkt. Oder doch?

Don't cha wish your girlfriend was hot like me,
don't cha wish your girlfriend was a freak like me,
don't cha, don't cha,

don't cha wish your girlfriend was raw like me,
don't cha wish your girlfriend was fun like me.
Don't cha, don't cha.

Wir sangen laut mit, wo stand denn geschrieben, dass man nicht auch tagsüber mal tanzen und singen durfte? Es war mehr ein Bellen, ein Shouten, ein Winseln, ein kräftiges Zubeißen, das aus meiner Kehle kam und ich stampfte mit dem Lied in den Beinen auf, wobei ich versuchte, die Bewegungen smooth zu halten, nicht so technostampfig zu werden, immer noch zu fühlen, dass die Beats aus zärtlichen Motiven heraus diesen auftrumpfenden Charakter hatten. Die Pink und ich, wir grinsten uns an. Sie nahm mir die Worte aus dem Mund und schmetterte ebenfalls: »Don't cha, don't cha!«, wobei auch sie in der Beinarbeit immer besser wurde.

»Hey, wäre das nicht geil, wenn wir uns schnell noch einen doppelten Wodka bestellen würden?«, rief die mit dem Hut, während Jasmina und Candy in abwechselndem Stakkato auf die Kellnerin einredeten.

Don't cha, don't cha.

»Wir demonstrieren übrigens nicht nur gegen die Bildzeitung. Die ist nur so ein cheesy Symbol des Bösen. Wir demonstrieren gegen Rape Culture, gegen unsere Kultur, die Frauen einredet, dass sie eine Mitschuld an sexualisierter Gewalt tragen, zum Beispiel wenn sie vergewaltigt werden.«

»Aha«, sagte die Kellnerin überrascht, »das sind ja Themen. Da müsst ihr aber aufpassen, dass ihr euch nicht zum Opfer macht.«

»Nein«, lachte Candy. »Es ist genau umgekehrt. Wir werden zum Opfer, wenn wir uns nicht gemeinsam wehren gegen die ganze verlogene Doppelmoral einer pornografisierten Gesellschaft. Wir lassen nicht zu, dass man uns erniedrigt, wenn wir unsere Bedürfnisse nach Sex, aber auch nach Schutz vor sexualisierter Gewalt, äußern.«

You have to play fair (you have to play fair)
See, I don't care.

Candy hob ein Schild hoch und zeigte es der Kellnerin, die den Begriff Rape Culture heute zum ersten Mal hörte. Aus dem Mund von Schülerinnen, die den Schmerz unserer Zeit besser in Worte fassen konnten als Erwachsene. Auf einem neongelben Pappschild stand es geschrieben, mit zackigen Buchstaben: »Wir sind Sex-Subjekte! Zick, Zack, Zick, Zack.«

»Ich dachte, ihr wollt nicht auf eure Sexualität reduziert werden?«, fragte die Kellnerin. In ihrer Stimme schrillte schon die eine oder andere Alarmglocke mit.

Don't cha, don't cha, baby.

»Wollen wir ja auch nicht!«, mischte sich die Pink ein und ließ sich dabei auf ihren Stuhl zurückplumpsen. »Wir wollen unsere Lover selbst aussuchen und wie wir Sex haben! Wir kämpfen für eine selbstbestimmte Sexualität.«

»Ach so, verstehe.« Die Kellnerin nickte, ihre Gesichtszüge hatten sich schon wieder entspannt.

»Wollt ihr jetzt alle einen doppelten Wodka?«

»Nee, lass mal, danke«, mischte sich Katey ein, die mir schon vorher durch ihre tollen Bandbuttons und den eleganten Rock aufgefallen war und die eine Gitarre dabei hatte. Noch ehe ich es wagte, sie in ein Gespräch über Musik zu verwickeln, war sie schon auf dem Weg nach draußen.

I know I'm on your mind,
I know we'll have a good time,
I'm your friend
I'm fun
And I'm fine
I ain't lying
Look at me, you ain't blind.

Einmal im Leben so einen Song schreiben, oder singen! Ob Ivor schon eine neue Freundin hatte? Mit so einem »Don't cha« auf den Lippen könnte man jeden Mann zum Seitensprung überreden, fiel mir eine Möglichkeit ein, ihn zurückzubekommen. Nicht immer nur *Love is a losing game*, verdammt. Man musste auch mal mit der Zeit gehen. In den Seitengassen der Nacht würde sich Ivor wieder in mich verlieben.

»Wieso, das wäre doch total geil!«, krächzte die Pink mit ihrer rauchigen Party-Stimme, und ich hatte den Faden verloren. »Stellt euch doch mal vor, was die von der feministischen LALI-Kampagne sagen würden, wenn sie wüssten, dass wir uns vor den Demos im großen Stil besaufen: Ja, diese Möchtegern-›Schlampen‹ von den Shameless Birds, die immer die Mehrfachdiskriminierung vergessen, äh, entschuldigt: Ich bin queer, ich arbeite im Sex-Shop und ich komm aus der Gosse, aber ich vergesse die Mehrfachdiskriminierung, immer. Klar, die will ich auch vergessen, immer, ich tu alles, um die Mehrfachdiskriminierung zu vergessen, hahaha. Ich privilegierte Schlampe habe nicht mal einen Schulabschluss.«

Ich verstand nicht ganz, was sie meinte, aber ich mochte, wie sie es sagte.

»Die von der SPD-Jugend haben es uns aber auch übel genommen, dass welche in der Öffentlichkeit Alkohol getrunken haben«, sagte Conny. »So was kommt einfach nicht gut, auch wenn es mir persönlich scheißegal ist.«

»Aber was ist schon Sex, ach was, entschuldigt«, die Pink schlug sich mit der Hand vor den Mund und lachte schallend, »was ist schon Sekt gegen Wodka im Doppelpack!«

Und Candy rief schrill dazwischen: »Dann bin ich mit im Club. Ich schmeiß ja jetzt die Schule.«

»Ohne Uniabschluss schaffst du es noch an die Rezeption der Hotels, aber ohne Schulabschluss darfst du nicht mal die Betten machen, in denen vorher die reichen Socken ihre Samen gelassen haben. Da musst du dich schon dazu legen.«

Auch wenn sie von einem Strahl düsterer Aussichten getroffen schienen. Das Glück stürzender Sterne hatte sich in den Stimmen dieser Mädchen versammelt!

Auf einmal wünschte ich mir, dass ich einer wie der Pink und nicht so einem wie dem Pfau, den Job beim Radio verschafft hätte. Damals, als ich noch die Karten hatte, irgendwelchen Leuten Jobs zu verschaffen. Aber das war natürlich totaler Bullshit, weil ich die Pink und die mit dem Hut da ja noch gar nicht gekannt hatte.

Ach, ich hatte eine Wahnsinnslust sie näher kennenzulernen!

Don't cha, don't cha, baby.

»Es ist übrigens nett, dass Sie uns das fragen«, wandte sich Jasmina der Kellnerin zu, die immer noch an unserem Tisch ausharrte. »Wenn die Demo vorbei ist, kommen wir zurück und trinken alle einen Doppelten«, riss sie das letzte Wort in der Wodka-Frage an sich.

Aber auch so blasse Mondmangas wie Candylein wurden wieder munter. »Ladies, es wird Zeit!«, rief sie. »Schluss mit dem Lampenfieber, wir gehen jetzt raus und stemmen das Ding. Moment, eine Sekunde noch!« Sie schrie so laut, dass sie selbst die Pink übertönte. Amüsiert fiel mir ein, dass, wenn die Shameless Birds eine Band wären, sie mit Sicherheit die lauteste Girlband der Welt wären!

»Und was die Presse betrifft«, schrie Candy in den schutzlosen Caféraum hinein, dass auch die anderen Gäste noch Ohrschutz gebraucht hätten: »Hat jede von Euch die Handynummer von ihrem Ansprechpartner? Und haben die Helferinnen ihre Bändchen und die Awareness-Zettel?«

»Katey ist schon draußen bei den Bullen. Die hat die Awareness-Zettel«, jammerte die Pink, aber sofort lachte sie wieder ihr weißes Zahnpastalächeln. »Na egal, das wird schon. Das schaffen wir zur Not auch ohne. Was soll schon passieren?«

»Ja, außerdem sind ja wirklich genug Bullen da. Ist doch nur 'ne Kundgebung, keine Demo«, stimmte Conny ein.

Nur Jasmina war noch nicht zufrieden. Jasmina musste es mal wieder noch perfekter haben.

»Aber es spricht doch nichts dagegen, dass Conny die Awareness-Zettel von Katey unter den Helferinnen verteilt. Wir können ja auch den Bullen welche in die Hand drücken«, versuchte meine beste Freundin es mit einem ihrer berühmten konstruktiven Vorschläge. Ich hatte keine Ahnung, was *Awareness-Zettel* waren, aber ich stand mit offenem Mund da, weil das alles nach so viel munterer Mühe klang.

»Mist, ich hatte die Telefonnummer von der ZDF-Journalistin auf einem Zettel, aber ich habe mir unterwegs die Nase geputzt, und da ist mir was aus der Handtasche gefallen, und jetzt weiß ich auch, was das war, es war die Telefonnummer von der Journalistin«, maulte die Türkisfee mit dem rosa Hut und wandte sich ratsuchend an die Zwillinge.

»Warte, ich hab sie hier im Handy! Das war doch die André vom ZDF. Oder hast du dpa?«, kam Candy ihr prompt zur Hilfe, während sie achtlos eine hässliche Winterjacke über ihr aufwendiges Kostüm warf.

»Quatsch, dpa, die hab *ich* doch!« Jasmina warf ihrer Zwillingsschwester einen verschwörerischen Blick zu.

»Ja, ich weiß«, erwiderte Candy. Sie zog die Jacke, die sie gerade erst angezogen hatte, wieder aus. Fummelte von irgendwo ein Smartphone her und deklinierte, in einer seltsamen Seelenruhe, die ganz im Gegensatz zu der verrückten Hektik stand, die sich wie dicke Luft im Café Raben ausgebreitet hatte, die Zahlenreihe einer Telefonnummer durch, bis die mit dem Hut erleichtert nach Luft schnappte.

»Ich habs: XXXXXX, stimmt das?«

»Ja, XXXXXX«, wiederholte Jasmina, weil man wichtige Nummern ja wohl nicht oft genug wiederholen konnte.

Die Telefonnummer von einer Journalistin, die jetzt gleich kommen und über einen Protest berichten würde, der auch missbrauchten Frauen wie mir gewidmet war! Ich konnte noch gar nicht fassen, dass jetzt alle über dieses Thema redeten. Ich hatte das immer als mein persönliches Schicksal empfunden und mich sogar ein wenig dafür geschämt. Aber hier ging es darum, mit der falschen Scham der Betroffenen Schluss zu machen.

Zuerst kam aber mal der zweite doppelte Espresso. Unterdessen drückte mir Jasmina etwas in die Hand.

»Hier, nimm das Megafon. Ist schwer. Bitte halten, nicht fallen lassen. Kannst du das mit nach draußen nehmen? Geht das? Oh bitte, ich hab schon alle Hände voll.«

»Ja Moment, ich muss nur noch schnell …«

Auch den zweiten Doppelten schüttete ich mit einem Ruck

runter, so allmählich verwandelte sich mein Magen in ein Höllenfeuerchen. Und ein Gefühl, in einen brennenden Wald geraten zu sein, vermieste mir für einen Moment die Stimmung.

»Ihr seid alle so tolle Schlampen, ich liebe euch, ihr Verrückten!«, rief die Pink aufgeregt in die Runde, wie um den Aufbrechenden Mut zu machen.

»Ja, wir *Rotznasenfeministinnen*«, bekräftigte das ruhige Mädchen mit einem breiten Grinsen auf dem Gesicht. Dann flitzten alle auseinander und nach draußen, wo sie bereits von den bunten Wintermützen in Empfang genommen wurden. Marsmädchen auf der Mission Impossible.

»Auf den Fotzenfeminismus!« rief die Pink.

Ein fetter Hund lag in meinem Magen, aber mein Herz galoppierte davon, wanderte über funkelnde Hügel durch die Wintersonne, immer schneller, immer weiter, in einen neuen Morgen hinein, der *mein* Morgen war, *mein* neues Leben. Das war plötzlich gar nicht mehr so grau wie mein Wintermantel, der breitete die Arme um mich herum und verlieh mir blutrote Flügel. Wie eine grinsende Vampirella flog ich über die Felder und die Straße des Wahnsinns, die nur zufällig Axel-Springer-Straße hieß. Und mir wurde trotz Minustemperaturen furchtbar heiß in diesem längsten Winter meines Lebens, der gleichzeitig auch der kürzeste war, denn endlich durchschaute ich mal, was eigentlich gespielt wurde, was hier schon immer gespielt wurde!

Komm, wir spielen Opfer und Täter und du stellst dich tot, haha. Aber mach dich mal nicht zum Opfer, du Mädel!

Und ich flog im Heißluftballon über die Häuser und Reden aller Lügenbarone dieser Stadt und ich lauschte den Reden der anarchistischen Engel, bis sich meine Jubelrufe und Yeah-Yeah-Yeah-Schreie mit jenen aus den vielen anderen Kehlen verbanden. Kehlen, die man mitten im Geschlechtsakt spielerisch-leicht zugedrückt bekommen hatte, obwohl man doch Sängerin war und tausend Stunden Kehlkopftraining hinter sich hatte. Gerade deshalb.

Halts-Maul-Kehlen. Sei-schön-ruhig-Kehlen.

»Pssst, ruhig, so, genau, so.«

Kehlen, die keine Luft mehr bekommen hatten, jedenfalls fast, weil es doch so geil war, für den ein oder anderen, wenn die Frau sich tot stellte, und das alles verband sich zu einem einzigen »Fickt euch doch selber ihr Arschlöcher! Oh bondage up yours«. Katey las jetzt mit voller Power und leichtem Akzent eine Rede.

»Wir stehen heute hier, weil wir das Springerhaus als ein Symbol des Sexismus in Deutschland sehen. Wir haben es satt, in einer Gesellschaft zu leben, die sexualisierte Übergriffe und die alltäglichen Belästigungen verharmlost und verleugnet. Wir wollen nicht, dass Frauen gegeneinander instrumentalisiert werden – ›Nein zu Aufschrei gegen den #aufschrei‹! Das ist eine heterosexistische Strategie, die die Dominanz von Männern stärkt.

Erzählt uns nicht, wir sollen uns nicht vergewaltigen lassen – erzählt den Tätern, nicht zu vergewaltigen! Erzählt uns nicht, dass sich Betroffene von sexualisierter Gewalt oder sexueller Belästigung am Arbeitsplatz einfach wehren könnten! Erzählt uns nicht, wir würden uns selbst ›zum Opfer machen‹. Wir wollen, dass ihr uns zuhört, wenn wir von Gewalterfahrungen berichten. Stoppt sofort die Täter-Opfer-Umkehr bei sexualisierter Gewalt und klärt darüber auf!

Wir wollen keine Mann-gegen-Frau-Diskussion! Wir haben nichts gegen Flirten. Aber wir haben etwas gegen herabwürdigendes, übergriffiges Verhalten! Wir wollen nicht, dass Männer immer nur auf ihren ›Sexualtrieb‹ reduziert werden, wir trauen euch mehr zu!

Wir wollen als Kellnerin, Journalistin, Verkäuferin, Akademikerin, Künstlerin, Schülerin, als Busfahrerin, Chefin, als Stewardess, Polizistin, Blumenverkäuferin, als Ingenieurin, Gitarristin oder Politikerin PROFESSIONELL behandelt und respektiert werden!

Wir wollen keine klischeehafte Festschreibung von Geschlechterrollen. Nein zu einer Debatte, die sexistische und rassistische Stereotype reproduziert.

Wir wollen nicht, dass Frauen als sexuell verfügbar dargestellt werden! Wir wollen nicht nur als Sexobjekte wahrgenommen werden – wir sind auch SexSUBJEKTE! Unsere Lover suchen wir uns selber aus! Nein heißt nein heißt nein heißt NEIN!!!«

»Heißt nein, heißt nein, heißt nein!« Ich war bei einem Chor dabei. Wurde von einem Jubelmoment ins nächste »Aha« mitgerissen. Lauschte auf die Chöre und bestaunte die Botschaften der Demonstrierenden. »Mein kurzer Rock hat nichts zu tun mit dir!« stand auf einem Plakat.

Ja, gut so, redet ihnen ins Gewissen, zeigt sie an! Zeigt her eure Wunden, zeigt her eure Schuh!

Ich hörte die Polizeisirene, irgendwer hatte versucht, über die Absperrung vor dem Hochhaus zu klettern. Die Mitarbeiterinnen und Mitarbeiter von der Blödzeitung hoben sich als riesiger Schatten von den Fenstern ab, sie starrten wie eine Eins auf die Straße herunter, aber keiner ließ sich unten auf dem Boulevard mal blicken. Oder stellte sich mit Handschlag vor.

»Hallo, ich bin das Oberarschloch vom Dienst. Ich bin übrigens auch ein Mensch. Wenn ihr den Blick in die Abgründe des Bösen nicht ertragen könnt, die Gier und den Trieb des Mannes, dann seid *ihr* doch diejenigen, die alles verharmlosen, die uns domestizieren wollen«, oder so was in der Art. Könnte man sich doch vorstellen, dass der Chefredakteur Herr Blohme, der hier mit einem Extraplakat bedacht worden war, in diese schillernde Richtung argumentieren würde. Die Mehrheit der hiesigen Bevölkerung wäre d'accord mit ihm. War ja auch was dran, an der Sache mit Trieb und Gier, aber: »Gewalt ist nicht verhandelbar, Herr Blohme«, stand auf dem Plakat, das Candy trug, als ob es sich bei diesem »Troublemaking vor dem Springerhaus« um ein weiteres Bild in einem Manga-Comic handeln würde. Dazu gröhlte eine heiße Mädchen-Punk-Stimme aus dem CD-Player: »In her kiss, I taste the revolution. Rebel girl, you are the queen of my world.«

Ein riesiger Knoten platzte in meiner Sängerinnenkehle, während die Pink einer Regenjackenträgerin von der alternativen Bildzeitung Taz ein paar Antworten in den Notizblock diktierte. Die Taz residierte schließlich gegenüber, in der Rudi-Dutschke-Straße, von dort war es ja nur ein Katzensprung zur Konkurrenz. Rudi-Dutschke-Straße meets Axel-Springer-Straße. *Streetfighting Man* trifft *the Boulevard of broken dreams ...*

Nieselregen, weich und kalt, rann mir als Tränen übers Gesicht. Denn ein unauffälliges Mädchen hielt ihr auffälliges Plakat in die Höhe: »Es soll doch weh tun! Ich kann's nicht genießen, wenn du so schreist. Also, halt's Maul!«

Sie drückte mir ein Flugblatt in die Hand, weil ich sie so anstarrte. Dem konnte ich entnehmen, dass ihre Aktion eine Kritik an dem Vergewaltigungssommerhit »Blurred Lines« von Robin Thicke war. In dem Song wurde genau so, und noch mehr so, argumentiert. Spontan machte ich einen Knicks vor dem Mädchen.

»Frau Lilly Vegas, endlich hab ich sie gefunden.« Ein Typ schubste mich von der Seite an, als meine zitternden Beine gerade wieder Halt gefunden hatten. Er sah nicht wirklich scheiße aus, fast sogar gut. Seitenscheitel, Seidenhemd, Jeans. Er stellte sich als Redakteur des Berliner Tagblatt vor. Ich registrierte, mit etwas Verzögerung, dass das Rolf Seymour war. Einer der besten Freunde von Harriet. Wir hatten mal bei einem Konzert von Struwwelpeter einen Rotwein zusammen getrunken. Das war also dieser Chefvogel, der den Verriss unseres Konzertes (das gar kein Konzert, sondern ein Plattenauflegen gewesen war) in Auftrag gegeben hatte. Waren eigentlich alle Journalistinnen und Journalisten, die mir jemals öffentlich einen Arschtritt verpasst oder einen Auftrag zum Rufmord an mir erteilt hatten, mit Harriet befreundet? Und das sollte Zufall sein? Pressefreiheit? Mach' die Schlampe mal fertig, die traut sich zu viel. Jetzt auch noch ein drittes Album. Jetzt will die auch noch einen auf Genie machen? Wer hat die eigentlich da hoch gelassen?

»Warum weinen Sie?«, fragte er, und seine Mundwinkel lechzten so scheinheilig nach Sensation, dass ich Bock hatte, ihm Sensation zu geben.

»Das sind Freudentränen«, sagte ich, »ich feiere meine Auferstehung aus der Hölle. Ich feiere die Tatsache, dass nicht ich verrückt bin, sondern die Gesellschaft, in der ich lebe. Sie können mir glauben«, sagte ich, und hinter mir gingen die Albträume der letzten Nacht in Flammen auf, »dass das für mich eine gute Nachricht ist.«

»Moment, Moment.« Er schrieb interessiert mit. Kritzelte meine Worte in seinen Block, als ob es tatsächlich von Bedeutung wäre.

»Warum ist das heute für Sie so wichtig?«

»Weil ich jetzt endlich weiß, dass nicht ich verrückt bin, sondern die Gesellschaft«, wiederholte ich wie in Trance und ärgerte mich sogleich, nicht noch schneller reagiert zu haben.

»Das hatten wir schon mal.« Er lächelte nachsichtig. »Also, was macht Sie so sicher, dass nicht Sie verrückt sind, sondern die Gesellschaft? Oder anders gefragt: Warum ist diese Erkenntnis wichtig?«

»Damit Leute wie Sie mich nie wieder verletzen können, mit ihren ausgedachten Konzertkritiken.« Ich stockte kurz. »Würden Sie es vielleicht toll finden, wenn Ihnen so ein Verrückter in die Eier treten würde, Ihnen dann die Wahrheit im Munde herumdrehte und aus Ihrer Reaktion schlösse, dass Sie verrückt sind und in die geschlossene Anstalt gehören und nicht er, der Aggressor, oder so?«, setzte ich, ein bisschen stotternd, meine beißenden Einstiegssätze fort. Aber Seymour schien mich sogar zu verstehen.

»Nein, natürlich nicht, das würde ich nicht wollen«, sagte er so, als wäre ich ein kleines Kind, das man beruhigen müsste.

»Glauben Sie, *ich* will das? Glauben Sie, irgendein Mensch auf dieser Welt hat das verdient? Niemand verdient es, mit Gewalt oder überhaupt für die Machtspielchen anderer bestraft zu werden.«

»Verstehe«, sagte er und ich hörte, dass er komisch schnaufte, und ich wusste mittlerweile, was es bedeutete, wenn Männer im Gespräch anfingen, so komisch zu schnaufen und wenn ihre Stimmen so leicht weinerlich, winselnd wurden.

Wahrscheinlich hatte sich gar nichts verändert. Wahrscheinlich waren die Menschen noch dieselben, die sie vor einer Stunde waren. Und wahrscheinlich hatte sich auch die Welt gar nicht groß verändert, in der Zwischenzeit. Außer vielleicht, dass die Sonne ein Stück in Richtung Norden gewandert war.

Aber ich, ich hatte mich verändert in der letzten Stunde!

Ich stand da und starrte auf den Boden, der mit Flugblättern bedeckt war.

»Ich bin heute die geworden, die ich schon immer war. Ein fröhlicher Mensch«, sagte ich.

Das schien ihm zu gefallen.

»Und was für ein Mensch ist das? Hängt das mit Ihrem Einstieg in die Charts zusammen?«, war Rolf Seymour sich nicht zu blöd nachzufragen.

Ich sprang ins kalte Wasser und redete wirr durcheinander, aber alles landete am richtigen Platz. Oh Wunder des Interviewgebens!

»Ein Mensch, der weiß, was er tut, der sich nicht mehr von dem Wissen, dass er in Kopf und Körper angesammelt hat, abtrennen lässt. Ich weiß jetzt, was ich weiß und was ich gesehen habe. Ich will keinesfalls einen Generalverdacht gegen alle Männer aussprechen, oh nein, ich spreche über Strukturen. Und ich lass' mich nicht mehr verarschen von einer patriarchalischen Auslachkultur, die über alles lachen kann, nur nicht über sich selbst. Von euren Top-100-Listen und euren Generationstänzern, Generationskolumnisten, die uns allen immer wieder nur ihre Herrenbedürfnisse vortanzen. Die uns erzählen, dass wir selber Schuld wären an der Gewalt, weil wir es nämlich nicht anders verdient hätten. *Don't you wish your girlfriend was a freak like me?* Und die Popszene, in der ich meine Brötchen verdienen muss, ist auch ein Vorreiter von all dem Scheiß. Pop verkauft sich ja gerade über den Bruch von Sextabus, während er uns den Spießersex aller Jahrzehnte auf einmal beschert. Und die Kreativität von Künstlerinnen mit den Füßen tritt. Ihr nennt es Ironie, ich nenn' es: Wollt ihr uns eigentlich verarschen?«

Er schien erschrocken, aber sein Notizbuch nahm die Antwort dankend auf.

Es war mir so egal, was er von mir dachte!

Sollte der Vollidiot schreiben, was er wollte. Sollten die Leserinnen und Leser denken, was sie wollten. Hauptsache, ich war nicht mehr irre. Ich konnte ja wohl noch ein Kompliment von einer Beleidigung unterscheiden! Es würden sich in Zukunft, und das war gewiss, genug Leute finden, die der Rape Culture einen Strich durch ihre feine Rechnung machten. Da war ich mir aber sicher! Und ich musste derweil nichts anderes tun, als ich selbst zu sein.

Ich wandte den Kopf zur Seite, winkte dem Zeitungsknecht zum Abschied und begab mich wieder in die Obhut von Jasmina und Candice.

»Jetzt kommt's!«, brüllte mir Candice ins Ohr, während Jasmina an meinem Ärmel zupfte und mit dem Zettel ihres Punkgedichts wedelte:

»Du musst den Moment catchen. Und uns hinterher haarklein sagen, wie es dir gefallen hat.«

»Ich sterbe vor Angst«, behauptete Jasmina. »Da bist du ja endlich. Wo warst du die ganze Zeit? Was hast du mit diesem Journalisten geredet? Ohne dich kann ich doch nicht anfangen!«

»Wieso du? Seit wann stirbst du denn vor Angst? Das war doch immer meine Rolle.«

»Seitdem ich unter die Lyrikerinnen gegangen bin«, sagte Jasmina. »Ich hoffe so, dass du das Gedicht gut findest.«

»Na klar. Das ist bestimmt super.«

»Du musst mir aber ehrlich sagen, wie du es findest«, jammerte Jasmina weiter und drückte ihre roten Kältebäckchen gegen meine. So außer sich hatte ich sie noch nie erlebt.

»Los jetzt, ich hab' schon die Videokamera an«, kam die Stimme von Candy aus dem Off.

»Dann können wir das gleich danach auf Youtube stellen. Da wird Lilly gar nicht erst gefragt. Das entscheiden wir streng nach politischen Kriterien.«

Sexisten, was wollt ihr noch einwenden, wenn ihr eure eigenen Frauen verraten habt?, nahm ich den Trubel um das Punkgedicht wie durch einen Nebel wahr, weil ich plötzlich nur noch wütende Gedanken denken konnte: Wie furchtbar unromantisch seid ihr eigentlich?

»Auf die Plätze, fertig, los«, riefen Candy und Pink und Conny und die Hutfrau und Katey dann noch einmal alle zusammen im Chor. Sie schubsten Jasmina in die Mitte der johlenden Menge, die auf mehr, auf mehr, auf noch mehr, die nach der ganzen großen, bunten, beschissenen, leuchtenden Wahrheit lechzte!

Natürlich war von Jasminas Aufregung nichts mehr übrig, als sie sich mit der heiteren Beklopptheit eines Punksängers durch ein gnadenlos fantastisches Gedicht kämpfte, bis sie von den Leuten auf Händen getragen wurde.

JA, ICH WILL'S, ABER NICHT VON DIR!

Meine Strumpfhose ist blickdicht.
Mein Körper sagt Fick-Dich!
Ich will deinen Blick nicht.
Ich will auch keinen Schluck aus deinem Bier!
Dies ist kein Spiel!
Mein kurzer Rock hat nichts zu tun mit dir.

Glaubst du vielleicht es macht mich an,
mit einem wildfremden Mann
nachts um vier hier an der Tram zu steh'n,
nur weil du sagst, du findest mich schön?
Dein Problem ist nicht mein Problem!

JA, ICH WILL'S, ABER NICHT VON DIR!
DAS IST MEIN KÖRPER
UND DER GEHÖRT MIR.
MEIN KÖRPER IST MEIN KLAVIER UND
MEINE LOVER SUCH ICH MIR
IMMER NOCH SELBER AUS.

WENN DU 'N SPIELVERDERBER BIST,
DANN BLEIB DOCH DU ZU HAUS'.

Bin ich ein Hund oder
warum pfeifst du mir hinterher,
wenn ich die Straße überquer.
Macht es dir Freude, wenn so scharfe Bräute
aus Angst vor dir zusammenzucken,
weil du sie ›geile Zuckerpuppen‹ nennst?
und das wo du sie nicht mal kennst?

Du hast das Männchenprogramm aufgefahren
Wie vor abertausend Jahren!
Redest dich raus mit deinen Vorfahren.
Aber das ist nicht mein Cup of Bier.

JA, ICH WILL'S, ABER NICHT VON DIR!
DAS IST MEIN KÖRPER
UND DER GEHÖRT MIR.
MEIN KÖRPER IST MEIN KLAVIER UND
MEINE LOVER SUCH' ICH MIR
IMMER NOCH SELBER AUS.
WENN DU DAS NÄCHSTE MAL BETRUNKEN BIST,
DANN BLEIB' DOCH DU ZU HAUS'.

Ich schrei's die Straße runter,
ich schrei es in den Wald:

Das ist nicht cool
Das tut nicht gut
Das ist kein Spaß
Das ist Gewalt!!!

Nur ein Kuss

Wenn die Vögel wieder singen, so wie ich jetzt schon wieder singe. Wann immer ich auf dem Weg bin, Jasmina wartete im Blaumond auf mich. Die hohen Häuser auf beiden Seiten machten die Immanuel-Kirch-Straße ganz klein. Dabei sah es nicht so aus, als ob man die Läden hier an die Meistbietenden verkauft hätte. Sah so aus, eher, als bräuchte es zum Menschsein noch immer nur Cafés und Kunstbuchhandlungen, ein Antiquariat, ein italienisches Restaurant, eine Weinbar mit handgemahlenen, handsignierten Kaffeebohnen. Wenn die Vögel wieder singen. *Love is all you need.* Und wenn die Luft dann so neu und feuchtwarm nach Morgen riecht. Now-is-early-Time. Aber, hey ya, lag da nicht eine freche Behauptung in der Luft, die auf ein Ja-Wort wartete? Man hatte ja immerhin das hässliche, das alte Jahr überstanden. Und im Blaumond wartete Jasmina auf mich!

Die nackten Bäumchen streckten ihre Äste in den Himmel. Ich könnte schwören ..., ach was, *good feeling, won't you stay with me, just a little longer,* packte mich die Sehnsucht wie ein alter Song von den Violent Femmes, zog mich an und mit sich fort. Der harte Windstoß einer ersten Hoffnung. Wie die Wolken miteinander unter einer großen Decke steckten und sich aneinander schmiegten, als wollten sie mich auf den Arm nehmen, oder mal eben kurz auslachen! Es war ein erhebendes Gefühl, wenn es steil nach oben ging, auch wenn der Berg nur ein Miniberg war. Immerhin war ich blöd genug gewesen, drei Monate ohne Sonnenlicht in Kauf zu nehmen. Waren es nur drei Monate gewesen oder waren das schon 13 Jahre? Und warum? Könnte singen jetzt und tanzen und lachen und einen Kunstbuchdruck von Marilyn Monroe kaufen. Oder einen von Picasso.

Wenn nur die Narren und die Kinder wirklich glücklich waren, wie glücklich war dann erst die Närrin, die wieder zum Kind geworden war? Wenn ihr die gütige Januarsonne ins Gesicht strahlte, wer die Menschen liebt, hat immer eine große Familie.

»Ich hab's aber genau gehört. Heute morgen, um halb sieben. Die Vögel sind zurückgekehrt in die Stadt.«

»Das kann nicht sein«, sagte Jasmina lachend, »die kommen doch immer erst im Februar.«

»Ihr habt sie angelockt, ihr schamlosen Vögel!«

Jasmina war meiner Empfehlung gefolgt. Nach und nach verschwanden kleine Stücke Blaubeerkuchen in ihrem Mund. Der schmeckte im Blaumond natürlich besonders gut. Ein kleines Café sparte nicht an kräftigem Kuchen. Hinter uns blühten in roten und in herrlich grünen Farbtönen die Gemälde an den Wänden.

Und ich war ohne einen Einwand. Ohne Einwand: ich!

Sah mich in so 'ner Art Himmelbett liegen, mit Jasmina in den Armen. Schade, dass sie nicht gleich den ganzen Laden, sondern nur die Toiletten in diesem himmlischen Leuchteblau angestrichen hatten. »Daran erkennt man den Individualisten«, hatte Mama gesagt, über die grünen und gelben Wände, als sie mich in meiner Berliner Wohnung besucht hatte. Ja, zu einem Individualisten hast du mich erzogen, Mama. So viel steht mal fest. Oh ich wünschte, ich hätte endlich die Kraft, meine teure Bude zu renovieren. Allein, damit die Kaffeeflecken dann weg wären.

Jasmina sprach ohne Punkt und Komma über die Demonstration. *Uh, oh, we're in trouble. Something's come along and it burst our bubble.* Jasmina war heute eine kleine Berühmtheit. Ihr Interview mit der Nachrichtenagentur – »Das kommt mir voll irreal vor« – war von etwa 86 Zeitungen im deutschsprachigen Raum übernommen worden, »und meistens total ausführlich und zitatgenau«, und mit Bildern von den Demonstrierenden und auch von ihr selbst.

»Und dann war noch das mit Reuters. Und Polen, Kanada und England, so weit ich das mitgekriegt hab.«

Dabei kauerte sie auf dem äußeren Rand des Stuhls, als ob ihr irgendetwas irre unangenehm wäre. Sie schaute mich gar nicht richtig an. Wieso wurde ich das Gefühl nicht los, dass das mit mir zu tun hatte und gar nicht mit der Demo?

»Sie haben auch alle den Satz übernommen, dass wir die Bewegung stärken wollen. Dass es erst der Anfang ist. Aber ich weiß gar nicht, ob das stimmt. Ob es der Anfang ist, oder das Ende«, sagte sie nachdenklich. Sprach sie mit mir oder mit dem Kuchen in ihrer Hand? Es waren bald nur noch Krümel übrig, während ich von meinem Kuchen bislang nur das vordere spitze Stückchen aufgegessen hatte.

»Vielleicht ist es auch das Ende«, sinnierte sie und ich bekam es ein wenig mit der Angst zu tun. Wieso war es das Ende, war es denn nicht der Beginn?

»Ich weiß nicht, ob wir weitermachen können. Das muss die Zukunft zeigen.«

Komisch, ich bezog jeden Satz, den Jasmina sagte, auf mich, auf unsere Freundschaft. Ich schaute sie fragend an.

»Que sera, sera, wer weiß schon, was die Zukunft bringt.« Meine Worte sollten trösten, aber sie regten Jasmina nur auf.

»Aber ich meine das *politisch*«, sagte sie. Konnte sie vielleicht Gedanken lesen? Ihre Hände strichen die Bügelfalte der blau-weiß gemusterten Tischdecke glatt.

»Es ist immer gut, so zu tun, als ob wunderwas was los wäre. Und es ist ja auch eine Bewegung, aber wenn die Arbeit immer nur an vier, fünf Leuten hängen bleibt … Du hast ja gesehen wie wenig wir letztendlich waren.«

»Aber ihr wart doch viele!«

»Ja klar. Es gibt so viele junge Frauen, Transmenschen und auch Männer, die so fühlen wie wir.«

»Ich fand die Plakate den Hammer, die die Leute mitgebracht haben. Als würde jede ihre eigene Geschichte der Gewalt erzählen.«

»Aber ich und Candice und Janina und Katey und Conny und Lora und die Pink, wie du sie nennst ...«

»Ist Janina die mit dem glitzernden Hut?«

»Ja, die mit dem Zauberhut.« Jasmina kicherte plötzlich. Na, die hat sich aber auch ...«, unterbrach sie sich. »Ach egal ... Wir sind ausgebrannt. Wir können nicht mehr. Aber im Frühjahr, wenn die Nächte wieder kürzer werden und die Tage wieder länger.«

»Ja genau, im Frühjahr macht ihr weiter«, sagte ich lachend.

»Es ist ja auch eine internationale Bewegung. So viele, Abertausende, wahrscheinlich Hunderttausende weltweit, die auf die Straße gehen. Oder Indien, wo große Teile der Gesellschaft plötzlich gegen Vergewaltigungskultur aufstehen. So was kann man gar nicht in Worte fassen.« Jasminas Augen waren ganz glasig, aber sie redete einfach weiter.

»Trotzdem isses 'ne schöne Scheiße, wenn die Arbeit pro Gruppe an vier, fünf Leuten hängen bleibt. Ich kann einfach nicht mehr. Wobei, ›Walk a mile in her shoes‹ würde mich schon reizen. Aber ich muss ja auch wieder in die Schule.«

»Genau, du musst mir mal erzählen, wie Conny es geschafft hat, so schnell eine Schule für dich zu finden.«

»Hör mal«, sie sah auf die Uhr und wischte sich mit der Kuchenserviette über die Augen, »lass uns das mit der Schule am Ende besprechen. Ich muss dir etwas Wichtiges sagen. Ich weiß gar nicht, wie ich es sagen soll.« Sie rieb nervös die Hände aneinander. Solche Verlegenheitsgesten kannte ich gar nicht von ihr.

»Was ist denn? Was kann es denn Wichtigeres geben als deine neue Schule?«

Sie schüttelte den Kopf: »Moment mal. Ich brauch noch ein paar Minuten.«

Die junge Frau, die das Café führte, hatte sich in einen Nebenraum verzogen und vorher noch eine Nick-Cave-CD eingelegt. Oh toll, ich hätte sie dafür umarmen können. Auch wenn es wahrscheinlich nicht ganz normal war, dass man immer gerade noch die ganze Welt umarmen wollte, wo man doch wusste, wie scheiße, wie böse, wie abgrundtief hässlich die Welt so war. Aber zu mir war sie gut heute. Man konnte ganze Cafés für sich alleine haben, in Berlin, wenn man nur die umgekehrten Stoßzeiten kannte, wo und um welche Uhrzeiten wenig los war.

»Was mich so traurig macht«, meldete sich Jasmina wieder zu Wort, »aber das hat jetzt nichts mit dem zu tun, was ich dir eigentlich sagen wollte. Der Empower-Lauf und Troublemaking als sein Nachfolger waren ja die Kinder der queerfeministischen Szene. Und jetzt hassen sie uns nur noch, weil wir es in den Mainstream getragen haben. Aber da gehört das Thema doch hin!«

»Das ist doch immer so. Wenn eine Sache groß wird, wird einem mangelnde Glaubwürdigkeit vorgeworfen«, sagte ich. War es wirklich das, worüber Jasmina mit mir sprechen wollte?

»Aber das kannst du nicht mit einer Band vergleichen. Wir machen hier nicht in Kunst. Wenn in einer politischen Gruppe ernstzunehmende Vorwürfe kommen, dann muss man sich etwas einfallen lassen. Dann muss man was ändern.«

Das ist gar nicht Nick Cave, das ist Nick Drake, dachte ich. Wieso verwechselte ich die beiden immer? Es waren doch die denkbar unterschiedlichsten Sängertypen. Drake sang was vom Glück, das er verloren hatte und Cave suhlte sich absichtlich so lange im Unglück, bis Glück daraus wurde.

»Hör mal, Lilly, äh Clarissa, ich hab dir eine Mitteilung zu machen«, sie stotterte herum.

»Das kann nicht so schwer sein, mach mir die Mitteilung doch einfach. Vergiss nicht, du hast mit dpa und mit Reuters geredet!«

»Sie haben das in Polen und in Kanada gesendet«, ergänzte Jasmina lachend.

»Und jetzt hast du Angst mir eine Mitteilung zu machen?«

Die Glocken der Immanuelkirche läuteten zur vollen Stunde. Es war zwei Uhr mittags und ich war schon seit vier Stunden wach, und das nachdem ich zwölf Stunden geschlafen hatte.

Ich war ein neuer Mensch!

»Hey, wo hast du die roten Stiefel her?«, versuchte ich die kommende Mitteilung auszubremsen. Wieso mussten hier überhaupt Mitteilungen gemacht werden? Die Demonstration war doch vorbei. Sah Jasmina deshalb so abgekämpft aus?

»Bei dir abgeguckt und im Winterschlussverkauf bei C&A für 19 Euro 90 erstanden.« Sie lächelte.

»Was? Solche Glamourhufe gibt's für 20 Euro bei C&A?«

Ich tat ganz erstaunt.

Dann kam ich endlich in den Genuss ihrer Mitteilung.

»Es ist nämlich so, Clarissa Underwood. Ich war in dich verliebt seit unserem ersten Treffen, vielleicht schon vorher. Ich hab schon immer jemanden wie dich gesucht. Als ich dich dann endlich gefunden habe, ist mir klar geworden, was die andern immer meinen, wenn sie sagen, dass es eine große Erniedrigung für eine homosexuelle oder bisexuelle Frau ist, wenn sie sich in ihre beste Freundin verliebt, die von Tuten und Blasen keine Ahnung hat – Entschuldigung – und die gar nichts mitkriegt, die von nichts eine Ahnung hat.«

»Von nichts eine Ahnung!«, griff ich die Unterstellung auf. Oh ich stellte mir ihren großen, warmen Körper vor. Ja, ich hätte gerne eine Ahnung gehabt, aber sie hatte ja recht. Ich hatte von nichts eine Ahnung, nur dass ich schon wieder heulen musste.

»Ich hätte doch gar nichts dagegen ...«, wagte ich einen Einwand.

»Ich will auch nicht lange darüber reden.« Sie hatte mich wohl gar nicht gehört. Sie sprach wie zu einem Feind oder so. Wie durch ein Megafon. War das die Art und Weise auf die die Jugend neuerdings ihre Liebeserklärungen machte?

»Ich will das hier nicht diskutieren«, sagte Jasmina, so seltsam kalt, »ich hab schon eine Entscheidung getroffen und da wirst du gar nicht gefragt.«

»Denkst du nicht, dass das unfair ist?«

»Unfair? Du wagst es, mich unfair zu nennen? Du?«

»Darf ich das nicht?«

»Du darfst jetzt vor allem eins, mir zuhören und mich weder unterbrechen noch einen Kommentar dazu abgeben.«

»Aber, ich …« , war das der Moment, wo die *four leaves,* von denen der Selbstmörder Nick Drake sang … wo von den schönsten Rosen nur die Stacheln in den Fingern übrig blieben?

»Ich sag das jetzt einmal und ich sag es nicht zweimal. Ich möchte nämlich, by the way, dass wir Freunde bleiben können. Ich meine natürlich Freundinnen. Beste Freundinnen, wenn du weißt, was ich meine.«

»Wenn du meinst, dass das trotz der großen Schuld, die ich auf mich geladen habe, noch möglich ist.«

»Wenn du meinst, dass Hohn die richtige Antwort ist.«

Doch Jasmina schien nicht im Traum daran zu denken, die Konsequenzen der großen Sünde mit mir zu erörtern. Vielleicht war es auch zu leicht, überlegte ich, und schaute an ihr vorbei, zu den ovalen Farbklecksgemälden an der Wand. Vielleicht waren wir heterosexistischen Frauen ja nur zu blöd, noch eine Sahnetorte zum Blaubeerkuchen dazu zu bestellen. Jetzt hatte ich was im Auge. Jasmina redete immer noch.

»Wenn ich das einmal klar gestellt habe, werde ich ein halbes Jahr nicht mehr drüber reden. Das ist jetzt nichts, was ich täglich neu erörtern werde oder so.«

Oh Jasmina, du Mondscheindiva mit dem schweren, traurigen Blick und den flackernden Flatterwimpern.

Ich nickte: »Also …«

»Nix also, ich will also nix.«

Unsere Augen fanden sich für einen Moment, hey, Jasmina sah ja aus wie immer! Sie lachte.

»Ich habe die letzte Nacht mit der von dir so genannten Pink verbracht. In Wahrheit heißt sie übrigens Peggy. Gar nicht so weit von Pink entfernt. Lustig irgendwie! Also, jedenfalls, das ging ganz schnell. Jetzt sind wir sogar ein wenig verliebt, mal sehen, was draus wird.«

»Oh ja, Beziehungsstatus: Es ist kompliziert«, rettete ich mich über den ersten Schock hinweg.

»Ach übrigens«, sagte Jasmina, »damit das klar ist. Auch wenn ich noch in dich verliebt wäre. Ich würde auf keinen Fall mit dir schlafen oder so. Das wäre mir nämlich zu viel Arbeit.«

»Danke«, lachte ich, »du meinst mit mir ist nicht gut Pussy Riot zu machen?«

Darüber musste Jasmina jetzt ein wenig schmunzeln.

»Ich will dich nicht zu etwas bekehren, was du eventuell bereuen würdest«, sagte sie lakonisch.

»Du bist aber brutal.«

»Wenn du jetzt nicht das Maul hältst und mich ausreden lässt, dann bist du die längste Zeit deines Lebens mit einem Riot Girl befreundet gewesen.« Sie dachte kurz nach.

»Ich bin nicht der Spind in deiner Highschool, wo du heimlich Bilder von irgendwelchen coolen Typen aus dem Londoner Westend hingeklebt hast. Bin nicht dein Montagnachmittagskino oder deine Süßwasserperlenzuchtkette. Nicht deine Anstandsdame, die plötzlich dein Höschen aufreißt und die dir's ein bisschen besorgt, weil grad Saure-Gurken-Zeit herrscht.«

»Du bist so gemein.«

»Schnauze.«

»Ich hab doch gar nichts getan und du gibst mir eine Mitschuld.«

»Schnauze, das hab ich nicht gehört. Das war politisch unter jedem Niveau. Selbst unter deinem.«

»Ich habe kein politisches Niveau und auch kein Schuldbewusstsein«, sagte ich rasch. »Ich weiß auch nichts über Geschichte, nichts über Biologie, aber ich liebe dich, Jasmina.«

»Ich liebe dich auch«, behauptete sie frech, »aber das ist bei mir alles schon wieder auf Normalmaß zurechtgeschrumpft, und darüber bin ich sehr dankbar. Ich bin komplettestens froh, dass ich mich so volle Kanne auf die Pink, wie du sie nennst, eingelassen habe.

Wir haben's die ganze Nacht zusammen getrieben, riechst du das denn nicht? Rieche ich denn nicht nach Sex?«

»Quatsch, du riechst nach ’nem feinen Wollvollwaschmittel«, sagte ich und dachte dabei, wie toll pubertär es war, wie sie hier mit ihrem Sexerlebnis prahlte.

Und so fühlten und dachten und wippten und redeten wir so über unsere Verlegenheiten hinweg. Blaubeeren pflücken im Blaumond. Jasmina auf diesem hoheitsvoll geschwungenen Stuhl, der aussah wie ein Frauenbein. Das Kissen, auf dem sie saß, lag wie eine kleine Orange unter ihrem Po. Und ich auf dem Stuhl gegenüber, der aussah wie ihrer, nur dass er sich unter meinen Arsch jeden Moment in so eine Art Schleudersitz zu verwandeln drohte.

RTL, der heiße Stuhl.

Bin ich eine Heterosexistin und merke es nicht mal, weil die Welt nur für meine Bedürfnisse eingerichtet worden ist?, überlegte ich.

»Ich bin auch verwirrt«, sagte Jasmina, als hätte sie meine Gedanken gelesen. *Uh-oh, we’re in trouble, book us a ticket on the next space shuttle.*

»Ist das unser erstes Beziehungsgespräch?«, hätte ich auch gerne noch gewusst.

»Nee, unser letztes, also listen, kleine Frau.«

»Du spielst heute aber auch alle Größenunterschiede aus. Die Reuters-Kamera und das dpa-Interview, Kanada, Polen, und demnächst die Türkei, wer weiß? Der Bildzeitungs-Riot. Der Weltruhm ist dir wohl zu Kopf gestiegen. Es kann gar nicht anders sein.«

»Sehr komisch. Pass auf, du bist hier nicht die einzige, die in den letzten Monaten durch den Monsun und schnurstracks immer weiter mitten rein stolziert ist. Denk mal drüber nach, wie oft du unschuldige, kleine Zaubermaus, entschuldige, mich, eine Frau, oder ein Mädchen, wie du vielleicht sagen würdest, eine Frau, von der du weißt, dass sie immerhin mindestens bisexuell ist, voller Freude und ohne dir etwas dabei zu denken, umarmt und geküsst und noch mal umarmt und geküsst hast. Hast du dir mal überlegt, wie ich mich fühle? Nicht ein einziges Mal? Oh das ist so schwach, Lilly Vegas, das ist so schwach. Du hättest mich ja mal fragen können. Also nimm es mir nicht übel, dass ich dir das alles sage. Sei lieber froh, dass ich es dir überhaupt sage. Ich will nie mehr über meine Gefühle reden. Ich will nie mehr darüber reden, wie du mein Herz gebrochen hast.«

»Aber du hast doch noch gar nicht mit mir über deine Gefühle … Ja, okay, ich hätte drauf kommen können. Klar, Entschuldigung. Wenn die Liebe ein Schulfach wäre, dann würde ich mit Sicherheit nicht in die nächste Klasse versetzt werden. 'schuldigung.«

»In deiner Welt kommt man auf so was aber nicht. In deiner Welt hat man 'ne liebe, 'ne allerbeste, beste Freundin. Der ganze BFF-Quatsch aus der Bravo halt: *Best friend forever.* Mehr kann ja nie sein. Nicht wahr? In deiner heterosexistischen Quatschwelt quatscht man immer nur rum, wer einem alles das Herz gebrochen hat und so. Ohne sich selber mal zu fragen, ob man vielleicht eventuell auch irgendwem oder irgendeiner … Aber jetzt werde ich schweigen, für immer. Ich will nicht darüber reden, wie du mein Herz gebrochen hast.«

Das alles klang ein bisschen pathetisch. Wie so eine amerikanische Mainstreamschnulze. Schrieb Jasmina nicht neuerdings auch Songtexte? Hatte sie sich etwa in mich verwandelt? Ich war mir nicht sicher, auf welche Art ich sie liebte.

Wahrscheinlich saß sie längst nachts zu Hause am Computer und schrieb tragische Liebeslieder für mich. Strafballaden, Flatterballast, einsames Glück. Hatte sie wohl angesteckt mit der Liebesliederschreibsucht.

Oh ich war auf mich selber wütend. Die Tatsache, dass sie in mich verliebt gewesen war und ich nicht einmal versucht hatte, unsere Freundschaft aus ihrer Sicht zu betrachten, war unentschuldbar. Wie konnte ich nur so einen großen Fehler begehen?

Ich beschloss wiedergutzumachen, was nicht gutzumachen war.

»Was ist eigentlich mit ›Ja, ich will's, aber nicht von dir‹, deinem Punkgedicht? Das ist zwar nicht Pop, weil es so uncharmant daherkommt, aber dafür ist es unschlagbar. Ich würde das auf mein Solo-Album nehmen, wenn du willst. Das müsste doch ein Riesenhit werden. Das ist doch Alltag, das erleben doch täglich Tausende von Leuten. Bester Britpop, bester Deutschrock. Gangsterpop. Aber das will natürlich keiner. Kein Radiosender würde ›Ja, ich will's, aber nicht von dir‹ spielen«, relativierte ich sofort meine großspurige Einschätzung und ich redete und redete und bestellte noch einen doppelten Espresso dazu.

»Die Vergewaltigungskultur muss wie ein kleines, harmloses Unterseebootchen, so ein goldenes *Yellow Submarine*, über die Spree schippern dürfen, höchstens, dass man da noch ein bisschen Holz nachlegt, dass man da noch ein paar ›Schlampen‹ mehr mitnimmt, verstehst du? Die bösen Buben des Pop dürfen aus jeder Mücke einen Elefanten machen, aber die guten Mädels müssen in der Unterhaltungskultur die Mücken aus den Elefanten rauskitzeln. Alles in so eine verharmlosende, onkelchenhafte Christian-Ulmen-Ironie gegossen, Motto: ›Who wants to fuck my girlfriend?‹ oder Olli Schulz: ›Wenn du mir das Herz brichst, dann brech ich dir die Beine, also halt's Maul und krieg 'n Kind.‹ Oder Robin Tickes Fickdichsommerhit ›Blurred Lines‹. Weil die Schatten des Bösen doch nicht mehr schwarz oder weiß sein dürfen, weil sie doch alle grau sein müssen neuerdings. *50 Shades of Grey*. Aber wehe, es würde mal eine über die Schatten auf der gegenüberliegenden Seite der Straße singen, die einen von hinten überwältigen. Das wäre dem Pfauenradio dann zu radikal. Der Skandal, den keiner will, muss im Keim erstickt werden. Aber Jasmina, ich nehm' deinen Text ›Ja, ich will's, aber nicht von dir‹ für dich auf und bring das Lied groß raus.« Ich war plötzlich Feuer und Flamme für die Idee einer Gegenkultur zur Vergewaltigungskultur.

Jasmina blieb ganz ruhig. »Ich interessiere mich gerade nicht für deine Popmusik. Ich glaube, ich hab jetzt ganz gut zum Ausdruck gebracht, dass es so ist, wie es ist, weil es so ist, wie es ist«, sagte sie.

»Das hast du«, stimmte ich großzügig-kleinlaut zu, »und ach, ich versteh dich besser als du denkst«, schob ich noch nach, um mir nicht anmerken zu lassen, dass ich auch ein bisschen beleidigt war.

Ich musste runterkommen, irgendwie, vom Kopf in den Bauch.

»Sag mal, sind wir nicht Freundinnen?«, wollte eine schüchterne Lilly Vegas wissen. »Du bist doch mein Schutzengel, der Überstunden, der Überstunden schiebt«, fiel mir leider nichts anderes ein, als zum Trost den guten alten Udo Lindenberg zu zitieren.

Sie schien in eine Art Trance gefallen zu sein. Das war meine Chance: »Ich will gar nicht dein Montagnachmittagskino sein. Ich schlaf doch eh bis in den späten Nachmittag. Und wenn du jetzt nicht aufhörst zu heulen.«

»Wenn du nicht aufhörst.«

»Du bist doch meine entflohene weiße Katze«, versuchte ich, auf den Pussy-Riot-Spruch, über den sie gelacht hatte, noch eins draufzusetzen.

Aber Jasmina war nicht mehr amused.

»Wieso *weiß*? Denkst du darüber nach, dass ich weiß bin?« Sie war neuerdings immer ganz aufgeregt, wenn die Rede auf ihre weiße Hautfarbe kam, weil sie sich für eine Auseinandersetzung mit den eigenen Privilegien einsetzte, anstatt zu glauben, alle Frauen auf der Welt wären auf dieselbe Art von Sexismus betroffen.

Die Nick-Drake-CD hing. Als ob auch Selbstmörder sich irgendwann einmal entscheiden müssten, wann der richtige Moment gekommen war, um sich von der Totalität des Lebens zu verabschieden. Die Frau, der der Laden gehörte, eilte herbei und legte eine andere CD ein. Schon mischten sich des Caspers neue Streiche unter die knisternden Wehen unseres Nachmittagsplausches. Jasmina war ansonsten überhaupt nicht beleidigt.

Und so begann mein neues Leben mit Jasmina.

Und alles nur, weil auf einmal die Sonne wieder schien.

Jasmina bestellte einfach einen Gin und kündigte einen »sofortigen Themenwechsel« an. Sie könnte gut Moderatorin werden, dachte ich. Sie machte einfach mal voran. Waren meine Sprüche nicht gut genug gewesen? Der vom entflohenen, weißen Kätzchen. Oder vom Schutzengel, der Überstunden schiebt?

»Was ich dir noch sagen wollte ...«

Jasmina holte einen Zettel aus der Tasche. Seit der Demo hatte ich jetzt immer dieses Bild von ihr, wie sie alle Telefonnummern aller Journalistinnen und Journalisten dieses Landes gleichzeitig aus der Tasche kramte, als wäre das alles nur eine riesige Lotterie. Ja, Jasmina war für mich zu einer Art Zettel-aus-der-Tasche-hol-Spezialistin geworden.

»Arsenicum Album C 30, sagt dir das was?«

»Ist das die Begleitband von Eminem? D 12, auf 30 Mann aufgestockt?«

»Das ist ein homöopathisches Mittel, C 30, nicht D, das sind die Potenzen.«

»Potenzen, was du nicht sagst.«

»Das nimmst du, damit die Halluzinationen aufhören.« Sie zwinkerte mit den Augen. Oh bitte, was bedeutet das? Wieso jetzt dieses Augenflunkern, überlegte ich.

»Ich will nicht lange darum herum reden«, fuhr sie fort, »denn Peggy wartet, und du weißt ja. Ich bin nicht dein Wartehäuschen, das im Winter wärmt und im Sommer ...«

»... wird es durch eine Gemeindesportanlage für Heterosexisten ersetzt«, ergänzte ich lachend. Gut möglich, dass Jasmina und ich noch Freundinnen waren.

»Ich hab mit meiner Mama über dich geredet.«

»Na, sieh mal einer an, du redest noch mit deiner Mama.«

»Ja, und ich hab ihr von deinen Dauerhallus, wie soll ich sagen, von den Stimmen erzählt, die du hörst, und sie hat gesagt ...«

»Ich hab schon seit gestern keine Stimmen mehr gehört, außer dem Zwitschern deiner Shameless Birds.«

»Ja aber trotzdem, auch deine Schlafstörungen.«

Sie hustete. Als ob ich mir was dabei denken sollte.

»Wann hast du denn das letzte Mal durchgeschlafen?«

»Letzte Nacht, zwölf Stunden. Hey mir geht's wieder gut! Seit der Demo fühle ich mich ganz leicht, als ob alles, was durcheinander war, wieder an seinen richtigen Platz gekommen wäre.«

»Das ist ja schon mal gut. Dein Hirn braucht Ruhe. Es ist kein Wunder, wenn bei dir alles durcheinandergeht.«

»Moment mal, Jasmina. Der Reihe nach. Wenn mein Hirn schon Ruhe braucht. Du redest mit deiner Mutter ... über mich? Wie wäre es denn, du würdest mit deiner Mutter mal über dich und über deine Schullaufbahn reden?« Ich schrie es fast: »Du weißt aber schon, dass die Lehrer und die Kinder an deiner Schule dich nur mobben, weil sich nie mal einer von deinen Leuten in der Elternsprechstunde blicken lässt.«

»Es interessiert mich nicht, warum die mich mobben. Ich will es gar nicht wissen.«

»Was heißt, du willst es nicht wissen? Ich habe mit deinem Lieblingslehrer Ratthaus über dich geredet.«

»Tu mir einen Gefallen und erwähne nie mehr diesen Lehrer. Ich kriege sonst die Krätze.«

»Ich versprech' es dir. Aber ein Geheimnis musst du mir noch verraten, ich blick' sonst selbst nicht mehr durch. Warum verdammt noch mal sind deine Eltern nicht einfach mal ins Lehrerzimmer marschiert und haben ein ernstes Wörtchen mit deinen Lehrern geredet?«

Jasmina lachte. »Ha ha. Das kann ich dir in einem Satz erklären. Weil meine Mama und mein Papa nicht wissen, dass Candy und ich gemobbt werden.«

»Ja wie? Und das hast du ihnen nie erzählt? Willst du die irgendwie schonen oder was?«

»Ach Quatsch. Ich will nicht werden, was die wohlbehüteten Kids in meiner Generation sind. Die gepampert werden von ihren Eltern und jedes Problemchen bis ins kleinste Detail mit Mama und Papa besprechen können. Ich finde, man muss auch mal allein durch ein paar Härten durch. Und ich hab immer noch Candy. Ich bin ja nicht ganz allein.«

»Das ist ja ganz schön tapfer von dir, Candy – äh, Jasmina. Aber, also, ich weiß nicht, ob das mal der richtige Weg ist. Du musst echt aufpassen, dass das mit dem Mobbing nicht zur Struktur deines

Lebens wird. Du weißt ja gar nicht, in wie vielen verschiedenen Varianten du das später noch wiederholen wirst. Da kannst du doch nicht so ein leichtsinniges kleines Experiment draus machen.«

»Lieber leichtsinnig, als gar kein Sinn für Humor«, warf Jasmina ein. »Außerdem wusste ich bisher ja nicht, dass das so schlimm sein soll, wenn die Eltern nicht in die Schulsprechstunde kommen. Und wenn der Ratthaus sowas sagt, dann doch wieder nur, um uns die Schuld fürs Mobbing zu geben.«

»Ich habe von einem gehört, der konnte nie mehr morgens auf die Straße gehen, weil er in seiner Schulzeit der Daueraußenseiter war.«

»Und du redest da nicht zufällig über dich?«

»Nee. Ich habe so etwas in meiner Schulzeit nicht erleben müssen.«

»Wenn du wissen willst, warum ich so schlecht drauf bin. Morgen geht's schon los mit der neuen Schule, die Conny für mich gefunden hat. Da muss man sofort wechseln. Ich muss gleich nach Hause und mich für die Scheißschule sammeln. Und das Schlimmste. Ich muss das Jahr wiederholen. Das war die Bedingung, dass sie mich nehmen.«

»Das ist ja grausam.« Nichts hielt mich mehr auf meinem Stuhl. Ihr abgekämpftes, aber rundes Schneewittchengesicht. Wie sich die eine Haarsträhne da in so 'ner Plüschhimbeerenhaarspange verfangen hatte. Und da klebte noch etwas Zahnpastaweiß in ihrem Mundwinkel. Ich schlang meine Arme um sie. War jetzt auch noch egal. »Oh mein Gott, wie lange dauert so eine Außenseiterjugend eigentlich?«

Sie lachte. »Mindestens ein Jahrhundert.« Ihr warmer Frauenkörper mit den runden Schenkeln war wieder zu einem Freundinnenkörper geworden. Ein entlaufenes Schäfchen lag in meinen Armen. Wir heulten zum Knistern einer heiseren Männerstimme. *Welche Farbe hat die Welt? Ist sie schwarz oder weiß, ist sie grün oder gelb? Ist sie rot wie die Sonne oder braun wie die Erde. Oder ist sie so grau wie des Schäfers graue Herde?*

»So ein kitschiges Lied«, schniefte Jasmina schließlich, als sie sich aus meinen Armen gelöst hatte: »Es geht doch nicht darum, welche Farbe die Welt hat, sondern mit welcher Hautfarbe man die Wohnungen und die Jobs kriegt.«

Zum ersten Mal am heutigen Tag redeten wir vollkommen aneinander vorbei.

»Oh ich mag es, wenn die Kerle so eine heisere Stimme kriegen«, rief ich wegen des kratzigen Männergesangs.

Jasmina lachte. »Männer sind nichts als sinnlich und wollen nur das eine.« Sie sagte es nur, um mich zu ärgern, weil *Troublemachen* nun mal zu ihren Lieblingshausaufgaben gehörte. »Aber Jasmina«, erwiderte ich, »Frauen sind auch manchmal sinnlich und wollen auch manchmal nur das eine. Und das kommt dann auf eins raus. Denn ich will manchmal einen, dass ich am Morgen ganz zerkracht und zerküsst und tot aufwache und keine Kraft mehr habe und keine Gedanken und nur auf wunderbare Art müde bin und ausgeruht in einem. Und sonst geht er einen ja nichts an. Und es ist auch keine Schweinerei, weil man ja gleiche Gefühle hatte, und jeder will dasselbe vom andern.«*

»Schon klar.« Jasmina nickte mit ihrem ganzen ernsten Gesicht. »Das ist das Zustimmungsprinzip. Darum und um nichts anderes geht es ja nur in unserem Kampf gegen die Rape Culture.«

»Hey, Zustimmungsprinzip, super! Darauf trinken wir noch einen Cortado! Aber kannst du mir bitte mal sagen, warum wir alle, warum jeder von uns genau das, was er oder sie am allermeisten will, einfach nicht bekommt?«, fragte ich etwas zu laut und eine zitternde Fieberstimme in mir wollte plötzlich wissen, ob ich es mir mit dem Sänger von Lurchies Rache überhaupt schon komplett verscherzt hatte. Vielleicht könnte ich ihn ja jetzt noch anrufen? Na ja, was wollte ich andererseits mit einem, der mir meinen einzigen Mitmusiker weggenommen hatte und sich dann noch erdreistet hatte, mir ein Liebeslied zu widmen? *Nur ein Kuss.*

* Z. n.: Irmgard Keun: Das kunstseidene Mädchen (1932)

Ja, war es denn möglich, dass die Stimmen, die ich hörte, meine eigenen waren?

»Hör mal, du bist am Rande einer Psychose, meine Mutter kennt sich mit so was aus«, sagte Jasmina müde, als ob sie schon wieder meine Gedanken gelesen hätte.

»Am Rande? Ich schätze mal, ich komme klar. Echt. Das mag dir seltsam vorkommen, aber seitdem mir die Sache mit dem Freundinnenbruder, du weißt schon, hochgekommen ist. Seitdem ich diese komischen Flashbacks hatte, wie ihr es nennen würdet. Es geht mir besser seitdem.«

»Das mit den triggernden Flashbacks führt natürlich zu einer Erstverschlimmerung, das ist dasselbe Prinzip wie in der Homöopathie, nur natürlich viel gefährlicher.«

»Ich hab' heute Nacht die Schockstarre geträumt«, sagte ich. Fast wollte ein Lächeln auf mein Gesicht. »Du siehst, ich hab meine zwölf Stunden Schlaf in voller Perfektion genutzt. Ich war wieder in der Schockstarre, dadurch hab' ich es zum ersten Mal von außen wahrnehmen können. Hab mich gesehen, wie ich aus dem Häuschen, nachdem der Typ mich, du weißt schon, wie ich da weggelaufen bin, wie in Zeitlupe, alles wie in Zeitlupe. Ich hab mich so langsam davongemacht, dass er sich jede Sekunde erneut hätte auf mich stürzen können. Hab' mich auf den Grund fallen sehen.«

»Es tut mir leid«, flüsterte Jasmina. »Ich hab dir vielleicht auch zu viel zugemutet mit diesem Vergewaltigungsthema.«

»Kein Problem. Du bist nicht mein Problem, sondern meine Lösung. Die Hallus hatte ich vorher schon.«

»Hey übrigens, was ich dir noch sagen wollte«, sie wirkte schon wieder recht heiter. »Peggy hat mir von einer fantastischen neuen Theorie erzählt, von einer kanadischen Theoretikern, die heißt Sharon oder so. Die hat über das Narrativ der Vergewaltigung in unseren westlichen Gesellschaften geforscht. Die meint, also eins muss man auch mal ganz klar machen, es gibt Frauen, für die ist eine Vergewaltigung das Schlimmste, was sie je erlebt haben. Aber es gibt auch Frauen, für die ist es vielleicht gar nicht so schlimm. Man muss das immer aus der Perspektive der Selbstermächtigung sehen. Für diese Menschen ist vielleicht was anderes viel schlimmer.«

»Ah ja.« Ich nickte überrascht.

»Das Narrativ, das übrigens total patriarchalisch ist, sagt also, das Schlimmste, was einer Frau passieren kann, ist eine Vergewaltigung. Und damit schreibt man aber die Möglichkeit der Vergewaltigung in alle Frauen ein. In einer solchen Gesellschaft ist man schon immer ein potentielles Opfer. Auch wenn einem gar nichts passiert ist, denkt man schon, oho, das Schlimme könnte mir passieren, und wechselt die Straßenseite. Man könnte es aber doch auch ganz anders sehen und ein wildes, gefährliches Leben leben und nicht immer schon in der Erwartung leben, dass man ja vergewaltigt werden könnte und dass dann alles ganz schlimm wäre. In einer solchen Gesellschaft muss Vergewaltigung natürlich auch verdrängt werden. Du musst dir das also alles nicht so zu Herzen nehmen, wenn du es vielleicht gar nicht so fühlst. Du bist jetzt nicht gezeichnet fürs Leben. Mama hat gesagt, Narben gehören zur Heilung. Wenn sich Dinge gut vernarbt haben, muss man sie nicht aufbrechen.«

»Ja okay, das leuchtet mir ein, aber hör' jetzt auf damit. Jetzt hast du schon die Revolution in meiner Seele ausgelöst. Jetzt will ich's auch nicht mehr verdrängen.«

»Sehr gut«, sagte Jasmina und fing an, mir Zöpfe in die glatten Haare zu flechten. »Vielleicht solltest du auch einfach mal ein bisschen mehr Alkohol trinken«, flachste sie.

Hey, das war aber ein schönes Gefühl, wie Jasmina mir die Zöpfe flocht! Nur wir beide und ein bisschen Musik im Café Blaumond am Nachmittag. Jasmina redete und flatterte mit den Händen. Sie versuchte, mich von den Vorzügen des Vergessens durch Alkohol zu überzeugen.

»Trink halt mal ein Bier. Jede von uns würde verrückt werden, wenn sie so nüchtern leben würde wie du.«

»Ich leide immer noch unter dem Absinth-Absturz im Trinkteufel, wo ich mit dem Sänger von Lurchies Rache herumgeknutscht habe.«

»Mama sagt, wir können dich nicht in eine psychiatrische Klinik einweisen lassen. Die würden dir da so Hammertabletten geben. Nipolept oder wie die heißen. Ich hab die Nebenwirkungen gegoogelt. Die würdest du im Traum nicht nehmen. Du nimmst ja nicht mal die Pille.«

Wir mussten beide lachen.

»Du, ich hab vor Jahren mal Psychotabletten genommen. Aber nur zwei Wochen lang. Die Psychiaterin hat damals gesagt, ich sei ja Künstlerin, ich könnte mich selber zu Ende heilen.«

»Also du versuchst es jetzt mit diesen homöopathischen Kügelchen. Arsenicum Album C 30 und Staphisagria C 12. Staphisagria hilft auch gegen Mobbing. Wenn Leute sich geschnitten fühlen. Das ist für Schnittwunden, im echten und im übertragenen Sinn. Ist das nicht toll?«

»Was? Ein Medikament gegen die Folgen von Mobbing? Willst du mich verarschen? *Metaphern-Medikamente*? So etwas kann es doch gar nicht geben.«

»Doch«, lachte Jasmina, »ein Medikament wie eine Metapher. Wenn das nicht gegen den Wahnsinn hilft! Ihr Verrückten habt es doch immer so mit den Metaphern und dem Wörtlich-Nehmen der Realität.« Schon komisch, durch Jasminas Stimme zog sich auf einmal ein goldenes Glückshoch.

»Was du nicht alles noch gegoogelt hast. Vielleicht sollte ich das auch mal tun«, spottete ich.

»Meine Mutter kennt sich aus. Die hat jahrelang in den Räumen einer Homöopathin gearbeitet, als Kosmetikerin.«

»Na, da muss sie sich ja mit Schnittwunden auskennen.«

»Du sollst mal bei ihr vorbeikommen. Sie redet mit dir. Die kann dir alles erklären. Die hat auch das Psychozeugs drauf.« Jasmina lachte. Sie fing an, sich selber Zöpfchen in die Haare zu flechten.

»Danke Jasmina. Das habt ihr euch toll überlegt. Ihr habt ja recht. Ich würde viel lieber mit den Nebenwirkungen einer Psychose leben, als mit den Nebenwirkungen einer Psychosetablette.

Ich werde mit deiner Mutter reden. Aber nicht, um wieder normal zu werden. Ich bin normal, for whatever that means. Ich werde das tun, um deine Mutter kennenzulernen. Bei dieser Gelegenheit könnte ich auch gleich um die Hand ihrer Tochter anhalten.«

»Sag das nicht! Pssst!« Jasmina hielt mir den Mund zu. Mit dem Zeigefinger. Ja, verdammt. Der Witz war nicht mehr witzig.

»Es tut mir leid. Mir ist das so rausgerutscht. Ich verfolge natürlich keinerlei ernsthafte Absichten in Bezug auf dich.«

»Ja, du meinst es nicht so, wie du es sagst. Schon klar.«

Ich drückte ihre Hand, da war so viel los. Hey, da kam etwas zurück, wenn man Jasminas Hand drückte.

»Ich hab's jetzt verstanden, Jasmina. Du willst nicht mein Wartehäuschen im Winter sein.«

»Ich habe auch etwas begriffen, Lilly. Ich bin dein Schutzengel. Dein Schutzengel, der Überstunden schiebt! Aber der Schutzengel muss sich erst in Sicherheit bringen, dann kommt er zurück, vielleicht.«

Jasmina sprang auf. Sie holte einen Zettel und zwei rotweißverpackte Fläschchen aus ihrer Manteltasche. Da waren wohl diese Kügelchen drin.

»Einfach im Mund zergehen lassen. Ah, noch was: Du darfst alles. Dir tut doch keiner was. Keiner ist hinter dir her. Wenn du deinen Dämonen so süß anguckst, wie mich jetzt, glaubst du, der tut dir dann noch irgendetwas? Aber du musst für mindestens einen Monat auf Kaffee verzichten, wenn du die Kügelchen nimmst. Dann kannst du nachts auch wieder schlafen.«

»Einen Monat keinen Kaffee trinken zu dürfen, würde ich jetzt als schlimmer einstufen als so 'ne kleine Psychose«, scherzte ich, auch wenn ich es genau so meinte. »Zuerst muss ich Café Prag auflösen und jetzt soll ich auch noch aufhören Kaffee zu trinken? Bist du sicher, dass ich meinen Kreislauf, all diese Kreisläufe, so durcheinander bringen soll?« Nun gut, beantwortete ich mir die Frage schließlich selbst.

»Vielleicht muss es ja genau so sein. Ich warte jetzt auch nicht mehr darauf, dass Ivor zurückkommt und dass wir im Heißluftballon über Berlin fliegen.«

»Denk immer daran, ausgelöst werden kann eine Psychose durch Lebensumstände, die über längere Zeit gravierende Widersprüche zwischen der inneren und der äußeren Welt haben entstehen lassen. Wenn das eigene Lebenskonzept verunsichert wurde oder sich noch nicht entfalten durfte.«

Es klang wie auswendig gelernt. Hey, Jasmina hatte ihre Lilly-Hausaufgaben aber gut gemacht!

»Ich will aber nachts nicht schlafen«, maulte ich über ihren intellektuellen Vortrag hinweg. Hatte ja keinen Satz verstanden, auf die Schnelle. Aber die Sache mit dem Kaffee ließ mir doch keine Ruhe.

»Ich dreh durch, wenn ich keinen Kaffee mehr trinken darf!«, jammerte ich.

»Und ich dreh durch, wenn du mich noch einmal so anschaust. Jede große Liebe braucht eine große Pause«, behielt Jasmina, wie immer, das letzte Wort. Verdammt …, nur *ich* hatte mich mal wieder verhört.

Was hat sie gesagt?, überlegte ich. Und wenn ich mich verhört habe, was hat sie dann in Wirklichkeit gesagt? Fängt das schon wieder an? Was will Jasmina mir damit nur sagen? Dann küssten wir beide uns so unvernünftig lange auf den Mund und kauten so auf den Lippen der anderen herum, da waren so aufgerissene Stellen, die wollte ich Jasmina wegküssen und wieder ganz machen. Das bizzelte so. Vielleicht müsste sie auch mal etwas gegen Schnittwunden nehmen, dachte ich. Derweil spürte ich ihre heiße Zunge in den Ritzen meiner trockenen Winterlippen und die schmeckte nach Süßwasserperlenzuchtkette, was auch immer das war.

Beginning to see the light

Ich glaub's nicht! Ich habe jetzt eine Wohnung mit weißen Wänden in Mitte, und es ist auf eine ganz laute Art leise, so wie ich es immer geliebt habe. Und ich wohne jetzt über einer Bar, und daneben ist noch eine, und die Bar, über der ich wohne, ist stadtbekannt für ihre Fußballübertragungen und für ihre halbrunden gelben Plastikstühle, dort sitzt man wie der Mann im Mond, und in der Bar, die gleich nebenan weitermacht, sind die Winternächte so lauschig wie anderswo nur die Sommernächte und sie dauern die ganze Nacht und vielleicht ein ganzes Leben und die ganze Welt scheint zu sagen »das ist alles«. Und ich seh keine Gesichter an den Wänden, die mich auslachen, mir grässliche, abscheuliche Schimpfnamen geben.

Und schon allein in diesem Zipfelchen der Straße, wo ich singe und tanze, seitdem ich mit Jasmina den himmlischen Wohnungstausch gemacht habe, gibt es noch unzählige weitere Attraktionen von der Art der gelben Plastikstühle. Vom Polizeipräsidium auf der rechten Seite mal abgesehen (wofür aber sowieso die Brunnenstraße überquert werden muss), geht es weiter mit so zauberhaften Ladengeschäften, die für mich alle so aussehen wie kleine Häuschen aus Zuckerkuchen, und ich laufe da ohne Angst, mit einer fetten Flamme der Freude im Herzen neben spindeldürren Models aus Mitte und kräftigen Mädchen und Jungs in bunten Parkas und roten Stiefeln. Und direkt daneben ist die Lieblingsboutique von Candice; sie hat Sachen fürs Selbernähen und besticht durch ein Gesicht aus Knöpfen, mit einem Mund aus Jeansreißverschlüssen und ich bin noch gar nicht drin gewesen, weil sie nur donnerstags und freitags geöffnet hat. Aber Candice bekommt dort immer einen irren Mengenrabatt auf Stoffe und andere Nähsachen. Deshalb liegen hier auf dem Küchentisch auch so Rabattmarken in Form von marineblauen Knöpfen, die sie mir geschenkt hat.

Am Morgen habe ich in der Zeitung gelesen, hier im Viertel würden die Leute nicht mehr über den Rand ihres Sofas hinausblicken. Aber in der Zeitung steht sowieso ein unfassbarer Schwachsinn, wenn man mal darauf achtet. Falsch, jeder Satz, gleich mehrmals falsch, den Betrachtungen von solchen Pseudojournalisten wie der Harriet und dem Pfau darf man schon überhaupt nicht glauben!

Und überhaupt Journalismus: Wenn ich die dümmsten Klischees in die Zeitung reinschreiben oder aus dem Radio rausbrüllen müsste (Musikerinnen und Musikern, Künstlerinnen und Künstlern aufgrund ihrer Herkunft, Hautfarbe, aufgrund ihres Alters, der Zahl ihrer Kinder, ihrer sexuellen Orientierung oder ihrer sogenannten Geschlechtszugehörigkeit bestimmte Eigenschaften zuschreiben, zum Beispiel, weil ich zu sehr aus Stein schon wäre, um das Werk zu empfangen), womöglich um meine beiden Kinder zu ernähren, denke ich, während ich auf die Pianotasten starre und mir überlege, was Ivor wohl davon hält, dass »Heißluftballon« in D-Dur ist (wird er das zu banal oder zu feierlich finden? Oder zu vorhersehbar?), dann würde ich verrückt werden, noch viel verrückter als *ich* es je war. Dann würde ich nachts Albträume kriegen. Dann würde ich auch denken, dass irgendwer meine Gedanken mitlesen kann und davon einen kräftigen »Gedankenentzug« kriegen (so nennt man das doch in der Psychologie, wenn eine glaubt, ihre Gedanken gehören nicht mehr ihr selber) und Stimmen würd' ich hören, heftige, die wären nicht von dieser Welt! Das wären die unerträglich schrillen Stimmen von den Leserinnen und Lesern mit den bösen Kommentaren, die man immer und überall unter den journalistischen Texten mitlesen kann. Denn jene, die nicht über den Rand ihres Sofas hinaus blicken können, gibt es ja immer und auf allen Seiten. (Bohrende Pfeile auch die Klagen aus dem Off, die Stimmen all der zu Außenseitern Gemachten, die ich beleidigt hätte, ohne es zu merken.) Aber ich habe ja meinen Traumjob und muss keinem blöd kommen.

Und voller Demut beglückwünsche ich mich dafür, dass ich den Heimweg geschafft habe, auch wenn ich dafür ins grünliche Violett einer Schockstarre geraten bin und erst noch in quälender Langsamkeit an falschen Schlössern und unnatürlich strahlenden Feldern vorbeischreiten musste: Handys mit Schatten auf der gegenüberliegenden Straßenseite und das eigene Herz pochte so laut, dass man die knackende Gefahr ringsum nicht mehr hören konnte. Und Lilly Vegas in ungewolltem Verbund mit den zwielichten Zauberern und den bösen Meisterhexen ... Es sind ja überall dieselben Colonels unterwegs, mit ihren Clownssäckeln voller Abgründe.

Hey, so langsam seh ich Licht! Lilly Vegas hat einen Punkrocksong geschrieben, zusammen mit Jasmina, den ersten in ihrer Geschichte als Jazzsängerin, *this is not a love song*! In direktschimmerndes C-Dur gepackt, ein Lauffeuer aus galoppierenden Gitarren, wie ein paar reizende Laufmaschen an Jasminas Beinen:

Sie suchen ihre Fehler immer nur bei dir.
Sie nehmen starke Menschen gerne ins Visier!
Sie kontrollieren ständig deine Energie.
Und sie begründen das mit deiner Hysterie.

Was sie dir mit der rechten Hand geben.
Nehmen sie dir mit der linken wieder weg.
Was du wirklich willst im Leben,
das schert sie einen Dreck.
Sie brauchen deine Wärme.
Nur um sich aufzutau'n.
Im Handumdrehen machen sie aus dir 'nen Clown.
Im Handumdrehen bist du »Talk of the town«.

DAS SIND DIE UNGEHEUER – MIT DEN SAUBEREN HÄNDEN!
BABY, LASS DICH NICHT AUF SIE EIN,
LASS DICH NICHT VON IHNEN LENKEN.
DIE UNGEHEUER MIT DEN SAUBEREN HÄNDEN.
HAU EINFACH AB UND NIMM NICHTS AN.
AUCH WENN SIE DIR WAS SCHENKEN …

Der Pfau hat sich mit seinem Mobbing ja nur ein Eigentor geschossen, schweife ich in Gedanken weiter ab, während das Klavier, dies gelassene Geschöpf meiner Sehnsucht, erschaudert unter meinen sanft zupackenden Händen. Er ist nicht vorsichtig genug gewesen beim witzeschaukelnden Aufbereiten seiner Drohgebärden und Gerüchte. Seine Gier mich niederzumachen hat mich nur noch stärker gemacht. Jeden Tag trudeln neue Livedates bei meinem Manager Leonid ein. Ich kann schon einen Fächer aus 200 Blättern machen (das sind die VERTRÄGE!) und mir damit fröhlich zuwedeln, falls mir mal wieder Zweifel kommen, von welchem Geld ich die Miete für mein neues Schloss in Mitte zahlen soll. So schlecht ist es doch gar nicht gekommen, denke ich mit Blick auf dieses herrliche Vertragswerk, das auf dem sonnenüberfluteten Küchentisch liegt und mich in den nächsten beiden Jahren durch ganz Europa schicken will. Ich habe sie mir alle durchnummeriert, Blatt Nr. 22 ist Tschechien. Dieses Mal werde ich aber echt in Prag ins Café gehen. Seitdem ich alle falschen Freundinnen und Freunde los bin, hat mein Gesang eine neue Richtung bekommen. Seitdem wir in den Hitparaden sind, ist alles ein Kinderspiel geworden …

Da hat der Pfau aber zu leichtsinnig die Rotation klar gemacht, denke ich mit einem fast schon mimetischen Grinsen im Gesicht. Auch Psychopathen machen Fehler. In ihrer grenzenlosen Sucht nach Aufmerksamkeit und Macht. Während ich hier sitze mit der Beute. Ich fühle mich wie die Gewinnerin eines Krieges, der gegen mich geführt wurde. Café Prag auf Europatour! *It's the final countdown.* Kung-Fu-Style, schlag ihn mit seiner eigenen Kraft! Oder hatte sich der Pfau etwa als mein Entdecker und Förderer aufspielen wollen? Na, das kann er haben, mein Colonel! Auch wenn unser schauriges Lied die Charts schon wieder verlassen will, diese Woche von 17 auf 23. *Kiss the charts goodbye, angel.* Die Charts werde ich in Zukunft nach meinen eigenen Vorgaben entern, oder sie können mir gestohlen bleiben, dann bleibt meine Musik vogelfrei, so wie vorher. Mir ist beides recht.

Man muss die Leute mit seiner eigenen Version der Geschichte versorgen, bevor sie einem mit ihrer ältesten Scheiße der Welt kommen. Schluss mit Klassik, Tod den Legenden, geht mir weg mit den immergleichen Lobreden auf die immergleichen Lügen der Geschichte. Ich will die Stories nicht mehr hören, die auf diese Weise das Licht der Welt erblicken. Und ich will nicht mehr die schwere Jazzklassik singen, zumindest im Moment nicht! Aber gleichzeitig muss ich auch lernen, das Immergleiche abzuspulen, denn das ist ja eigentlich Pop, bei Livekonzerten nicht immer neue Versionen der Lieder zu singen.

Ich denke auch an Amy, denn ich habe ein Poster von ihr an der Wand hängen, aus einer Bravo, die ich bei Jasmina in einem der Umzugskartons gefunden habe. Nie war sie so lebendig, wie in der Phase als sie noch bravoposterkompatibel war. Wie sie da so sitzt, unglaublich *normal*. So *normal* wie ich wieder werden will. In Jeans und T-Shirt, mild und rein im Nachtmittagslicht, in der Frühphase von »I'm no Good«. Inmitten von meergrünen Blumen, Sträußen aus Flieder und Nelken. Oh und ihre Improvisationen in der Öffentlichkeit, diese einmaligen Gesangs-Stunts bei den »Mercury Awards«. »Love is a losing game« in einem immer wieder anders geführten Gesangsguss zu singen, das ist etwas für Jazzsängerinnen. Amy war nicht ›nicht gut‹ (bei aller Liebe zu dirty und so), sie war ›zu gut‹!

Ich aber bin Pop-Art geworden, in meinen neuen Songentwürfen und auch in den ersten Visuals.

Ich habe meine Unschuld zurück – und ich werde sie für immer in meinem Herzen bewahren.

Wenn ich über den Rand meines Sofas hinausblicke und mein glühendes Gesicht ans kühle Fensterglas drücke, bis ich die Spiegelung durchbrochen habe, dann kann ich bis zum Teich im Weinbergspark blicken. Was sind das für kleine, runde Dinger, die da auf dem Wasser schwimmen? Sind das Blumen oder leere Coladosen oder sind das schon die ersten Enten? Warte, bis ich meine großen Ferngläser in Betrieb genommen habe, dann wird das alles noch viel wirklicher!

Ich freue mich so auf ein Leben, in dem ich zurückschauen, gegenbeobachten darf.

Ich kann meinen Luftdruck spüren beim Singen und ich spiele damit. Ich mache nur Naturstimme, als ob die neue Wohnung mir befohlen hätte, aus der Klassik und aus dem Jazz auszutreten. Aber das ist wahrscheinlich wieder nur so eine Phase. Ich fühle mich schon wie das Mädchen im »Wizard of Oz«. Auch mir haben die magischen rotschimmernden Schuhe den Weg nach Hause gewiesen. Ich habe sogar schon, gemeinsam mit Ivor, Jasmina und Candice, das Klavier die Treppe hochgeschleppt. Ivor hat mich nicht im Stich gelassen. Das war echt lieb von ihm. Mein Blechmann hatte eben doch ein Herz!

Was er wohl davon hält, überlege ich, wenn ich im Refrain in den Dreivierteltakt umspringe, ob er das wohl komisch findet? Außerdem habe ich zum ersten Mal bei einer Bridge einen Tonartwechsel vorgenommen. Jetzt hört man den Heißluftballon – an der Stelle, wo sich »Geben« auf »Leben« reimt – wirklich nach oben zischen. Ich und du, wir kommen jetzt beide aus einer *Stadt namens Geben*. Ich habe Ivor vergeben, ich bin ohne Groll. Immerhin ist er ja bereit, weiter mit mir Musik zu machen und anstelle von Benno sogar live aufzutreten, bis ich einen neuen Musiker oder eine neue Musikerin fürs Duo gefunden habe! Da wäre es ja eine Unverschämtheit, zu behaupten, er käme aus einer *Stadt namens Nehmen*. Nehmen hat sich auch auf gar nichts gereimt, fällt mir plötzlich ein. Es war also kein Verlust, das Wort wieder aus dem Songtext zu streichen. Und wenn mein Ivor das mit dem Dreivierteltakt nicht gut findet oder das mit dem Tonartwechsel, dann kann ich es ja immer noch so machen wie der Zauberer von Oz und alleine nach Hause fliegen. Ich nehm' nur Leute mit in meinem Heißluftballon, die nach meinen musikalischen Vorgaben tanzen, denke ich, während mir die erste Sonne des neuen Tages den Weg zurück vom Fenster ans Piano weist.

Ich mag den Schnee, gefällt mir, aber noch mehr mag ich es, wenn er wieder taut, abhaut. Wir sind alle miteinander beim Schauspiel des Tauwetters dabei gewesen. Die Zweige der Bäume sind ohne Schnee, als ob auch sie keine Decke aus Scham und Demut mehr bräuchten.

Ah, Hochspannung, Entspannung, die Resonanzen für die Töne finden, in den Stirnhöhlen. Und die Oberlippe gespannt halten wie ein Gummiband, das über spitzen Vorderzähnen liegt.

Der Schnee geht weg, aber die weißen Kügelchen sind noch da, denke ich. Ich habe auch noch immer keinen Kaffee getrunken, seit zwei Wochen geht das nun schon. Bin schon ganz gelassen geworden. Danke Staphisagria D 12 (du giftiges Stephanskorn, Rittersporn aus der Pflanzenfamilie des Hahnenfußgewächs!) und danke Arsenicum C 30.

Der Wahnsinn hat eine Gnade und haut ab. Macht die Biege. Ich muss den Kehlkopf nicht mehr tief stellen, die Vokale nicht mehr verstellen und einander angleichen. Ich werde jetzt im Smilemodus singen! Die Leute sind sauer auf Popsängerinnen, weil die immerzu lächeln. Aber Lächeln ist eine Gesangstechnik, wenn man keinen Bock mehr auf Klassik hat oder auf Jazz (mitsamt ihrer ovalen Mundform) und um in Kontakt zu bleiben mit dem inneren Twäng-Punkt. (Man darf diesen Punkt nie aufgeben, dies Engerstellen der Nasenflügel.) Was im TV wie eine Einladung zu Oralsex aussieht, ist in Wirklichkeit nur eine technische Stimmstütze. Da sind ja wohl noch ganz andere Leute als ich in einer Fantasiewelt gefangen, wenn sie, sobald sie eine Frau mit offenem Mund sehen, sich wunderwas dabei denken. Ach scheißegal, was die anderen denken, wenn sie einen Menschen lächeln sehen. Hauptsache, ich denke das nicht!

Laut und deutlich möchte ich singen. Keine Vokale mehr vermischen, goodbye du Magie des Missverständnisses, auf dass es am Ende so harmonisch klingt, dass man sich selbst nicht mehr hinausdividieren kann. Amy hat zu viel kostbare Energie ins öffentliche Improvisieren gesteckt, das zeichnete sie natürlich aus, aber ... Das Popbusiness ist nicht für öffentliche Improvisation, für die Arbeit am schlagenden und am pochenden Herzen gemacht, denke ich. Auch wenn es sich hervorragend dafür eignet. Und mein Herz flackert, wenn ich so dahindenke, dass Amy Winehouse der ganzen grenzverblödeten Boulevardmasse mit ihrem geschönten Menschenbild aus tausendundeiner Gesundheitsfarm nur ein viel herzlicheres hatte zurückgeben wollen, genau wie Pete, und ihnen dabei auch noch zeigen wollte, was eine Harke, was eine echte Jazzsängerin im Zeitalter des Postpop ist! Eine, die komplett aus dem Vortragsmoment geschaffen ist und so unsere Gegenwart zum Schwingen bringt. Auf dass der Schnee in unseren Herzen von innen her zu tauen beginnt!

Das einzige, was wirklich Sinn macht, denke ich, hart mit einem Mal, das ist die Realität! Da summt mein Handy, als wollte es mir diesen Gedanken bestätigen. Und wenn man sie nicht akzeptieren kann, die Realität, dann muss man sie halt ändern!

Jasmina ist am Telefon. Sie ruft neuerdings alle paar Stunden an (denn immerhin trennen uns ja 3,5 km Luftlinie) und konfrontiert mich, ohne es zu wollen, mit den zurückgelassenen Gegenständen aus meiner alten Wohnung.

»Ich hab noch dein Monet-Kartenspiel. Willst du das wirklich nicht mehr?« Während sich ihre Worte in mein Bewusstsein eingraben, muss gleich mal der arme Monet dran glauben.

»Was soll ich denn mit ’nem Kartenspiel, das mir die Werke eines impressionistischen Malers näherbringt? Du weißt doch, seit ich dich kenne, stehe ich viel mehr auf Expressionismus.«

»Aber es ist so schön! Man kann so wunderbar ins 19. Jahrhundert abtauchen und von Frauen mit stilvollen Hüten träumen und von berüschter Wäsche. Von Landwohnsitzen und von fliederfarbenen Rosengärten.«

»Oh, da hab ich ja eine richtig begeisterte Abnehmerin gefunden. Behalte es und spiele es zusammen mit Candice. Und richte ihr aus, dass mir ihre Hüte viel besser gefallen als die aus dem 19. Jahrhundert.«

Draußen wird die Sonne von ein paar blauschwarzen Wolken verschluckt, aber ich genieße es, kein Licht zu machen. Meine frischen, bunten Möbel aus schwedischen Einrichtungshäusern leuchten auch im Halbdunkeln dieses schönen Wintermorgens.

»Aber du hast mir doch schon das Puzzle mit den Kunstgemälden geschenkt. Bist du sicher, dass du das Kartenspiel wirklich nicht mehr willst? Es ist doch so toll!«

»Es hat sieben Euro gekostet, im Kunstbuchladen auf der Immanuel-Kirch-Straße«, lache ich, denn in diesem Teil von Mitte kommt mir jede Straße vor wie meine Lieblingsstraße im Winsviertel. »Außerdem will ich überhaupt keine Kartenspiele mehr«, fauche ich, »du weißt doch, *love is a losing game*.« (Ich singe Amys Song ins Telefon, auch auf die Gefahr hin, dass Jasmina mich für so übergeschnappt hält wie eh und je. Vermutlich hört sie nicht mal den Unterschied zwischen Jazz- und Popgesang.)

»Jetzt bleib doch mal ernst«, sagt Jasmina streng, »ich will nicht, dass du mir all deine Sachen schenkst. Das musst du nicht. Ich bin genauso glücklich über deine Wohnung wie du über meine.«

Habe ich’s mir doch gedacht! Sie hat gar nicht bemerkt, dass ich zum ersten Mal seit Jahren mit meiner Naturstimme gesungen habe und auch die Vokale nicht mehr abdunkle. Sie redet noch immer über das olle Kartenspiel. Ich versuche, meine Gedanken vom

Gesang abzuwenden und konzentriere mich voll auf das Gespräch mit meinem Gothic Girl.

»Hey, Jasmina, ich meine das alles ganz ernst. Ich bin dir so, so dankbar dafür, dass du meinen schauderhaften Schuppen mit dem bösen Wohnzimmer übernommen hast«, lache ich wie beschwipst ins Telefon. Es stimmt. Jasmina hat die Wohnung mit allem Drum und Dran und Sinn und Drin übernommen. Und ich habe lediglich ein paar Kisten mit meinen Lieblingsbüchern, Lieblingsplatten und Lieblingskleidern gepackt, und nach ein paar Minuten hat das Lastentaxi, das mir als Umzugswagen diente, schon vor meiner neuen Wohnung in der Invalidenstraße gehalten. Nur das einsachtzig Meter große Fernrohr mit allerlei technischem Begleitgerät, das auch einmal dem Vorvormieter gehört hatte, hat Jasmina nicht gewollt. Das stummlauernde Fernrohr habe ich mitnehmen müssen, sonst käme sie sich vor wie eine Voyeurin, hat Jasmina gesagt. Alles in allem ist es der einfachste Umzug meines Lebens gewesen.

Aber ein endloser Weg war es doch ... durch Sternennächte, über gelbe Sandwege und über ärgermachende Demonstrationen. Durch die Arena des Spotts hindurch. Jasminas laut jubelnde Stimme reißt mich aus meinen Gedanken.

»Es ist aber ein liebes Zimmer, es ist gar nicht mehr böse«, lacht sie. »Und vielleicht war es auch nie böse.«

»Doch! Es war ein fürchterliches Chaos, ein unheimlicher Märchenwald! Als ob ein Sturm aus tausend Jahren durchgefegt hätte.«

»Quatsch. Es war nur so vollgeschüttet mit den Sachen von deinen Vormietern und mit deinen eigenen Kartons aus den letzten Jahren, so dass du nichts mehr finden konntest.«

»Kein Wunder, wenn das, was ich gesucht habe, schon vor langer Zeit verschütt' gegangen ist ... meine Unschuld.« Sagte ich ganz ernst, wenn auch sehr leise. Aber immerhin präzise und deutlich! Denn wenn man beschlossen hat, beim Singen nicht mehr absichtlich unverständliche Laute zu schmettern, dann wirkt sich das auch auf die Sprechstimme aus.

»Also gut, wenn du es genau wissen willst«, bringe ich die Rede wieder auf die Inneneinrichtung. »Ich hab ein schlechtes Gewissen, dass du auf meinen alten Möbeln sitzt. Diese schrecklichen Möbel meines Vorvormieters. Mögen sie auch noch so teuer gewesen sein. Ich weiß nicht, was der sich dabei gedacht hat, die ganze Wohnung mit Erbstücken vollzustellen, die keiner erben will.«

»Also ich will die gerne erben. Ich hab mich noch nie so erwachsen gefühlt und so erhaben wie inmitten dieses kostbaren Mobilars.« Jasmina lacht. »Ich hab' ein schlechtes Gewissen, dass ich dich mit meinem billigen Ikea-Kram alleine lasse.«

»Du meinst nicht zufällig diese wunderbaren sternenförmigen Girlanden, die von der Decke bis zum Boden reichen und die in der Nacht als orangeglitzernde Blumen leuchten?«

»Du meinst die ollen Girlandenlichter? Die hab ich zu meinem ersten Halloween bekommen. Da wusste ich noch gar nicht, dass Schule der wahre Horror ist. Viel gruseliger als Halloween. Ach, was bin ich froh, dass ich gewechselt habe. Mensch, Lilly, in den ersten drei Tagen auf der neuen Schule ist noch kein böser Kommentar gekommen. Ich kann's gar nicht oft genug sagen. Es ist alles so viel einfacher, wenn man alleine in der Schule ist. Ohne eine Zwillingsschwester. Wenn man nicht schon per se auffällt. Aber vielleicht liegt es auch daran, dass ich mich neuerdings nur zu Wort melde, wenn noch drei andere andere auch die Hand heben. Ich sag nicht immer sofort meine Meinung.«

»Aber mich würde deine Meinung jetzt sofort interessieren. Sag nicht, dass du die braungeblümten Wände im Flur und die grünen Wände in meiner alten Küche übernommen hast. Sag nicht, dass du die so gelassen hast?«

»Die Tapete im Flur find ich schön, so undergroundig. So 'n bisschen Berghain-Feeling. Aber in der Küche sind Candice und ich mit 'nem Mintgrün drübergegangen. Das sieht toll aus. Bisschen wie mein Blog.«

»Das klingt fantastisch! Und vielleicht muss das so sein. Ich hab übrigens gestern drüber nachgedacht«, versuche ich den Geschmack meines Vorvormieters zu ergründen. »Schwere alte Möbel brauchen bunte Wände.«

»Ja genau«, sagt Jasmina, »und die leichten, bunten Möbel von Ikea brauchen weiße Wände. Sonst können die Gedanken nicht frei fließen.«

»Lieber so als anders.«

»Das seh ich genau andersherum«, lacht Jasmina, »so wie deine alte Wohnung, so stell ich mir die Wohnung von Amy Winehouse vor.«

»Dann muss ich ja doppelt froh sein, dass ich den Absprung noch geschafft habe. Denn so wie meine neue Wohnung«, sage ich in einem Anfall von lebendigem Übermut, »so stell' ich mir die Wohnung von Lilly Vegas vor.«

»Weißt du was? Das ist alles beides genau richtig«, entscheidet Jasmina, »das einzige, was wirklich schlimm wäre, wäre doch eine Wohnung mit alten Holzmöbeln und mit weißen Wänden.«

»Ein Albtraum.«

»Oder eine mit bunten Plastikmöbeln und bunten Wänden.«

»Ein Kinderzimmer«, sage ich.

»Wie geht's eigentlich Candice in ihrer neuen WG?«, frage ich noch, obwohl ich bereits unruhig geworden bin (denn es ist nur noch eine halbe Stunde Zeit, bis Ivor kommt, und ich muss doch den Heißluftballon noch üben, aufpumpen, steigen lassen).

»Der geht's den Umständen entsprechend blendend«, sagt Jasmina, »die Mitbewohner nerven zumindest nicht. Die vermisst mich gar nicht.«

»Ach nein, Quatsch«, verbessert sie sich auf ihre flapsige Art, »Candy und ich haben uns jetzt noch mehr zu geben als vorher. Die ist natürlich voll stolz, dass die in der Schneiderwerkstatt ihr eine Ausbildungsstelle für Herbst versprochen haben. Aber vorhin am Telefon war sie trotzdem den Tränen nah. Stell dir vor, die hat eine aus unserer Klasse, aus unserer ehemaligen Klasse, im Supermarkt getroffen. Und die hat doch tatsächlich zu ihr gesagt: Schade, dass ihr nicht mehr da seid. Ohne euch ist's total langweilig ...«

»Ist doch gut, wenn sie es mal merken«, unterbreche ich sie ungeduldig.

»Aber verstehst du denn nicht? Und Candice hat jetzt keinen Schulabschluss. Wegen solchen Langweilern hat sie keinen Schulabschluss!«

Da fällt mir die Abmoderation des Gesprächs doppelt schwer.

»Sorry, das ist ja furchtbar, aber ich muss jetzt trotzdem aufhören, du weißt ja, Ivor kommt gleich. Richte ihr mal schöne Grüße aus. So früh schon zu wissen, was man wirklich will im Leben, ist doch eh geiler. Ich beneide Candice um ihre Schneiderlehre, schon allein wegen der tollen Stoffe, von denen sie andauernd umgeben ist. Also dann, bis morgen im Fußballcafé.«

»Morgen um drei! Ciao. Und ich richt's ihr aus.«

Ich lege auf und bin sofort wieder beim Gesang. Ivor ruft an und sagt, dass er erst gegen Abend bei mir vorbeikommen wird. Kater.

Als Ivor schließlich vor meiner Tür steht, brummt sein Kopf immer noch, wie er sagt. Er habe die ganze Nacht und bis in den Morgen hinein mit seinen Freunden von der britischen Band Primal Scream Champagner getrunken. »Für mich sind das die Götter der elektronischen Rockmusik!«, sagt Ivor und zeigt mir Handybilder.

»Schau, wir waren in diesem kitschigen pinkfarbenen Hotel in der Stralauerallee, direkt um die Ecke vom San Remo, neben dem Universal-Gebäude.« Mit Ivors Augen ist schon wieder so viel los! Wir sitzen uns am Küchentisch gegenüber, als ob wir nie etwas anderes getan hätten als in einer aufgeräumten Küche mit weißen Wänden zu sitzen und uns unsere einsamen Erlebnisse der vergangenen Nacht zu erzählen.

»Ich hab' mit Bobby und Andrew über Shakespeare'sche Dramen diskutiert. Über Königsmord und Wahnsinn.«

Ich muss lachen. Wenn einer wie Ivor über Literatur redet, fängt er immer gleich bei den Extremen an!

»Seine Frau hat Macbeth befohlen, den König zu töten. Andernfalls sei er kein richtiger Mann. Darauf ist Macbeth verrückt geworden.« Ivor lacht. Ich liebe seine dunklen Brombeeraugen. Noch immer. Ich lache und ich wundere mich, dass mir das Lachen nicht im Hals stecken bleibt. Ich fühle mich so gut, so sonderbar sicher und gut. Es ist alles so sinnlos, denke ich, während ich Ivor einen Grünen Tee serviere, »Green Energy«.

»Da ist ganz viel Guarana drin, wir können also die Nacht durchmachen«, sage ich und dann tut es mir auch schon wieder leid, dass ich das Wort »Nacht« überhaupt in den Mund genommen habe im Zusammenhang mit ihm. Wollte ich meinem Exfreund denn nicht einfach nur sagen, dass dieser Tee voll putscht und wachhält?

»Na klar, wir können doch nachher noch gemeinsam eine Runde um die Häuser ziehen«, sagt Ivor und seine Stimme wärmt den Raum, wenn der nicht sowieso schon aufgeheizt genug wäre. Wir lachen, weil alles so sinnlos ist, die Liebe ist genauso sinnlos wie der Wahnsinn, denke ich, und es ist kein Stephanskraut dagegen gewachsen. Aber dass Ivor zurückgekommen ist, als *Freund,* das ist mir im Moment fast lieber, als wenn wir wieder ein Liebespaar geworden wären.

When will we get the time to be just friends?, klopft schon wieder eine Zeile Amy Winehouse bei mir an, während ich mich rasch darum bemühe, die Teebeutel aus den Tassen zu ziehen und mit einem frischen Löffel etwas Honig in Ivors Glas zu rühren.

»Danke, sehr gut, danke.« Er ist höflich wie immer.

Ich lache, kann gar nicht mehr aufhören zu lachen, weil alles so sinnlos ist, aber auch egal, wenn man auf dem richtigen Weg ist. Vielleicht nutzt es ja wenigstens der Musik, wenn das Begehrensfeuerchen immer weiter lodert, denke ich gleichmütig, es ist jetzt wieder wie am Anfang bei Café Prag. Nur dass mein bester Freund Ivor heißt und nicht mehr Benno.

»Man sagt, es sei das erste Gewissensdrama überhaupt gewesen«, redet Ivor noch weiter über das liebste Theaterspiel der Gruppe Primal Scream. Und ich bekomme augenblicklich selber ein schlechtes Gewissen, weil ich ihn so gerne geküsst hätte, aber dann ... auch wieder nicht.

»Heute hab *ich* das Gefühl, dass es spukt«, lacht Ivor, den ich scheinbar angesteckt habe, mit meinem Lachen und mit meinem Wahnsinn.

»Nee, Spaß beiseite. Ich hab Jackentausch mit Andrew von Primal Scream gemacht.« Ivor zeigt mir eine schicke schwarze Lederjacke und dreht sie um. Hinten sind fein gestickte gelbe und grüne Löwenfiguren drauf. Es könnten aber auch Vampire sein!

»Hey, geile Jacke!«

»Aber ich befürchte, da ist der Geist von Macbeth noch drin, die sind ja immerhin beide aus Schottland, Andrew und Macbeth«, sagt Ivor, »aber vielleicht ist es auch nur der Geist dieses viel zu süßen Champagners, den wir uns genehmigt haben.«

Für Amy wäre es auch besser gewesen, wenn Blake nicht als Lover, als Ehemann, zurückgekommen wäre, tröste ich mich.

Hast du einen Freund, dann bist du ein König.

When will we get the time to be just friends?

Ivor plaudert locker über unsere gespenstische Lage hinweg und ich hab plötzlich mehr Angst davor, Ivor das Lied vorzuspielen, das ich über uns beide geschrieben habe, als vor jedem Königsmord. Ich breite den Zettel vor mir aus, alles in blassblauer Schönschrift notiert, als ob ich es nicht längst schon auswendig könnte!

Manchmal nachts träum ich noch davon, wie wir beide im Heißluftballon, über allen Wolken schweben, damals, als wir gerade lernten zu leben. Oh Hilfe, lieber Gott. Was gibt es schlimmeres, (aber auch wichtigeres!) als ein Stück Gefühl in den Rock'n'Roll zu bringen, auch wenn man schon vorher weiß, dass alle – dass Ivor! – das erst mal kitschig finden werden. Aber es geht nur so und nicht anders!

»Benno ist bei mir im Studio«, erzählt Ivor munter weiter und ich merke, wie sich mein Rücken versteift, und wie ich so ganz unnatürlich gerade dasitze, wenn er den Namen *Benno* nur ausspricht. Ich werde ganz kalt.

»Wir nehmen Lurchies Album auf. Ich kann dir sagen ...«, seine Augen leuchten wie eine ganze Abendgesellschaft, »das wird der Hammer. Ha, ha, Lurchies Rache, das wird lärmender Schwitzrock, und das, obwohl Benno auf 'ner Halbakkustischen spielt. Denn eigentlich haben Lurchies Rache etwas gegen Authentizität, das wird eine spannende Nummer, sag ich dir.«

»Bitte erzähl mir etwas, was mich interessiert. Haben Primal Scream auch Songs von Screamadelica gespielt?«, lenke ich ab. Leonid hat einen guten Moment erwischt, um es Benno zu verklickern, dass Lilly Vegas ohne ihn unter dem erfolgreichen Namen Café Prag weitermacht. Der Idiot schwebte so auf Wolke 30 wegen des fragwürdigen Vertrags bei dem Major, dass er lässig sein Einverständnis gegeben hat. (Obwohl Lurchies Rache dort nur das Abschreibungsprojekt für irgendeine große Band sind, und wehe, sie erfüllen die Verkaufserwartungen der Plattenfirma nicht ...) Und für so 'ne wackelige Schaubudennummer hatte Benno also *unser* heiliges Café Prag verraten! Immerhin seine eigene Band. Bei Lurchies Rache spielt er doch nur die Leadgitarre nach, die Lurchie sich ausdenkt, wie Ivor mir darlegt, kopfschüttelnd.

Die Uhr am Zionskirchplatz schlägt 12, als Ivor und ich in die Nacht hinaustreten. Wir haben stundenlang am »Heißluftballon« herumgemacht und die Harmonien besprochen, die Beats. Und zu dem Text hat Ivor nur gesagt, dass er die Ebene mit den Hunden schön findet; aber allein das macht mich so glücklich, dass ich jetzt losrennen will ... in einen Himmel, der saphirblau leuchtet heute Nacht.

»Die Stadt ist ein Geheimnis, das kein Geheimnis für sich behalten kann«, sage ich, und Ivor nickt und lächelt, er hat mich verstanden, ohne mich zu verstehen, da bin ich mir ganz sicher, denn meine Worte sind von einem vorbeirasenden Motorrad und vom Straßenlärm verschluckt worden. Die Stadt ist voll von stinkenden Autos und riesigen Anzeigetafeln, die für nackte Seidenunterwäsche werben, voller schimmernder Lichter und Lämpchen, bei denen wir stumm Halt suchen. Die um uns herumtanzen, während unsere Hände in den Manteltaschen stecken, damit sie sich auf keinen Fall mehr berühren können.

Ich versuche mich an irgendetwas zu erinnern, was das Leben mir beigebracht hat. Vielleicht, dass es nur beim ersten Mal noch weh tut? Als wir von der Torstraße in die Schönhauser Allee einbiegen, nimmt Ivor mich beiseite und ich denke für einen Moment, er will mich küssen, aber er fragt nur, wo wir eigentlich hingehen.

»Ich dachte 8mm?«, sage ich, eingeschüchtert von meiner wagemutigen Fantasie.

»8mm? Einfach so? Oder weiß du, dass Lurchie dort heute Nacht Platten auflegt?« Er kratzt sich verlegen am Kopf, eine kleine Empörung steht auf seinem Gesicht. Als ob ich noch was von Lurchie wollte. (Zumal während ich mit ihm beisammen bin!)

»Nee, woher soll ich das wissen? Ich wusste nicht, dass Lurchie mittlerweile die Stadt übernommen hat.«

»Ah, verstehe, du wolltest einfach nur so ins 8mm.«

»Klar, seit ich hier wohne, gehe ich jede Nacht ins 8mm.«

»Ach, so.«

»Ja, so.«

»Du hast also wirklich nicht gewusst, dass Lurchie dort heute Nacht DJ macht?«, wiederholt er seine Frage, eine Spur zu hektisch, und in seinen Augen ist wieder so verdammt viel los!

Rock'n'Roll told me what the river said at night.

»Lass uns doch einfach ein Haus weiter, nebenan ins Bassy gehen«, schlage ich vor.

»Also gut, aber mach dich auf was gefasst. Da ist Samstagabend die Hölle los, die Touristenhölle.«

Wir sind doch sowieso alle nur Touristen in unserem eigenen Leben, will ich sagen, aber ich schlucke den Satz, der mir wie kratziger Ingwer in der Kehle steckt, einfach hinunter. Was soll Ivor denn denken, wenn ich jetzt auch noch sentimental werde? Klappe den Mund auf und wieder zu und mache, dass ich in den Countryclub Bassy reinkomme.

Es wird noch Jahre dauern, bis wir einfach nur Freunde sein können. Aber man kann nicht früh genug damit anfangen!

»Hast du einen Freund, dann bist du ein König!«, rufe ich übermütig, aber dieses mal bin ich froh, dass der vorbeiknatternde Straßenlärm und die Electro-Swing-Musik meine Worte verschlucken, während Ivor mich fragend anschaut.

▲

Dank an Susanne Beeh, Petra Eggers, Christel Giritsch, Sandra Grether, Milka Lilaglitzer, Christoph Narholz, Nina, Felix Reidenbach, Paul Rytel, Valerie Solala, Isa TamTam, Maria Tokyo und das wunderbare Ventil-Team. Sowie an alle mutigen und übermütigen Kämpfer_innen und Aktivist_innen gegen sexualisierte Gewalt und für sexuelle Selbstbestimmung